三祠

三神之战

蛇从革 著

上海文艺出版社
Shanghai Literature & Art Publishing House

图书在版编目（CIP）数据

三铜. 三神之战 / 蛇从革著. -- 上海 : 上海文艺出版社，2022.12

ISBN 978-7-5321-8555-9

Ⅰ. ①三… Ⅱ. ①蛇… Ⅲ. ①幻想小说－中国－当代 Ⅳ. ①I247.5

中国版本图书馆 CIP 数据核字（2022）第 204722 号

出 品 人：毕　胜
出版监制：苗　洪
责任编辑：冯　凌
特约编辑：刘清欢
营销编辑：滕　瑶
封面插画：TRYLEA
装帧设计：吴思龙 @4666 啊

书　　名：三铜. 三神之战
作　　者：蛇从革
出　　版：上海世纪出版集团　上海文艺出版社
地　　址：上海市闵行区号景路 159 弄 A 座 2 楼　201101
发　　行：天津华文天下图书有限公司
印　　刷：三河市中晟雅豪印务有限公司
开　　本：700mm×970mm　1/16
印　　张：24.5
字　　数：330 千字
印　　次：2022 年 12 月第 1 版　2022 年 12 月第 1 次印刷
I S B N：978-7-5321-8555-9/I・6742
定　　价：52.00 元

主要人物

八术士
- 徐无鬼　四大仙山门人，西方中曲山清阳殿冢虎
- 任嚣城　四大仙山门人，东方姑射山治镜阁卧龙
- 支益生　四大仙山门人，南方令丘山广明殿凤雏，后皈依佛门，法号法闲
- 努扎尔　任嚣城之子，西域拜火教战神金莲子转世
- 哈奴曼　天竺猴王，后封齐天大圣
- 姬不群　诡道传人，原大景皇子
- 姬不疑　诡道传人，原大景皇子
- 郦怀　道家九龙宗宗主，大景水军副统领

少都符　四大仙山门人，北方单狐山大鹏殿幼麟，死后化为瘟神

四方政权
- 妫樽　揭族建立的大赵政权皇帝
- 妫鉴　妫樽之弟，后继任为大赵皇帝
- 干阙　妫樽义弟，大赵沙亭军统帅
- 秃发腾　飞将军梁无疾之子，匈奴部落大单于
- 大孔雀王　匈奴国师，赐号大轮明王
- 风追子　道家飞星派宗主
- 牛寺　南蛮政权成汉国君主

大景势力——
- 郑茅　大景北府军主将
- 苏浚　大景禁卫军统领
- 桓易　大景禁卫军副统领
- 桓绾　桓易之子，大景少将军
- 虞让　大景丞相
- 张魁　大景水军统领，天师道龙虎天师
- 谢衔　寿春豪族

李冰　道家真人

篯铿　上古十二真人之一

女魃　上古十二真人之一

蚩尤　即刑天，上古大神

师乙　上一代幼麟，化身大景皇帝姬康

目录

第一章

大孔雀王

大景在洛阳之战后东渡，定都建康，经过三年的休整，恢复了淮河以北领土，但是在景顺帝成和十四年，即逆赵妫镶篡号平狩五年，也就是洛阳之战后三十年的春天，大赵的镇南大将军姜爽围攻大景治下寿春，破城而入，就此左景丧失了长江以北、淮河流域的所有土地。

左景政权再次风雨飘摇。同时北方的大赵政权，国力达到了最鼎盛的时期。在皇帝妫镶和太尉干奢的治下，赵军的实力，天下无可匹敌。

在大赵举国上下看来，渡江攻陷建康，翦灭左景，一统天下，只是时间早晚的问题。

镇南大将军姜爽在攻破寿春之后，将淮河流域的汉民百姓分批押解，送往洛阳以南的龙门关。

赵皇子妫樽、妫鉴和中郎将干阙三人，亲自从羁押在龙门关内的两千汉人流民中，仔细遴选出工匠、儒生、年轻女子以及少年各一百名送往洛阳城，以六个奴隶半镒金的价格卖给大赵都城内的揭族贵胄。

而剩下的老弱汉人，交由龙门关令处置。

洛阳之战后一年，妫辕称帝。在登基大典上，妫辕挽起义弟干奢的手，二人共同登上邙山之巅的安灵台。有一名妫氏宗族上前阻拦，告劝妫辕天下绝无二人共治的道理，被妫辕当场命令禁卫将其关押。至此，大赵天下妫、干二姓共治，为各族百姓公认。

从此大赵天下，妫辕在洛阳主政，干奢以沙亭军为本，统领赵军南北二府。沙亭军为北府，干奢亲自驻守长安；赵军为南府，由羌族姜爽镇守彭城。

妫辕登基，开始修复右景后期的乱世疮痍，力主羯、匈奴、羌、抵各族共存，摆脱被汉人欺压为奴的地位。诏令大赵辖内所有汉人高门、豪强的家奴摆脱贱民身份。掠夺汉人豪门的田地，强令征收汉民汉丁税，单丁高达数千贯。五年之内，大赵境内的汉民贵族，家产纷纷被剥夺殆尽。普通汉人百姓，穷困者无法缴纳丁税，只得卖身为奴。

丞相蒯茧劝谏妫辕，大赵境内汉民仍旧占据百姓多数，应当加以怀柔政策，否则汉民思念旧景，隐患巨大。因此妫辕停止迁汉令与汉丁税，发令汉民地位与羯、抵、羌、匈奴各族平等。但是在大赵民间，各族对汉民的仇恨仍未消减，不断欺压汉民，朝廷也不加干涉。

羯族和抵族贵胄在洛阳聚居，十年之后，骄奢豪逸，需要大量汉民奴隶，于是南府姜爽不断与左景交战，抢掠左景百姓为奴。

姜爽击破重镇寿春，无数汉民不能东渡长江，于是大量汉人被押送至龙门关。

干阙二十六岁，比妫樽年幼一岁，比妫鉴年长四岁，三人均生于洛阳之战，妫辕和干奢奠定大赵基业之后。干阙自幼生活在洛阳皇宫，妫辕对干阙视若己出，干阙与妫樽、妫鉴亲若兄弟，同为大赵皇子。

干阙与妫樽、妫鉴三人押送汉人贱奴，走出龙门关，刚刚渡过青水，干阙听见身后哭声连绵不绝，回头望去，看到龙门关令正将挑选剩下的汉人老弱残疾，驱逐到洛河之滨，由刀斧手行刑杀戮。

干阙挽住缰绳，骑下的骏马转了两圈。

身后的妫樽骑马靠近，“二弟是要放过这些贱奴吗？”

干阙说道：“一些老弱的贱民，放了他们，也活不了几日。”

妫鉴也策马来到干阙身边，“大赵的粮食，怎么能够浪费在这些无用贱奴身上。”

三人押送的少年和女子，还有工匠看见自己的亲人纷纷被戮，都同时转身向南，趴在地上嚎哭起来。

干阙用马鞭指着这几百名奴隶说：“三弟说得本不错，但是我们三人清点的贱奴，看到亲人被杀，难免不会心生怨望。”

“那就把他们斩尽杀绝。”妫鉴说道，“这些汉民，在前朝的时候，欺压我们羯族百姓，也是这么干的。”

干阙无法辩驳。三人出生的时候，大赵举国上下，无人不痛恨汉人政权，汉人欺压屠戮各族百姓上千年，这个仇恨，已经深入到每个大赵治下，羯、抵、羌三族百姓的骨髓之中。

干阙看到押送队中的一个女子，用牙齿咬断脖子上的绳索，冲向青水岸边，要投水自尽，干阙骑马过去，用马鞭把女子卷回。

女子生得十分美貌，昂头看着干阙。

干阙忍不住问：“你的亲人在那边？”

女子不回答，只是怨毒地看着干阙。

一名下级郎官骑马赶到女子身边，“二皇子问话，为何不下跪？”说着用手中的长矛矛柄击打女子的膝盖。女子跪下，下级郎官手中举着长矛，对准女子的后背，眼睛看着干阙，只等干阙点头，就要将女子捅穿。

干阙摆摆手，下级郎官下马，用绳索把女子绑了，推入贱奴的队中。

那一边，妫樽已经下令，让龙门关令停止屠杀。

贱奴队伍看见自己的亲人得活，于是默默站起，缓慢走向洛阳城。

干阙和妫樽、妫鉴策马并行。

干阙问妫樽："大哥决定放了这些老奴？"

妫樽说："二弟是对的，这些贱奴，看见家人被杀，必定一半要自尽。"

干阙说："大哥就这么放了他们？"

"延后两个时辰再杀不迟。"妫樽说，"二弟倒是心好。"

妫鉴在一旁笑着说："二哥的祖先是前秦朝的沙亭亭民，算起来也是汉人的血脉。他心软，可没有什么不对。"

干阙听了，脸色尴尬。

妫樽用马鞭抽了妫鉴的肩膀一下，力道虽然不重，但仍旧看得出妫樽十分恼怒。"二弟的母亲是我们的姑母，他身上如何不是流着我们羯人的血液？你再胡言乱语，我一定要在父皇面前，狠狠告你一状，看看父皇怎么处置你！"

妫鉴连忙恳求妫樽："大哥说得对，是我的嘴贱，在跟二哥说笑呢。"

干阙立即说道："这些大景的汉民，当年也没有把我们沙亭百姓当人，实属可恨。我只是想着，少了一个奴隶，在那些交了定金的父辈面前无法交代。"

妫樽说："当年祖父妫骆，和亚父一起被这些汉民当作奴隶，猪狗不如，在青城山修建龙台，祖父被这些汉人折磨而死，在死前将我们妫氏的信物交给亚父。凭着那个信物，父皇和亚父结为兄弟，才有了如今的大赵天下。三弟，你要知道，沙亭的血脉，也是我们大赵最尊贵的血统。"

妫鉴笑嘻嘻地说："我看二哥是看上了刚才那个女子的美貌，不忍心这个女子送死。"

干阙也一马鞭轻轻抽在妫鉴的肩膀，"就你的话多。"

三兄弟相互戏耍，骑着马在道路上奔驰，这本就是一个轻松的差事，与出游打猎无甚区别。

三人到了洛阳城内，交割了贱奴。然后去皇宫觐见父皇勀辕。

大赵是揭族政权，没有大景汉人的那些朝廷规矩，三人骑马一路进入皇宫，也不以为意。

到了南殿外，三人也不通报，自己下马，大剌剌地走进南殿。

南殿中，大赵的各族贵胄、文武百官都在，大家都席地而坐，只有勀辕一人盘膝坐在龙椅之上。而龙椅旁边站立着一个高鼻深目、卷曲红发的番人。

勀鉴轻声对干阙说："我不喜欢这个西域来的妖人。听说右景覆灭，就是听信了一个叫滕步熊的妖怪。"

干阙说："是不是妖人，今日就见分晓。"

"可是这满朝的文武，大半都觉得这个番人是神仙下凡，"勀鉴轻蔑地说道，"还称呼他什么大孔雀王。哈哈哈……哈哈哈，大孔雀王。只听说过草鸡扮凤凰，我倒是要看看这个大孔雀王到底有什么本事！"

"你住嘴，"勀樽轻声斥道，"母亲的病，就看今日这个大孔雀王的手段，难道你连母亲的性命都不放在心上？你什么时候才能稳重一点。这满朝文武都看着你呢。"

勀鉴吐了吐舌头，不敢再说话。

勀辕看到三个儿子进入南殿，招呼他们坐在自己的身边，"你们来得正好，看看大师父给你们的母后治病。"

干阙和勀樽、勀鉴向大孔雀王作揖，勀鉴眼珠子滴溜溜地转动。大孔雀王并不在意，双手合十，向三个皇子回礼。

勀辕对大孔雀王说："皇后马上就到，大师父准备好了吗？"

大孔雀王点头，走到南殿正中。中官端来一个金盆，金盆内注满清水。

然后两个宫女搀扶着皇后来到了南殿，皇后脸色焦黄，身体枯槁，显见病情沉重。

大赵为揭族政权，没有大景那些男女尊卑的繁文缛节，因此皇后入南殿，也并不冒犯。

妫辕点点头，妫樽大声问大孔雀王，“大师父，可以了吗？”

大孔雀王微微笑了笑，“可以了。”

大孔雀王双眼注视金盆中的清水，并无动作。

妫辕皇帝问大孔雀王：“大师父还在等什么？”

大孔雀王抬起头，颔首说：“陛下能否放过龙门关的一千名老弱妇孺？”

妫辕茫然，看向丞相蒯茧。

蒯茧俯身说：“南府姜将军遣送来的南民俘虏，昨日应该已到了龙门关。此事，三位皇子刚刚从龙门关遴选贱奴回宫，应该是知道的。”

妫辕皇帝转头看向妫樽、妫鉴和干阙。

三人跪下，妫鉴抬头看了看宫中刻漏，“确有此事，按照时辰，现在龙门关令已经行刑。”

大孔雀王说：“这一千南民百姓还未受戮。”

妫樽问：“大师父又怎么知道？”

大孔雀王端起金盆，走到妫辕皇帝面前，妫辕皇帝瞥了一眼，不动声色。三个皇子也凑到大孔雀王的面前，妫鉴看了金盆之后，大惊失色。

干阙也惊呼：“大师父果然是有本事的！”

金盆的清水里，映射出龙门关外一千多名老弱南民俘虏，被龙门关军士逼迫在洛水旁，龙门关令却没有下令斩杀，似乎在等待什么。

妫鉴轻蔑地说：“大师父是在用母后的病情要挟父皇吗？”

干阙看见，妫辕看向大孔雀王的眼神中露出了杀意。

大孔雀王并不慌张，对妫辕说道：“蝼蚁尚且偷生，就请陛下放过了这些南民吧。”

妫辕哼了一声，向妫樽点头。

妫樽立即拿了令牌，让禁卫的郎官快马去往龙门关。

妫樽说："我已下令，至于救不救得，就看这些南民的造化了。"

大孔雀王向妫樽深深一躬，"他们命不当绝，一定救得。"

妫辕皇帝对此事并不介意，问大孔雀王："大师父，可以给皇后治病了吗？"

说完之后，妫辕冷眼看着大孔雀王。干阙和丞相蒯茧相互看了一眼，暗中为大孔雀王担忧。

大孔雀王不惜冒犯妫辕皇帝，也要拯救这些南民，让干阙和蒯茧心中升起了亲近之感，而妫辕面无表情，却是他要杀人的前奏。妫辕皇帝自幼为汉人贱奴，立国之后，残忍好杀，仇恨大赵境内的汉民，即便是取消了迁汉令和汉丁税，也是为了国本不得已而为之。

现在看来，如果大孔雀王治不了皇后，别说龙门关的一千多个南民，就是大孔雀王自己，也要血溅南殿当场。

不过干阙看到大孔雀王的神态，十分镇定，看来是有十足的把握。

大赵皇后，是妫樽和妫鉴的亲生母亲，一年前，得了消渴之疾，请了名医无数，都说皇后的腹内有淤结缠绕，除非开腹将淤结取出，否则无药可医。

妫辕因此杀了十几位名医，洛阳城内的医生纷纷逃离避祸，导致洛阳城内竟然找不到一名医生。

皇后病情越来越沉重，已经四肢肿胀，眼睛也已经盲了。妫辕皇帝在洛阳贴出皇榜，若能治好皇后，必定封以国师。

于是几日前，丞相蒯茧向妫辕皇帝引荐了大孔雀王，大孔雀王定了今日，在南殿给皇后治病。

妫辕皇帝已经赦免了龙门关的这些南民性命，大孔雀王不再犹豫，走到皇后身前，手臂在金盆上挥了一下，袈裟的长袖拂过金盆后，清水中龙门关内的场景随即消湮。

大孔雀王口中念诵经文，金盆中的清水显出了一个碧绿的种子，种子生出胚芽，胚芽不断生长，长成茎秆，茎秆伸到清水水面，莲叶铺开，随即莲叶中长出了一个白色的花蕾，花蕾的顶部一丝淡红。

大孔雀王右手抬起，手指在空中晃动，空中立即浮现一个金色的梵文，金色梵文漂浮在空中片刻，然后化作金粉，落到金盆的莲花上。

莲花瞬间绽放。

满朝文武官员和贵族，都发出了一声惊呼。妫辕皇帝也忍不住探头看着这朵莲花。

南殿内，顿时清香扑鼻。

几个揭族的贵胄和大臣，已经伏在地上，朝着大孔雀王双手合十。

干阙发现这些贵胄和大臣，嘴里也念着经文。看来大孔雀王早已经在洛阳内根深蒂固，收揽无数信徒，否则他又如何能够被丞相蒯茧引荐。

南殿内除了经文的念诵声，没有任何的声音。

大孔雀王伸手，将莲花拈在手中，举在皇后的面前，问道："娘娘你看。"

皇后的眼睛已经盲了很久，现在眼中闪出光芒，接过了莲花，欣喜地说："这花红得真是鲜艳。"

妫樽和妫鉴扑倒在母亲面前。妫樽大声说："母后能看见了！"

皇后也立即醒悟，抱住妫鉴和妫樽，"真的能看见了。"

大孔雀王脸色祥和，微笑着说："我要给娘娘治病了，娘娘只需看着莲花就行。"

皇后不用大孔雀王吩咐，眼睛根本就无法离开这朵莲花一刻。

大孔雀王盘膝坐在金盆边，挽起袈裟袖袍，双臂探入金盆，捞起了一段肠子，肠子上盘绕着一条黑色的小蛇。

大孔雀王用手掌舀起清水，淋在肠子上。盘踞在肠子上的小蛇，被清水浇淋后，身体一圈圈地松动，慢慢从肠子上解脱，大孔雀王伸出食指和中指，夹住蛇头，把小蛇拈在手中，口中不断地念动咒语。

小蛇的身体慢慢盘曲，最后化作了一只飞鸟，扑闪翅膀，大孔雀王松开手指，飞鸟顿时飞起，在南殿内飞了几圈后，冲出宫门，飞向天空，瞬间就无影无踪。

大孔雀王把手中的肠子放回金盆，手臂又在金盆上方挥过，随后金盆内仍旧是一汪清水，清澈耀眼。

皇后手中莲花的花瓣散落，在空中飘舞了片刻，消散在空中。莲花下方的莲叶和根茎也瞬间枯萎，从皇后的手中化作黑烟消散不见。

皇后焦黄的脸颊恢复了红润，浮肿的四肢也恢复如常。皇后示意不需要宫女搀扶，走到妫辕皇帝的身前，对妫辕皇帝说："大师父果真是天人下凡，臣妾的这条命，是大师父所救，望陛下不负承诺，册封大师父为国师。"

妫辕扶着皇后站起来，说道："大师父这等本事，又治愈了皇后的沉疴，但是这国师，我是不能册封了。"

满朝众人都吃惊地看着妫辕皇帝。

妫辕皇帝召来丞相蒯茧，说道："丞相起草诏书，册封大师父，大赵大孔雀王的尊号。"

蒯茧立即跪拜。

妫辕微笑着看向大孔雀王："大孔雀王的这尊称，朕就钦定了。大孔雀王也不用背着我在民间偷偷称呼，从此册封王爵。"

大孔雀王高大的身材，笔直站立，双手合十，向妫辕施礼。

群臣中几十个大臣和贵族，都纷纷下跪。

妫辕皇帝又说："朕下令，佛教为天下道家之首，重新修缮白马寺。"

大孔雀王大喜过望，俯首说道："多谢陛下。"

干阙和妫樽、妫鉴得了贩卖贱奴的酬金，交缴户部。三人在妫樽的王府上饮酒。妫辕虽然没有册立太子，但是以揭族传统，家族由长子继承，大赵朝廷上下也都知道妫樽就是下一任皇帝。妫樽的王府，也就是太子府。

干阙在席上不停饮酒，妫鉴举杯走到干阙身边，笑着说："二哥还惦记着那个贱奴女子？"

干阙笑了笑，"我在想，这个大孔雀王，到底是个什么来路，看起来不少大臣和贵族早已经是他的信徒。"

妫鉴说："一个装神弄鬼的彩戏师而已，骗骗那些一肚子草包的窝囊废，有什么稀奇。"

干阙正色说："他救了母后的性命，三弟就不要在言语上怠慢了。"

妫鉴神色严肃："也对，这个大孔雀王，的确对我们有恩。好了，从今后，我见了他，就恭敬一点。"

干阙说道："三弟这就对了，天下的能人异士藏龙卧虎，还是尊敬些比较好。"

妫鉴说："但是父皇这么倚重他，也是奇怪。听说当年大景有四大仙山的门人，卧龙、凤雏、冢虎、幼麟辅佐，不也是丢了天下？我看，天下的大英雄，还是要像父皇和亚父那样，以军功盖世，那些什么术士，什么和尚，跟父皇和亚父相比，也只会一点雕虫小技的障眼法。"

"三弟，你又在胡说些什么！"妫樽听到了妫鉴所言，走过来说，"当年的四大仙山门人，其中徐无鬼和少都符与父皇和亚父有生死的交情，如果不是他们当年在父皇和亚父分别陷入困境的时候出手相救，哪里有你我三人今日在这里妄谈国事！"

"我又说错话了，"妫鉴吐了吐舌头，对干阙说，"二哥，我有个惊喜给你，你要不要看？"

干阙笑着说："三弟的礼物，一定非同小可。"

"那是当然，"妫鉴笑嘻嘻地说，"白天的那个美貌贱奴，我给你带来了。"

"你没有卖了她？"干阙意外地说。

"二哥喜欢的人，"妫鉴说道，"我舍不得卖。"然后招了招手，一个下人端上来一个木甑子。

干阙好奇，不知道妫鉴到底要玩什么花样。难道是妫鉴让那个贱奴女子亲自下厨，做了什么美味给自己品尝？

下人把木甑子的盖子揭开，干阙的脸色顿时沉下来。

木甑子里，端端正正地放着那个美貌女子的头颅。血污已经清理干净，女子脸色沉静，双目紧闭。

妫樽大声说道："三弟，你胡闹什么！"

看着木甑子里的女子头颅，干阙苦笑一下，让下人重新盖上。

"战国时燕太子丹宴请荆轲，荆轲赞叹侍女手掌，"妫鉴说，"太子丹即砍下侍女的双手，献给荆轲，以示对荆轲的尊敬。"

干阙说："书上是这么写的。"

妫鉴又说："丞相身为汉人，一直在父皇面前劝说要善待汉民，他满腹经纶，应该是知道这个典故的。"

干阙点头，无法辩驳。

妫鉴又说："听说南边的景朝，王公贵族宴请的时候，命美女侍酒，如果宾客不饮，主人就立斩侍女？"

"景国残暴，"干阙说，"大景这个恶习，在中原的时候就有。"

妫樽举起酒杯，一饮而尽，双手展开，一左一右搂住干阙和妫鉴，朗声说："我们兄弟三人，同心同德，一定策马长江，讨伐失道的景国，一统天下！"

干阙和妫鉴也将杯中酒干了，同时说道："一定辅佐大哥，完成大业。"

妫鉴刚才的胡作非为，在三兄弟之间的豪气下，一扫而尽。

大赵的国力渐强，南征是早晚的计划，到时候率兵建功的，必定是这三位皇子，这是大赵所有人都知道的事情。

大赵皇帝一声令下，白马寺在三月就修缮完毕，只有大雄宝殿内的佛祖像，还没有完工。白马寺规模宏阔，是除了皇宫外，洛阳最显赫的建筑。

大孔雀王在白马寺大雄宝殿外的道场上暮讲之后，洛阳数千信众离去，大孔雀王独自一人走到了藏经阁，开始整理修撰汉代以来流传到中原的经书错漏。

大孔雀王阖上一卷《浮屠经》，放归原处，又抽出一本《四十二章经》出来校对。字字查看，不敢遗漏。

天上的月亮被乌云遮蔽，黑夜中一片静谧。藏经阁的门外不知道什么时候，无声无息，站立着一个人。

夜间巡守的沙弥，从这个人身边走过，也没有看到。

沙弥走远之后。

大孔雀王放下手中的《四十二章经》，轻轻说："既然来了，为什么不进来？"

门外的人没有回应，仍然继续站立在原地。

"施主连续七日，站在门外，"大孔雀王说，"白马寺道士数百，施主却能进出自如，毫无滞碍。施主每次一个时辰就离开，今日一定是忍不住要见贫道了。"①

门外的神秘人仍旧不动。

大孔雀王也不介意，继续查看《四十二章经》。又一个时辰过了，门外的神秘人仍旧站立不动。大孔雀王放下经书，走到门口，把门拉开。

一个身穿暗红色衣服的人站立在门外。从面色上看，这人不过二十出头，可是头发灰白，眼睛浑浊，只有百岁老人才有这样的眼神。

---

① 佛教渐进中原之初，归于道教，僧人自称道士。

看见大孔雀王双手合十，颔首示意，来人也拱手作揖，然后迈步走进了藏经阁。当来人走进藏经阁后，天空的乌云消散，一轮明月高悬在天空。

大孔雀王把门阖上，伸手摊向地上的蒲团，邀请来人坐下。来人踌躇片刻，坐上了蒲团。

大孔雀王也坐下来，与来人面对。来人仍旧沉默。大孔雀王等待了良久，终于开口说道："听说中原有道家四大仙山，门人分别号称卧龙、凤雏、幼麟、冢虎。其中令丘山凤雏，为雨师后裔，道法能够呼风唤雨，权术能经略天下，帝王得之，天下太平。"

来人听了，脸色惨然，"天下都是这么说的，可是我没有做到。"

"凤雏先生极力避免鬼治，"大孔雀王说，"功亏一篑，是因为天下同时出现了两个幼麟。"

"大师父果然什么都明白。"来人承认了自己的身份，"我支益生，已经走投无路，只能到大师父这里，讨一条明路。"

"事情的根源，"大孔雀王说，"还是飞星掠日而起。"

支益生抬头，"我花了三十年，仍旧找不到飞星堕地的方位，眼见妫辕的大赵国力旺盛，欺压汉民，景朝正统也没有汲取失国的教训，建康城内，比当年洛阳更加昏聩，这鬼治不知道要延续多少年。"

大孔雀王沉默一会儿，轻声说："贫道也是为此鬼治而来。我也在寻找飞星堕地的方位。"

支益生抬头看了看大孔雀王，"大师父来中原多久了？"

"贫道曾目睹凤雏先生站立在朱雀神台上，阻挡鑁铿的洛阳之战。"大孔雀王说，"在之前，蜀地青城山之乱，贫道也亲眼得见。"

支益生听了，神情更加颓靡，"以大师父这样的高人，身在洛阳，我竟然没有任何察觉。"

"贫道来中原，"大孔雀王说，"其实是为了印证我前辈的一个说法。"

“什么说法？”支益生问，“与飞星掠日有关？”

大孔雀王点头，“当年一个高僧，也从西域而来，他也是看见了飞星掠日，到了中原……”

支益生问：“多少年前？”

“秦始皇帝统一六国之际。”

“什利方？”支益生说，“此人在汉初就消失无踪。”

“正是，”大孔雀王说，“秦汉之际，也有飞星掠日，什利方于是亲自到中原求证。”

“可是飞星掠日明明在三十年前发生。”支益生困惑不解。

“什利方认为，所谓飞星掠日……”大孔雀王说，“其实并不存在。只是天下众人的幻象。”

支益生摇头，“天下人亲眼所见的事情，如何是幻象。”

大孔雀王摊开双手，手心冒出莲花，“这等法术，在幼麟先生面前毫无奇特，但是在天下人面前，也亲眼所见。”

“既然没有飞星掠日一事，”支益生苦笑，“我们所有人都是何苦来，不如早日回山。”

“正好相反，”大孔雀王说，“凤雏先生没有明白贫道的意思。”

“恳请大师父指点。”

“世间万物，皆为幻象，”大孔雀王把手掌合拢，“色声香味诸法，一切皆空。飞星掠日是幻象，天治鬼治亦是幻象。”

支益生似乎明白了什么，却又无法贯通大孔雀王所说的道理。只能把身体匍匐下来，继续听大孔雀王说下去。

“世间万物是虚是实，”大孔雀王说，“都在于世人的双眼。”

支益生终于明白了，激动不已，站立起来后，又重新跪下，对着大孔雀王说，“我相信有，就一定有。我相信无，就虚空无无。”

大孔雀王点头笑起来，“果然是仙山门人，具备天下人不可得的大智慧。”

支益生对大孔雀王心悦诚服，“乞大师父收我为徒。”

“凤雏先生是仙山门人，贫道不敢为师，”大孔雀王轻声说，“不过凤雏先生可投身于沙门，与贫道互为同门。”

“也可。”支益生说道，“大师父的沙门要义，我当虚心求教。”

大孔雀王说：“贫道送你一个法号，你带着这个法号，去往天竺烂陀寺，贫道自幼在烂陀寺修行，凤雏先生可以去亲身游历。”

支益生顿首：“请大师父赐号。”

“法闲。如何？”大孔雀王说。

“从今日起，”支益生说道，“我受法闲之号，不日就启程，去往天竺烂陀寺，迎奉大宝回中原。”

大孔雀王说：“西域路途凶险，贫道建议凤雏先生从南海登船，穿过零丁洋，去往天竺。”

“令丘山就在南海之滨，”支益生说，“我自幼在零丁洋游历，知道有在零丁洋上往来的商船。”

大孔雀王说：“如此就好，海路虽然颠簸难行，以凤雏先生的本事，一定能逢凶化吉，到达烂陀寺。贫道等着凤雏先生归来的时候。”

支益生再次顿首，站立起来，长吸一口气，走出藏经阁。

第二章

秃发单于

远隔中原万里的西域之外，纱衫城内，老单于秃发无疾去世，秃发无疾的长子秃发腾端坐单于之位，正与匈奴各部首领在王帐中，商议老单于的身后事。

秃发腾三十出头，身材魁梧，头顶光秃，满脸虬须，坐在王帐的正中，一言不发，脸色威严。王帐里，匈奴各部的部落首领和贵胄，分列两旁，席地而坐。右首边是六个匈奴本部首领，分别是柔然部车路欢、屠何部连鞮用、混周部呼延熊、丁零部贺兰疾风、林胡部乔林不花、楼烦部须卜烈。

这匈奴六部的首领，都是跟随无疾单于三十年来，攻伐西域，征服西域列国的将领，每一个都是无疾单于亲手提拔起来的猛将。

左边坐的是乌孙、龟兹、焉耆、楼兰、且末、莎车、狐胡、山国、大宛、安息等国的贵族，由于这些贵族的国家都被匈奴征服，地位较匈奴本部六氏卑下，因此坐在左首。

还有无数归附匈奴的小国王公，因为地位更加低微，都带着随从，在王帐外等候。

这次匈奴各部列王，齐聚纱衫城内，最重要的事情，就是来给秃发无疾单于送丧。

秃发无疾单于，年仅二十就收揽匈奴各部，从沙海平阳关一路向西征伐，剿灭西域各国，在连绵三十年的征战中，除了平阳关一战，与妫辕、干奢打了个平手，之后未尝一败，战功卓著。匈奴六部纷纷归顺，与西域各国贵族尊称之为“天战神”！

可是即便被尊为“天战神”，秃发无疾单于还是在五十岁这年，突然暴病而亡。

长子秃发腾自幼跟随父亲征伐西域，继承了单于的威严，现在坐在众多首领和小国贵族面前，在众人嘈杂的议论声中，并没有任何的惊慌。

混周部呼延熊首先站立起来，对着众人说：“老单于归天，当务之急，就是要选出新的单于。而新单于的人选，各位有什么建议？”

呼延熊与秃发腾年纪相仿，自幼交好，两人从小在一起骑马打猎，长大后，共同率领军队征战，是过命的交情。

而其他五部的匈奴首领，都正当壮年，是秃发腾的长辈，因此现在都各怀心思，有取代秃发单于的野心。

至于归顺匈奴的西域小国贵族，都沉默不语，静观匈奴五部到底有何作为，要取代秃发部，成为匈奴单于。

五部的首领，相互看着对方，没有人开口。

秃发腾伸手，侍从端来酒碗，秃发腾走到柔然部车路欢面前，一饮而尽，然后扔掉酒碗。车路欢也马上将酒碗干了。

侍从又奉上酒碗，秃发腾分别与其余各部首领对饮。

秃发腾连喝六碗烈酒，却浑若无事，沉声说：“父亲归天，各位叔伯都来奔丧，为什么却各自带领了数万军马，驻扎在纱衫城外？”

五部首领被秃发腾质问，一时间也无法回答。

秃发腾又说：“父亲尸骨未寒，各位叔伯，就要兵戎相见了吗？”

车路欢转身向众人说：“单于之位，兄传弟，父传子，是匈奴的祖训。只是秃发无疾单于的身世……”

车路欢一出此言，所有人都震惊失色。秃发无疾单于出身中原汉人，虽然此事并不是秘密，可是从来无人敢公然提及。

秃发腾的眼中冒出了怒火，但是转瞬即逝，问车路欢：“叔叔在我父亲归天后，重提此事，到底是什么道理？”

车路欢犹豫了一会儿，看了看其他四部首领，才说道：“无疾单于是天降战神，他做匈奴各部的单于，我们都是服气的。可是无疾单于已经归天，秃发部是不是应该脱离匈奴，回到中原家乡呢？”

秃发腾看了看左右，目光一一掠过四部首领，四部首领纷纷低头，不敢对视。秃发腾心中有数，这五部首领，知道无疾单于归天，早就私下勾结，要驱赶秃发部。甚至已经起了杀心。

秃发腾重重地把佩剑掷在地上，大声说：“我秃发腾，生在沙海平阳关，喝着马奶、吃着牛羊肉长大，从没有踏入过中原半步。况且我父无疾单于，当年在平阳关之战退兵之后，已经彻底改宗匈奴。现在叔叔旧事重提，就是要把我秃发部从单于的位置上拉下来，对不对？”

秃发腾的声音雄厚，气势压迫众人，只有车路欢敢与之平视。

秃发腾说：“叔叔带来了三万柔然骑兵，是六部之中，率领军士最多的一部，叔叔不是来奔丧的，而是来抢单于的地位。”

呼延熊把秃发腾脚下的佩剑拿起来，抽出长剑，大声说：“秃发单于以父传子，哪里还有什么商量的余地！现在有谁要说个不字，我先拿他的头颅给无疾单于祭祀。”

车路欢冷笑着说：“你混周部，区区五千人马，就敢这么跟我说话？”

秃发腾打断车路欢，说道：“有何不敢，你柔然部三万人马，就能够在我面前大言不惭了吗？”

车路欢举起双手，看向其余四部说：“还有屠何部、丁零部、林胡部、楼烦部，四部军马，共七万铁骑，我不信打不过秃发部与混周部。”

“秃发部主力军马在坎殿与大罗刹国军队交战，”秃发腾须髯贲张，“你却要在这个时候，起兵造反？”

“不是造反，”车路欢说，“只是把非我族类的汉人，请回中原。”

秃发腾转身，朝着无疾单于的灵位跪拜，大声说：“父亲，今日匈奴内部相争，不是儿子违背您的心愿，而是儿子不得不教训逆贼，以免您一生辛苦经营的基业，毁于一旦。”

“到了这个时候，”车路欢说，“还在大言不惭吗？”

秃发腾说：“父亲无疾单于，兵法盖世无双，但是他还有一支鬼兵，极少召唤。父亲说过，利用鬼兵征伐，于天道不合，因此不到绝境，决不能使用。”

“这种无稽的传闻，”车路欢笑道，“你也当真。我们六部，从未见过所谓的鬼兵，无疾单于纵横天下，靠的是匈奴铁骑，哪里是什么虚无缥缈的鬼神之说。”

秃发腾说：“今日是父亲大丧之日，我暂且不受单于之位。但是我要让叔伯们知道，无论是兵法纵横，还是驱使鬼兵，父亲都已经悉数传授给我。”

“如果你与无疾单于一样英武，”车路欢说，“我们五部，都无话可说。”

秃发腾看向其他四部首领，“各位叔伯也是这么想的？”

四部首领仍然沉默。隔了一会儿，丁零部贺兰疾风终于开口，“我们匈奴各部，都只听命于强者，如果贤侄能与无疾单于一样，我们都是服气的。”

“只是一旦交战，死伤的都是匈奴各部的兄弟，”秃发腾说，“我给各位叔伯，最后一次机会。”

车路欢大声说：“你不必用缓兵之计，现在带领秃发部离开，我们绝不加害秃发部族人。”

秃发腾冷笑一声，说：“好，现在就请各位叔伯，到王帐外，亲自去瞧瞧。”

纱衫城外，匈奴五部的军队分别占据了四周的高地，举着柔然、屠何、丁零、林胡、楼烦各部的黑色大纛。大纛顶部分别用狼毫、熊鬃、虎毛等不同兽毛点缀，以示区分。

而站立在纱衫城外的，只有混周部呼延熊的五千骑兵。

呼延熊和秃发腾站立在一起，对着五个部落的首领说：“各部首领都在，可以亲眼看看秃发部为何有必胜的把握。”

车路欢等人，见秃发腾和呼延熊至此境地，仍然没有丝毫的畏惧，隐隐感觉到不妙。

丁零部贺兰疾风问秃发腾：“难道贤侄真的掌握了驱使鬼兵的手段？”

“我父亲说过，使用鬼兵，会折损阴德，”秃发腾说，“我更不会用这个阴兵的鬼符与各位交战。更何况，我只是让各位叔伯，知道我继承了父亲的手段而已。不会与各部伤了和气。”

车路欢等人尚在犹豫，贺兰疾风的手已经按在了腰间的刀柄上。

呼延熊拿着佩剑指向贺兰疾风，“论武功，五位首领可不是我与大哥的对手吧。”

车路欢朝着贺兰疾风微微摇头，贺兰疾风笑了笑，双手摊开。

众人仍旧看着城外的军队。虽然并没有两军交战，但是五部的军马早已经占据了地利，将混周部骑兵围困。

突然五部军队的阵脚，开始慌乱，在各部将领的约束下，勉强稳住阵型。片刻后，一个巨大的庞然大物从东方缓缓移动过来，接近柔然部与丁零部军队之间的空隙，柔然部和丁零部军队，被这个庞然大物挤压，不断退后。

“龟甲！”车路欢终于看明白了，“不是已在平阳关一战中损毁，无法移动，被无疾单于抛弃在了鹿谷吗？”

秃发腾说：“这龟甲是当年飞星派耗时百年修建，平阳关损毁后，飞星派用了三十年修复，本来是为用作攻打大罗刹国的奇兵。可惜我父亲没有等到龟甲到这里，就猝然去世。现在龟甲尚未用于对付大罗刹国的军队，却先要用在手足相残的内斗中。”

车路欢脸色铁青，其他四位首领已经开始动摇，悄悄地疏远车路欢，聚在一起。

车路欢仍旧没有死心，轻蔑地说：“我听说过龟甲的厉害，不知道是不是跟传说中一样。”

车路欢的话刚说完，就立即沉默下来。因为他看见龟甲已经移动到了柔然部军队的阵中，柔然部的骑兵绕着龟甲躲避，龟甲上冒出几十台投石机括，石头纷纷落下，精准地砸在柔然部骑兵的身边，扰乱骑兵的阵型，而更远处接应的柔然骑兵，已经被龟甲的气势震慑，不敢有任何妄动。

龟甲移动虽然缓慢，却是雷霆万钧，不可抵挡。柔然部的骑兵在龟甲面前，毫无还手之力，更何况龟甲上还有更多的木甲术，没有施展出来。

车路欢已经完全辨明了形势，龟甲的投石车，虽然不断地抛下巨石，却没有伤到一个军士，这比杀戮更加高明。现在龟甲上杀意弥漫，就等着秃发腾一声令下，将柔然军士屠杀。

车路欢向四部首领点点头，跨步来到秃发腾的面前，单膝跪下，“天命所归，是秃发腾单于。”

其他四部的首领，看见车路欢已经臣服于秃发腾，也纷纷单膝跪下，双手捧在胸前，齐声说：“秃发腾单于。”

车路欢随即匍匐在地上，平伸双臂，“柔然部车路欢今日冒犯了秃发腾单于，但凭单于处置。”

秃发腾和呼延熊相互看了一眼，呼延熊走到车路欢身边，把车路欢扶起，“今日是无疾单于大丧之日，也是秃发腾单于继位的日子，不宜各部兄弟相残。叔叔请起，今日之事，绝不再提及。”

车路欢站立起来，他没有想到，年纪轻轻的秃发腾竟然如此轻易地放过自己。于是走到秃发腾面前，诚恳地说道：“大单于，我也不再隐瞒，车路欢今日本是想取代单于之位，只是没有想到，无疾单于是大英雄，当年与我有不杀之恩，现在无疾单于的儿子也是大英雄，又放过了我一条性命。从今往后，我绝不敢再有任何异心。”

秃发腾单于伸手扶在车路欢的肩膀上，对着各部首领说：“龟甲已经就位，现在各部听我号令：跟随于龟甲侧翼，攻下坎殿城，将大罗刹国逼退。我们匈奴的骑兵，将我父亲的骨骸，安葬在瀚海之滨。”

匈奴六部首领同时跪下，“听候大单于吩咐！”

五部首领接受了秃发腾的军事布置后，各自返回军中，等候秃发腾三日后进发军令。

秃发腾和呼延熊重新来到老单于的王帐中。老单于的遗体安放在一个石椁中，石椁内注满了香油，保持无疾单于尸身不腐。

秃发腾和呼延熊注视着老单于，两人同时长长地叹出一口气。

“无疾单于果然是料事如神，”呼延熊说，“把今日的事情，算得毫无遗漏。”

秃发腾说：“父亲率领各部征伐天下，三十年下来，对每个首领的秉性，都了如指掌。”

“只是无疾单于无法亲自杀回中原了。”呼延熊惋惜地说。

秃发腾说：“父亲发誓不踏入平阳关，是因为，他知道自己即便是统一漠北，也无法率领匈奴各部击溃中原。他一直在等一件事情。”

“什么事情？”呼延熊问。

“马上就有答案了。”秃发腾说，“这就是为什么父亲一定要亲征坎殿城的原因。”

“坎殿城内有什么重要的秘密吗？”

“坎殿城中，有一个与中原道家渊源甚深的雕像，”秃发腾说，“父亲临终前告诉我，得到那个雕像，就得到了征伐中原的力量。”

秃发腾拿出一块绸帛，绸帛上画着一个勇武的人像，“这是当年中原王朝派遣到西方的使节张闯所绘。画像中的这个人物，就是中原帝王的远祖，公孙轩辕黄帝！”

呼延熊看着这张黄帝的画像，虽然无法理解，但是从秃发腾郑重的表情上看来，知道秃发腾说的绝对没有任何虚假。

就在两人看着黄帝画像的时候，侍从通报，驱动龟甲的风追子已经到了帐外。

秃发腾收起画像，与呼延熊飞奔到帐外，两人同时向赶来的风追子拱手：“师父你来了。”

风追子风尘仆仆，满脸憔悴，摆摆手，快速走到帐内的石椁旁，叹口气说：“我还是来晚了。”

秃发腾跪在风追子的身边，“父亲归天了，今后我只能依靠师父。”

风追子扶起秃发腾，“你已经贵为单于，你是君王，一切事情，都由你来定夺。无疾本想亲自攻下坎殿城，给你奠定好东归的基业，可是现在都要靠你自己来完成了。”

秃发腾坚定地说：“父亲的心愿，我从没有一刻忘记过。”

突然帐门的侍卫大声呼喝，风追子才醒悟过来，“我带来了两个人，你一定要见见他们。”

呼延熊立即招呼侍卫，将帐门外的人带进来。

可是秃发腾分明看见，走进来了三个人。

风追子走到这三个人身边，对着秃发腾说：“我们来晚了，梁无疾已经去世，这位是梁无疾的儿子秃发腾，现在是匈奴各部的大单于。”

三人立即向秃发腾行礼，并不下跪。秃发腾知道，他们行的是道家礼仪。于是用道家礼仪回礼。无疾单于本是中原安灵台的后裔，身份半俗半道，秃发腾见了道家门人，也跟父亲一样，用道家礼节招呼。

秃发腾看着前面的这对夫妇，妻子已经人到中年，可是丈夫却仍旧只有二十出头，怎么看都是老妻少夫。看来风追子口中所说的二人就是他们，后面跟随着的一个人，应该是他们的仆从。

风追子向秃发腾介绍："这位是中原道家镇东神山的门人任嚣城，另一位是他的妻子，大景的甑公主。"

秃发腾看着任嚣城夫妇，不知道他们为何而来。

风追子继续说："重修龟甲，任先生功不可没。并且改良了龟甲的机括，今日龟甲，比当年更加凌厉。"

秃发腾看着任嚣城，神色狐疑。

任嚣城笑了笑，看看身边的仆从。

仆从上前一步，掀开自己的衣服，露出了木头身躯。木人自己把胸口揭开，秃发腾和呼延熊看见，胸腔里都是精巧的机括，正在严丝合缝地转动。

两人大惊失色，没有想到任嚣城的木甲术手段竟然高明如斯。

秃发腾得到了父亲无疾单于留给他的最宝贵的遗产——龟甲。他用中原的汉语，对任嚣城敬重地说："中原的四大仙山，我父亲在世的时候，对我提起过。他毕生只有一场战役没有取胜，对手之中，就有镇北神山的幼麟少都符。任先生与少都符齐名，父亲也经常提起。"

任嚣城向秃发腾笑了笑，"我夫妻二人，三十年来遍寻中原，探访飞星堕地的方位，可惜无功而返。可巧我们到了平阳关以西的鹿谷，遇见正在重建龟甲的风追子，木甲术是我们姑射山卧龙所擅长，于是给了风追子一些建议，将龟甲易受火攻，攻击时移动缓慢的缺憾弥补。"

风追子说："任先生说得轻描淡写，可是点拨的几处，却是精妙无比。"

秃发腾问任嚣城："任先生夫妻二人，不远万里来到纱衫城，不只是为了亲见龟甲的威力吧？”

任嚣城说：“单于猜得不错，我们到西域来，就是为了寻找飞星堕地的方位。”

“飞星堕地一事，我今日第一次听说，”秃发腾说道，“但是我可能有一份大礼回报给任先生。”

任嚣城不解，不知道秃发腾所指何事。

秃发腾带着任嚣城和风追子走到沙盘前，指着沙盘上的一座城池，“这是坎殿城，八十年前被西方的大罗刹国征服。父亲这辈子用了三十年一统漠北，征伐西域大国三十，小国无数，终于在他五十岁这年，将匈奴的疆域扩大到了纱衫，就在半年前，率领匈奴骑兵，开始攻打坎殿。”

风追子说：“没有想到坎殿小城，无疾单于竟然半年都无法征服。”

秃发腾说：“坎殿城内，有一群西域的道家术士辅佐，父亲一直不肯使用鬼兵……”

“听说无疾单于的鬼兵，太伤阴德，在平阳关使用一次，就折损了无疾单于的十年阳寿。”任嚣城说，“因此不可轻易祭出。”

“卧龙先生说得不错，”秃发腾说，“我父亲将鬼符交给了我，我也立誓，鬼兵只能在东进中原，关键一战的时候使用。”

“因此单于的军队，由于没有道家高人指点，”任嚣城说，“反而被坎殿城内的术士牵制。”

“坎殿是西域西陲小国，”风追子不解，“为何有道家术士？”

“一定是术士，”秃发腾说，“并且是黄帝之术。”

任嚣城终于有些明白秃发腾想要说什么了，“单于的意思是，坎殿城内，有一批道家传人？”

“不是道家的传人，”秃发腾说，“是黄帝道术的另一支传承。”

“黄帝是中原道家的源头，”风追子说，“难道当年就有传人来到了西域？”

秃发腾看了看风追子和任嚣城，“看来老师和卧龙先生作为道家宗主，也都不知究竟。”

任嚣城和风追子两人对视一眼，隐隐意识到秃发腾要说一个巨大的秘密。

秃发腾决定不再隐瞒，郑重地对任嚣城和风追子说：“家父本是大景安灵台的后代，而安灵台一直保留了泰朝使节张闯的西域见闻，张闯出使西域，就在这个坎殿城，见到了轩辕黄帝的雕像。”

风追子和任嚣城听了，面如土色。风追子说：“从未听过，轩辕黄帝有西域的传人。”

任嚣城问：“张闯的记载中，这个雕像有多少年头了？”

秃发腾回答任嚣城：“依张闯所述，修建雕像的年代，正是轩辕黄帝与魔王蚩尤大战涿鹿之时。”

“无疾单于一生征战，最终的目的，就是要攻下坎殿，”任嚣城明白了，“如果坎殿城有轩辕黄帝的雕像，那么意味着当年轩辕黄帝很可能是从西域出发，带领十二真人，东进中原，与蚩尤决战。”

“如此说来，难道、难道，轩辕黄帝是西域人氏……”风追子已经语无伦次，“这绝无可能，不不不，绝无可能！”

任嚣城继续说道：“如此说来，黄帝麾下的十二真人，应龙、风伯、雨师、天女、仓颉、风后、伶伦、力牧、常先、鬼臾区、篯铿、女魃，也是从西域而来！”

“姑射山的常先、飞星派的风后，分别是我与任先生两派的先祖，”风追子大汗淋漓，“轩辕黄帝的样貌无人知晓，可是我先祖风后的样子，的确、的确相当奇特。姑射山常先的雕像，是不是也是这样？”

任嚣城微微点头。

秃发腾抬起手，镇定地说：“攻下坎殿城，就能够得到真正的答案。师父和任先生必定能找到黄帝留下的道家秘术，而我，则要用一生的时间，筹划完成我父亲未竟的大业，重返中原。”

第三章

坎殿城

高耸入云的孤峰矗立在无垠的荒漠中，如同一个楔子在桌面上突兀。孤峰下方有一片绿洲，绿洲与孤峰的边缘，依山修建了一座城郭。

城郭背靠孤峰，其余三面，都已经被匈奴秃发部和混周部的军队围困。

秃发腾、呼延熊、风追子和任嚣城夫妇，骑着马赶到距离孤峰十里之外的地方。

秃发腾用马鞭指着前方的孤峰说："山下的城池，就是坎殿城。"

"就这么一座无险可守的小城，"风追子感叹地说，"无疾单于竟然用了半年的时间都没有攻下，是因为无疾单于的疾病，导致无法亲率大军攻打吗？"

任嚣城的妻子甑公主和丈夫共骑，轻声在任嚣城的耳边说了一句话。任嚣城听了之后，脸色大变。

呼延熊没有看见任嚣城夫妻间的这个举动，回答风追子说："无疾单于的确是在攻打坎殿的时候，突发恶疾身亡。"

任嚣城看着秃发腾说："无疾单于不是死于暴病。"

秃发腾却是看见了甑公主刚才的举动，于是看向甑公主，“任夫人是怎么看出来的？”

听到任嚣城夫妇和秃发腾一对一答，风追子也恍然明白，“无疾他、他是死于军中？他一生不败，怎么可能死于敌手？”

“父亲说过，”秃发腾说，“他一生戎马，杀人无数，命中合该死在兵戈之下。”

“无疾单于也不是死于兵戈，”甑公主说，“他是死于法术。坎殿城中，有法术深不可测的术士。”

秃发腾问：“任夫人这么说，倒是让我解开了父亲受伤的疑问。我只是不明白，任夫人为什么如此笃定？”

任嚣城替妻子回答：“内人幼年不幸，有过曲折的身世，但是福祸相依，她也学习了辨识阴阳，五行推演的算术。”

甑公主接过任嚣城的话头，“无疾单于的遗体，脸上虽然已经抹上石灰，但是仍然掩饰不住黑气，如果我没有猜错，无疾单于的身体应该是浑身枯槁成黑炭一般。”

呼延熊听了这句话，看向秃发腾，大声问：“大哥，真的是这样吗？”

秃发腾没有回答，却已经默认了甑公主的推测。

秃发腾沉默了片刻，喃喃地说：“父亲受伤的那一夜，是夜袭坎殿城的时候，父亲端坐于中军后营，指挥调度。黎明时分，我正在指挥军士用云梯攻打城墙，父亲的亲兵从后营赶来，悄悄告诉我，有敌人偷袭中军，父亲受了重伤。”

“我告诉亲兵，眼下即将攻克城池，待我军入城之后，即去看望父亲。”秃发腾回忆，“可是亲兵坚持让我赶紧回营，我才明白，父亲已经命在旦夕，要向我嘱咐后事。”

风追子轻轻颔首：“龟甲和鬼符，还有五部可能会作乱，这些事情，就是无疾在死前对你交代的。”

“我赶到后营，看到父亲全身灼伤，衣服焚毁，只勉强有一口气在。”秃发腾说，“父亲交代完后事之后，脸上的皮肤便开始焦黑，我此时才发现，有阴火在他身体里焚烧。当阴火烧到了头颅，父亲的性命已回天无术。”

“如此说来，”呼延熊说，“无疾单于并不是死于偷袭的敌军，而是死在了刺客的暗算。”

“是术士，而且全身而退，手段高明。”风追子向任嚣城和甑公主分别看了一眼。

任嚣城点头，“火术。这是道家的法术，听说当年五雷派擅长此术。”

甑公主说道：“比五雷派的火术要高明。我见过五雷派的宗主滕步熊，他的法术达不到这个境界。中原的火术，只能从外烧灼。”

秃发腾看着前方的坎殿城池，恨恨地说：“等我攻下城池，一定屠城，一个人都不放过，绝无遗漏。”

“坎殿城内的术士，比我们想象得要高明太多。”甑公主说，“单于你要小心。”

三人继续前行，已经走到了秃发部和混周部围困坎殿城的后方，两部的将领，亲自来迎接，等候秃发腾的军令。

秃发腾挥手让两部的将领回到阵前，指着前方坎殿城后的孤峰说：“各位看见了吗？”

“看见了。”任嚣城和风追子也目不转睛地看着前方的孤峰，看了之后，两人都沉默不语。

原来当初泰朝使节记载的那个雕像，就雕刻在孤峰的岩壁上。雕像巨大，几乎与孤峰的石壁等高，上下数百丈。

雕像下方，是一个巨大的双舆战车，战车上站立着威风凛凛的人像。这个人像，左臂平伸，右臂手持长矛，头上戴着冕旒，与中原道家供奉的黄帝画像几乎无异。

秃发腾看了看天色，对众人说："明日必起沙暴，我们暂且等上一夜，等沙暴席卷的时候，趁势攻打坎殿城。"

秃发腾说完，身后的荒漠上，柔然部、屠何部、丁零部、林胡部、楼烦部属下的匈奴五部七万骑兵，已经一字排开，慢慢逼近坎殿城。

处在中军的丁零部和林胡部两军，阵型调动，慢慢从中分开，两军的间隙之间，一个庞然大物从后方移动而来。

龟甲以不可抵挡的态势，超越匈奴五部的一字阵，不停行驶，直至秃发部和混周部两军的后方。

即便是友军混周部和秃发部，也被这个庞然大物震慑。

而坎殿城内，一片寂静之后，发出了急促的钟声。

第二日中午，秃发腾预测的尘暴果然到来，从匈奴七部大军的后方，如同一堵高达数十丈的墙壁，滚滚移动向孤峰和坎殿城。

当尘暴笼罩于匈奴七部排列的阵法上方的时候，秃发腾举起手中的佩剑，向身边的传令官沉声说："攻城！"

传令官受令，七个壮汉同时擂起身前的战鼓。隆隆的鼓声透过尘暴的尖啸，传递到七部匈奴将士耳边。

七部匈奴的军马，同时疯狂地冲向坎殿城墙。

随即，天地之间一片黑暗，只有猛烈的沙尘在肆虐大地。风声中，不时传来士兵的厮杀和哭嚎声。

秃发腾得了父亲的兵法，矗立在中军阵中，不断地用鼓声调度七部军士的进攻节奏。

风追子和任嚣城夫妇不是军人，无法理解秃发腾的调动步骤。只是看见秃发腾不断在听取远处的鼓声，然后命身边的击鼓手回应联络。

尘暴持续了三个时辰。在尘暴中，龟甲发觉北城墙的守卫最为薄弱，于是在呼延熊混周部的配合下，全力进攻坎殿城的北侧城墙，柔然部和丁零部也随即挥兵接应，与混周部在北城墙会合。

而其余四部，则在南城墙一侧攻打城池，牵制坎殿城的守军，让守军无法支援北城墙。

当尘暴散尽之后，混周部已经占据了北城墙。丁零部和柔然部顺势沿城墙南下，摧枯拉朽一般，将坎殿城的城墙全部占领。

可是七部的前军悉数登上城墙之后，并没有听从秃发腾的号令，攻入城内。秃发腾知道将领停止进攻，必有蹊跷，于是亲自会同风追子和任嚣城夫妇，登上城墙。

这才发现，坎殿城的城墙之后，是一片深渊。

真正的坎殿城修建在孤峰的悬崖峭壁之上，峭壁与城墙前，有无数的锁链吊桥与城池连接。现在坎殿城的守军，已经纵火将所有的吊桥焚烧，锁链在悬崖的那头，被坎殿城守军解开，燃烧着熊熊大火的吊桥，挟带着率先踏上吊桥的匈奴七部军士，纷纷堕入深渊之下。

军士的呼号声久久不停，似乎深渊没有底部。

秃发腾和风追子等人面面相觑，世上竟然有这样的城郭存在。当年是用了多少人力物力，才能在深渊内侧的悬崖上，修建起如此一座城池。

也只有到了坎殿城的城墙之上，才可能看到城墙内侧的无底深渊。深渊宽阔几乎百丈，从城墙外部地势平坦的荒漠上远远望去，只能看见高耸的孤峰，以及孤峰下方的建筑，这道深渊，被高高的城墙完全遮掩。

匈奴六部首领都聚集到了秃发腾身边。匈奴士兵能够登上城墙的只有少数几千人，其他大部分骑兵都在城墙外待命。

面临坎殿城的深渊，龟甲也无法发挥自身的威力。毕竟，无论龟甲如何庞大，也不可能凭借巨大的体型，横跨这几乎百丈宽的深渊。

“这才是坎殿城真正的城防。”秃发腾无奈地说，“除非我们的军士长出翅膀，否则无法横跨过去。”

“坎殿城内一定囤积了大量的粮草，孤峰上也一定有泉水。”呼延熊开始焦虑起来，“而我们的十万兵马，至少需要分拨七万人，才能从本部运送粮草补给过来。”

“秃发部和混周部驻守，其余五部运输粮草，”秃发腾下令，“我们一定要把坎殿城攻打下来。”

“大罗刹国的十万援军，已经从瀚海以西朝坎殿进发，”呼延熊说，“随时会到达……”

秃发腾听了，摆摆手，“已经兵临城下，父亲花了三十年的努力，难道要在这里功亏一篑？”

风追子和任嚣城夫妇站立在城墙上，注视着孤峰上的黄帝巨像。现在他们已经十分靠近孤峰，黄帝雕像上的石凿斧刻看得一清二楚，就连黄帝脚踏的车舆之下十二真人的雕塑，也都清晰可辨。

风追子很快就识别出十二真人中的风后，任嚣城也看到了姑射山的先祖常先。

甑公主对风追子说：“一定要劝说秃发腾单于，不惜一切代价，攻下坎殿城。这一战十分重要。”

风追子问甑公主：“任夫人是看出什么来了吗？”

甑公主指着深渊对面的坎殿内城，缓缓地说：“坎殿城易守难攻，城墙反而是最为薄弱的地方，可是现在坎殿城内并没有留下任何埋伏，而是不计一切后果，将深渊上所有的吊桥焚毁，连锁链都斩断，说明坎殿城不敢轻易涉险，而是集中他们所有的力量在保护一个重要的物事。然后等待大罗刹国的支援。”

“坎殿城要保护的物事，一定与轩辕黄帝的无上法术有关。”风追子推测，“于我们也十分重要。”

这一边，秃发腾单于正与六部首领商议攻城之策。时间过得飞快，到了夜间，秃发腾指着对面坎殿内城的点点微弱灯火说："坎殿城现在占据防守优势，但是他们并没有向我们挑衅，引诱我们攻打。如此说来，他们并不希望我们继续进攻，而是安心等待我们离开。"

"不知道大罗刹国援军什么时候到达？"呼延熊再次提醒秃发腾。

秃发腾抬抬手，沉稳地说："还有一个原因，坎殿城的这条深渊天险，一定有一个破绽，我们还没有找到。而坎殿城守军心存侥幸，希望我们无功而返。"

秃发腾和车路欢探身看向城墙内侧的深渊，实在看不出有任何的途径，能够跨越深渊。

车路欢返身走到秃发腾身边，轻声说："大单于还有一支奇兵，现在可以施展出来了。"

秃发腾说："父亲死前嘱咐过我，除非重归中原，决不能使用鬼符召唤鬼兵。即便是叔伯们在纱衫城一再相逼，我也没有破例。"

车路欢听了，黯然无语。过了一会儿才说："那就听从大单于的兵法调配，我等绝无迟疑。"

秃发腾对车路欢和各部首领说道："诸位，先暂行休整，我需要好好想想攻城的对策。"

匈奴七部军士，就地安营休息。

秃发腾夜间无法入睡，在城墙上来回逡巡，始终无法找到破敌的良策。他看见前方不远处，两个人影站立在城墙边缘，也在观察着对面的坎殿内城。

秃发腾走近这两人，认出是任嚣城夫妇。

"任先生和夫人也在寻找坎殿城的破绽？"秃发腾开门见山地问。

"是的。"任嚣城说，"一定有进攻的路径，只是我们看不见。"

"看不见……"秃发腾思考起来。

任嚣城指指城墙两端，城墙的南北尽头，都延伸到了孤峰的边缘，但是连接处都是向内倾斜的悬崖，悬崖下方仍旧是深渊。士兵绝无可能攀越内倾的悬崖，迂回到孤峰正面。

秃发腾说："士兵已经将各处都勘察了三遍，没有找到任何一条通道。"

"大单于如果一直找不到通道，"甑公主问，"一旦敌方的援军到达，大单于就要退兵了吗？"

"我还有别的选择吗？"秃发腾反问。

"大单于看到轩辕黄帝平伸的左臂，指向何处了吗？"甑公主提醒秃发腾。

秃发腾看见巨像的左臂指着西南方向，并没有任何蹊跷之处。

甑公主笑着说："轩辕黄帝一定会给大单于献上一份大礼。"

"此话怎讲？"

"明日天黑之前，"甑公主说，"大单于一定能踏入坎殿内城。"

"任夫人已有破城的计策？"秃发腾问。

"不过需要大单于答应我们一个要求。"甑公主看了看任嚣城，向秃发腾说。

"只要能够破城，"秃发腾立即回答，"任何要求我都答应二位。"

"放过城中百姓，"甑公主说，"不要屠城。"

任嚣城看看妻子，又看向秃发腾，"就这一个要求。"

秃发腾说："可是我父亲被这城中的刺客暗算，我就这样放过他们吗？"

"我帮大单于找出刺客。"甑公主说，"既然能攻破城池，找出刺客亦非难事。"

秃发腾点头说："好，我答应了。"

任嚣城得了秃发腾的承诺，脸色郑重，开始说起来："三十年前，我和其他三位仙山门人共同守护洛阳，击败了魔王饕鋻。"

"这件事情，从小我父亲就与我不断提起。"秃发腾说，"但是他到死也没有想明白，当初大景的皇帝，为什么会是一个术士；并且在把我父亲培养成为将才之后，却因为我祖父知道了皇帝的身份，断然与梁氏反目。”

“因为中原的皇帝，决不能是术士的身份。”任嚣城说，“我们四大仙山门人跟你父亲一样，都被这个师乙给玩弄于股掌之间。并且魔王饕餮要攻打洛阳，也是同样的道理。”

“现在那个皇帝死了吗？”秃发腾问。

“没有，四大仙山门人也是十二真人的后裔，寿命长于常人数倍，”任嚣城说，“师乙把自己的身份转化为蜀王的儿子，再次继位了大统，如今稳坐在大景建康皇宫里的皇帝，仍然是师乙。”

“任先生在这个时候提起往事，”秃发腾是一个极聪明的人，立即醒悟，“是跟攻打这坎殿内城有关？”

“不仅有关，而是大大的关联。”任嚣城说，“现在坎殿内城的孤峰，显而易见，就是黄帝和十二真人的雕塑供奉，而我曾经参与的洛阳之战，就是凭借洛阳四象木甲术战胜了饕餮。”

“洛阳四象木甲术……”秃发腾慢慢点头，“整个洛阳，就是道家真人布置的一个巨大机括。”

“在洛阳的地宫入口处，有一幅黄帝画像，”任嚣城说，“黄帝画像的上方，有一颗夜明珠，当初大景的国师滕步熊，告诉令丘山的凤雏支益生，只要按下那颗夜明珠，地宫的通道就能打开。”

甑公主说：“我在洛阳宫中生活多年，虽然幼年懵懂，但是好在我记性不错，后来重返洛阳皇宫，对宫内的布局了如指掌。”

秃发腾知道任嚣城夫妇二人就要说到关键，微微点头，示意任嚣城夫妇继续说下去。

任嚣城说：“内人看出这个坎殿内城，虽然与洛阳皇宫的地势不同，但是建筑的规置和走向，完全是按照道家的朱雀玄武青龙白虎的布局建造。无论表面看起来如何迥异，但实际上殊途同归。”

秃发腾有些明白了，“洛阳皇宫的四象木甲术有黄帝的画像，这坎殿内城也有一个黄帝的雕像，并且建筑格局与洛阳城的四象布局一般无二。”

秃发腾说完，仔细打量坎殿孤峰岩壁上的黄帝画像，果然在黄帝平伸的左臂上方，隐隐看出一点光亮。

“那并不是天空的星光映射，”任嚣城说，“而是一颗夜明珠。与洛阳地宫类似，只要能触碰到那颗夜明珠，坎殿内城的通道必定能出现在我们的面前。”

秃发腾听了，忍不住大笑起来。笑了一会之后，对任嚣城夫妇说：“小时候父亲四处征战，而我天生顽劣，只有在风追子师父面前我才能安静下来。二位知道是为什么吗？”

任嚣城茫然，甑公主却在微笑。

秃发腾说：“因为风追子师父，特别会讲故事。告诉了我很多很多中原的典故。”

甑公主笑着说：“我已经猜到风追子师父跟大单于说的是什么故事了。”

秃发腾说：“看来这个笑话要由任夫人来说。”

甑公主笑吟吟地说：“风追子师父说的笑话，一定跟猫和硕鼠有关。这个故事的出处，是当年大秦的丞相李斯。”

“任夫人果然是冰雪聪明。”秃发腾说，“还是我来讲吧。在楚国的粮仓内，一群硕鼠终日饱食，无忧无虑，但是某日，粮仓的主簿养了一只猫，捕抓硕鼠，硕鼠惶惶不可终日。于是硕鼠聚集商议，想出了一个绝妙的计策，只要在猫的脖子上挂上一个铃铛，硕鼠们只要听见铃响，就可躲避。这真是一个绝好的计策。”

秃发腾哈哈地笑起来，但是脸上并没有任何笑意。干笑了几声之后，看着任嚣城。

甑公主依然微笑，接着把笑话讲完，“可是又有哪只硕鼠，能够把铃铛挂上猫的脖子呢？”

秃发腾看着深渊对面孤峰上的轩辕黄帝雕像，“如果我能登上对面悬崖上的雕像，何愁在这里苦苦思索跨过深渊的计策。”

任嚣城说：“我献给大单于的一份大礼，就是能够有人把轩辕黄帝左臂上的夜明珠按下。”

“除非那个人天生有翅膀，”秃发腾黯然说，“能够飞过深渊。”

甑公主笑起来，“这可巧了，在我们身边，真的有一个人能够飞过深渊。”

“对啊，我怎么没有想到，”秃发腾立即拍手，“用孔明灯，带上一个人过去即可。”

“不等孔明灯飞到坎殿内城，”甑公主说，“坎殿城的守军，就用弩箭把它射下来了。”

“不错，即便是点上数千个孔明灯，带上几千人，也只能成为坎殿守军弓箭下的亡魂。” 秃发腾想了想，拱手问任嚣城，“难道是任先生有飞天遁地的法术？”

任嚣城说：“道家书籍上记载的真人飞升，都是虚无缥缈的夸张之辞，纵使法术高强的真神，也只有当年的雷震子能够做到。”

“雷震子！”秃发腾四顾张望。

“真神已经在天治之后，消遁于天下，”任嚣城说，“雷震子绝无可能再现于世间。”

秃发腾说：“时间紧迫，任先生不要再戏弄我了。”

“大单于还记得我夫妇二人的那个仆从吗？”任嚣城问。

“那个偃师人傀？”秃发腾终于想明白了，“姑射山卧龙，精于道家的木甲术，当年公输班造一木鸟，盘绕三日，不落于地。这个公输班，也是姑射山的门人吧。”

“大单于再仔细看看。”任嚣城指着深渊之上的天空。

秃发腾看了许久，才勉强看见，一个小小的黑影，背后伸出翅膀，借着黑夜掩护，正在深渊之上，缓慢飞翔。这个黑影，就是任嚣城夫妇的偃师人傀无疑。

现在要赌的就是，那颗夜明珠，就是坎殿城通道的机括。

秃发腾看向任嚣城和甑公主，甑公主一脸的坚定。

任嚣城说：“一刻时分之后，人傀就会按下夜明珠，到明日天黑之前，大单于的军队，一定能够通过深渊，攻下坎殿内城。”

秃发腾手臂一挥，附近城墙上的一个匈奴军士走上前来。

“立即通知六部首领，”秃发腾威严地说，“各部将领，调令部下，随时准备攻城。”

军士立即在城墙上小跑着离开，通知各部首领。

秃发腾双手扶在城墙边，眼睛一刻都不离开深渊上缓慢飞翔的人傀。人傀飞得并不快，此时飞到了坎殿内城的上方，缓缓地提升。

任嚣城夫妇也紧张地看着人傀在空中飞翔，也担忧会出什么意外。秃发腾看着人傀，手心里全是汗水。

人傀飞翔到了轩辕黄帝雕像的车舆上方，爬升的速度仍然缓慢。秃发腾想得明白，人傀内部构造极尽精巧，既然精巧，那么必定沉重。现在人傀在等待深渊之下的上升气流，才能快速地飞起。

突然，对面坎殿内城的灯火连续地亮起来，隔着深渊，也能听到对面慌乱的声音。秃发腾心里一沉，看向任嚣城，“他们发现了。”

任嚣城和甑公主也脸色紧张。甑公主问：“为什么风还没来？”

“来了，”任嚣城伸出手臂，悬在城墙上方的空中，“已经来了。”

秃发腾看见坎殿内城从黑暗中射出无数羽箭，空中飞翔的人傀，立即变得如同刺猬一般。

秃发腾长叹一口气，慢慢摇头。随即又看见人傀仍然在空中，心中不禁好笑。人傀是木甲术，并非血肉之躯，哪里会被射死。

但是羽箭加重了人傀身上的重量，人傀不仅没有上升，反而有下落的迹象。秃发腾的一颗心，又提了起来。

坎殿内城的军士，仍旧在不停地射箭。人傀的身体越来越沉重。

甑公主在一旁说："坎殿守军如此惊慌，看来夜明珠就是机括的关键。"

甑公主话音刚落，本已经下落的人傀，突然在空中急速向上腾起，瞬间就飞到了轩辕黄帝雕像的腰部，坎殿内城的弓箭，在空中纷纷落下，再也无法射中人傀。

秃发腾长长地吐出一口气，对着任嚣城说："风来了。"

人傀终于飞到了轩辕黄帝巨像左臂上方，在岩壁上，朝着夜明珠攀爬。坎殿内城的守军鞭长莫及，只能眼睁睁地看着人傀来到了夜明珠下。

由于相距遥远，已经无法看清人傀的动作。

城墙上的秃发腾和任嚣城夫妇，跟坎殿内城所有的守军和百姓，都保持着同样的姿势，等待着人傀将机括开启。

"没有想到卧龙的木甲术精妙如斯。"风追子不知道什么时候来到了秃发腾身边，轻声说。

身披甲胄的车路欢和呼延熊匆匆赶来，车路欢大声说："柔然部的军士已经调动完毕，随时可以攻城……可是攻城的通道在哪里？"

连韗用、贺兰疾风、乔林不花、须卜烈也随即赶到，分别禀报：屠何部、丁零部、林胡部、楼烦部军士随时可以攻城。

秃发腾抬起手，六部首领，都等着秃发腾的手挥下，发动攻城号令。

孤峰上，轩辕黄帝巨像左臂上的夜明珠突然一片黯淡，一定是人傀在转动夜明珠。片刻之后，夜明珠突然大放光芒，人傀的身体化作一团火焰。

孤峰之下的坎殿内城，发出了巨大的声响。这个声音，在任嚣城夫妇听来，十分熟悉。洛阳四象木甲术开启的时候，也是这种无数的牛筋绷起和齿轮转动的声音此起彼伏，连绵不绝。

接着轩辕黄帝的巨像，竟然扭转了半个身位，手臂平平地指向东方，刚好横亘在坎殿内城与城墙之间的深渊之上。

无论是坎殿内城，还是城墙上的匈奴七部军士，都被这巨大的机括震慑，秃发腾的手臂仍旧举在半空，迟迟不能放下。

坎殿内城下方，发出了隆隆的声音，众人忍不住向下看望，到底发生了什么。但随即所有人的目光又回到了轩辕黄帝的巨像上，因为此时，轩辕黄帝的巨像，正在垂直地落下，巨大的雕像向下跌落十丈后，就停顿一下，然后继续跌落，如此反复数十次，巨像的肩膀已经落到了与坎殿城齐高，而巨像的左臂尽头，刚好搁在城墙的中段，形成了一座桥梁。

秃发腾手臂挥下，各部匈奴军士齐声呐喊，柔然部首当其冲，登上手臂桥梁，混周部紧随其后，其余四部在城墙上下等待。

坎殿城内的守军，自恃有天堑阻隔，并没有任何的防备，当坎殿城守将反应过来，匆忙调动军队的时候，柔然部的军士已经冲上了轩辕黄帝的肩膀。柔然部军士，因为车路欢在王帐商议的时候，曾生有异心，现在为了表示对秃发腾单于的忠心，士气高昂，与坎殿城的军士刚刚接触，就立即把还没有排布阵型的坎殿城守军冲散。

柔然部从桥梁上跳下，踏上坎殿城的土地，随即被坎殿守军围攻，苦苦坚持，伤亡惨重。多亏呼延熊率领混周部军士及时赶到，形势立即转向匈奴这边。

随后的丁零部，也有条不紊地通过桥梁。

当柔然部、混周部、丁零部陆续占据了黄帝巨像手臂在坎殿内城的桥头要地，太阳升到了半空，天色已经大亮。

攻城战仍旧在持续。秃发腾紧张地观察局势，按照这个战局下去，甑公主的预测绝对毫无差错，天黑之前，匈奴七部就能将坎殿城完全占领。

但是还有一件事情，一直萦绕在秃发腾的心头。这是一个巨大的威胁，但是现在却没有任何的动向。

任嚣城夫妇走到秃发腾身边，甑公主说：“大单于是在担忧坎殿城内，隐藏着法术高明的术士？”

“正是。”秃发腾点头，“如果这些术士出现了，有风追子师父和卧龙在，我不忧虑。”

“可偏偏这些术士，到现在都还没有出现，”甑公主说，“那么一定是在筹划某个厉害的杀招。”

“任夫人如此聪明，”秃发腾说，“看来胸中自有成竹。”

“我也只是猜测，”甑公主说，“这些术士，一定是被什么事情给牵制住了。”

秃发腾想了想，“这个轩辕黄帝的机括，并非为外人进攻故意留下的桥梁，三岁小孩都明白这个道理。”

“对，”甑公主说，“这个桥梁是为了让坎殿内城的人能够出来的后路。”

“可是这与坎殿城内的术士有什么关系？”秃发腾苦苦思索，但是一时不得其解。

“令尊无疾单于，辛苦经营三十年，就为了攻打坎殿城，”甑公主说，“绝不是只为了要亲眼看看这个轩辕黄帝雕像这么简单吧？”

“坎殿城如此重要，父亲不顾一切都要攻打下来，”秃发腾双手扶在城墙上，“是因为有非常重要的物事，而这个物事，并不是轩辕黄帝的雕像本身，而是另有乾坤。”

“而且这个秘密，大罗刹国并不知道，”甑公主说，“却是坎殿城的百姓和军民，最重要的秘密。”

秃发腾说：“当桥梁出现之后，坎殿城内的术士，一定都全力去保护他们最看重的秘密。”

“这个秘密，就是无疾单于要拿到的东西。”甑公主轻松地说，“希望我猜得没错。”

“天黑之后，”秃发腾说，“一切都水落石出。”

第四章

西域战神

坎殿之战，与甑公主预测的完全一样，从前一日深夜，历经一夜一日，到了第二日，太阳落下荒漠边缘的地平线的时候，匈奴七部人马，完全占领了坎殿城。

车路欢亲手俘虏了坎殿城的城主。而呼延熊，继续在坎殿城内寻找行刺无疾单于的术士下落。其余四部首领分别安置坎殿城的守军和百姓。

秃发腾兑现了自己的承诺，没有如同以往匈奴的惯例，战胜拒不投降的城郭后，纵兵劫掠，屠杀全城。

风追子和任嚣城夫妇跟着秃发腾，通过轩辕黄帝左臂桥梁，进入了坎殿内城。坎殿内城的百姓，都佝偻着身体，站立在道路两旁，胆大的偷眼看向秃发腾。坎殿城的百姓，都是高鼻深目，皮肤白皙，与中原人士、甚至与匈奴各部的样貌迥异。

秃发腾单于在护卫的拱卫下，走到了坎殿城的神庙，也是坎殿城的议事厅。

车路欢押着坎殿城城主等待秃发腾。

秃发腾在神庙一个脚踏双翅的神像壁画下方，大剌剌地坐下。车路欢把坎殿城城主推到秃发腾面前。

秃发腾与父亲在西域二十多年，西域各国的语言都通晓一二。秃发腾问城主："你叫什么？"

城主却说："即便是匈奴单于，也不应该背对着法拉瓦哈神像。"

秃发腾回头看了看，说道："匈奴六部，只崇拜萨满，而我出身东土中原，信奉的是道家三清。"

车路欢冷冷地对城主说："大单于在问你叫什么，你如实回答就是，如若不然，我立即把这个壁画给毁了。"

三人的对答，风追子一一翻译给任嚣城夫妇。风追子作为无疾单于的国师，也已经对西域的语言十分熟悉。

城主双手交叉在前胸，表示对秃发腾的尊敬，"我家族是坎殿城世代城主，我是沙普尔的儿子霍二木。"

秃发腾说；"我答应过东土来的卧龙先生，不会屠城，但是有一个条件，行刺我父亲的刺客，我要拿他给我父亲殉葬。"

霍二木摇头，"单于杀了我吧。"

秃发腾回头看了看任嚣城夫妇，任嚣城说道："大单于已经把坎殿城全部占据，逐一询问就是，何必伤及无辜。"

甑公主说："大单于不要忘了令尊攻打坎殿城的目的。"

秃发腾想了想，忍住了折磨逼问霍二木的念头，于是问霍二木，"你们坎殿城，为什么会修建有轩辕黄帝的巨像，这个巨像与我们东土到底有什么渊源？"

霍二木一脸茫然，问秃发腾："单于问的是坎殿城上的这座雕像？"

秃发腾冷笑一声，"难道还有其他雕像不成？"

"可是这座雕像并不是单于所说的轩辕黄帝尊像，"霍二木恭敬地说，"这是我们唯一的真神阿虎喇马志达尊像。"

霍二木这个回答一经出口，秃发腾、风追子以及任嚣城夫妇，顿时震惊当场，久久无法平定心神。

风追子走到霍二木面前，身体战栗，用西域的语言问霍二木，“城主刚才所说，这坎殿城的雕像，竟然是、是阿虎喇马志达，也就是光明之王？”

“这难道不是天下皆知的事情吗？”霍二木茫然地问。

风追子又问：“那巨像下的十二个真人，又是谁？”

“你说的真人……”霍二木摇头说，“指的是十二宝树尊者吗？”

“十二宝树尊者？”风追子几乎要晕厥。

霍二木快速地说：“十二宝树尊者，分别是大圣尊者、智慧尊者、常胜尊者、掌火尊者、勤修尊者、平等尊者、信心尊者、镇恶尊者、正直尊者、功德尊者、齐心尊者、具明尊者。他们都是能呼风唤雨，驱动日月星辰的宝树大贤，是阿虎喇马志达真神的仆从。”

风追子强自压抑住翻江倒海的心绪，继续问霍二木：“那你知道应龙、风伯、雨师、天女、仓颉、风后、伶伦、力牧、常先、鬼臾区、篯铿、女魃，这十二个人吗？”

霍二木茫然摇头。

任嚣城也是身体不停地抖动。甑公主却飞快地向左右讨了纸张和炭笔，在纸张上寥寥数笔，画出一幅画像，递给了风追子。风追子看了看画像，又狐疑地看着甑公主。

甑公主说：“这是篯铿的画像。我在洛阳见过篯铿，他的样貌我一直历历在目。”

霍二木看着画像，恭敬地说：“这是阿虎喇马志达的仆人，功德尊者的样貌。功德尊者生于一团黑烟，常以烟雾示人。”

风追子手中的画像跌落在地上。

神殿内一片寂静，而霍二木并不知道发生了什么。

秃发腾最为镇定，首先恢复了心神，沉声问霍二木：“能否将你们真神阿虎喇马志达的神迹详细叙说一遍？”

霍二木立即一扫刚才的颓靡，兴奋地说："几千年前，我们这片流淌着牛奶和蜂蜜的土地，陷入了恶魔的统治，天地一片黑暗，土地上的各族人民受了恶魔的蛊惑，在连续几百年的黑夜中，纷纷相互厮杀。厮杀了几百年后，真神阿虎喇马志达率领十二个仆从，从东方而来，给我们带来了消失已久的太阳，也带来了光明，他用纯洁的火焰击败了恶魔，解放了我们祖先被黑暗笼罩的世界。我们所有的人民都愿意把灵魂交给阿虎喇马志达真神，尊奉他为宇宙中唯一的主人。随后阿虎喇马志达带着十二仆从，重返东方天堂，在天上永远地守护着他的子民。"

霍二木说到激动处，双手交叉，转向东方，跪拜下来，嘴里快速地念着连秃发腾和风追子也听不懂的祷词。

在巨大的震吓之下，风追子和任嚣城夫妇，已经无意中走到了秃发腾的身边，四人相互看向对方，风追子叹口气，"看来是真的。"

"原来轩辕黄帝在西域和中原都是无上的神仙。"甑公主说，"这一点我倒是从来没有想到。"[①]

"这就是泰朝的张闯，为什么要记载这个雕像，并且嘱咐自己的后人，一定要把这个事情传递到中原的目的。而他的孙子张霍桑真的做到了。"秃发腾说，"那么坎殿城内，一定有轩辕黄帝留下的神迹，我父亲终身惦记的东西。"

霍二木正在念诵祷词，突然眼睛看向了甑公主，把甑公主上下打量。秃发腾抬起手，任嚣城和风追子跟随秃发腾手指的方向，看向了霍二木。

甑公主眼睛和霍二木对视，"城主看见了什么？"

"莲花。"现在是霍二木开始惊讶起来，"这位夫人也是莲花。"

任嚣城看向自己的妻子，发现甑公主的身体发生了巨大的变化，一

① 中亚袄教阿虎喇马志达和中国道家祖师轩辕黄帝同出一源，是笔者在小说中完全虚构的演绎，是笔者讲故事的牵强附会，与真实的宗教及历史，绝对背离。望大家不要被这个虚无设定影响。

朵莲花从甑公主的脚下升起，花蕾瞬间开放，神殿内，异香扑鼻。

霍二木转身，手指神殿外的天空，天上的一轮明月，正在慢慢地月蚀。

风追子看到甑公主脚面上的莲花，轻声说："这就是金莲子化身的法术。原来任夫人贵为大景的公主，竟然有这样凄凉的身世。"

甑公主脸色煞白，"风追子先生一眼就看出来了。"

风追子说："瓮女之术，是彩戏师的歪门邪道，没想到，竟然连公主都不能幸免。"

甑公主说："自幼的波折往事，今日也不宜提起，我得了阳泉湖的金莲子恢复肉身之后，一直如常，不知道为什么现在莲花突然显现。并且这个坎殿城城主一定是认得金莲子的。"

风追子立即询问霍二木："你知道夫人脚上升起的莲花，可大有来历？"

霍二木朝着甑公主跪拜下来，"今日是金莲子努扎尔重生的日子，我们坎殿城等待了数百年。"

秃发腾和风追子，还有任嚣城夫妇，同时恍然大悟，原来坎殿城的秘密，就在这里了。

"努扎尔？"风追子追问霍二木，"跟金莲子有什么关系？"

霍二木脸色犹豫，又沉默起来。

秃发腾走到霍二木的跟前说："坎殿城的术士，正在某处迎接努扎尔重生，对不对？"

霍二木目光躲避开秃发腾，又看向了甑公主，"我们阿虎喇马志达东去天堂之前，在坎殿城留下了一颗莲藕的种子金莲子，每隔五百年金莲子生长开花一次，就是阿虎喇马志达留下来斩杀世界恶魔余孽的战神出世。战神的名字就叫金莲子努扎尔。当努扎尔愤怒的时候，莲藕身会化作三头六臂，脚踏火轮，手持长枪、精钢圈、红绫、金砖、地火罩、黑白双剑杀敌。在五百年前，斩杀恶魔信徒后，努扎尔重归于金莲子。

现在天上的飞星遁地，黑暗又将笼罩大地，也正好是金莲子展开，努扎尔重生的日子。”

“金莲子努扎尔……”风追子喃喃地说，“这就是无疾单于的目的，他要请出这个西域战神，重归中原。”

“看来是轩辕黄帝留下的法术无疑了，”任嚣城说，“洛阳城内的阳泉湖金莲子，也是当年张道陵种下。”

“既然是张道陵种下，那么必定是轩辕黄帝留下来的宝物，”风追子说，“只是洛阳城内的金莲子，只是细枝末节，真正的金莲子努扎尔战神，就在坎殿城内。”

秃发腾走到霍二木面前，“你拖延了我们一个时辰，就是在等待战神努扎尔重生？”

霍二木没有回答，当作是默认。

秃发腾说：“可是我们并不是你们真神所说的恶魔信徒，我们中原跟你们一样，也陷入了鬼治。”

霍二木眼睛游移不定，并不相信秃发腾所说。

秃发腾说：“现在莲花已经开放，你们战神努扎尔已经出世，可以带我们一见吗？”

霍二木爽快地说：“好，我现在就带你们去见努扎尔。”

霍二木转身走出神殿，秃发腾等人带领着亲兵跟随，匈奴六部首领也紧跟在后。众人一起走到坎殿城内，然后顺着坎殿城的山地台阶，朝着地下行走。走到道路尽头，是深渊边的悬崖。

霍二木转身对秃发腾说：“这里已无道路，只能踏上吊篮，送各位下去。”

秃发腾哼了一声。

霍二木说：“看来大单于是担心下面有我们的法师，下去后寡不敌众。”

秃发腾招来呼延熊，对着六部匈奴首领说：“如果我一日后不能上来，大单于之位，由混周部呼延熊继承，呼延熊之后，由柔然部车路欢一族继承单于之位。”

呼延熊大惊，跪下来，拉住秃发腾的衣角，“大单于万金之身，决不能以身涉险。”

秃发腾坚定地说：“我秃发本就来自于中原，父亲要追寻的事物，已经就在眼前，我怎么可能在这个时候退却。”

秃发腾一言九鼎，匈奴首领都不能劝阻。

霍二木走到悬崖边，扳动一个绞盘，一个吊篮出现在悬崖边。霍二木自己率先踏入吊篮，然后转身看着秃发腾。

秃发腾毫不犹豫，也踏入吊篮，风追子也登上去，随后是任嚣城夫妇。当五人站上去后，吊篮已经再也没有空隙。

秃发腾站在吊篮上，向呼延熊点头示意。呼延熊亲自转动绞盘，吊篮从深渊上缓缓落下。

吊篮下降的速度并不快，却比走路要快很多。下落了两个时辰之后，众人脚下轻轻一顿，吊篮落到了地面。

霍二木走出吊篮，秃发腾等人跟着霍二木在深渊地下行走。深渊之下到处弥漫着雾气，几乎无法分辨道路。

霍二木却走得愈来愈快，秃发腾等人紧紧跟随。

又走了约莫一个时辰，霍二木的脚步渐渐慢了下来，前方的浓雾中，隐隐现出了火光，同时连绵不绝的祈祷声也传了过来。

透过前方的浓雾，一个西域语言的声音传来，“是谁？是霍二木城主大人吗？”

霍二木说：“是我。”

“攻打坎殿城的匈奴军退了吗？”

“没有，”霍二木回答，“他们已经占据了坎殿城。”

“你身后是什么人？”

霍二木说："四个客人，匈奴的秃发腾大单于，和三个东土来的法师。"

浓雾中的声音沉默了。霍二木也不作声。

隔了许久，一个苍老的声音传来，"既然来了，就过来吧。"

霍二木身前的浓雾，似乎被人用刀切开一般，向两侧散开。秃发腾这才看见，霍二木身前，也是一道沟壑，一架白色的琉璃桥梁，慢慢从沟壑上显现出来。

霍二木毫不迟疑，率先走上了琉璃桥。

五人过桥后，发现这里是一个巨大的石台，石台四周仍旧是深不见底的悬崖深渊。

石台正中，有一个巨大的铜盆，正在熊熊燃烧火焰。铜盆旁边，站立着十几个身穿白袍的西域法师。

十几个西域法师，围成一圈，圈子中央是一个小小的泉眼。泉眼上漂浮着一片莲叶，莲叶上方莲花开放。

一个小小的婴孩，身体四肢都是莲藕，身上缠着红绫，脖子上套着精钢圈，长枪、金砖、双剑、地火罩都摆放在莲叶之上。

婴孩的身体在迅速地生长，不一会儿便盘膝坐在了莲花上，突然双眼睁开，眼中的金光四射。

十几个西域法师和霍二木都匍匐在地，口中大喊："重生努扎尔！"

看到莲花上一个婴孩盘膝坐起，秃发腾和风追子也还罢了，任嚣城夫妇却脸色严肃。甑公主把手抬起，伸在任嚣城的眼前。

任嚣城看见甑公主衣袖内的手臂，已经幻化成了莲藕。如此看来，甑公主的身体也一样。

任嚣城看着莲叶上的婴孩，对甑公主轻声说："这泉眼有古怪。"

"是金莲子的古怪，"甑公主说道，"洛阳的金莲子是从这里带过去的。"

“你能支撑得住吗？”任嚣城关切地询问妻子。

“虽然又没有了四肢百骸，”甑公主说，“周身却真气充盈。”

任嚣城说道：“你受益于洛阳金莲子得了身躯，现在金莲子的本尊就在眼前。”

甑公主颔首：“不知道这个金莲子，到底有多么大的能耐。”

婴孩左右肩膀各自冒出了两个莲花的花蕾，花蕾绽开后，拳头大的莲蓬显现，莲蓬瞬间长出了毛发和五官。但是这两个头颅，都是青面獠牙，毛发虬结，面目可憎。

接着婴孩的肋下又冒出了四节莲藕，瞬间化作了四条胳膊。

婴孩的三头六臂长成，金莲子已经重生。但是婴孩却张开嘴，似想哭嚎，却发不出任何的声音。

坎殿城的十几个法师看见这个场景，知道不妙，却也想不出什么道理来。

毕竟上次金莲子降生，已经是五百年前的事情，坎殿城的法师，并不知道如何面对。

婴孩大张着嘴，却无法呼吸空气，两个头颅和四条胳膊，慢慢地枯萎，越来越小，最后消失无踪。婴孩的脸部涨得紫红，眼看就要窒息而死。

坎殿城的法师都惊慌起来，却不知道该如何是好。

婴孩的胸口金光闪耀，金莲子在胸腔内，看得清清楚楚。

坎殿城法师看得明白，金莲子重生，并非一帆风顺，而是遇到了巨大的难题。婴孩的身体渐渐缩小，四肢又恢复成了莲藕的模样，眼看这么下去，婴孩必将重新归于金莲子，只能再等上五百年重生。

但是现在，无论西域还是中原，都被飞星遁地的灾难所笼罩，亟须战神努扎尔重生。

坎殿城的法师，在这种情形之下，只能纷纷跪下，祈求阿虎喇马志达真神。可是金莲子所化的婴孩越来越小，并没有任何的停顿。

甑公主走到了婴孩身边。十几个法师站立起来，用手指着甑公主，呵斥甑公主冒犯金莲子。

甑公主没有辩驳，只是将自己的双臂衣袖挽起，露出了莲藕手臂。

坎殿城法师看到后，立即惊愕不已，看着甑公主，不敢造次。

甑公主对着一众坎殿城法师说："机缘巧合，我也曾受金莲子的恩惠，有了血肉之躯。现在金莲子重生，我有办法将他请回来。"

坎殿城法师都一脸的茫然，他们听不懂中原的语言。

甑公主说完，眼睛看着风追子。风追子看向秃发腾，秃发腾微微点头。

风追子立即把甑公主刚才所言，转译给了坎殿城法师。

坎殿城法师纷纷匍匐在地，双手合十。

甑公主继续说："但是金莲子重生后，我要将他带回中原。"

坎殿城法师相互对视，无法回答。

甑公主说："金莲子重生为努扎尔，我在五年之后，必将努扎尔送回西域，到时候努扎尔身体长成，为西域各国，扫荡邪魔。"

坎殿城法师聚在一起，相互商量了好一会。城主霍二木走到甑公主面前，郑重地说："魔鬼已经在西域出现，金莲子不能离开西域。"

风追子把他的答复转译给了甑公主。

甑公主脸色黯淡："那么就只能眼睁睁地看着金莲子无法现世了。"

霍二木指着甑公主说："不是。我们商量的结果是，这位夫人既然也是金莲子之身，那么就请夫人留在坎殿城，以女王的身份统领我们这片土地上的列国，对抗恶魔。"

甑公主大惊："我是女子，怎么能做国王？"

霍二木也一脸茫然："为何不可？"

风追子向甑公主解释，西域与中原不同，女主并不是大逆不道的事情。

秃发腾开口了："看来他们是要把甑公主作为人质。"

霍二木向秃发腾叩拜："大单于已经征服了坎殿城，坎殿城是瀚海与沙漠之间的重要要塞，大单于如果要将匈奴的铁骑踏上瀚海之滨，我们坎殿城新立夫人为女王，对大单于只有益处。并且这位夫人本就是大单于的相识。"

秃发腾犹豫了，看了看任嚣城和甑公主。

任嚣城也对现在突发的变故，毫无准备，只是对着甑公主摇头。

甑公主对着任嚣城笑了笑，任嚣城的心，顿时落入深渊一般。

甑公主弯腰抱起婴孩，将婴孩浸入泉水之中。这个举动，当年甑公主身为瓮女，在洛阳的阳泉湖内，也是任嚣城每天的作为。

当甑公主吃了金莲子，浸泡在阳泉湖水中，金莲子的莲藕身，就慢慢地生长。

现在甑公主同样抱着婴孩，浸入泉眼。婴孩的口鼻灌满了泉水，反而能够呼吸自如，片刻后，婴孩的身体恢复。甑公主把婴孩从水中捞出，递给了任嚣城。

任嚣城抱着婴孩，轻声对甑公主说："你决定了吗？"

"决定了。"甑公主说，"中原分崩离析，陷入鬼治，需要你和大单于去平定天下。这不就是你下山的目的吗？"

"可是我们夫妻三十年，就这么天各一方？"任嚣城的声音哽咽。

"我等你回来。"甑公主笑着说，"你的寿命比我长，不会让我等不到吧。"

任嚣城知道，事情到了如此份上，已经无可挽回。

甑公主转头对着秃发腾说："大单于相信我的本事吗？"

秃发腾说："任夫人的心思七窍玲珑，是我见过的最聪明的人，男子也望尘莫及。"

甑公主点头："请大单于留下一部人马，我替大单于征战瀚海，与大罗刹国周旋。"

秃发腾说："好，你挑一个。"

“柔然部的车路欢，”甑公主说，“就让他留下来吧。”

秃发腾点头，“可以。”

甑公主又走到霍二木和坎殿城法师们跟前，大声说：“大单于同意了。”

霍二木和坎殿城法师欢呼起来。

“等等，”秃发腾走到霍二木跟前，“你还有一个问题没有回答我。现在可以说了吗？”

霍二木知道秃发腾不会对无疾单于遇刺善罢甘休。于是跟坎殿城法师又商量了一会儿。

片刻后，霍二木对秃发腾说：“是来自中原的法师第五伦。”

“第五伦，”秃发腾说，“这名字的确是来自中原。”

“第五伦在三十年前到了坎殿城，一直在坎殿城修行，”霍二木说，“五年前，投奔了大罗刹国，得到大罗刹国国王的重用。也是第五伦在坎殿城与大罗刹国之间斡旋，让大罗刹国没有对坎殿城兵戈相加，而坎殿城也臣服于大罗刹国。”

任嚣城大声说：“这个第五伦，既善用火术，亦善用冰术，手法与大景至阳六年刺杀太子姬缶一般无二。没想到师乙跟第五氏族一直暗中勾结。师乙被妫辕驱赶到建康之后，这个第五伦竟然跑到了西域。”

秃发腾看着甑公主，“我等着任夫人把第五伦的头颅交给我。”

甑公主说：“我答应了。希望大单于能厚待我的丈夫。”

任嚣城这时候才发觉，自己的妻子似乎一直在等待这一天。

三日之后，匈奴六部撤离坎殿城，向东方进发。

坎殿城甑女王率领坎殿城和柔然部的军队相送。秃发腾和风追子调令军队一路向东。这一次，他要完成父亲无疾单于未竟的事业，入主中原，一雪三十年前的深仇大恨。

当大军行走完毕，任嚣城抱着婴孩，与妻子告别。

两人相对无言。良久之后，任嚣城轻声说：“记得每日浸泡水中一个时辰。千万别忘了。”

甑女王眼中含泪说道：“保重。”

任嚣城骑上马，抱着努扎尔婴孩，跟随匈奴大军东去。直到消失在荒漠上不见，也没有回头。

第五章

子午谷中

连绵的秦岭中，陈仓道在险峻的大山内蜿蜒，到了子午谷的悬崖上，就是妫赵和成汉两国的分界处。

吊桥以南，如今已经被南蛮部牛寺建立的成汉政权统治。吊桥以北，是妫赵的国境。

吊桥南边，已经修建了一个小小凉亭。成汉的军队在凉亭外驻扎。吊桥以北，妫赵的沙亭军，齐整地站立在桥头的栈道上。

凉亭里，两个人对坐，中间隔着一个石桌。

两人的身形看起来都已十分苍老，头发花白，但是脸色却很红润，眼睛都炯炯有神。

穿着便服的是成汉王牛寺，对面身披甲胄的是妫赵的太尉，与妫辕共治大赵的干奢将军。

两人看了看四周。侍从端来了两杯清茶，成汉王摆摆手，“怎么让干将军喝茶水。”然后对着干奢说，“还是喝酒吧。”

干奢笑着答允：“对，哪里有喝茶的道理。”

侍从立即抱来酒坛，牛寺用手扣住坛口，凑在嘴边喝了一大口，随手将酒坛递给干奢，干奢也扣住坛口，喝了一大口。

两人的胡须都浓密异常，酒水在胡须上滴落。

牛寺将酒坛接回，放在石桌上，轻声说："我们兄弟二人，见一次就少一次了。"

干奢也神色黯然，"三十年，我们也就见了两次，今后，不知道还有没有相见的机会。"

"我们都老了。"牛寺叹口气。

干奢回头看了看吊桥，"三十二年前，我作为贱民，就由这里进入了蜀地。随后到了青城山，遇见了你。"

"乱世必出英雄，"牛寺说，"你我二人也算得上英雄了吧。"

干奢说："当年你我二人都是被蜀王征调的贱民，一路在蜀地做亡命之徒，如果不是徐无鬼徐兄指点我们进入长江古道，我们早已经成了两副枯骨，哪里还有今日。英雄……唉……"

"徐无鬼、任嚣城、支益生、少都符，四人联手对抗镂铿，守卫洛阳，"牛寺说，"这四人，才是真正的英雄。"

"不知道徐兄现在何处？"牛寺又说，"我很想念他。"

干奢说："我听到过消息，他一年前，在凤郡出现过。可当我从长安赶到凤郡时，他已经杳无音讯。"

"既然没有去往长安，"牛寺想了想，"那么他一定到了蜀地。可是他为什么不来找我？"

"如果他是个贪慕荣华富贵的人，"干奢苦笑，"你我二人都不会亏待他。可他宁愿隐姓埋名，也不愿意见我们。"

牛寺说："可是这三十年，他到底在什么地方游荡呢？"

"可能中曲山的事情，让他彻底心灰意冷了吧。"

"你就这么相信大孔雀王所说？"牛寺问干奢，"如果中曲山根本就没有存在过，那么徐无鬼从哪里来？徐无鬼也不是一个胡言乱语的疯子，他是中曲山冢虎，天下皆知。"

“天下从没有人踏上过中曲山，”干奢说，“可能徐无鬼是一个法术高强的术士，冒充中曲山冢虎也是有的。”

“不可能的，”牛寺说，“徐兄是一个实实在在的人，他的身份，也被其他三位仙山门人认可。”

“据大孔雀王说，”干奢说道，“中曲山在一百年前就已经没有人烟，清阳殿早已破败，徐无鬼不是中曲山的传人，他的身世是假的。跟大景的皇帝姬望，也就是如今的姬康，更是师乙一样。”

“大孔雀王是如何知道中曲山早已破败？”牛寺问道。

“他去过中曲山。”干奢回答。

“你刚才还说，天下没有人去过中曲山。”牛寺追问。

“大孔雀王不是世人，”干奢说道：“他跟篯铿一样，是真人。”

“徐无鬼竟然是个骗子？”牛寺连连摇头，“他为人诚恳，怎么会欺骗天下人。”

干奢站起来，把酒坛勾起，大口大口喝酒，然后擦拭下胡须，“徐无鬼是被一个法术高强的术士——我们不知道他是谁，可能是一个我们都不知道的真人——用幻象欺骗了他的记忆，让他以为自己从小生活在中曲山，是中曲山清阳殿的门徒。而且那个操纵他的人，通晓道家最崇高的神山法术。”

“那徐无鬼究竟是什么人？欺骗他的那个人是谁？”牛寺更加迷惑，“他这么做到底是为了什么？”

“大孔雀王也不知道。”干奢说，“但这是唯一说得通的解释，因此我相信大孔雀王。”

“徐无鬼发现了这个破绽，”牛寺说，“因此他彻底心灰意冷，成了一个孤魂野鬼一样的行尸。”

“没想到吧，”干奢说，“大景的皇帝借尸还魂，徐无鬼从一个根本不存在的门派下山，一定有一个人在幕后操纵，把天下玩弄于股掌之间。”

“因此你说，”牛寺明白了，“这个人的地位，比镌铿真人更加高深莫测。”

“他让徐无鬼找飞星的陨石，”干奢说，“可是陨石在哪里？”

“陨石是关键所在。”牛寺说，“你我都已经成为了割据天下的枭雄豪杰，却仍然无法了解这一切。”

干奢脸色惨淡，“因此我们二人，都不是什么英雄。我们如今的地位，不过是昙花一现，我们奠定的基业，也终将倾覆。在这个棋盘上，我们都是身不由己的棋子而已。”

牛寺说：“你我二人还有时日，尽量维持吧。”

“我们死后呢？”干奢说，“天下即将再次陷入混乱，鬼治会继续延续，而大赵和成汉，还能维持多久？”

牛寺听了干奢的话，哑口无言。成汉的蛮族内部，已经有了分崩离析的征兆，而他作为一国之主，却无法调停。干奢所说，可能就是大孔雀王的预言，并不是没有道理。

牛寺咕咚几口，把酒坛里剩下的酒喝完。

两人大醉，就此别过。

干奢大步流星，从吊桥走回到妫赵境内。

牛寺站在吊桥南侧，目送干奢离去，对着干奢的背影大喊：“干兄！”

干奢转头，“还有何事？”

“希望我们还有再见的一天。”

干奢说道：“希望如此吧。”

站立在吊桥北侧的妫樽，对身边的干阙说：“亚父和成汉王，虽然是迟暮英雄，但是豪气依然让人折服。”

干阙举起手中的虎符，冷漠地说：“太尉已经回来了，现在全军听从号令，马上攻下子午谷！”

第六章

屠城巨变

《泰景亨策》记载：左景顺帝成和十四年，妫赵平狩五年，成汉牛寺称帝十一年夏（成汉立国只有国号，无年号）。

妫赵以中郎将干阙为征南大将军，大皇子妫樽监军，在陈仓道子午谷，修建吊桥。赵军跨境，进攻成汉王牛寺，成汉王牛寺不能抵挡，退守汉中武关郡。

干阙与妫樽率军通过陈仓道。九月初四，赵军兵临武关郡城下。十月二十，妫鉴率领另一路赵军，通过金牛道，击破羊郡。

十一月二十九，妫鉴行军至武关郡，与干阙、妫樽会师，两军共同攻击汉中武关郡。

成汉王牛寺弃城，退守蜀中。

干阙与妫樽、妫鉴占据汉中，筹备进攻蜀地。

十二月十六，左景大司马、北府军统领郑茅，率领大景军队渡江，越过寿春，进犯妫赵彭城。

妫赵南府大将军在寿春抵抗左景郑茅失利，飞书洛阳告急。

妫赵皇帝妫辕，调动征南大将军干阙、妫樽军队回师长安，留妫鉴镇守武关郡。干阙与妫樽过潼关，从龙门关南下，分兵两路，妫樽率军进攻襄阳，干阙则一路向南，奔袭荆州。

左景大司马郑茅之弟，荆州刺史郑蒿被困数月。

到第二年，左景成和十五年春，左景郑茅分兵救援荆州。妫赵干阙、妫樽退兵龙门关。

左景北府军郑茅亦自彭城退兵，将左景北府军幕府迁至江北的寿春。

左景天下，军队精锐尽在郑茅、郑蒿两兄弟麾下，分别为寿春北府与荆州府。

妫赵太尉干奢依然留守长安。汉中为妫鉴统领。

沙亭军调拨归征南大将军干阙麾下，驻守龙门关。大皇子妫樽回到洛阳，妫辕册封妫樽为太子。

成汉失去汉中险要之地，国力最弱，被强大的妫赵逼迫，政权摇摇欲坠。

郑茅攻陷寿春之后，左景恢复淮河之地，北府军幕府搬迁至寿春。

郑茅正在寿春清点户籍，后方建康皇帝传旨，将寿春百姓尽数屠杀。

郑茅下令，清点所有百姓的籍册，无论揭、抵、羌各族还是汉民，全部驱赶至寿春城北。五万寿春百姓，不明就里，被左景十万军士团团围困在肥水河边。

当寿春百姓看到左景北府军在战马上掣出长刀，即将把他们驱入肥水溺死的时候，哭嚎之声连天遍野。

一些汉民从百姓中奔逃而出，旋即被北府军用马刀劈斩。

汉民纷纷大喊自己是汉人，乃左景的子民。郑茅踌躇许久，对建康来传令的中官曹猛说：“这些都是大景的子民，只为故土难离，才不得已臣服于逆赵。如今我们收复寿春，是不是该把他们与贱民区分对待？”

曹猛已经年过六旬，头发花白，咳嗽几声，才说道：“圣上也知道他们曾是大景的子民，可是既然他们悖逆大景，归顺逆赵二十多年，已经与逆赵的贱民无异。”

郑茅仍然犹豫，“贱民作乱已经三十年，中原的大景百姓无一日不盼望我们北定中原。现在我们屠杀了这些汉民，会让中原的汉民无心思念旧朝。”

曹猛又咳嗽了几声，抚着胸口，不断地喘息。

郑茅问：“曹大人的身体……实在是不应该颠簸这么远。”

曹猛说：“无妨，我只问大司马一件事情，如果汉民中混入了贱民的奸细，不停在寿春作乱，这刚刚收复的失地，如何可保安宁？实在是为大司马担忧。”

郑茅满脸通红，“承蒙圣上不嫌弃我这个罪人，尽释前愆，恢复了我的官职，的确不该质疑圣上的御旨。”

郑茅说完，招手让副将上前，“寿春的这些百姓，都已经归附了逆赵，不再是大景的子民……”

然后手臂挥了挥。

远处的寿春汉民，遥遥看见大景的北府将军挥手，知道大难在即。一个老者跌跌撞撞地朝着郑茅和曹猛奔来。北府军士用长戟顶住老者的胸口。

老者大喊：“大将军，老朽有话要说。”

郑茅看了看曹猛，曹猛叹口气，“我也老了，就听听他要说什么罢。”

郑茅示意老者近前。

老者来到郑茅马前，跪拜在地，抬头说：“老朽知道大将军信不过我们在寿春的汉民，不过老朽有一个建议。”

“你说。”郑茅点头。

“寿春城汉民人数过半，无时无日不在思念大景北归。如今大将军回来了，”老者恳求道，“请允许我们汉人将城中异族贱民亲手了结，以显示我们大景子民的忠心。”

就在老者恳请郑茅的时候，被逼迫在肥水河边的汉人，已经开始动手砍杀羯、扺、羌、匈奴等族人。这些贱民突然被共处生活了二十多年的邻居亲友屠杀，一时间也无法反抗，而那些汉人为了在郑茅面前表现忠诚，都近乎疯狂地大开杀戒。

寿春被妫赵统治二十多年，汉人与各族贱民之间早已经通婚联姻，现在丈夫杀妻，父亲杀子，无数汉人百姓，都将手中的利器，招呼向自己的贱民亲友。人间惨景，莫过于此。

郑茅和曹猛都不忍心再看。郑茅低下头，对副将大声说：“全部斩杀，无须再甄别汉胡。”

北府军得令，立即驱赶所有寿春百姓蹚入肥水。一霎时，肥水岸边，人群推攘，相互践踏，死伤无数。

老者扑上前来，抱着郑茅的大腿痛哭，“望大将军怜念我们大景的血脉！中原的汉人本已被逆赵屠戮过半，如今侥幸得活，难道又要死在天朝的刀下吗？”

郑茅说道：“圣上的御旨，我也无法违抗。”

老者知道无可挽回，双腿瘫软，坐在地上，引颈待戮。

一个人不知何时走到了郑茅的马前，轻轻将老者扶起，然后抬头看看郑茅，又看向曹猛。

郑茅和曹猛看见此人，都大惊失色，立即跳下马来。

“少先生！”郑茅大声说：“你也在寿春？”

来人正是少都符。少都符容貌未改，但是眼睛浑浊，满头白发。扶起老者之后，对着郑茅和曹猛说：“郑大人，曹大人，我们又见面了。你们好吗？”

“很好，”曹猛说，“圣上也很好。”

少都符看向曹猛，苦笑着说：“我知道他很好。”

郑茅问少都符："听东渡的汉民提起，少先生这二十年，一直在挽救汉人流民的性命，从逆赵的手下，拯救百姓无数。"

少都符说："好在妫辕跟我曾经结拜过兄弟，乱世之中，我也勉强苟活。挽救难民性命，其实都是赵国太尉干奢的功劳，不然我一介闲人，妫赵的将军怎么可能听我的建议？"

老者听到少都符所说，知道有了一线生机，立即跪向少都符。"求少先生，少神仙，救我们寿春百姓一命。少先生救人无数，我们寿春百姓都是知道的。求求少先生，向郑将军求情。"

少都符看着郑茅，"我犯了大错，将妫辕从一个贱奴扶植为如今的逆赵皇帝，拯救这些百姓，也无法抵消我的过错。但是能救一个，就消减一分罪孽。郑大人，看在我曾经辅佐大景，击退饕铿鬼兵的分上，就放过这些百姓吧。"

郑茅看向曹猛，"曹大人怎么说？"

曹猛正想说话，突然咳嗽起来。少都符从怀里掏出药丸，递给曹猛。"圣上还在修炼鹿娇，曹大人这几十年日日守在丹炉旁，已经被丹毒侵入了五脏六腑，这药，也只能换回曹大人三年的性命。"

曹猛接过药丸吞服后，呼吸立感顺畅。他对少都符拱手道谢，说："圣上一直有惦念少先生。"

"他一心要成仙，逆转天治，"少都符说，"怎么可能会担心我的安危。"

曹猛看了看郑茅，不再继续说下去。

少都符说："告诉圣上，我活着一天，就绝不去见他。事态既然已非我能左右，接下来的日子，我除了一心挽救在鬼治中无辜受难的百姓，赎回我的过失，绝无他想。"

曹猛轻声对郑茅说："少先生地位非同小可，你我是知道的，既然他求情了，那么就……"

"正如我意。"郑茅说，"只是曹大人回去后，如何交代？"

“圣上会答应少先生的恳请，”曹猛说，“他们毕竟是……”曹猛连忙住口。

“那好，”郑茅招呼副将，“将寿春的汉民加以甄别，带回寿春城内，其他的贱民，全部驱赶入肥水。”

少都符摆手，“不。”

郑茅大奇，“少先生难道不是这个意思？”

少都符说：“既然放过，就都放过吧。这些异族百姓，本都是贱奴和北方牧民，被妫赵迁徙到了寿春，也是无辜的生灵。”

郑茅和曹猛相互对视良久。曹猛微微点头。

郑茅说：“那就听了少先生的吩咐。”

郑茅和曹猛之所以如此爽快地答应了少都符，其实两人内心里都各有打算。

曹猛就不必说了，他自己是曹丕后人，自始至终就知道圣上是取代了景高祖姬影、景宣帝姬望的幼麟师乙。

少都符亦是单狐山的幼麟，与师乙同门同宗。少都符说活在世上一天，就不会去见圣上，这句话是说给曹猛听的，就是借曹猛的嘴，给师乙带个话，师乙破坏人治，以贤人术士身份做天下共主，少都符不去追究了，并且也不会告知天下道教，以维护同门的情谊。至于师乙的下场如何，少都符也不再关心。

少都符觉得自己培养了妫辕，让大景百姓堕入鬼治，他这辈子就要永远无穷无尽地为自己的罪孽赎罪，周旋于妫赵和大景之间，以拯救万民的性命为责任。

郑茅虽然还不知道如今的圣上仍旧是师乙这一秘密，但是现在的郑茅，已经不是当初洛阳城中的大司马，他经历了安灵台之盟后的一系列事变，被削夺了官职，出走荆州，找到了两位皇子，又跟着楚王和九江王到了建康。

这些经历，任何一段，放在普通人身上都是惊心动魄，步步惊心。而郑茅从位列三公到削为平民，又跟着楚王、九江王逃窜，安定建康民心，继而又迎奉如今的圣上东渡，重获爵位，已经从一个轻浮、自大的名门贵胄，转变成遇事沉稳、深谋远虑的真正良臣和将领。

郑茅内心里反感杀戮，这是名将必备的品质。只是受限于圣上的御旨，才无可奈何向百姓举起屠刀。

现在少都符现身，郑茅已经有了招揽的意图，毕竟四大仙山门人在洛阳一战之后，天下闻名。如果少都符留在寿春辅佐郑茅，在声望上对北府军大有裨益。而且少都符与妫辕有旧，即便如今妫赵的军事实力天下最强，妫辕投鼠忌器，在攻打寿春、收复淮河流域的计划中，也一定会有所忌惮。

兵家之争，瞬息万变，妫辕一旦犹豫，郑茅的北府军就能在寿春争取到喘息的时间。如此一来，郑茅在寿春的根基也就稳固。

现在寿春的这几万百姓，就是郑茅招揽少都符的交易。既然郑茅答应了不屠城，请求少都符留下来继续庇护寿春，也是常理之中。

事情正如郑茅所想，在放过了寿春百姓之后，少都符果然答应郑茅，留在了寿春。

而曹猛也带着少都符的口信，回到建康向圣上复命。自从三十年前被妫赵逼迫东渡，大景第一次战胜了妫赵，收复了寿春，这等巨大的功劳之下，放过几万百姓的性命，圣上当然不会计较。

这就是郑茅与曹猛的打算，十分周全，毫无遗漏。

但是他们都错了。郑茅守不住寿春。因为他判断妫辕不会攻打寿春，却不等于妫樽和妫鉴不会。郑茅犯的最大错误就是，他忘记了，妫辕是会驾崩的。

曹猛也犯了一个错误，那就是圣上根本就不希望郑茅的北府军独立于建康之外。如果在建康，圣上一定会重用郑茅。可是郑茅曾经在洛阳作乱，圣上怎么可能再次养虎为患，把郑茅这只猛虎，安置在寿春？

郑茅如果投降妫赵，反攻建康，大景将毫无抵挡的能力。郑茅如果在寿春自立为王，与牛寺一样，大景亦无力阻拦。

安灵台之盟的张胡、梁显之，都被圣上赐死，唯一剩下的郑茅，师乙怎么会轻易放过。

不过这一切变故，都要在几个月后才会慢慢显出水面。

现在寿春城内，一片安定。

郑茅的北府军进城驻守，妫赵的军队暂时没有任何动作。与郑茅一样，赵军刚刚占据了汉中，也需要时间去稳定。

少都符被寿春百姓当作救世神仙尊重。在少都符的建议下，郑茅下令，无论汉民与胡民，都一视同仁，不加区别，全部安抚。

那日在郑茅面前请命的老者，是寿春当地的名门望族谢衔。谢衔本是河南陈郡人，三十年前妫赵占据洛阳后，带领家族东迁至寿春。其时攻打寿春的大赵将领是干奢。干奢对汉人名门政策怀柔，因此谢衔家族得以在寿春安顿。谢氏作为高门望族，在寿春颇有声望，即便是镇守寿春的妫赵将领姜爽，也对谢衔十分礼遇。

现在寿春重回大景治下，谢衔对少都符感恩不尽，在谢家设宴款待少都符。少都符本不愿意见人，经不住谢衔再三登门邀请，只好应允。

宴席之日，寿春城的百姓纷纷前来拜谢少都符。一时之间，谢家门庭若市，百姓络绎不绝，都为了要亲眼瞻望一下少都符的风采。

不仅汉人如此，众多胡民也闻风赶来，却被谢衔家的家奴驱挡在门外。

这一日，驻守龙门关的赵将干阙，突然听到洛阳城内传出巨大的钟声。

钟声来自于白马寺。低沉浑重的钟鸣，一连响了七声。

干阙立即面向北方跪拜在地。随即下令全军戴孝。

大赵皇帝妫辕驾崩了。

干阙的父亲干奢，也在妫辕临终前一日，猝然毙命。

与此同时，秃发腾率领的匈奴六部，已经攻下了平阳关，正在穿越沙海，即将到达雍州。

和平了三十年的中原大地，将再一次陷入战争的漩涡。

第七章

李冰真人

灌郡的李冰庙，香火鼎盛。

因为成汉王牛寺建国之后，对李冰真人大加推崇，蜀地之内，越来越多的百姓开始信奉李冰真人。曾烜赫一时的五雷派与原本发源于汉中的五斗米教，反而日渐式微。

李冰庙不再是一个孤零零的小庙，牛寺钦点了庙祝驻守，并分拨了上百道士经营。三十年来，李冰庙的规模扩大了几十倍，牛寺每年都赏赐李冰庙土地，如今灌郡的都江堰四周，有上千亩良田，都属于李冰庙。

不过那个扫地老者，仍旧还是一个扫地的仆役，一直冷眼看着这三十年的变化。

到了夜深人静的时候，李冰庙里的众多道士已经入睡，只有扫地老者仍旧在庙内的院落里清扫落叶。

秋日已近，树叶纷纷落下，在夜风中飘舞。

老者放下手中的竹扫把，从怀里掏出一个铜镜，铜镜反射月光，照射在老者的额头，双目的中间。

一股黑色的烟雾慢慢从老者的额头上弥漫出来，一刻钟之后，才消失殆尽。老者收起铜镜，看见一个满脸胡须、头发散乱的年轻人，已经不知道什么时候站立在院落内。

“籛铿给真人留下的……”来人轻声说。

老者点头，然后说道：“冢虎徐无鬼。”

“李冰真人。”徐无鬼说，“三十年前，我没想到就是你。”

“我知道你会来，”李冰说，“比我想的迟了几年，可是你一定会来的。”

徐无鬼苦笑着说：“三十年来我走遍了中原，最终还是要来找你。”

李冰想了想，“这世上只有我能回答你的问题。”

“天下在世的真人，”徐无鬼点头，“也只有你一个。我很好奇，你为什么不走？他们又都去哪里了？”

“我一点一点细跟你说。”李冰招呼徐无鬼坐在自己跟前，“不过你先告诉我，你在中曲山看见了什么？”

“我到底是不是徐无鬼？”

“是，”李冰回答，“也不是。”

“你以前见过我多少次？”徐无鬼问。

“三次，”李冰说，“龙武钗带你来过灌郡两次。”

“景泰之争的时候，张道陵带着三大仙山门人，在青城山与籛铿决战，分别是风紫光、郭喜，还有我师父龙武钗。”

“风紫光带着徒弟贾尸韦，郭喜带着郭通，”李冰说，“你师父龙武钗带着你。”

“果然是这样。”徐无鬼说。

“你回到中曲山后，就什么都明白了。”李冰说，“但是你还是想不通到底为什么会这样。”

徐无鬼说：“我看见了我的骸骨，在我师父的遗体身边。当年到底发生了什么？中曲山为什么就突然满门遇难？”

“比镬铿更可怕的真人，”李冰说，“不，他的地位比真人更崇高。”

徐无鬼说：“我知道能够把中曲山一举赶尽杀绝的人，一定是在真人之上；可是这世上不是应该没有这种人存在了吗？”

“一旦飞星掠日，太阳被遮挡的时候，”李冰说，“某个人就会重现天下，阴魂不散。”

“是谁？”

李冰说道：“是一个角。”

“角？”徐无鬼不明所以。

李冰说：“轩辕黄帝涿鹿一战，抓获了蚩尤和他的八十一个兄弟。监斩官应龙，将蚩尤的八十一个属下一一斩首，血流成河。但是在诛杀蚩尤的时候，出了变故。蚩尤的头颅一经斫断，立即又生长出一个新头颅。如此反复，无法根绝。”

“蚩尤是与轩辕黄帝一般的仙人，”徐无鬼说，“因此他有不死之身。”

“应龙无法斩杀蚩尤，”李冰继续叙述，“轩辕黄帝便亲自监斩，命将蚩尤头部的两角折断。蚩尤当时发下诅咒，说当飞星掠日之时，他的角就会重现人间。蚩尤说完，应龙用巨斧斩断了蚩尤的头颅。蚩尤没有了双角，伏毙在轩辕黄帝身前。而蚩尤的两个角，在轩辕黄帝的手中，幻化为两只乌鸦，飞上天空。应龙搭弓射箭，将其中一只乌鸦射杀，而另一只乌鸦，飞上天空，轩辕黄帝与应龙都无法将之射毙。”

“景泰之争的时候，也有过一次飞星掠日，”徐无鬼说，“与这个蚩尤的魔角有关联吗？”

“当然有，”李冰说，“这也是师乙逆转人治的初衷。只是师乙太自负了，以为凭一己之力，能够翦灭魔角。”

“中曲山就是灭在魔角之手？”徐无鬼依然有些迷惑，“我为什么全部记不起来。”

“青城山之战之后，龙武钗回到了中曲山，”李冰说，“所有人都以为天下已然平定。可是飞星遁地，击中了昆仑，魔角在中曲山现世，将中曲山门人全部屠杀。这一切发生在顷刻之间，天下的道家门人，无一人知晓。”

“可是我呢？”徐无鬼大声说，“为什么我活了下来？而且我明明看到了我的尸骸，和我师父、师兄的遗体在一起。”

“因为有个人，不愿意让中曲山的门派断绝，”李冰说，“他借尸还魂，将徐无鬼的魂魄嫁接到了一个放羊的牧童身上。”

“为什么是我？”徐无鬼双目炽烈。

“方圆十里，没有他人。”李冰掏出铜镜，递给徐无鬼，“你自己看。”

徐无鬼拿过铜镜，看着铜镜里的人脸，“这不是我，我不是这个样子。”

“你丢失了青城山之前的所有记忆，”李冰说，“不过，对师门的记忆，刻骨铭心。”

“那个将我借尸还魂的人是谁？”徐无鬼问。

李冰说，“你还记得你师父说过，你们中曲山与一个门派颇有渊源吗？”

“不错，”徐无鬼说，“诡道。”

“这句话，你师父没有说过，”李冰说，“是那个人给你说的。”

“那个人跟诡道有莫大的渊源？”徐无鬼说，“是谁，陈平、韩信？但是他们早已经化作了枯骨。”

“是什利方，”李冰说，“西域来的高人，他还有一个中原名字。”

李冰停顿了一下，“赤松子。”

“什利方为什么要延续中曲山，”徐无鬼问，“还有诡道？”

李冰说：“道家四象神山，镇东姑射山，主政道家止杀，应木德，通晓木甲术；镇北单狐山，主政道家坚固，应水德，保守道家根基；镇南令丘山，主政道家威严，应火德，发扬道家辉煌；镇西中曲山，应对西方，主政道家杀伐，应金德，通辩道家阴阳。四象神山中，只有中曲山是坤道。而四象神山之下，还有一个门派，不遵从天道，信奉坤道。当年轩辕黄帝麾下十二真人，十位真人遵循天道，只有两位真人秉承了坤道。一个是仓颉，一个鬼臾区。”

徐无鬼恍然大悟，“仓颉是我中曲山的开山祖师，而鬼臾区开创了诡道。”

“天治结束，”李冰继续说，“神仙道、妖魔道悉数不存于人间，十二真人，也渐渐离世。天下阴阳隔绝，道家天道转入人治，但是留了两个坤道的门派。因为如果妖魔现世，就只能以坤止阴，以杀止魔。中曲山和诡道，就是轩辕黄帝留下来降妖伏魔的两个门派。”

“因此魔角在景泰之间飞星掠日之时，就将中曲山剿灭。”徐无鬼说，“什利方留下徐无鬼来延续冢虎一脉。”

“什利方也留下了诡道的延续，”李冰说，“他在汉初的时候，点化了陈平。”

“你见过什利方吗？”徐无鬼问。

“见过，”李冰苦笑，“因此我永世不得离开灌郡。”

“镬铿真人也是轩辕黄帝留下来阻拦蚩尤魔角重生的棋子？”徐无鬼问。

李冰说，“镬铿真人与女魃真人同列十二真人，而我与张真人道陵是凡人修成。镬铿和女魃不愿跟随轩辕黄帝飞升，留在世间。镬铿和女魃，都有重返天治的企图，以真人君临天下。因此轩辕黄帝在飞升之前，将这两位真人封印，镬铿在泰朝时期解脱，女魃到现在还在长江古道之中。我修仙得道的目的，就是压制女魃真人，而张道陵则与镬铿为敌。当女魃毙命的时候，就是我飞升，追随轩辕黄帝之时。”

“如今再次飞星掠日，蚩尤魔角又该现世了。”徐无鬼说，“应在何地？”

“饕铿没死，”李冰说，“就在现在，应该已经从洛阳的地下蠢蠢欲动，而且蚩尤魔角在三十年前就已经被人拿到。”

“是谁？”徐无鬼大惊。

“你认得这个人，我也见过这个人。”李冰看着徐无鬼，“你们就在我面前，结为异姓兄弟。”

“干奢！”徐无鬼说道，“他出了古道之后，沙亭军强盛无比，战无不胜。他不肯告诉我在古道里有什么遭遇，原来是有了魔角的加持。可是为什么魔角会在古道里？”

“女魃被轩辕黄帝封印，心生怨望；魔角在景泰相争之时，被饕铿寻找到，饕铿被张道陵击败，魔角就被饕铿差人送到了古道。”李冰说，“这也是饕铿和女魃之间的约定。他们赢了。天下果然进入了鬼治。”

“女魃把魔角给了干奢，干奢的交易并非是挖出你当年埋下的白犀，而是要把魔角带回洛阳，挽回饕铿的魂魄。”徐无鬼越来越清晰，“可是干奢为人正直，他不会这么做的。”

“干奢必然不会，”李冰说，“可是如果干奢死了呢？干奢死了，魔角会找到新的主人。”

“妫辕……他应该也不会。”徐无鬼犹豫起来。

“妫辕为什么要攻打洛阳？”李冰说，“还有什么人比妫辕更合适？成汉王牛寺一介南蛮贱民，文治武功皆乏善可陈，为什么成汉能够苦苦经营三十年，而没有被妫赵灭国？”

“因为他把魔角的秘密，偷偷传递给了妫辕。”徐无鬼恨恨地说，“出卖了干奢，让自己得了三十年的王侯尊位。”

李冰说，“魔角即将依附于饕铿的魂魄出世。但是无论是魔角还是饕铿，都无肉身，现在他们要依附在某个人的身上。”

“妫辕没有背叛干奢，”徐无鬼长舒一口气，“否则干奢早就死了。”

“妫辕活着一天，就会抵抗魔角的诱惑，”李冰说，“如果妫辕死了，干奢也必死无疑，妫赵就会开始攻打大景，篯铿是一定要报师乙的仇恨的。”

“是的，”徐无鬼说，“这是必然。”

“妫赵的军队已经占据了汉中，”李冰说，“妫赵在攻打大景之前，必须要稳固西方。汉中易守难攻，耕地肥沃，妫赵占据汉中后，就有充分的实力，征伐大景。”

“妫辕为什么还是动手了。他忍不住了吗？”徐无鬼问。

“妫辕没有忍不住，”李冰说，“他只是死了，你的兄弟干奢也死了。魔角和篯铿终于等到了新的人选登基。”

“干奢死了。”徐无鬼面无人色，“可我还没有见他一面……”

李冰冷冷地看着徐无鬼，“你是贤人，寿命长于普通人数倍，身边的至亲和朋友在你面前生老病死，都是常情，做至真圣贤的术士，就要忍受这种痛苦。”

“你也是……”徐无鬼说，“你当年的境遇，也一定是十分的波折，无数的朋友亲人在你身边去世，而你只能眼睁睁地看着。”

“干奢死了，”李冰说，“他的儿子干阙，处境不妙，即便是你不愿意再沾染凡间，干奢儿子的性命，你还是要去维护的吧。”

“李冰真人。”徐无鬼盯着李冰的眼睛说，“你什么都知道，为什么不出手阻拦？”

李冰笑起来，伸直双腿，将衣服的下襟提起。

徐无鬼看见，李冰双腿的髌骨，贯穿缠绕着一条细细的锁链，锁链一头没入在地下。李冰行走了两步，地下的锁链跟着李冰的身体移动，始终不脱离。

“我不能离开这座李冰庙。”李冰说，“我跟篯铿和女魃一样，也被封印。”

“饕餮能解印出来，”徐无鬼问，“你如何才能解脱？”

“这要借助于你。”李冰说，“开山宝剑，你还记得吗？”

“可惜开山宝剑已经化为了碎片。”

“开山已毁，还有赤霄。”李冰说，“赤霄宝剑现在应该在诡道的手中。”

“好，”徐无鬼说，“我先去解决了干阙的困境，然后找到诡道的传人姬不群，取回赤霄宝剑，将你的锁链斩断。真人解脱了封印，就可以与魔角和饕餮一决高下。”

“凭我一人之力，尚不是饕餮的对手，”李冰黯然说，“更何况饕餮与魔角合一。”

“如此看来，无法可解了？”徐无鬼沮丧不已。

“四大仙山门人，”李冰说，“还有三位，你们的师门责任，还没有完成。你觉得他们会放弃吗？”

“他们会怎么做？”徐无鬼茫然。

“三十年前，你们四大仙山门人，凭借洛阳四象木甲术，击败饕餮，除了四象木甲术的精妙之外，能够战胜饕餮，靠的是什么？”

“洛阳四象木甲术，四个神台，相依相存，朱雀遇险，青龙解救，玄武冲杀，白虎支援。如此往复，无坚不摧。”

“如果你们四人不相信对方，凭借自己单打独斗，”李冰说，“这个四象木甲术也没什么用处……在饕餮面前，不堪一击。”

“看来我们还要赶赴建康，去保护那个老而不死的师乙！”徐无鬼愤愤地说，“真是不甘心。”

“你们保护的是大景汉人的江山，延续的是轩辕黄帝留下的道家天下，”李冰说，“与师乙何干。”

“即便是他们三人也找到了破解饕餮的办法，”徐无鬼问，“能够击败魔角和饕餮，不是还有妫赵的几十万大军吗？”

“你可知道，为什么大景东渡之后，要定都建康？”李冰问徐无鬼。

“建康是当年吴国国都，与江左彭城齐名，”徐无鬼说，“自然是定都的最佳之选。”

“张道陵修建了洛阳四象木甲术对抗䥲铚，”李冰说，“我也没闲着，你忘了我最大的敌人是谁？”

“女魃。”

“䥲铚最忌惮的是洛阳四象木甲术，”李冰说，“女魃也有忌惮，就是我修建的建康九龙天一水法！”

“建康九龙天一水法！”徐无鬼惊讶地问，“真人你能驱动这个水法？”

“我自己建的水法，我当然能。”李冰点头，“可是我必须要解开这条锁链，才能奔赴建康。”

第八章

蚩尤魔角

左景顺帝成和十四年，妫赵平狩五年。赵军占据汉中。成汉王牛寺退守成都。

左景郑茅收复淮河流域，在寿春统制北府军。

匈奴大单于秃发腾东归，占据定威郡。大举迁徙北方匈奴南下，巩固雍州西北。匈奴牧民，逐渐与雍州百姓共存。

五月十五日，妫赵太尉、沙亭公干奢薨。十六日，妫赵开朝皇帝妫辕驾崩。

太子妫樽继位大赵皇帝。尊谥妫辕为大赵灵武帝，诏令翌年改年号“龙元”。

妫鉴与干阙回到洛阳奔丧。

妫辕皇帝临终前颁下御旨，与沙亭公干奢同日大葬。作为对干奢对大赵立下汗马功劳的肯定，赐予沙亭公以皇帝礼仪大葬的荣耀。

大赵全境服丧。

洛阳城内，羯、抵、羌各族百姓痛哭流涕，感念妫辕大帝将他们从汉人千年的欺压下拯救。

而在大赵各地，三族百姓在追悼女+辛辕大帝的聚会上集结后，纷纷开始仇杀汉人。汉人无处可逃，大量百姓被杀戮。

是以妫樽继位后，不等大葬之前，下达第一道谕旨，就是止杀令，羯、羝、羌不得残杀汉民，否则以赵律治罪。这场在大赵境内的惨剧才被强行平息。

但是大赵内的汉人，已经损失无数，侥幸生存的汉民，风闻天下鬼治、汉人灭族的流言，纷纷逃向南方，投奔左景。大赵的军队又忙于阻拦流民，安抚各地。

当大赵军队在境内阻拦汉民南迁之时，洛阳城中，妫樽、妫鉴与干阙三位皇子，为妫辕和干奢扶灵，将二人的灵柩在邙山安葬。大孔雀王亲自给妫辕与干奢设立道场，要超度四十九日。

妫鉴要驱使一百名汉人女奴陪葬，被妫樽与大孔雀王阻止。

丧礼结束后，妫樽与妫鉴、干阙回到洛阳皇宫。大孔雀王继续在邙山超度妫辕与干奢。

妫樽带着妫鉴、干阙来到丹室下方的地宫内，郑重地对两个兄弟说："如今父皇与亚父都已经仙逝，大赵天下重任，就着落在你我三人的肩上。我性格柔弱，不堪其位。现在我们共商一下，今后大赵该由谁来主政。"

干阙听了，立即跪下，"皇兄在父皇仙去前就已经备位储君，继承大统是父皇的天命，今日怎么说出这样的话来？"

妫樽说："这里只有我们兄弟三人，你们称呼如常，叫我大哥就行。"

妫鉴说："大哥放心，有我和二哥辅佐，你就安心在南殿做你的皇帝，我和二哥，万死不辞。"

妫樽说："父皇在世的时候，不止一次提起，我们三兄弟中，干阙的兵法和谋略都是上选，并且当年父皇与亚父得国之后，父皇也说过，大赵的江山由妫氏与干氏轮换执掌……”

“大哥！”干阙站起来，“这些话，是父皇酒后的戏言，怎么可以当真！今日是我最后一次听闻此言，如果大哥再提及，我就只能死在大哥面前，以明心意。”

妫鉴笑着说：“大哥跟你说笑而已，你为什么这么谨慎，难道心里真的想过此事？”

妫樽摆手，“三弟，父皇和亚父刚刚过世，不是说笑的时候。”

妫鉴的脸色立即变得慎重，“是我不对，大哥和二哥不要计较。”

“大哥召我们过来，”干阙问，“一定有重要的事情。”

“二弟，”妫樽对着干阙说，“父皇与亚父在两日内相继仙去，你就不觉得有蹊跷吗？”

“难道是父皇在死前杀了亚父不成？”妫鉴这次没有笑。

地宫内顿时一片寂静。

很久之后，干阙说：“我绝不相信会有此事。父皇和父亲都是贱民出身，两人唇齿相依，才有了今日的大赵，他们年纪都大了，同生共死，也是应对了金兰情谊。”

妫樽缓缓点头，“我觉得父皇和亚父的死，跟一个东西有关。”

“洛阳有刺客！”干阙大惊，随即知道自己错了，干奢和妫辕都是病故。

妫樽转身，走到一个丹炉旁，捧起一个锦盒。“这是父皇死前，一直捧在心口的东西，直到父亲去世也没有离身。我问过父皇，什么物事如此重要？父皇开始没有正面回答，只是说，要把锦盒带到他的棺椁里陪葬。可是随后又喃喃自语：没有用的，躲不掉，我和干奢兄弟，都逃不过他……然后父皇就过世了。”

妫鉴和干阙两人眼睛死死地盯着锦盒。

“开？”妫樽说，“还是不开？”

“一切听大哥做主。”干阙说道。

妫鉴说：“当然要开，父皇临死前捧着的宝物，一定要看看到底是什么。”

“在丧礼上，大孔雀王私下叮嘱我，”妫樽说道，“父皇留下的东西，决不能开启。但他随后也说，开不开都一样，逃不过去。”

“这个术士，只会装神弄鬼，”妫鉴说，“说话吞吞吐吐，不是好人。”

干阙说：“可是大孔雀王说的跟父皇一样。”

“大孔雀王当时提起一个人的名字，很古怪，”妫樽继续说道，“让我起了疑心。”

“什么名字？”干阙和妫鉴不约而同地发问。

“钱铿。”

妫樽说完，三人同时把眼光看向了锦盒。

“既然跟父皇的死有关，”干阙说，“那就开了吧。我们三人兄弟齐心，还有什么可以畏惧的。”

妫鉴伸手挽住干阙。“二哥也同意打开了。大哥你其实也是想打开的，对不对？”

“好。”妫樽打定主意，亲手将锦盒的锁扣扳起，锦盒的盖子弹开。

三人看到，锦盒内充斥着鲜血。鲜血之中，漂浮着一只弯弯的牛角。

锦盒内的鲜血顿时沸腾，一团黑烟从锦盒内冒出。

地宫之内，发出了隆隆的轰鸣。

桀桀的笑声在地宫内环绕。牛角吸收锦盒内鲜血，整个牛角变得通红。

牛角发出了强烈的震动。

妫樽立即把锦盒阖上。

三人面面相觑，都面如土色。

妫鉴诧异地说：“这个牛角蕴含无尽的力量，你们感受到了吗？”

妫樽和干阙两人同时点头。

干阙说："既然父皇终生都没有使用这个魔角，一定是觉得无法驾驭魔角蕴含的力量。我们三人，能力相比父皇和亚父如何？"

妫樽说："不如。"

"既然如此，"干阙说，"那就跟父皇一样，把这个锦盒继续保留下去吧。"

妫樽将锦盒放回地宫的丹炉内，对干阙和妫鉴说："如果能找到法术高强的术士，就把这个锦盒炼化。"

"除非是当年的徐无鬼、少都符、任嚣城、支益生一起，"干阙说，"才有可能做到。"

"世上就没有比四大仙山门人更高明的术士了吗？"妫鉴问。

"有，就在我们身边。"干阙说。

妫樽点头，"大孔雀王。"

三人走出地宫。一起来到南殿，中官通报，"大孔雀王求见。"

妫樽诧异问道："大孔雀王不是在邙山给父皇超度吗？"

中官跪拜，"大孔雀王十分焦急。"

妫樽说："宣大孔雀王进殿。"

中官立即通报。

片刻之后，大孔雀王跌跌撞撞地跑进来，看到妫樽、妫鉴和干阙安然无恙，才长舒口气，然后对着妫樽说："陛下没有打开那个锦盒？"

"打开了，"妫鉴在一旁说，"不过又关上了。"

大孔雀王说道："我在邙山，看见洛阳城中黑雾弥漫，黑气直冲云霄。这是当年魔王蚩尤才具备的邪气。"

"于是你就匆匆赶来，"妫鉴说，"邙山与洛阳城相隔不近，也难得大孔雀王这么快就到了。"

"事关重大，"大孔雀王说，"我也顾不得许多。"

妫樽对大孔雀王说："刚才大师父说洛阳城上黑气冲天，是魔王蚩尤的邪气？”

“正是，”大孔雀王说，“中原大地，神仙真人早已经归隐仙去，这种只有魔王才能具备的邪气，已经百余年未见。”

妫樽说：“大师父安心，我已经将锦盒放入了丹炉，只等找到了当年的四大仙山门人，就将这个魔角炼化。”

大孔雀王犹豫地说：“我在邙山的安灵台上，观测到了天象，这魔王重生现世，不可避免，可能即便是四大仙山门人都无法压制。”

妫鉴说：“你见过四大仙山门人？”

“见过一个，”大孔雀王说，“令丘山的凤雏。”

“支益生？”干阙问，“现在他在何处？”

“如果没有波折，”大孔雀王说，“他现在应该已经到了零丁洋上。”

“凤雏支益生原本在洛阳，”干阙追问，“他又去南洋做什么？”

大孔雀王说：“支益生苦苦寻觅三十年，也无法找到飞星堕地的方位，心灰意冷，曾经来白马寺找过我。”

“大师父给他指了一条明路？”干阙问。

“不错，”大孔雀王说，“他和我都知道，天下鬼治，魔王现世在即，可是找不到飞星陨石，也就无法对抗魔王重生。于是我给他指点了一个路径，让他奔赴我受戒的天竺烂陀寺，迎取佛祖的真经，或可化解中原的鬼治乱世。临去之前，他已经皈依了沙门。”

“大师父把支益生支派到了天竺？”妫鉴嘿嘿笑了两声。

妫樽叹口气说：“希望凤雏支益生能取回真经，解救中原鬼治之下的百姓苍生。”

干阙听到大孔雀王说了这件事情，也无话可说。

大孔雀王向妫樽告退，走出南殿。南殿里只剩下了三兄弟。

妫鉴说：“大哥，现在大赵的国力正盛，我们干脆集中全部赵军，攻打寿春，夺回寿春之后，一鼓作气，渡江将建康击溃，灭了大景。”

“不可，”干阙说，“成汉王实力仍在，虽然我们虎口夺食，占据了汉中，但是成汉王看到赵军攻打寿春，定会以举国之力反攻汉中，一旦汉中失守，雍州之地尽落敌手，洛阳西边的门户洞开，我们再从寿春调动军马回救，景军必定追击，大赵就会陷入两线危机。”

“西边的匈奴大单于已经过了沙海，”妫樽说，“这也是一个巨大的威胁。听说这大单于是当年景朝的飞将军梁无疾的儿子，现在他夺了定威郡，却不立即挥师东进，就是在等着我们大赵与成汉相互厮杀，消磨国力，坐收渔翁之利。”

干阙说道：“正是，秃发腾单于，绝对是个枭雄人杰。他一战击破平阳关，平阳关失守后两月，我们才得到兵败的消息。然后他长途奔袭，穿越沙海，军士劳顿之下，三日就取了定威郡。他的兵法，已经得了当年梁无疾的真传。”

妫樽说：“他的兵法还不是最让人忌惮的，而是他连夺平阳关和定威郡之后，却放弃了匈奴大军鼎盛的军势，盘桓逗留于定威，不再有进攻的迹象。这种谋略，已经远远超过我们三人。”

“这个秃发腾，”干阙说，“他的每一步，都出乎我们的预料。我们在长安的军队，进发到了凤郡后，不敢西出，也不敢后退。导致现在我们大赵，军力分散，军心动摇。”

“如果亚父和父皇还在就好了。”妫樽叹口气说，“不知道我们三人能不能撑起这个基业。”

妫鉴大声说：“大哥，二哥，你们是怎么啦？仗还没有打，先灭了自己的威风。依我看，有龙门关险要可守，谅秃发腾和成汉王都不敢轻举妄动。我们先灭了景朝，回过头来驱逐匈奴，再南下讨灭成汉，大赵就此一统天下，结束这鬼治！”

“说起来容易，”妫樽说，“哪里有这么简单。你没有坐上这个龙椅，等你在我的位置上，就不会这么想了。”

“大哥，又在说笑了。”妫鉴笑着说，“我怎么可能做大赵的皇帝，这龙椅是大哥的。二哥你说是不是？”

干阙干笑两声，“三弟说得对。”

妫樽轻声说：“如今国丧未完，我们还是先平定各处的汉民动乱，安顿了大赵的基业后，再商议攻打景朝一事。”

妫鉴说：“既然大哥坚持，我就不说了。”

干阙说：“我无异议。”

妫樽说：“不知道支益生会带什么回来，来解救天下的鬼治。”

第九章

哈奴曼

五年后。

妫樽龙元六年。

景顺帝成和二十年。

成汉牛寺建国三十五年（成汉无年号）。

匈奴秃发腾单于定都定威郡六年（匈奴无年号）。

天竺烂陀寺。

在烂陀寺门前的菩提树下，四个僧人，两老两少盘膝而坐。

当太阳升起的那一刻。

一片菩提叶被轻风摘落，在空中飘舞片刻后，落在了其中一个年轻僧人的眉毛下方。随即朝阳普照，第一缕阳光照射在年轻僧人的脸上。

年轻僧人伸手，拈住眉头的叶片，睁开双眼，用梵语说："三位圣座，我要走了。"

两位年长的僧人仍旧闭着眼睛，其中一位开口问道："时候到了？"

另一位老僧缓慢地摇头。

另一个年轻的僧人盘膝睁开眼睛，“法闲，你顿悟了吗？”

法闲，也就是支益生，站立起来，“我该回去了。”

三个僧人默然不语。已经睁眼的年轻僧人又把眼睛闭上，进入沉思。

法闲绕着菩提树走了两周，又跪倒在三个僧人面前。“圣座尸罗拔陀、圣座阿胜伽，圣座婆树般都，经文我已经牢记在心，望允我回到震旦，将无上佛法普照，结束鬼治之乱。”

三个僧人同时睁开双眼，看着法闲。

其中一个年老的圣座阿胜伽说：“既然想走，那就走吧。”

另一个圣座婆树般都则说：“还没有到时候，熟背经文又能如何？”

年轻的圣座尸罗拔陀摊开双臂，两个年老的圣座又闭上了眼睛。

尸罗拔陀以并不符合他年龄的口吻庄严说道：“法闲学艺未成，还没有顿化，回到震旦，也是枉然。”

法闲躬身，“时间来不及了。再等下去，震旦中原的天下，将尽数堕入鬼治。”

圣座阿胜伽说：“法闲从黑水之外而来，现在回到黑水之外，去点化震旦鬼治万众，早也罢，晚也罢，既然心念已动，就该回去了。”

圣座婆树般都问圣座尸罗拔陀，“尊者尸罗拔陀，你看呢？”

少年圣座尸罗拔陀说：“尊者阿胜伽是对的。”

圣座婆树般都便也点头，“法闲，你回去吧。”

法闲依次叩拜三位圣座，就要转身走开。三位圣座，如同刚才的对话没有发生一般，依然坐定。

法闲走了两步，又折返回来。

圣座尸罗拔陀问：“为什么又回来？”

法闲说：“我有心魔。”

圣座婆树般都说：“心魔在哪里？”

法闲说：“在头顶。”

一只野猴从菩提树上探出头来，凶恶地露出牙齿，吱吱怪叫。

法闲重新坐定，双手合十，对三位圣座说："法闲每日在此菩提树下勤修功课，已经五载。五年来，每当我即将顿悟的时候，这只孽猴就在树上窜动，吞食菩提果实，用果实砸我，用粪溺浇我，用爪挠我。五年来，不知有多少次，每当我已然超脱万物，神游天外之际，就被这只孽猴侵扰，不得涅槃真谛。我深恨这只孽猴，如果不了结此孽猴，我将心中永远记住这个仇恨，不得悠闲。"

圣座阿胜伽说："那你待如何？"

"我欲将此孽猴，从菩提树上驱赶，杀之而后快。"法闲忿忿说道。

圣座婆树般都说道："这孽猴每日吃七颗菩提果实，如今已经吃了八十二万七千八百六十九颗菩提果实。"

圣座尸罗拔陀说："既然孽猴毁你功德，那你就杀了此孽猴吧。"

法闲得了尸罗拔陀的首肯，立即平托手中的菩提叶，菩提叶在法闲的手中旋转，化作了一柄飞刃，自冲菩提树上，切割野猴的喉咙。野猴随手将飞刃抓住，吱吱乱叫。

圣座阿胜伽说："你杀不了他，得不到真谛，又该如何？"

法闲说："这只孽猴，一日不死，我终身难安。"

圣座婆树般都说："若能杀他，就解开了你心头的阴霾魔障？"

法闲说："必然。"

圣座婆树般都点头，"那好。"

圣座尸罗拔陀双手合十，口中念念有声，菩提树上的野猴立即烦躁不堪，在树上跳跃不定，终于忍不住痛苦，从树上跌落下来，不偏不倚，摔在法闲的身前。

圣座阿胜伽伸出手掌，将野猴的身体压进泥土之中，只剩下一个头颅。野猴两眼看着法闲，眼珠滴溜溜地乱转，嘴唇翻转，露出獠牙，对着法闲狂吼。

法闲这才看到，野猴的头颅上箍着一个细细的钢圈，现在钢圈缩紧，野猴的头骨被钢圈压迫，格格作响。野猴痛苦难当，更加暴躁，对着法闲呲牙咧嘴，面目狰狞。

圣座婆树般都问法闲："为什么又不杀了？"

法闲双手合十，"这孽猴痛苦，不忍下手。"

"他挡了你顿悟的功课，"圣座阿胜伽说，"该杀。"

法闲跪下来，对着圣座磕头后，抬头说："我错了。"

圣座阿胜伽说："错了又该如何？"

"我替这只孽猴恳求圣座，"法闲说，"松了他的紧箍圈吧。"

"好。"圣座婆树般都回答。

圣座尸罗拔陀停止念咒，野猴的紧箍圈松开，圣座阿胜伽松开手，野猴从泥土中钻出，立即跳跃起来，重重地落到法闲的后背，一只爪子挖进法闲的背心。法闲的后背血肉模糊，只能默默忍受。随后野猴的另一只手爪从法闲身后绕过来，挖进了法闲的右眼，将眼珠挖出。法闲仍旧默默忍受。

野猴并不罢休，又要张嘴将法闲的喉咙咬破。法闲口念佛祖，屹然不动。

圣座尸罗拔陀又念起紧箍咒。野猴从法闲的身上摔下来，在地上翻滚。

圣座阿胜伽说："你不杀他，他就杀你，你该如何？"

"我不杀他。"法闲的眼眶鲜血淋漓，他伸手摘下眼珠，自己吃进口中，"回到中原，他们要杀我，我也不杀他们。"

三位圣座笑了笑，圣座婆树般都说道，"虽然未成，但总算是又进了一步。"

法闲跪下，"三位圣座放了此孽猴吧。"

"这孽猴是你的心魔，"圣座阿胜伽说，"魔障在你心中，你杀不掉，放不下，扔不开，该如何？"

法闲顿悟，"那我就不杀他，不放他，留着他。"

三位圣座同时睁开眼睛。圣座婆树说道："那你带着他回震旦吧。"

圣座尸罗拔陀轻声说：“你过来。”

法闲匍匐在尸罗拔陀的面前。尸罗拔陀把一段经文在法闲耳边轻轻念诵一遍，然后问：“记住了吗？”

“记住了。”法闲说，“这就是紧箍咒。”

“当你大彻大悟的那天，”圣座尸罗拔陀说，“叫他的名字，他如果答应了，就是松开这孽猴的时候。”

“这孽猴？”法闲犹豫地问道，“他有名字？”

“他叫哈奴曼，”圣座尸罗拔陀说，“当年没有遵守罗摩点化，贪吃无厌，因此罗摩罚他吃完六十一亿颗菩提果实，才能解脱劫难。除非有圣座心怀慈悲，容忍他的暴虐，助他解脱。既然你与他有慈悲之心，那就有了缘分，这事就着落在你身上。”

圣座阿胜伽说：“法闲，你愿意带他回震旦，助他解脱这六十一亿的贪欲劫难吗？”

法闲点头，“愿意。”

圣座尸罗拔陀对着野猴说：“猴子，你跟他去吧。”

野猴蹲在法闲肩头，仍旧暴戾非常，不住抓扯法闲的头发。

法闲再次转身离开。

圣座阿胜伽说：“法闲，此猴劫难未除，身上妖气缠绕，你归途中必定是重重危机，你要保重。”

法闲听了，双手合十，口中诵经，慢慢行走。

野猴哈奴曼站在菩提树下，犹豫不决，眼睛看向树上的无数菩提果实。圣座婆树般都挥手，菩提树上的果实纷纷堕地，落入泥土中消失不见。哈奴曼大怒，吱吱尖叫。

圣座尸罗拔陀说：“猴子走吧。解除劫难后，再回来。”

哈奴曼无奈，只好蹒跚地追上法闲，法闲平伸单臂，哈奴曼纵上法闲的肩膀。

一人一猴，面对着朝阳，离开了烂陀寺。

笔者注：圣座的称呼并不准确，应为斯瓦米。斯瓦米的称呼其实也并不严谨。斯瓦米是梵文，可以加在人名前头以表示尊称，包含的意义极广，有专家、学者、先知、贤人、圣人、哲人、导师、前辈、高人、灵性大师、证悟者等等，但是毕竟是写小说，就统一按照中国的方式全部简化称呼为圣座。婆树般都的后世中文译名是天亲，阿胜伽的后世中文译名是无著，尸罗拔陀的后世中文译名是接贤或戒贤，这三人都是公元四世纪到六世纪那烂陀寺的高僧，其中尸罗拔陀是唐朝玄奘僧人的导师。在小说中，就不在意严谨的考证和研究，将这三位高僧借用在故事里，仅为故事的虚构而杜撰三人的相关情节。又，烂陀寺实名那烂陀寺。熟悉印度教和佛教历史的读者，请不要太认真对待。谢谢。

第十章

法闲东归

法闲和猴子一路向东，一人一猴沿路化缘乞食。天竺国部落酋族众多，但都信仰佛陀，见了法闲一个苦修行脚僧带着一个骨瘦如柴的猴子，也纷纷给食。

在路上，猴子一直试图逃跑，都被法闲用紧箍咒压制回来。法闲心慈，见猴子被紧箍咒折磨，轻易不忍念咒。直到猴子凶猛暴戾，伤人之际，法闲万不得已，才念咒收服。

天竺国不辨冬夏，法闲行走了一年有余，终于走到了天竺国的海边。也就是当年法闲上岸的地方。

笔者注：其时中原佛教在大孔雀王的努力弘扬之下，逐渐开枝散叶。中原术士纷纷开始皈依佛祖，无数苦行求道僧侣已经试图经西域陆路行走到天竺。

在去往西域的路上，雍州定威郡（秃发腾单于占据后改名凉州）首当其冲。匈奴秃发腾单于出身汉民，对西去的中原僧侣并不阻扰，且善待有加。僧侣抵达坎殿城邦后，手持中原妫赵和匈奴牒文，可被坎殿城女王派人恭送到西域。由于路途遥远，番邦众多；又因为西域之地，佛法已经普及，所以多数僧侣在西域得到佛法后，就转回中原。

少数继续向天竺行进的僧侣，也在路途中或病亡或终老，也有得道高僧在西域定居，在当地成为智者高僧。

直到百年后，一个本名陈祎的中原僧侣，才一路艰险，历经西域列国，到达天竺烂陀寺，遇见了圣座尸罗拔陀。其时尸罗拔陀已经一百余岁高龄。尸罗拔陀对陈祎极为推崇，将全部所学相授，陈祎遂成天竺国一代佛法高僧。

陈祎回到中土，已经是大唐盛世，被尊称为“三藏法师”，也就是《西游记》中的唐三藏。

唐三藏并非第一个到达天竺的中国高僧。第一个是本书中法闲和尚的原型法显。法显和尚由陆路去往天竺，经海路回国。历史上的法显，早于唐三藏数百年，本书中早一百多年。

早在西夏壁画中，就有一僧一猴参拜普贤、文殊菩萨的故事。但孙悟空形象完成较晚，在宋元时期才开始有此称呼，后被明朝小说家假借吸收，成为《西游记》中主角人物。《西游记》中孙悟空的原型来源众多，有中原人士车奉朝之说，也有吠陀教猴王哈奴曼之说。本书遵从吠陀教哈奴曼一说，用于小说演绎，并不完全遵循史实，也不以“孙悟空”作为猴王哈奴曼在中国的称谓。

法闲在海边等待船只，重返中土。猴子因为凶悍暴戾，常扑食家畜，损毁农作物，因此海边天竺土著，厌憎猴子。只是尊崇法闲得道高僧，又秉从佛法不杀生戒律，对猴子无可奈何。法闲无奈，只好与猴子隐居在海边的一个海岬顶端，远离陆地，只接受少量当地土著的供奉，苟延残喘。天竺国对大海十分忌惮，在天竺百姓口中，称呼大海为毒水，佛法普照至大陆之极，无法企及东方大海，因此毒水之外，皆为地狱妖魔横行之地。法闲和尚东渡大海，弘扬佛法，是当时不可思议的举措。因此也是法闲受到土著尊敬的重要原因。

法闲在海岬修行，苦苦等待西来向东的商船，时光荏苒，一晃又是一年多。终于一日，海边来了一艘渔船，这艘渔船来自于大洋之外爪哇，因遇到暴风，船只损毁，被季风吹到了天竺。

法闲大喜，恳求土著帮助修缮渔船，补给饮水和食物。一个月后，法闲登上渔船，准备跟随渔民回到爪哇，在爪哇寻找南洋汉人商船回中原。

渔民等候西风再起，起锚回航，法闲在一日黎明，告知爪哇渔民，西方信风已起，正午之时，就会将渔船吹往南洋。赶紧准备起锚驾船返回。

渔民不信，可是到了清晨，信风果然吹拂，风势愈来愈强，到了太阳升至头顶时，信风已经足以吹动渔船。

渔民这才明白法闲身负高明本领，立即迎接法闲与猴子登船。就在渔船升起船帆，吃风鼓荡，即将起锚的时候，无数土著居民涌向岸边，身涉海水，举起了三张竹床。周边土著都在海水中向竹床跪拜后站起，保护竹床不被海水触犯。

法闲看见竹床上坐着三位圣座：婆树般都、阿胜伽、尸罗拔陀。

法闲看到天竺三位圣座亲自到海边送别，立即跳下水中，涉水走到三位圣座的身前。法闲双手合十，向三位圣座行礼，拜谢送别的情谊。

三位圣座也免不了对法闲一番勉励。互道珍重后，阿胜伽指着渔船桅杆上已经爬到顶部的猴子说："你这一路在毒水上颠簸，免不了一番磨难，却都是因为这个猴子而起。"

法闲不明，讨教阿胜伽。

阿胜伽说："当年猴子，帮助罗摩大破楞伽，击败魔王成神。成神后的猴子，却因为贪念口腹之欲，盗取佛祖涅槃的菩提树之果实。天神震怒，将猴子贬为贱畜。"

法闲垂首，"圣座提起过此事。"

阿胜伽说："天神将妖魔都驱逐到东方毒水之中。你这番东渡大洋，回返震旦，毒水中的妖魔鬼怪虽然不认得你，却认得猴子。"

法闲听了圣座阿胜伽的叮嘱，这才明白，三位圣座亲来送行的目的。法闲回首看了看猴子，说："既然圣座说过，这个孽畜与我命中有轮回纠缠，他的劫数也就是我的劫数。我既得佛法，替猴子与自己度化，也是注定。"

"好。"阿胜伽说完，也就不再言语。

尸罗拔陀却说："法闲还未透彻无上佛法，猴子已非猴神，海上磨难重重，猴子敌不过，猴子会跑。到时候法闲拦不住。法闲不愿意念咒，折磨猴子。"

法闲知道三位圣座已经有了安排，躬身问："圣座尸罗拔陀有何指教？"

尸罗拔陀向婆树般都微微点头，婆树般都伸手从怀里拿出一段细细的锁链，扬在空中。细细锁链在空中飞舞，如同飞龙，海中无数土著信众，看见圣座施显佛法，不约而同跪在海水中，高声诵念佛经。

锁链飞到渔船上方，在猴子的脖颈上缠绕，将猴子拖下海水，猴子受困，只能被锁链带着在海水中挣扎。锁链游龙一般到了法闲的身边，尸罗拔陀手指旋转，锁链的另一头转入法闲的锁骨。

法闲在天竺苦行已久，这点痛楚不在话下，可是转身看到锁链的另一端，紧紧将猴子的锁骨穿透，猴子痛苦不堪，法闲难免升起恻隐之心。

尸罗拔陀指着锁链，对法闲说："猴子恢复为神，也就是你顿悟成佛之日。"

法闲若有所思，"法闲与猴子，猴子与法闲，这根锁链，将我与猴子万万劫数联系为一身，我一日不成佛，猴子一日不成神。我就与猴子同受这无尽的苦难，直到我与他都得到解脱的那一天。"

三位圣座听了法闲的承诺，相互看了看，都面无表情。

隔了许久，海边风声呼啸，海天交接处升起了乌云，闪电在空中隐隐显露。猴子被雷电惊吓，身体不断地在法闲双肩上跳动，想离开法闲，跳入海水中游走。游了几丈远，锁骨上的锁链牵动，猴子受痛，又游了回来，抓耳挠眼，烦躁不堪。

尸罗拔陀说：“走吧。”

法闲点头。带着猴子登上了渔船。

渔船的爪哇渔民看着海平线上隐隐生起的雷暴，不免迟疑，询问法闲，风暴已起，是否合适起航?

法闲淡淡地说：“有我在，无妨。”

渔民犹疑地看着法闲。法闲说道：“我在出家之前，呼风唤雨，只是道术的末节而已。尽管启程吧。”

渔民起锚，一叶扁舟，在海水上颠簸，朝着风暴而去。

回到岸上的三位圣座远远看着渔船驶入大海。

阿胜伽说：“猴王可否恢复成神，就看法闲的顿化了。”

婆树般都说：“法闲定会成为一代高僧，猴王也将回归。只是中土鬼治，他们前途莫测，就看法闲心中的佛心，会不会被放弃。”

尸罗拔陀说：“法闲不会放弃的。”

三位圣座同时念诵经文。

海面上风暴雷电骤起，空中现出万丈金光。

无数条海鱼从水中跃起，在佛光中尽情跳跃。

第十一章

寿春之围

妫樽乾紫元年。

景顺帝成和二十二年。

成汉牛寺建国三十七年（成汉无年号）。

匈奴秃发腾单于定都定威郡八年（匈奴无年号）。

妫赵太尉干阙率领北府军，击溃散落于北方燕赵之地的匈奴部族及汉人割据武装，收编军队十万，征召补给及民伕二十万。

妫赵晋王、大将军妫鉴率领汉中大军东入洛阳龙门关，随即南下，占据左景襄阳。左景襄阳郡守溃败至荆州，荆州刺史郑蒿坚守不出。妫鉴留下晋军两万围困荆州，主力开始谋划继续东进。

妫赵乾紫二年，妫樽派遣丞相蒯茧，持使节入凉州，与匈奴秃发腾单于议和。

蒯茧入凉州，亲见秃发腾单于，告知大赵欲与匈奴交好，割让雍州，两国互不兵戈。秃发腾单于与幕僚任嚣城、风追子商议后，接受大赵媾和。蒯茧与任嚣城之间渊源甚深，此时相见各为其主，感慨无言。

盟约签订后，蒯茧遂回洛阳复命。

蒯茧回洛阳后一月，妫赵皇帝御驾亲征，征召大赵境内军士十万，从洛阳进发，驻跸大赵南府大营彭城。

干阙率领十万北府沙亭军及二十万粮草民伕，由北至南，与妫樽在彭城汇合。

晋王妫鉴率领晋军五万，也由襄阳东进，抵达彭城。

南府大将军姜爽麾下的南府赵军，则驻守在彭城外城，拱卫妫赵当今的皇帝御驾。

由此，妫赵以皇帝妫樽为中军大元帅，丞相蒯茧为总军师，左路征南大将军姜爽、右路晋王妫樽、前锋沙亭军干阙，四路大军，在彭城齐聚。

随即妫赵号称六十万大军，南下寿春。

左景方面，大将军郑茅麾下，寿春北府军营原有守军十二万。由于荆州被妫赵晋王围困，不得已分兵三万，救援荆州刺史郑蒿。刚刚抵达江夏，寿春告警，郑茅又紧急颁发军令，让三万北府军士兵速回寿春。此时正在等候军情。

郑茅知道荆州定无大碍。妫赵集全国之力，侵犯淮河，一定要将寿春收入囊中。并且妫樽志不在寿春，而是建康。是以郑茅向建康飞书告急，请求朝廷征调江南汉民及土著武装，火速援应寿春。

妫赵征南四路大军来势汹汹，不过数日，先锋军队已经逼近寿春城下。

郑茅走到寿春北城城墙上。已经是黑夜，城外赵军没有任何火把照明，而是在黑暗中悄悄扎营，让郑茅及手下无法看清到底有多少赵军到达。

郑茅身着甲胄，注视北方的黑夜，冷风吹过，不禁瑟瑟发抖。亲随递上狐毛披风，郑茅摆摆手，示意亲随退下。

少都符也站立在郑茅身边，但是目光看向西方。

郑茅手握佩剑，慢慢抽了出来，剑身上锈迹斑驳，不知道浸染过多少人的鲜血。

郑茅苦笑道："我出身于大景的门阀世家，东渡之前，虽然以文职做到了大司马，并没有亲领过一兵一卒。想不到东渡之后，我却成为了一个在沙场上拼杀的军人。"

少都符叹口气，"妫樽、妫鉴、干阙、姜爽，都是当年的贱民出身。你说，当年如果不是安灵台之盟，齐蜀作乱，饕餮复生，这些人怎么会把大景逼迫到如今的境地。"

"你我二人，都是身不由己。"郑茅说，"三十年前，我自认是大景的栋梁之材，你也以为自己是解救天下鬼治的不二人杰。可是呢……"

"可是我们亲手葬送了大景半壁江山。"少都符说，"而罪魁祸首，竟然是我的师伯。"

"听说圣上仍旧在建康的皇宫内每日修仙炼丹，"郑茅说，"他要修炼到什么时候？"

"他一日不死，就要承受万蚁噬咬的痛楚，"少都符说，"只能靠鹿矫生长新鲜的肌血，滋润毛发。"

"你还恨他吗？"郑茅忍不住好奇，"这八年，他知道你在寿春，却从来没有问过你一句。"

"我小时候，他对我很好的，"少都符说，"我师父去世早，其实我是师伯抚养长大。是他教诲我，我们单狐山门人毕生使命，便是以慈悲庇护众生。可是看看如今，他已然变成什么样子！所以三十年前，我无论如何也不能接受，他竟然窃据殿堂之上，玩弄天下于股掌，置苍生性命于不顾。"

"这是你们道家门人的恩怨。"郑茅说，"却把我们全部都扭曲成了人鬼不分、苟延残喘的蝼蚁。"

"当年郑公你权倾朝野，也没有想到今天吧。"少都符说，"我也一样，以为天下尽在我们道家四象神山门人的掌握之中。可是呢，鬼治还是来了，并且无法阻挡。”

郑茅听到这里，忍不住打了一个寒战，“鬼治不仅来了，而且还要继续把我们一步步吞噬。我们都以为鬼治由籛铿而起，没想到却是我们亲手扶植的妫辕。”

“建康征兵的消息如何？”少都符掉转话题。

“没有消息。”

少都符又问，“赶赴荆州，驻留江夏的三万北府军回程了吗？”

“正在路上，”郑茅算了算，“应该还有两日回到寿春。可是即便这三万士兵赶回寿春……我们在六十万赵军面前，仍旧是螳臂当车。”

“我没有看到沙亭军。”少都符说，“妫樽没有让干阙的沙亭军殿后的道理。”

“干阙得了他父亲干奢的太公兵法，”郑茅说，“实在不知道他到底会有什么手段对付我们。”

“我很担心干阙。”少都符说，“他不是他父亲干奢，干奢对大景汉人还有同族情谊，而干阙是妫辕膝下的义子，没有这些顾虑。”

“听说他的叔叔干宝在建康？”郑茅问，“还是大司徒的右长侍。”

“干宝不愿意跟随干奢父子在妫赵为官，很早就离开洛阳到了建康，现在正奉命修撰《景策》。”

“干宝他……”

“没有用的，”少都符说，“干阙对妫赵忠心耿耿，绝不会为了一个在建康为官的亲属而背叛。在干阙眼中，妫辕才是他的父亲，妫樽才是他的亲兄长。”

郑茅摇摇头，“这都是我们当年落下的祸根。如今怨不得谁了。”

少都符突然警觉起来，“出事了。”

一只飞鸽在黑夜中上上下下地飞到了寿春城墙上，飞到郑茅头顶，再也支持不住，从空中跌落下来。

郑茅伸手把信鸽接住，信鸽胸口边缘一道巨大的伤痕，是羽箭割伤的血痕。好在信鸽是郑茅北府军精心饲养的军鸽，体力强健，虽然受了重伤，仍勉力飞回了寿春。

信鸽在郑茅的手中，翅膀扑扇几下后身体僵直。郑茅揭开信鸽爪上的竹筒，取出军信。看了之后，将脸转向少都符，似笑非笑。

“干阙？”少都符问。

郑茅点头，“江夏回援的三万北府军，没了。”

少都符说：“是啊，干阙。他行军的速度，本就应该超出我们的计算。”

“在庐江。”郑茅说，“你猜得不错，干阙的沙亭军的确是赵军的先锋，已经插入寿春和荆州之间，深入到庐江，并且一举全歼了这三万北府军。现在干阙已经到了我们的身后。”

“他会去攻打建康，”少都符说，“还是折回来攻打寿春？”

“不知道。”郑茅叹口气，“无论他是顺江而下攻打建康，还是陆路迂回包抄寿春，我们都必输无疑。”

现在郑茅和少都符知道，妫赵皇帝妫樽率领的大军，在寿春城北四十里慢慢驻扎，并不急于进攻的目的。很显然，他们在等待干阙沙亭军的消息。

寿春以西，有四水和肥水流淌，肥水西岸，是大片连绵起伏小小的丘陵，妫赵皇帝妫樽的大军就驻扎在这些丘陵之中，随时会踏过肥水东下。寿春以南，是空阔的平原，直到长江北岸，都无险可守。这也是寿春为什么是建康最后的防线，而大景的北府军精锐尽数驻扎在此的缘由。

少都符跟着郑茅在城墙上巡视，走到了南城门上。寿春与建康之间已经有五日没有联系了，天空中也没有一只飞鸟从南方飞来。

无论天上地下，寿春与建康之间的通道已被全部断绝。

郑茅看看寿春南方的开阔平原，又望望已经杀意弥漫的西北方向，意识到整个寿春已经完全被妫赵军队包围。干阙的沙亭军横亘在寿春和建康之间，已经确定无疑，只是不知道干阙下一步的军事行动，到底是围攻寿春，还是突袭建康。

因为大战在即，寿春城内也开始禁止一切人等出城，因此在寿春城南开阔的平原上，渺无一人。正值青苗时节，为了不让姌赵的军队收割熟麦，郑茅已经下令军队将城郊的麦田全部损毁，坚壁清野。连绵到天边的麦田都化作了一片焦土，走兽亦无法躲藏于其中，加上天空也没有一只飞鸟，天地之间空荡荡的一片凋零。

不过还是有一个人从南方走到了寿春城下。郑茅看着这人孤单单地一直走到城门的下方，显得十分诡异，这是一个不应该出现的人。

少都符看见了此人，对郑茅说道："都说我们四大仙山门人，是解救天下于危难，匡扶道家的神山门人，可是为什么只要我们同时出现，就必定是大战的前夕，天下将倾覆之兆呢。"

郑茅也看清了此人是徐无鬼，立即吩咐门监打开城门，让他入城。

徐无鬼走到城门之上，看见少都符和郑茅，苦笑着说："大司马，少兄，我们又见面了。"

少都符和徐无鬼伸手拥抱，相互拍了拍对方的后背。

徐无鬼看着郑茅："大司马已经不是从前的大司马，郑公老了。"

郑茅深鞠一躬，"一晃三十八年，上次与徐先生见面还是在荆州，徐先生还是当年的样子，仙山门人果然是仙风道骨，长生不老。"

听了郑茅的这句话，徐无鬼和少都符相互对视一眼，两人都难免苦笑。虽然二人的容貌仍然是青年韶华，可是一个头发苍白，一个眼神浑浊，神色都已经是饱经风霜的老态。

徐无鬼对少都符说："少兄看来是没有见到尊师伯了？"

少都符点头，"徐兄呢，师门中曲山都好吗？"

"不好，"徐无鬼说，"一言难尽……"

"龙师叔？"少都符欲言又止。

"早已过世。"徐无鬼摆手说，"这世上没有中曲山很久了。"

少都符茫然，徐无鬼摇头说："其中缘由，不是你我二人能得知的天机。先把此事放在一边吧。"

郑茅打断徐无鬼和少都符二人叙旧，问徐无鬼："看来徐先生是为了妫赵攻打寿春而来。徐先生是见到干阙的沙亭军了吗？"

"见到了。"徐无鬼说，"沙亭军就在我身后，明日清晨，就会到达寿春南门。同时，北面的妫樽将开始攻城。由于赵军的实力强盛，三路大军将同时启动，干阙沙亭军攻打南门，姜爽攻打西门，妫鉴攻打北门。"

"妫樽是一个精通兵法的皇帝，跟他的父亲一样，"郑茅看看东门外的河流，"在兵力几乎十倍于我之时，仍网开一面，留下东门给我逃生。可是即便我出了东门，在赵军各路夹击之下，也只能跟当年的泰殆帝一样，入海逃命，再无机会重返中原。"

"为什么干阙不攻打建康？"郑茅问。

"因为我给他写了一封信，"徐无鬼说，"告诉他，绝无可能攻下建康。"

"徐先生是干阙父亲的至交，"郑茅说，"因此干阙信了？"

"干阙怎么可能会因为我是他世伯而轻易改变战局，"徐无鬼说，"而是他知道我说的是实话。"

少都符紧张起来，"我的师伯，难道他还有别的手段？可是他一心都在修炼鹿娇。"

"少兄，我们得去建康了，"徐无鬼说，"建康九龙天一水法，需要我们去镇守，抵抗蚩尤。这是一场比洛阳守卫战更加艰难的战斗，如果建康再败，不仅是大景颠覆，天下就彻底陷入鬼治，再也没有寸土平静。"

"只有我们二人？"少都符说，"当年是我们四大仙山门人，现在支益生和任嚣城还不知道在何处。"

"他们会来的。"徐无鬼说，"仅仅建康九龙天一水法还不足以抵挡蚩尤。蚩尤是与黄帝齐名的仙人，支益生和任嚣城会跟我一样，寻找对抗蚩尤的战神真人。”

“你已找到了？”

“我找到了，”徐无鬼说，“并且这一切都是他告诉我的。”

“你找到的是谁？”

“灌郡李冰。”徐无鬼诚实地说。

“支益生和任嚣城值得相信吗？”少都符问。

“我们只能相信他们。”徐无鬼说，“李冰告诉我，我们没有别的选择。”

“两位先等等，”郑茅打断少都符与徐无鬼的交谈，“徐先生的意思是，四大仙山门人将联手拱卫建康，如同三十八年前在洛阳一样？”

“正是。”徐无鬼点头。

“也就是说，”郑茅将手指向了寿春城内，“在徐先生的眼中，寿春已成妫樽囊中之物，无可抵挡？”

徐无鬼坦言：“抵挡不了。妫赵如今国力远超大景，军民士气盛极；沙亭军得了阴谋诡辨兵法的精髓，与鬼兵无异；妫鉴、姜爽领兵的本领，大景之中，也只有郑公能相提并论；妫鉴在汉中一战，将成汉几乎灭国，成汉已经没有任何能力，再对妫赵有所行动。妫赵皇帝妫樽心中有雄才大略，一定与西方匈奴交好，因此现在的赵军，天下无可抵挡。没有九龙天一水法的木甲术，我们任何努力在妫樽面前都是徒劳。”

“寿春与建康之间的道路已经断绝，”郑茅说，“寿春的百姓怎么办？还有北府军的九万士兵……”

徐无鬼说：“能走多少就走多少吧。”

郑茅大笑起来：“原来我这一辈子，永远都只能做一个逃跑的将军。当年在洛阳、在荆州是这样，如今大景天下精兵尽在寿春北府，而我却要再一次临战脱逃。”

“干阙与我有世交，”徐无鬼低声说，“我可以替郑公求情，让郑公带领一万兵马回建康。”

“一万军马！”郑茅笑声戛然而止，“还要劳烦徐先生在沙亭干阙面前哀求……”

“至于寿春百姓，”徐无鬼对少都符说，“这就由少兄，在妫樽面前陈情。妫辕毕竟与少兄是结义兄弟，妫樽是个明君，不会为难百姓。”

郑茅说：“原来徐先生到寿春来，是替干阙劝降本将的。”

“我没有见到干阙，”徐无鬼立即说，“干阙在妫赵里，地位岌岌可危，他尚且需要我的保护。”

“干阙是当年泰武帝北护军后裔，虽然大景代泰，可是无论泰景都是汉人，干阙难道就不顾念自己的汉人血脉？徐先生为何不劝说干阙弃暗投明，归入大景，调转矛头，与我共同击败妫赵大军？”

“干阙现在做不到的，”徐无鬼沮丧地说，“他自幼生长在妫赵，和妫樽亲如手足，郑公的建议，多半是徒劳。”

郑茅听了，嘿嘿笑了两声，“徐先生说的道理我都明白。”

徐无鬼说：“郑公是答应了？那么我们现在就安置北府军与寿春百姓吧。”

“不！”郑茅说，“当年我身为洛阳世家子弟，早早就身居朝廷高位，年轻无知，狂妄无行，犯了大错，导致被天下人耻笑。好在天命善待，让我再次重为大景的肱股之臣，这一次，我不再跑了。”

“就是因为郑公是大景的栋梁，”徐无鬼苦苦相劝，“更应该跟我们去建康，替天下保存大景最后的希望。”

“我不走了，”郑茅深吸一口气，然后跪下来，“建康就交给四大仙山门人啦。”

少都符大惊，连忙伸手扶起郑茅，“郑公，难道你准备留下来？”

郑茅站起身，“到了建康，替我给圣上说一声，北府军已经被赵军围困，无法回到建康，我郑茅无能，只能与北府军和寿春百姓共存亡。

寿春，就是我郑茅埋骨之地！”

翌日清晨辰时，寿春城南，沙亭军从正南方向击溃了大景北府军布置在城外的守军。

虽然郑茅提前了一个晚上，调动两万士兵出南城阻挡即将到来的沙亭军，可是在天下最强的军队面前，这两万北府军瞬间就被冲散击溃。干阙率领沙亭军一路追击，两军数万人马都拥塞在南门之外，郑茅不敢开启城门，只能看着自己的两万士兵在城墙之下被沙亭军分路包抄，切割成无数的小块……最后，没有战死的士兵只能投降。

沙亭军在寿春南城之外重新布置阵型，从突袭阵法，变为攻城的阵列。

北方的妫赵大军也开始向寿春移动，围困了西门和北门，与沙亭军连接在一起，形成了一个环绕寿春的包围圈。

在正午的阳光下，妫赵军队后方，妫赵皇帝妫樽的黄旗升起，几十台投石车慢慢地朝着城墙移动。

郑茅和少都符、徐无鬼站立在城头，看着漫无边际的妫赵大军，都说不出一句话来。三人心中都明白，无论郑茅自己如何坚持，寿春已经没有任何机会了。

郑茅仍旧在坚持，徐无鬼无法劝说郑茅，只能看着郑茅走向死亡，还有北府军。

赵军在形成联阵后，休整了半日，于夜间戌时开始了第一轮攻城。

寿春城内的守军出城迎战，目的是为了烧毁赵军的投石车。埋伏在西方八十里的一股军队，也已经绕到了妫赵的后军，意图烧毁赵军的粮草。

这两股军队，一明一暗，都悄无声息地湮没在赵军之中。而赵军所做的，只是稍稍调整了阵型而已。

这证明，北府军所有军事行动，都在妫樽和干阙的预料之中。随后赵军的投石机开始投掷巨石，瞬间将寿春北门和西门之间的城墙砸开了一个巨大的缺口。

郑茅亲自领兵，填补缺口。赵军并不急于冲入城内，只是不断地用弓箭射杀修补城墙的士兵和民伕。

随后沙亭军在南城开始用云梯攻城。北府军与沙亭军在城墙上短兵相接，郑茅几乎将所有的精锐都集中到了城墙上，沙亭军在干阙的号令下，暂时退却。北府军折损的人数远远超过沙亭军。

连续三日，赵军都是在夜间戌时开始，北门、西门、南门同时进攻，却又并不急于攻下城墙。到了清晨辰时，就退兵回营。

郑茅和少都符、徐无鬼看看城墙外进退严整、有条不紊的赵军，又看看城墙内疲惫不堪、士气低落的守军，心情都越来越沉重。

“这是妫辕的兵法，”少都符说，“如同潮水一般，一步步侵蚀，慢慢蚕食对方的实力，直到对方再也坚持不住而投降。”

“这是极为高明的战术，”郑茅说，“也是以多胜少最有效的战术，可是很难有哪个将领，能够有这样巨大的克制力来做到。换做年轻的将军，在实力占优的情况下，一定会不惜一切代价，用强攻来节省时间。”

少都符说：“看来妫樽比他父亲更擅长使用这个战术。”

“干阙率领的沙亭军快如闪电，与妫樽的兵法相违背，”徐无鬼说，“可是仍然听从妫樽的调动，进退同步。妫赵的这一代，从小在一起生活，几十年的相处，兵法上的默契配合，已经超过了妫辕和干奢。”

“我们还能支撑几日？”郑茅沮丧地问。

“如果不是妫樽有意消磨，”少都符说，“寿春已经破城两日了。”

郑茅脱下了头盔，“我本以为自己这几十年征战沙场，已经得到了兵法的精髓，可是现在看见干阙用兵快速如闪电，妫樽步步为营，丝毫不乱，无论他们哪一人，我都自愧不如。妫辕和干奢能够夺取大景半壁江山，绝非偶然。”

“在军事上能够与他们抗衡的，也只有梁无疾的儿子匈奴秃发腾单于了。”徐无鬼说，“秃发腾单于兵法如何我不知道，单是他容忍妫樽，互不交战，安心经营凉州，这份耐心，已是少见。”

“看来大景真的是要亡了，”郑茅说，“就没有一个能够与他们抗衡的少年英雄涌现出来。”

“还有我们这几个老人在，”徐无鬼说，“四大仙山门人一定会尽力而为。而且别忘了，建康还有最后的屏障。”

“我看不到那天了。”郑茅说，“那是你们的时代。”

天边的夕阳落下，赵军每日例行的攻城即将再一次发起。郑茅整顿精神，调动军队在城墙上巡守。

但是今天，赵军并没有如前几日那样蜂拥而上。就连南门的沙亭军，也只是前行两里逼近南门。

当黑夜降临的时候，西门外的妫樽黄旗突然从后军突入到前军，妫鉴和姜爽两军左右分开。当黄旗在一片火炬的光明中清晰可见的时候，郑茅的双臂重重地伏在了城墙上。

黄旗下方燃起几千个火炬，都安放在一艘巨大的船只上面。

这个巨大的船只，曾经是少都符、徐无鬼的噩梦。

“舳舻！”徐无鬼说：“又来了。是我们当年看到的那艘吗？”

“那艘已在洛阳之战中损毁，”少都符说，“应该是妫樽重建了舳舻。”

“妫樽和干阙把时间计算得精准，”徐无鬼说，“舳舻陆地行舟，速度较慢，他们一直在等待舳舻翻山越岭到达寿春。”

舳舻缓慢地从赵军中军方向，移动到了西门外，现在郑茅和少都符、徐无鬼已经看见舳舻之上的妫樽笔直地站立在前端，妫樽身穿金黄的甲胄，身边几个亲卫高举盾牌，随身保护妫樽的龙体不被飞矢射中。

而城内的投石机投掷出来的石头，大多准头不够，只能击中坚硬的舢舻船体，间或一两个巨石即将飞到妫樽所在的部位，也被精巧的舢舻摆臂格挡。

城墙上众多弓箭手朝着妫樽射箭，却又被妫樽的卫兵用盾牌阻隔。

舢舻行动虽然缓慢，可是势不可挡，郑茅眼睁睁地看着舢舻的前段突入了西门，城墙摧枯拉朽一般倒塌。

与洛阳之战一样，舢舻发挥了巨大的威力，半截船身突入到了城墙之内。

而赵军并没有急于随着舢舻涌入城内，只是拱卫在舢舻旁边。

妫樽笔挺的身体，站立在舢舻前端，一动不动，慢慢地观察寿春城内的守军布置。现在寿春城内凋敝惨淡的景象，都在妫樽面前一览无余。

让郑茅和少都符、徐无鬼没有想到的是，在妫樽占尽优势的情况下，赵军却停止了攻击。而寿春的守军也无法攻打舢舻。舢舻的前方落下一个软梯，走下来一个人。

这个人走上城头，大声对着郑茅的方向喊道："雍州蒯茧，前来与郑公交谈几句。"

郑茅没有回应。

蒯茧又大声说："大赵圣上，让我与郑公交涉，这满城的百姓，都在郑公的一念之间。"

郑茅对士兵说："请蒯大人过来。"

蒯茧慢慢地走到郑茅面前。

徐无鬼说："蒯大人，我们又见面了。"

蒯茧轻轻向徐无鬼点头，"徐先生你好。"

然后看着少都符说："大赵的圣上，想见你一面。希望少先生能跟我去舢舻上。"

郑茅说："少先生去了你们赵营，又该如何？"

"放过满城的百姓和军士，"蒯茧顿了顿，"也让郑公全身而退。"

“妫樽为什么要见我？”少都符狐疑地问道。

“实话说吧，不是我们的圣上要见你，”蒯茧回答，“是秃发腾单于仰慕少先生。”

徐无鬼和少都符恍然大悟，原来秃发腾单于与妫樽议和，其中的交易条件，竟然是少都符！

秃发腾单于与妫樽之间议和的重要条件是，妫樽要将少都符送到凉州。

当徐无鬼和郑茅听到蒯茧提出的条件，两人都震惊不已。

舳舻已经突入了寿春城墙，怪兽一般地矗立在已经破损的西门，无坚不摧地凌驾于城郭之上。散发出凛冽的杀意。

妫赵的大军以及舳舻即将攻破寿春，而让徐无鬼和郑茅更加心惊肉跳的是，虽然看不见，可是已经隐隐感到无处不在的秃发腾单于的气息。

秃发腾单于虽然地处西陲的沙海边缘，距离寿春几千里之遥，可是秃发腾对中原的妫赵和大景局势，似乎了如指掌。他不仅知道妫赵一定能击破寿春，更重要的一点，就是他竟然准确地知道少都符就在寿春城内。

如此遥远的距离，也有匈奴的细作在活动，可见在妫赵和成汉境内，秃发腾的细作一定是渗透到了各个细节，才会让秃发腾单于得到如此精准的情报。

既然连寿春的情况都被秃发腾掌握，那么大景的建康，一定在所难免。

如今天下汉民流民分为两个方向，纷纷逃亡入蜀地和大景，这些流民之中，一定混入了无数的匈奴细作。

秃发腾单于的父亲是梁无疾，而梁无疾的全族，被景宣帝赐死。这个仇恨，梁无疾不会忘记，秃发腾也一定不会忘记。现在妫赵的军事行动，其实正中秃发腾的下怀。

秃发腾悄无声息地跋涉过了沙海，攻下定威郡，改称凉州，这些年来一直没有趁机东进南下，而是慢慢经营，暗中观望妫赵和大景之间的局势。仅凭这等耐心，就说明秃发腾是一个雄才大略的君王，可能比他的父亲梁无疾更加出色。

少都符身为四大仙山门人的单狐山幼麟，道家地位崇高，是左右天下局势的关键人物。现在秃发腾通过妫赵索要少都符，徐无鬼和郑茅都知道，无论于公，于私，即便是寿春城破，满城涂炭，也不能将少都符送给秃发腾。

徐无鬼和郑茅两人相互对视一眼，就已经明白了其中的关节所在。于是郑茅对蒯茧说："妫樽的要求，恕难从命，我绝无可能将少都符送到赵军之中。"

蒯茧并不失望，而是看向了少都符，"少先生，这满城百姓的性命，皆在你的手中，是去是留，还是少先生自己做主吧。"

少都符沉默站立，没有回答蒯茧。蒯茧点头说："少先生心中的顾虑我是明白的，一时半刻也拿不定主意。我们圣上已经想到此节，就给少先生一天的时间考虑。"

少都符慢慢地问："一天之后，我不答应，又待如何？"

蒯茧回头看了看舳舻，"少先生你知道的，寿春满城的百姓，本已经是大赵的子民，他们首鼠两端，投降了大景。当赵军破城之后，大赵对言而无信的汉民如何处置，少先生已经见过许多。"

少都符再次沉默不语。

徐无鬼拉住蒯茧："蒯大人，你我曾经与沙亭军民一路流落，你也是汉人，为什么要用汉人的性命要挟少兄？"

蒯茧长叹一口气，"我当年机缘巧合，跟随沙亭干氏，这条命早已经是沙亭军的了。"

"可蒯大人现在是妫赵的丞相，"徐无鬼说，"为什么不在妫赵的皇帝面前，劝谏两国之间消弭兵戈？大景已经为之前的昏庸付出了代价，丢失了半壁江山，现在为何还要苦苦相逼，将天下无辜的汉民赶尽杀绝？景宣帝犯下的错误，为什么要由百姓来承担？”

“其一，景宣帝还没有为他犯下的错误付出代价。”蒯茧说，“这个秘密，没有徐兄所想的那么隐秘。”

徐无鬼看了看少都符，无话可说。

“其二，”蒯茧继续说，“当年天下的汉人欺压贱民，而沙亭的百姓，也是被汉人一路欺辱，徐兄忘记了当年香泉台，汉人地主贩卖沙亭百姓的往事了吗？”

徐无鬼被蒯茧辩驳，知道蒯茧已经不再是当年那个缩首畏尾的郡簿，多年的磨练，已经让他成为了姌赵的丞相，当然不会再以当年的姿态行事。

蒯茧见徐无鬼和郑茅都无话可说，于是拱拱手，“一天，郑公请好自为之。”转身欲去。

徐无鬼拉住蒯茧的衣袖，“蒯大人……”

蒯茧站立不动，“徐先生和郑公是要把本人扣留，或者斩杀在这里吗？似乎不太符合二位的身份。”

“不是，”徐无鬼说，“干奢兄弟的儿子干阙，不肯见我，我跟你去见姌樽。”

蒯茧回首说：“如果徐先生要去，圣上欢迎之至。我们等着明日，徐先生和少先生一起弃暗投明，进入赵军大营，当然郑公如果愿意……”

“我怎么会去拜见这逆赵的匪酋？”郑茅断然说道，“我与蒯大人不同，我洛阳郑氏，世代为大景望族，决不能再做出背弃圣上的作为。”

蒯茧向郑茅深鞠一躬，“郑公前半生荣华富贵，飞扬跋扈，后半生颠沛流离，励精图治，人生有此境地，也是少见。我是佩服的。”

然后又对徐无鬼说：“干奢将军一直在干阙面前提及徐先生，干阙对徐先生是尊敬的。干阙在两军交战的时候不愿意见徐先生，希望徐先生能够理解干阙的用心。他虽然是后辈，但并不是徐先生所想的黄髫小孩，而是一个征战沙场的英雄，这一点徐先生应该能够明白。”

徐无鬼点头。

蒯茧说：“那么我回营，等候各位的消息。”

蒯茧走后，郑茅看着徐无鬼和少都符良久，才说：“妫赵看来是要招揽徐先生了，而少先生必定要去匈奴秃发腾单于处，二位现在可以自行决定去留。”

徐无鬼摇头，少都符说道：“不如我们率领全城百姓，向南方突围。遇上沙亭军，干阙看在徐兄与父亲干奢的份上，或许能放我们一条南去的道路？”

徐无鬼也说：“刚才蒯茧所言，似乎在暗示干阙会放我们通过。”

郑茅犹豫了许久，终于答允：“也好，我们现在就召集百姓，率军南下。”

第十二章

幼麟冢虎

就在郑茅通知城中各望族，收拾行装，准备从南门逃离的时候，寿春望族推举的长者谢衎求见郑茅。

郑茅召见谢衎，谢衎带着几位寿春城内的望族耆老，杵着拐杖走到郑茅跟前。

郑茅说道："正好要告知谢叟，我准备撤兵，带领满城百姓投奔建康。"

谢衎说："妫赵的沙亭军正在攻打南门，郑公说从南门突围，是在说笑吗？沙亭军军威鼎盛，天下无敌，我们如何逃得过干阙的军马？"

郑茅指着徐无鬼说："沙亭军干阙与这位徐先生有旧，应该能放过我们满城百姓。"

谢衎说："明明将军有拯救满城百姓的办法不用，却将我们置于险境。这干阙是沙亭军的首领，也是妫赵的太尉，位列妫赵三公之位，怎么可能为一个来历不明的人放过我们？"

郑茅问谢衎："谢叟到此，到底是为何？"

谢衎丢开拐杖，跪下来，身后的望族耆老也纷纷跪下。谢衎大呼：

"恳求郑公和少先生，拯救我们寿春百姓于命垂一线。"

身后的贤者也纷纷大喊。

谢衔跪在地上，双手举着一封书信，郑茅接过看了，知道这是妫赵军队用弓箭射入城内的劝降信件。

上面写着寥寥数字："大赵只为少都符而来，与寿春百姓无虞。"

谢衔说："满城的百姓都拾到了信件，因此嘱托老朽来恳求郑公和少先生。"

郑茅把信件递给少都符，少都符看了，苦笑片刻，对郑茅说："天下大乱，妫赵兴起，都是我当年的一念之差，现在报应着落在我身上。看来我必须要去见见妫樽了。"

"少先生是四大仙山门人，"郑茅说，"抵抗外族，决不能少了少先生，我不答应。"

谢衔和众耆老纷纷磕头苦求，郑茅依然不许。

谢衔说："如果郑公执意不准，城中的百姓就要打开北门，迎接赵军妫鉴和姜爽的军队进城，到时候，郑公该如何向大景圣上交代？"

郑茅抽出佩剑，剑刃架在谢衔的脖子上，"当初我就该杀了你这个朝秦暮楚的老货。"

谢衔大喊："难道郑公不为满城百姓着想吗？"

郑茅厉声说："当年你们的性命，都由少先生苦苦相求而得救，现在兵临城下，你们竟然要将救命恩人交给敌手。你们为了保全性命，就顾不上一点廉耻了吗？"

谢衔抬起头，双膝移动，跪在少都符面前，大哭："少先生，你是心善人慈，既然救了寿春百姓一次，为什么不肯再出手相救一次呢？"

徐无鬼说："妫赵索求少都符，一定是有巨大的阴谋。少兄必定不从，那么等待他的，只有一个结局，就是身首异处。你们就愿意眼睁睁地看着恩人命丧敌营？"

谢衔却说："他一条性命，寿春内十数万百姓性命，如何不能交换？”

徐无鬼瞠目结舌，简直不敢相信自己的耳朵。

城墙上一片死寂。片刻后，少都符扶起谢衔，“我答应了，我明日就去妫赵大营。”

徐无鬼大声说：“少兄，你疯了吗？”

少都符摇头：“我的罪孽，我来承担。徐兄莫再相劝。”

徐无鬼看向郑茅。

郑茅哈哈大笑起来，然后环顾寿春城内，又痛哭失声，“大景的天下亡了也罢，这些厚颜无耻的贱民，救了又如何……哈哈哈哈……”

郑茅失态片刻，随即又镇定下来，走到少都符身前，张开双臂，“少先生哪里都不能去，就留在寿春城。”又转头对谢衔说：“同为大景的子民，现在妫赵南侵，我们绝不妥协，满城的军民，不惜玉石俱焚！”

谢衔大声说：“郑公你愿意赴死，我们皆无异议，可是为什么要牵连百姓？既然如此，北门的百姓就将城门打开，让妫赵进入罢了。”

“北门城防是我的亲信部将镇守，”郑茅说，“你们区区平民，如何打得开？”

谢衔拾起拐杖，重新站立，与郑茅直视。

郑茅身边的亲卫，同时举起佩刀。

郑茅下令：“先把这个老贼斩首在城墙之上，让妫樽知道我们的决心。”

可是亲卫的佩刀却架在了郑茅的肩膀上。

谢衔转头，看了一眼身后的耆老，说道：“这满城之内，只有郑公一人愿意自寻死路。镇守北门、南门的将军都已经与我商议，交出少都符，妫赵退兵，寿春城也不算投降给了妫赵。”

郑茅手中的佩剑落地。

局势风云突变，原来谢衔已经暗中掌握了寿春的大局。徐无鬼暗暗在谢衔身后的一干耆老中甄别，终于看到一位老者，神色气质与常人不同，而且一直站在谢衔的身后不远处。谢衔刚才就是与此人对视。

徐无鬼快步走到这名老者身前，“请问老先生是寿春哪一门望族，姓甚名谁？”

老者不答。

谢衔说道：“这位老先生是我们寿春……”

徐无鬼打断谢衔，“你住口！”然后盯着这个老人。

老人眼光闪烁，站立起来，挺直身体，对徐无鬼说：“不愧是中曲山冢虎，果然一眼就识别出我的身份。”

徐无鬼说：“你是妫樽派来的奸细……不、不对，你是秃发腾单于的人。你说话不是中原口音，倒是跟匈奴的语气类似。”

老者镇定地说：“冢虎先生猜得不错，我是秃发腾单于的师父风追子。”

“风追子、风追子？”徐无鬼挠着脑袋，“我听说过飞星派有位风灵子，百年前率领飞星派到了漠北极寒之地。”

风追子说：“是的，风灵子是我祖上。我们飞星派现在跟随的就是秃发腾单于。”

“秃发腾单于不惜谋划这么多年，怂恿妫樽南下，就为了少都符？”

风追子说：“妫赵要攻打大景，秃发腾单于要少都符辅佐，两全其美的好事，妫樽为什么要拒绝。”

徐无鬼问：“秃发腾单于为什么要如此谋划？他要为梁氏一族报仇，却行事如此鬼祟？”

风追子反问：“冢虎先生，我问你，如今的大景皇帝，到底是谁？”

徐无鬼被问得哑口无言。

风追子说：“天下人受蒙蔽，也就罢了，你我道家门人，明明知道坐在建康皇宫龙椅上的就是当年的景宣帝，单狐山幼麟师乙！这个为了自己长生不死，把持天下，贪恋权力和富贵，背弃道家宗旨，将天下祸乱，无所不用其极的道家叛逆！你们被他玩弄于股掌，却偏偏没有任何作为。”

“即便是师乙篡夺皇权，”徐无鬼说，“大景天下仍旧是汉人的天下。”

风追子又说道：“冢虎先生以为秃发腾单于只是为了家族私仇而苦心孤诣，那就太小看秃发腾单于了。不要忘了，秃发腾单于的父亲是大景的骑都尉、飞将军梁无疾，祖父是大景的安灵台梁显之，是彻彻底底的汉人世家！”

“得仙山门人者，得天下……”徐无鬼懂了，“这就是秃发腾单于的真正目的。可是只有一个少都符，又能如何？”

“姑射山的卧龙任嚣城，就在凉州，”风追子说，“冢虎先生如果不信，就看看眼前的这个舳舻，天下能把舳舻修缮如初的人，除了任嚣城，还能有第二个人吗？”

徐无鬼犹豫了，看了看少都符。少都符说：“天下归于妫赵也好，归于梁氏也好，都与我无干。我从三十年前，就只认定一件事情，我救得一个，就算一个，为我当年的罪孽赎罪。”

风追子冷笑说：“幼麟先生是为了给自己的师门单狐山赎罪吧？你的师伯师乙才是罪魁祸首，他犯下的错误，却要先生你来承担。实在是可笑。”风追子见说中了少都符的心事，又说道：“可是即便先生救了这么多汉人百姓，他们为了苟延自己的性命，仍旧毫不犹豫地将先生出卖。鬼治乱世之中，先生的任何作为都是徒劳，不如跟随了梁无疾的儿子，和卧龙先生一道，结束这鬼治，才是最大的救赎。”

少都符说：“我已经心灰意冷，没有经略天下的大志，只看眼前，能救一个，就减少一份罪孽。无论是我的过失，还是我师伯的过错。”

风追子转头走到郑茅面前，“妫樽只要少都符，郑公你放弃守城，我风追子作保，绝对让满城军民毫发无伤。如果郑公拒不投诚，在舳舻和沙亭军合攻之下，即便是守军负隅顽抗，也挺不过两日，到时候兵败城破，就是寿春百姓的灾难。”

郑茅伸出手掌，将架在自己肩膀上的亲卫佩刀紧紧捏住，鲜血顺着刀刃流淌。“我郑茅只有两日性命，如今要投降妫赵的，我不阻拦；但有誓愿以身殉城的，就跟随我守到城破之时。”

亲卫本就对郑茅十分尊敬，现在被郑茅的气势震慑，都慢慢把佩刀放下。郑茅命令传令官，招展军旗，北门和南门受了军令，仍旧听从郑茅的调遣，纷纷在城墙上鼓足精神，严阵以待。

谢衔无计可施，把头转向风追子，“风追子先生，你也是中原道家门人，就这么袖手旁观吗？”

风追子鄙夷地看着谢衔，“郑公年轻的时候或许曾贪生怕死，今日他把所有的耻辱都找回来了。而谢叟你枉活了一辈子，却比不上如今郑公的万一。”

谢衔又哀怨地看向少都符，“少先生，我已经老矣，活不了几年，可是这满城的百姓，都在你一念之间。”

“我也不等明日了。”少都符说完，脚步蹒跚地走向舳舻。

徐无鬼看了看左右，跟上了少都符，“少兄，我陪你去见见妫樽。”

少都符回头看了一下徐无鬼，“这一去，如果妫樽让我臣服，我必然不答应，就回不来了。”

徐无鬼说：“我心思简陋，一切都临机应变吧。”

少都符看了看徐无鬼，“也好，真的有危难，我也一定保全徐兄无恙。”

两人走向舳舻。而郑茅重振士气，镇守城墙。

谢衔等寿春耆老，看见郑茅对自己不屑一顾，也只能没趣地退到城中。有风追子在，是谢衔等人的救命稻草。

少都符和徐无鬼到了舳舻下方，不等舳舻悬下软梯，两人如同壁虎一般攀爬到了舳舻上方。

妫樽正在等候，看见少都符和徐无鬼到来，立即命令全军后撤。舳舻缓慢地退出寿春的西门城墙，朝着城外的旷野退去。舳舻抽身而退的时候，城墙的砖瓦，土崩瓦解，簌簌落下。

舳舻后退十五里，回到了赵军中军阵中。

围困寿春北门、南门的赵军也同时后撤，驻扎阵营。

郑茅在城墙上看到赵军退却，知道妫樽暂时遵守了承诺，于是下令满城军民，加紧修缮城墙。

妫樽在舳舻上见到少都符和徐无鬼，并没有急于交谈，而是等到舳舻退入中军，才带着二人进入王帐内。

妫樽命亲卫给二人赐座，自己进入到王帐内室，卸下甲胄，换了一身便服，重新出来相见。

妫樽挥手示意亲卫退下，只留下几个贴身侍从。亲卫略有迟疑，妫樽笑着说："以少先生和徐先生的本事，你们也不是敌手。退下吧。"

少都符开口发问："陛下是要把我送往凉州吗？"

"不错，秃发腾单于是这么跟我约定的。"妫樽招呼侍从端上酒菜，然后说道："可我尚有一件重要的事情，需要少先生帮忙。"

徐无鬼和少都符对视一眼，果然事情并非如此简单。

妫樽示意身边的侍从退下，王帐内只留下他们三个人。

徐无鬼和少都符都不知道妫樽的目的到底是什么。

妫樽慢慢地说："二位先生，一个单狐山幼麟，一个中曲山冢虎，当年在洛阳与任先生和支先生一起共同抵抗魔王饕铿。有一件事情，我一直没有明白。"

"洛阳之战的往事，"徐无鬼说，"当年天下皆知，是洛阳四象木甲术击败了饕铿，没有什么秘密好隐瞒的，陛下有什么要问的，尽管说吧。"

妫樽犹豫一会儿，环顾四周后，压低声音，"二位先生当年为抵抗饕铿，九死一生，却不知有没有想过，为什么饕铿一定要攻下洛阳？"

徐无鬼和少都符相互看了一眼，都脸色警惕。

“景宣帝就是当今坐在建康皇宫龙椅上的左景皇帝。”妫樽说，“秃发腾已经把此事告诉我了，所以二位先生不用在我面前有所顾虑。”

“没错，”少都符说，“景宣帝就是我的师伯，幼麟师乙。当年泰景之争，师乙暗算了篯铿，因此篯铿一旦封印解除，就立即到洛阳找师乙寻仇。只是当初，我们四大仙山门人，并不知情。”

“即便是知情，”徐无鬼接过话头，“我们仍然会齐聚洛阳，抵抗篯铿。”

妫樽说道：“就我所知，篯铿被师乙暗算，在泰武帝征伐沙海时期，就有更深的缘由，跟匈奴须不智牙单于有关。”

徐无鬼说：“看来此事也是秃发腾单于告知陛下。”

“当然。”妫樽说，“可是二位，都没有想过，这件事情的根源到底是什么吗？”

徐无鬼和少都符同时说道：“飞星掠日！”

“飞星掠日是有的，”妫樽说道，“可是飞星掠日还跟一个物事有关，二位可曾听说？”

徐无鬼摇头，“没有听说过。”

妫樽伸出手，示意二人不要慌张，然后拍了拍手，一个侍从从帐后缓步而出，手里捧着一个黄绸包裹。侍从把包裹放在徐无鬼和少都符身前，然后碎步后退离开。

徐无鬼和少都符二人目不转睛地看着眼前的包裹。

妫樽亲手将包裹上的结打开，露出了一个锦盒。

妫樽把锦盒的金锁打开，掀起锦盒盖子一条缝隙，徐无鬼突然口吐白沫，浑身抽搐。妫樽被徐无鬼的状况惊呆，少都符立即伸手把锦盒压上。可是锦盒上冒出了无数细细的黑丝烟雾，把少都符的手掌吸附。少都符奋力收回手掌，跳开身去，两只手已然皮肤破裂，鲜血淋漓。

徐无鬼身体仍旧在不停地痉挛。妫樽用手去触探徐无鬼的鼻孔，发现徐无鬼已经没有了鼻息。

妫樽再抬头，看见少都符捂着耳朵，紧闭双眼，口中喃喃有声，脸色煞白，布满了红色的血丝。

妫樽惊呆了，一时间忘记了召唤亲卫。

少都符闭着眼睛不断游走，越走越快，最后走到了妫樽面前，睁开双眼。

妫樽看见少都符的双眼，没有了瞳孔，只有灰白的眼球在不停地转动。少都符伸手来夺妫樽面前的锦盒。妫樽看见少都符刚才鲜血淋漓的双手，现在伤口处长出了密密麻麻的黑毛，整个手掌都覆盖了一层坚硬的鳞甲，手指前方的指甲尖锐弯曲。

妫樽知道不妙，把包裹抱在怀里连连后退。少都符满脸的血丝似乎要渗出血来。灰白的眼球对着妫樽，一步步走向妫樽，把妫樽逼迫到了角落。

"打开锦盒……"少都符的声音沙哑，已经不是他的声音。

妫樽大喊："来人！"

三个亲卫和一个侍从冲进王帐，少都符回头一望，亲卫和侍从全部身体僵直，保持着奔跑的姿态，无法动弹半分。

少都符又向妫樽踏近一步，脸部距妫樽已经不到两尺，妫樽看见少都符嘴角下有两颗牙齿在迅速地生长，瞬间就变成了两颗獠牙。

"打开锦盒……"少都符的声音如同铁器摩擦。

妫樽后退，少都符又逼迫踏近一步，身体也发生了剧烈的变化，瘦弱的身躯瞬时暴涨，身体上的肌肉虬结。

妫樽看见少都符如同铁塔般的身体，并不惊慌，用肋下夹着锦盒，伸手摸到了王帐内的长戟，刺向少都符的胸口。

长戟顶在少都符坚如铜铁的胸口，无法刺入半分，少都符鬼爪握住长戟，长戟立即熔成铁水。

妫樽再抬头，看见少都符青面獠牙的脸部，正在狰狞地狂笑，却只有擦擦的声音。

王帐外已经嘈杂不堪，都高呼："有刺客！"

干阙、妫鉴与士兵冲进王帐内。干阙用手中的佩剑劈斩少都符的后颈，少都符的身体坚硬，佩剑砍在少都符的身体上，迸出火星。

妫鉴率领士兵蜂拥而上，变换身体后的少都符目光环顾，所有人都身体僵硬，无法移动半步，只能眼睁睁地看着少都符走向妫樽，开口缓缓说道："打开锦盒……"

妫樽不从，"要开锦盒，你自己动手。"

少都符用手将妫樽的脖子捏住，举到半空。

妫樽在少都符的巨大手掌中，不住地挣扎。

所有人都无法移动半分，眼看着大赵的皇帝即将命丧于化为魔王的少都符之手。

一个持戟郎中悄无声息地走入帐内，从无法移动的将领和士兵中，慢慢穿行而过。

帐内的每个人目睹眼前发生的一切，无不大感诧异，为什么这个持戟郎中，在少都符的目光下，仍旧行动自如。

持戟郎中走到徐无鬼身边，从背后掣出一根竹箫，轻轻地吹了两声，箫声轻柔，却蕴含着无尽的杀意。

徐无鬼立即坐起来，如梦方醒，看着持戟郎中，"《广陵散》？"

持戟郎中向徐无鬼点头，"徐先生，我们见面了。"

徐无鬼认出持戟郎中，激动地说："你模样变了，差点认不出来了。"

"徐先生还是三十年前的样子，"持戟郎中目中似有精光闪烁，"而我却老了。"

"你哥哥呢？"徐无鬼问。

"早就不来往了。"持戟郎中说，"说来话长。现在救不救这个大赵皇帝，徐先生你来定夺吧。"

徐无鬼说："妫樽不能死。他死了，中原就归了匈奴的秃发腾单于，大景恢复中原就更加无望。秃发腾就在等着这个机会。”

持戟郎中说：“我听徐先生的。”

徐无鬼立即走到变身后的少都符身边，用手按住少都符的后背，回首对持戟郎中说：“还得用你的听弦来帮忙。”

持戟郎中笑了一下，轻轻吹起了竹箫，《广陵散》的曲调立即高昂。

徐无鬼将少都符后背的衣服撕下，露出了一个八卦图。在《广陵散》的曲调中，徐无鬼伸手将八卦图中的坤卦按住。再抬手的时候，一股黑烟慢慢从少都符的后背中拉扯出来。

黑烟被吸出少都符的身体，少都符立即恢复原来的样貌，放下妫樽。

所有人全部行动如常，士兵纷纷把刀剑架在了少都符和徐无鬼的身上。

妫鉴大声喝道：“杀了两个刺客！”

“别动手！”干阙大喊。

士兵都有些犹豫。妫樽抬起手，咳嗽两声后说：“都不要轻举妄动，事出有因。”

少都符回过神来，看着徐无鬼，“刚才是饕餮吗？”

“不是。”徐无鬼摇头。

少都符问：“比饕餮更凶恶？会是谁？”

“蚩尤的残魄。”徐无鬼说，“知道是谁解了困吗？”

少都符看向持戟郎中。

持戟郎中走到少都符身前，“少先生一定是认不出我了？”

少都符愣了一会儿，恍然说道：“你是姬不疑。原来你一直在洛阳。”

姬不群与姬不疑秉承了诡道的术法，看来姬不疑已经完全学习了当年周授的听弦算术，并且已经青出于蓝，远胜过当年周授的听弦之术。

少都符与姬不疑一问一答之间，徐无鬼想询问姬不群现在何方。

妫鉴一声令下，士兵将少都符、徐无鬼、姬不疑三人围住，长矛和长戟都对准了三人的胸口。

妫鉴大声说：“少都符与徐无鬼受了寿春的郑茅指派，与内应接应，意图行刺圣上。”

干阙阻拦妫鉴，“少先生和徐先生是四大仙山门人，怎么可能用这种卑鄙的手段？”

“刚才所有人都看见了，皇兄差一点就死在了这个少都符的手上。”妫鉴反驳，“谁说四大仙山门人就不会使出偷袭行刺的手段呢？”

妫樽已经回复了常态，摆手说：“与少先生无关，而且是徐先生和这个持戟郎中救了我。”

“这个持戟郎中叫姬不疑，”妫鉴说，“大哥，天下叫姬不疑的人，不就是景宣帝的儿子吗？”

妫樽听了，拨开士兵，走到姬不疑的面前，“你是大景宣帝的次子，姬不疑？”

姬不疑犹豫了一下，“我都忘了自己还有这个身份了。”

“你一直在我身边，”妫樽说，“尊为皇子，为什么甘心做一个持戟郎中，是为了找机会行刺我吗？”

姬不疑摇头，“我早已经不是大景皇族，跟姓不姓姬，已经没什么关系。我只是一个游走江湖的术士，跟随赵军，做了士兵，活一天是一天罢了。”

妫樽看着这个四十多岁的中年人，满脸的风霜，如果不是自己承认是景宣帝次子，谁也不会相信他的真实身份。

妫鉴看向了干阙，“二哥，大哥御驾亲征，身边的禁卫，都是二哥你亲自在军中挑选，为什么看错了这么一个重要的人物？”

干阙听了，立即跪在妫樽面前，“是我失职，请圣上治罪。”

妫樽摆摆手，示意妫鉴放过少都符和徐无鬼。

妫鉴仍不放心，干阙下令军士收起兵刃，自己站到妫樽和少都符三人之间。干阙对妫鉴说："我信得过少先生和徐先生，刚才大家也都看到，少先生突然癫狂，并非本意。不过这位姬先生，身份可疑，先拿下。"

妫鉴还要说什么，妫樽手指向妫鉴，"不说了，我也信得过少先生。"

妫鉴看了看少都符和徐无鬼，转头对妫樽说："大哥是不相信这两人会受郑茅的指派来行刺。战场之上，阴谋诡计层出不穷，怎么能不小心。"说完，整顿身上的甲胄，大踏步走出王帐。

妫鉴离开之后，虽然妫樽对少都符仍旧信任，干阙为防万一，刻意让禁卫分别站立在妫樽和少都符身边，只是不再手持兵刃。

徐无鬼对妫樽说："陛下刚才说过，找少兄来这里，是有他事相求，看来就是这个锦盒了。"

妫樽说："不错，就是这个锦盒。"

干阙听见徐无鬼与妫樽对答，眼睛看向仍旧放在妫樽身前的锦盒，不禁打了一个寒颤。

妫樽看了看四周，知道王帐内已经不能再与少都符、徐无鬼谈议此事，只能暂且按下。

少都符说："陛下召我相见，现在我也来了，我有话想问陛下。"

"说吧。"妫樽道。

"陛下是下定决心要攻打建康？"少都符问。

"我筹备了足足两年，"妫樽回答，"不就是为了这个目的吗？"

徐无鬼踏上一步，旁边的军士警惕地伸手拦住徐无鬼。

徐无鬼远远看着妫樽，"陛下攻不下建康。"

妫樽笑起来，"如今建康的皇帝比景宣帝之时更加昏庸无道，景朝的精锐尽在北府军，北府军却驻扎在寿春，我实在是想不出，寿春城破之后，我有什么道理攻不下建康。"

"建康有李冰真人九龙天一水法，"徐无鬼说，"建康在长江之滨，占据水势，较之洛阳四象木甲术更加坚固，可是陛下有与镬铿匹敌的强大术士吗？此为地势。当年大景三王之乱，自身分崩离析，如今大景定都建康，天下的汉人豪杰得到消息，纷纷从四面八方入建康勤王，此为人和。”

妫樽听了，偏了偏脑袋，“徐先生接着说。”

“大赵倾尽全力南下，现在洛阳必定空虚。”徐无鬼看着妫樽的眼睛，缓缓地说，“陛下与凉州的匈奴秃发腾单于有互不相犯的盟约，如果陛下一鼓作气攻下建康，这个盟约当然作数。但万一陛下一时攻不下建康呢？”

妫樽的脸色变得凝重。

徐无鬼接着说：“大赵军马强盛，沙亭军天下无敌，不过只擅于陆战，而建康在长江之南。我看陛下从洛阳千里而来，除了舳舻，似乎并没有带来一片舢板。即便陛下就地打造船只，也至少需一年之期。这一年，陛下能保证蜀地的牛寺，不与秃发腾单于联合，共同东进洛阳？这就是天时不与陛下了。”

妫樽看了看干阙，干阙对徐无鬼说：“徐叔父，你凭什么说我大赵没有船只？”

徐无鬼微微一笑：“我知道，妫辕皇帝当年放过了大扶国王曹阿知，曹阿知在矮国，水兵船舰精良，看来你们是与曹阿知有了联系。”

干阙说：“徐叔父，看来是什么都知道。”

徐无鬼苦笑着说：“这些年，我游历天下，多少还是见识了一些事情。”

妫樽说：“景朝的水师，当年以楚王的水军为主力，可是我记得楚王的水军和船舰，在白帝城一战，被卧龙任嚣城先生几乎全军捣毁。景朝皇帝昏聩，这三十年，也只重建了数百艘船舰。而水师多年来疏于训练，似乎早已不复当年楚王水军的威势。”

徐无鬼想了一会儿，看看四周，“支益生支兄可在陛下营中？”

“不在。”妫樽说，“听说支益生去了西域天竺，不会再回到中原。”

“他会回来的。”徐无鬼说，“可是支益生不辅佐陛下，陛下就攻不下建康。因为曹阿知的战船，根本就无法到达建康！”

干阙走到妫樽身边，轻声耳语几句。

妫樽面无表情，对徐无鬼说：“徐先生知道？”

“我当然知道，”徐无鬼说，“曹阿知应该在十天后，与赵军在建康长江北岸会合，可是现在曹阿知的战船根本就出不了矮国的海岸，一直在避风港里躲避暴风。当暴风停歇后，东南信风就会到来，一直吹到来年。陛下等不到明年春天，陛下的军粮不足以支撑到那个时候。更重要的是，陛下认为秃发腾单于观望了一年之后，他会做出什么样的决定？”

妫樽对徐无鬼说：“徐先生所说，全部建立在建康九龙天一水法的基础之上……”

徐无鬼说：“曹阿知的舰船为什么刚刚出海，就遇到了风暴，只能回港躲避？”

干阙脸色铁青，“看来这就是九龙天一水法的作为了？”

妫樽说：“机缘巧合，我信不过。”

徐无鬼说：“陛下一定是要兵临长江北岸的，还有时间去瞧瞧九龙天一水法的究竟。那时就知道我说的话可信不可信。我会一直跟随陛下，也要亲眼见一下这个与洛阳四象木甲术齐名的巨大机关。”

妫樽看着徐无鬼说：“徐先生说的建康九龙天一水法，是不是如洛阳四象木甲术一样，也需要四大仙山门人来驱动？”

徐无鬼诚实回答：“陛下猜得大致没错，九龙天一水法也需要四象运转。”

妫樽眯起眼睛，看着徐无鬼，“这事情其实就好办了。”

徐无鬼看了看干阙，又转向妫樽，“我和少兄，在这大赵的王帐内，如果要行刺陛下，那是绝无可能。不过要说出入赵军大营毫发无伤，这点本事，我和少兄还是有的。”

妫樽愣了一下，随即说：“徐先生是亚父的结义兄弟，也是我的叔父辈，我怎么可能扣留二位。”

徐无鬼摆手，“我们今日前来，就是希望陛下能信守承诺，放过寿春满城的百姓。”

干阙问徐无鬼：“叔父不是为了大赵退军而来？”

徐无鬼回答干阙：“陛下千里而来，必定不会无功而返，这寿春，你们是一定要拿下的，我对此无能为力。”

少都符走到徐无鬼的身前，对妫樽说：“我已经见到陛下了，现在该陛下兑现承诺。”

妫樽说：“屠城本来就非我本意，这件事情，我有什么不能答应少先生的呢。不过我也希望郑茅将军能够开城投降。刚才徐先生也说了，寿春我志在必得。期望郑茅将军能够审时度势，避免大景军民无谓的死伤。”

少都符长舒一口气，“陛下既然这么说了，我替寿春百姓感激陛下。我今日见到了陛下，知道大景已无可能恢复中原，我这就回寿春，劝说郑公。”

妫樽说：“这样最好。”

话音刚落，突然帐外寿春的方向，传来了剧烈的隆隆声。

妫樽立即警觉，“什么事？”

干阙立即奔跑出帐外，片刻后又回来，向妫樽禀报：“是三弟，他率领舳舻和中军，正在攻城！”

妫樽大怒，“这个没脑袋的！”

干阙说：“大军已动，沙亭军和左右两军，必须要策应跟进。”

妫樽立即给干阙下令：“你去与姜爽汇合，所有沙亭军与姜爽不分左右两翼，协助三弟攻城，占据城墙后，不再突进。”

妫樽刚刚说完，突然又听见了鸣金收兵的缶声。

干阙说：“三弟知道大哥的意思，他已经占据城墙，没有再违背军令冒进。”

一个时辰之后，传令官通报妫鉴回营。

妫樽说：“三弟自幼被纵容，这次要狠狠地罚他一次。”

干阙正要劝说妫樽，妫鉴大步流星回到了王帐，对着妫樽说：“大哥，你要怎么赏我？”

妫樽说：“你自作决断，一意孤行，先回洛阳，等候我的处置！”

妫鉴并不为意，伸手把手中的一个物事扔到地上，滚到了干阙的脚下。

众人见是一个圆溜溜的头颅，在地上滚动。干阙用手把满是血污的头颅捧起来，狐疑地看向妫鉴。

少都符和徐无鬼两人都知道不妙。

妫鉴得意非凡，“大哥还要把我发配回洛阳吗？”

干阙用手拂去头颅上的血污，抬头对妫樽说：“大景北府将军郑茅。”

少都符软坐在地，“郑公！”

妫鉴得意地说：“寿春的北府军已经乱了，他们的大将军，眼看不敌，在我面前自刎，可惜我没有把他生擒回来。”

妫樽追问：“郑茅已经自刎，寿春的北府军是否投降？”

妫鉴挥了一下手，“这些南蛮子见我驱使舳舻突入城墙，防线溃散，本已经开始逃窜，可是郑茅自刎之后，他们却又重整阵型，抢了郑茅的尸身，在城内与我军殊死抵抗……赵军的损失惨重，我见这些南蛮都已经陷入癫狂，干脆就暂时退兵，等这些南蛮士气跌落之后，再筹划攻城。这个兵法我是懂的。”

妫樽叹口气，看着少都符和徐无鬼。

干阙让随从拿来一个锦缎，把郑茅的头颅小心安放在锦缎上。

妫鉴看了不以为然，“二哥你在做什么？一个南蛮的将领而已！”

干阙说：“郑茅是个豪杰，我们厚葬了他吧。”

“一定要好好安葬，”妫樽说：“不，用金盘将郑茅的头颅送回寿春城内。”

妫鉴惊道：“大哥、二哥，你们都发癫了吗？”

少都符说：“让我和徐兄把郑公的头颅送回去吧。”

妫樽点头，“少先生送回去甚好。”

妫鉴说：“就这么放过少都符？我们怎么跟秃发腾交代？”

妫樽说：“区区寿春，不是我的目的。就因为你的一意孤行，我们失去了攻陷建康的机会。”

“我们把北府军一举拿下，全部坑杀，然后屠城，”妫鉴说，“天下的南蛮汉人知道我们揭抵羌族的手段，势必闻风而逃，拿下建康轻而易举。大哥、二哥，我们之前，不是一直都是这么做的吗？”

“之前我们在北方攻城略地，战无不胜，”干阙说，“那是因为这些汉人，还有最后的建康可去。如今我们的目的是攻占建康，就不能再用这种手段。”

妫鉴说：“为何不能？这些南蛮都聚集在建康，我们刚好一网打尽，斩草除根。”

妫樽摆摆手：“你别说了，你将虎符交与二弟，回洛阳去吧。”

妫鉴睁大了眼睛，“大哥，我到底做错了什么？”

妫樽说：“少先生与徐先生已经答应劝降郑茅，可是你却把郑茅杀了，并轻辱郑茅的尸首。天下汉人看到你的作为，就断绝了归附大赵的心思。现在他们只有两条路走，要么抱着必死的心意，与我们奋力厮杀，要么万众一心，全部奔赴建康，坚守住他们最后的都城。你让他们再也没有避让的余地。大赵天下，半数以上仍旧是汉人，揭抵羌各族人数合起来，仍旧不足与汉人相提并论。现在到了如此境地，我们攻破建康，已经是无法可想的事情。你还不知错？”

“大哥的意思是，即便是二哥，他也是汉人，对不对？”妫鉴狠狠地解下佩剑，摔到地上，然后拂袖而去。

“站住！”妫樽大喝，“来人，把他截下。”

禁卫把妫鉴拦住。

妫鉴回头看了看干阙，冷笑两声，掏出虎符，递到干阙的身前，“现在称了二哥的心意了吧。”

干阙犹豫。

妫樽声音威严：“干阙，你也要违抗军令？”

“不敢。”干阙接过虎符，对妫鉴说：“三弟，两军交战，不可违背主帅，你回洛阳吧。”

妫鉴听了，头也不回，走出王帐。

妫樽和干阙看着妫鉴离开。干阙面无表情。妫樽神情虽然平静，可是手臂上的布袍微微耸动，显然在压抑内心的愤怒。

少都符说：“陛下，我现在就去寿春，送还郑公的头颅，尽量说服寿春守军，也希望陛下放过不与大赵为敌的百姓。”

妫樽叹口气说：“少先生，我送你一句话。”

少都符用锦缎包裹了郑茅的头颅，“陛下有什么吩咐？”

妫樽说：“郑茅不死，少先生回去劝说，还有一线机会。现在郑茅已死，少先生有把握说服已经准备玉石俱焚的北府军吗？”

少都符毫不迟疑：“事在人为。”

“还有，”妫樽说，“少先生将郑茅的人头送回寿春，其实凶多吉少。你忘了寿春还有一干贪生怕死的百姓吗？”

“我知道，”少都符说，“可是我必须要去做。”

妫樽向少都符拱拱手，“我不能再提醒少先生更多了。”

徐无鬼走到少都符身边，“少兄，我们走吧。”

少都符摇头，“徐兄，此事，就由我一人来做，你留下。”

徐无鬼狐疑地看着少都符。少都符决绝说道：“我心意已决，徐兄不用再说。”

说完，抱着锦缎，萧索地走出帐外。

徐无鬼看着干阙，满脸不解。

干阙轻声对徐无鬼说：“少先生此去，必死无疑。”

徐无鬼急切说：“那我去劝他回来。”

“没用的。”妫樽告诉徐无鬼，“少先生心中，早就把自己当作了死人。一个决意赴死的人，怎么劝都没用的。”

第十三章

少都符之死

少都符抱着郑茅的头颅，穿过妫赵的军队，走到了城郭之下。

无坚不摧的舢舻，半截插入到城墙内，这次妫鉴率领舢舻突击的部位并非是西门，而是西门靠南的一个缺口。

妫鉴不愧是妫辕的儿子，一个出色的将领。他知道西门被舢舻撞毁过一次，郑茅必然会全力动用军士和民伕修补西门，反而会放松对西门之外的城墙坚固与否的关注。

危急之下，任何人都会做出类似本能的反应。更何况已经陷入绝望境地的郑茅。

因此妫鉴利用郑茅这个疏失，突破了西门以南二百丈的城墙，郑茅措手不及。随着舢舻攻入的赵军，很快就将城墙占据，并且围困了郑茅。

少都符看到舢舻的方位，便推想出妫鉴如何攻破城门的细节。只是没有想到，陷于绝境苦苦支撑的北府军，反而迸发了高昂的士气，视死如归，用血肉之躯围困了舢舻的前段，让妫赵军队无法再突入城墙，然后重新占据了城墙。

只是这一股士气，会随着时间的推移，以及城内粮草的匮乏，而消失殆尽。这个过程不需要多久，最多三天足矣。

这个形势，无论是妫樽、干阙、妫鉴，还是少都符和徐无鬼，甚至城内北府军的守军、将领，都看得明白。

姜爽已经收到妫樽的军令，看见少都符捧着锦缎走到赵军阵前，便策马赶来，对少都符说："我送少先生登上舢舻进城。"

少都符摆手拒绝，"不用了。劳烦姜将军把军队退后五十丈。"

姜爽明白，五十丈，刚好是弓弩的射程。少都符不希望在自己进城的时候，引起两军之间相互交锋。

"陛下有令，一切听从少先生。"姜爽立即率领军队后撤五十丈，除了已经突入城墙的舢舻，仍旧纹丝不动。

少都符走到城郭之下，抬头望去，城墙上所有的北府军都穿着缟素，为郑茅戴孝。哀兵蕴含的杀意，蔓延在城墙上方。

少都符对着城郭的守军大喊："我带了郑公的遗体，请让我进城。"

隔了良久，城墙上的守军扔下一具软梯。少都符攀上软梯，守军随即把少都符拉上城头。

城墙上，少都符环顾四周，看见一个低级将领走到自己身前。

将领的脸色沉默，毫无表情。跪在少都符面前，亲手接过锦缎，然后打开，看见郑茅的头颅。

城墙上所有的军士都肃然跪下，但是没有发出任何声音。

少都符问低级将领："我从未见过将军。"

低级将领说："我为郑公洗马，地位卑微，少先生是郑公的亲信，见是曾见过的，只是少先生不记得。"

少都符又问："请问将军姓名？"

"即将死在沙场上的小军官，不值得留下姓名。"低级将领回答，"北府军所有的军士，都将成为无名的尸首。"

"其他军官呢？"少都符问。

“比我军职更高的大人，”低级将领怨恨地看着不远处的舳舻，“已经全部阵亡在这个怪物之下。我死了，我的副职就会取代我。”

少都符知道，北府军残余的军士众志成城，不仅是被郑茅的牺牲激起了强大愤怒，最重要的原因是，他们知道自己只有几日的性命。

“如果北府军投降，”少都符说，“大赵皇帝娀樽，会放过满城军民的性命。”

“如果我们活下来了，”低级将领说道，“大景天下所有的士兵和百姓，都会幻想娀赵军士会手下留情。大景必亡。”

少都符钦佩地看着对方。

低级将领又说：“娀赵的将军是如何逼死郑公，取下了郑公的首级，我们看得清清楚楚。娀赵是要杀尽天下所有的汉人。”

少都符说道：“看来是无法可想了。”

低级将领又说：“只有我们北府军全部战死在沙场，才会让大景的子民知道，娀赵不会放过任何一个汉人。我们还有建康，只要建康不失守，寿春终有一天会回到大景的怀抱。这就是我们北府军共同血战到死的意义。”

少都符听了这番话，热血沸腾，“是我对不起你们。我会给你们一个交代。”

低级将领说：“既然少先生要给个交代，那我有一事相求。”

少都符慨然道：“无论什么事情，我都答应你了。”

“城中的百姓，正在被娀赵的一个妖人蛊惑，不断恳求北府军献城。我们虽死不足惜，但是不愿意把刀剑加在百姓的身上。现在他们已经准备在城中叛乱起事。少先生你说，该怎么办？”

“你要我做什么？”少都符问。

“杀了那个蛊惑百姓的妖人。”低级将领说，“以少先生的本领，应该不是难事吧。”

“这件事情，就交给我了。”少都符说，“我知道那个人是谁，我能做到。”

低级将领听了少都符的承诺，拱手说：“军情严峻，我就不与少先生啰嗦了。”

少都符看到北府军将士都茫然地望着城郭之下。姜爽率领妫赵大军去而复返，已缓慢地回到城墙下。而干阙的沙亭军，也慢慢地移动到姜爽部的右翼。

少都符立即奔向城内的谢家。

城内的百姓都聚集在谢家。少都符从人群中穿过，认得少都符的百姓，都纷纷让开道路。少都符一直走到了谢宅的大院内。

城墙上洗马的军官没有说错，谢衔身边簇拥着几十个家丁和壮年男子。谢衔看到少都符过来，立即对身边的人说：“少先生回来了，我们有救了。”

少都符走到谢衔跟前，诚恳地说：“谢叟应该召集城中百姓，与北府军共同抗敌。”

“哪里还有什么北府军，”谢衔干笑了一声，“郑公已经死了，寿春马上就要被大赵攻占。”

少都符看了看身边所有人，缓缓说道：“这三十年来，我一直在妫赵的治下奔走，拯救流离失所的汉民。可是今天，我做不到了。”

谢衔听少都符说出这句话来，问道：“少先生去而复返，是因为大赵的皇帝，不答应放过我们满城百姓？”

“不是。”少都符说，“大赵皇帝是个信守承诺的人。如果寿春投降，他答允不纵兵劫掠，于满城百姓不犯秋毫。”

“如此，感谢少先生。”谢衔转身吩咐家丁，“马上打开北门，恭迎大赵入城。”

“不可！”少都符指着城墙，“城墙上的北府军还在坚持，你们不能把他们抛下。”

“少先生不是已经劝说了北府军投诚？”谢衔顿了顿，“我明白了，他们不愿意，要跟大赵的军队顽抗到底。”

“是的。”少都符点头。

“他们能守得住吗？”谢衔问，“舢舻已经突破了城墙，大赵的军队数倍于北府军。”

“守不住。”少都符说了实话，“最多两日，赵军就会将北府军全部歼灭。”

谢衔沉默一会儿，对少都符说：“谢先生是来劝说我们，跟北府军一起玉石俱焚？”

少都符说：“只有满城军民抵抗到底，天下的汉人，才会在建康万众一心，留住我们汉人的最后血脉。”

谢衔想了想，说道：“少先生说得不错。可是我们手无寸铁的百姓，能左右什么，最多也是与北府军一起白白送死。”

少都符说：“我去劝说北府军，打开东门，让你们出城，北府军拖住赵军，你们出东门后，赶紧逃命吧。”

“西北南方向都是大赵的军队，”谢衔说道，“东门之外数百里，等着我们的只有茫茫大海，一旦赵军追上，只有葬身鱼腹的结局。”

“谢叟可以寻找渔船，”少都符说，“然后绕到海上，从南方登陆，回到建康，告诉建康的皇帝和大景百姓，北府军没有投降，他们战死到最后一人。”

“现在海上风暴，”谢衔说，“最后能回到建康的，十不存一。”

少都符说：“只要有一人能回建康，我们就不辜负了北府军的牺牲。”

“少先生，有件事情，你可能忘记了。”谢衔幽幽地说。

“何事？”

“在郑公率领北府军北略之前，大赵已经统治了寿春三十年，”谢衔说，“寿春的百姓和世家，早已经是大赵的子民，不是大景的汉人。

当初郑公可是要把我们视同羯羝异族一并杀戮的，是少先生劝说郑公，才放过我们。”

少都符惊道：“谢叟，你谢家代代为中原世家，如何会说出这样的话来？”

谢衔说：“我们谢家，祖上是东汉的治粟吏，历经汉朝、泰朝、景朝、大赵，无论城头的旗帜如何变换，我们百姓，永远是苟活于世上的蝼蚁而已。”

“妫赵是奴隶异族，不可与泰景相提并论。”少都符无力地说。

谢衔手指指向舳舻，“如果老朽没有说错，这个舳舻，可是你们道家门人的木甲术？”

“谢叟说得不错。”

“老朽也记得，大赵的开国皇帝妫辕，本是洛阳张雀家的家奴，是少先生与妫辕结拜了兄弟，推荐给了齐王，让妫辕成为了一代名将，又奠定了大赵的基业。”

“如果能够重头再来，”少都符说，“我不会做出当年的选择。”

“你们道家门人，与身居高位的王公贵胄，为了天下征伐不休，”谢衔冷笑道：“却把我们百姓置于水深火热之中，现在更要我们与你们共归于尽，玉石俱焚，我们百姓到底犯了什么错，要与你们陪葬！”

少都符说道：“谢叟是决意要带领城中的百姓投降妫赵？”

“不是投降，”谢衔提醒少都符，“是重归于大赵。”

“三十年，”少都符说，“就已经足以让百姓忘记了汉人的身份和血脉……”

“汉人的血脉，”谢衔冷笑，“当年的景宣帝，如今在建康的大景皇帝，昏庸无道，天下倒悬，不都是由他们所赐？而大赵的妫辕皇帝与如今的妫樽皇帝，无论是见识和能力，不都在景朝的皇帝之上？几年前，郑公攻陷寿春之时，建康的皇帝下的第一道谕令是什么？是要将我们尽数屠戮。”

少都符叹口气，“既然如此，我就不再劝说谢叟。”随即将目光看向谢衔身后，风追子果然就在谢衔的家丁之中。

风追子从家丁中走出来，对着少都符说：“少师叔是要来杀我？”

“不错。”少都符说，“我对还在坚持的北府军是这样承诺的。”

“现在呢？”风追子问，“杀我有用吗？”

少都符迟疑。

风追子说：“少师叔的岩虺和蚨母，养了三十年没吃过人血，现在放出来，必定是凶恶难当，我肯定是逃不过的。”

少都符苦笑了一下。

风追子忽然意识到了什么，战栗地说：“你一直用你的血液在饲养它们？”

少都符说：“它们被我带出了太行古道，我不忍心看着他们饿死。”

风追子说：“少师叔要杀我，就放出它们来吧。”

少都符摇头，“不用了，我明白了，寿春的百姓是决意要投降的，跟你无关。”

风追子说：“我来的目的，只有一个，就是劝说少师叔跟我去凉州，秃发腾单于和任嚣城师叔，都在等着你。任师叔很惦记你的安危。”

“你走吧，告诉任兄一声，我已经无能为力，”少都符说，“我累了。”

风追子不肯放弃，“幼麟不能死。秃发腾单于承诺过，等他匡复汉人天下，就一定会恢复梁氏的本姓。天下原来是曹家，接着是姬家，既然都是汉人，为什么就不能是梁家？”

“已经与我无关了。”少都符说，“我已经决意跟郑公一样，与北府军一起，抵抗妫赵到最后一刻。这些寿春的百姓，就交给你来维护。”

“看来少师叔心意已决。”风追子说，“我飞星派地位卑微，就不便再劝说师叔了。”

谢衔听了少都符和风追子的对话，也被少都符感动，命下人端来一坛酒，用三个瓷碗倒了，分别递给少都符和风追子，自己拿着一碗，一饮而尽。“少先生宁愿一死，也要和寿春共存亡，并且到现在还维护我们寿春的百姓，我自愧不如。”

风追子也把手里的酒一饮而尽，看着少都符，“少师叔，那就告辞了。我一定会替你维护寿春百姓的周全。”

“我信你。”少都符也干了碗中酒，“妫赵因我而起，现在我无计可施，除了一条性命，就、就、就……”

少都符突然说不下去，身体摇晃。

“少师叔，你……”风追子踏上一步，要去搀扶少都符，可是风追子的脚下瘫软，坐倒在地，看见少都符的身体摇摇欲坠。

风追子转头，看着谢衔，“少师叔是幼麟下山，怎么一碗酒就让他醉倒？”

谢衔说：“我们不能让少先生与大赵为敌。”

少都符用手扶着自己的脑袋，身上的衣服开始崩裂，肌肉暴起，眼球开始变成灰白，血丝显现。

谢衔立即大喊，“搜他的衣服。”

家丁立即上前，从少都符怀里掏出两个竹筒，递给谢衔。谢衔小心翼翼地拿着竹筒，对风追子说：“对不住了，风先生，你不喝，少先生不会喝。”

“什么毒药？”风追子虚弱地问，“连幼麟都不能抵挡？”

“不是毒药，”谢衔说，“是麻沸散。当年神医华佗在洛阳行医的时候，我的先祖，私下留存了一剂。”

“为什么要这么做？”风追子问，“少先生已经决意赴死，也要保全你们。”

“他不能与大赵为敌，”谢衔说，“大赵的皇帝，就是因为他投诚，才肯放过我们，我只能出此下策。”谢衔说完，指着西门的城墙，看见北府军已经在开始攻击舯舻，士兵前赴后继，视死如归地朝着舯舻上攀登。舢舻上突然伸出了无数利刃，将这些士兵刺透，悬挂在舢舻的边缘。而下方的北府军，仍旧借着战友的尸体，不断攀爬。

少都符的身体突然变得高大，赤裸的上半身，肌肤全部变成了黑色。

西门外开始擂起战鼓，妫赵的军队，也开始攻击城门。

“动手！”谢衔一声令下，三个家丁，从少都符肚脐下方的丹田、背后的命门、以及胸口的膻中，同时用尖锐的长矛穿透。

“这是……这是谁教你们的？”风追子在昏迷之前，用最后一口气问道。随即昏迷倒地。

家丁松开手中的长矛。少都符双膝跪倒，身上刺穿的长矛，支撑在地上。少都符看着胸前长矛的中部，镂刻着大赵的印记，张口吐血，“是妫鉴？”

“妫鉴殿下交代我们，”谢衔跪在少都符面前，哭着说，“只要杀了少先生，不让少先生与大赵为敌，就放过我们寿春百姓所有人的性命。”

“为什么连最后赎罪的机会都不给我呢？”少都符轻声问，“让我无牵无挂地死在乱军中，有何不可。”

“少先生的本领，”谢衔伸手用衣袖擦拭少都符嘴角的鲜血，“妫鉴殿下很忌惮。少先生，我对不起你，我们满城的百姓都对不起你。”

少都符看着谢衔，轻轻地说：“我一直以为，大景丢失了半壁江山，罪责在我，在我的师伯，是我们单狐山幼麟对不起天下。现在我想明白了，这个罪责，你们也不可推卸。”

谢衔说：“少先生，你安心去吧。我谢衔在战后，一定为你修建庙堂，世世代代供奉你。”

“你错了。”少都符摇头，口中咳嗽。

谢衔说：“难道，三个命门同时刺透，也伤不了幼麟？”

少都符绝望地看着谢衔，伸出手来，谢衔用手托起少都符的手臂，看到少都符的眼睛已然失去了光芒。

“他死了吗？”谢衔问身边的家丁。一个家丁鼓起勇气，走到少都符的身前，用手试探少都符的鼻息，向谢衔点点头。

谢衔松开少都符的手臂，看见少都符身体皮肤突然布满了裂纹，裂纹蔓延全身，随即皮肤脱落。露出坚硬的鳞片。

谢衔惊呆了，立即躲开。少都符身上的鳞片，又一片片脱落，露出鲜红的血肉。

血肉迎风，立即坚硬，又变成了坚硬的鳞片。

少都符的眼睛突然睁开，双目崩裂，脸颊血肉模糊，在巨大的痛苦下发出尖锐的嚎叫。

然后全身的鳞片间隙间映射出无数光芒，一整张皮肤从少都符的身体上再次脱落。

如此反复九次，少都符的身体只剩下一团黑色飘絮，一阵风吹过，黑絮被吹散，如同纸灰一样，漂浮在空中。

谢衔惊呆了，手中的竹筒也掉在地上，两个岩虺和一个蚨母从竹筒中跑出来，迎风而长。

岩虺瞬间化作了巨大的爬虫，蚨母也变成了巨大的蜘蛛。

三个妖物，在少都符遇刺的原地，不断盘旋，却始终找不到主人的气息，突然变得暴戾，岩虺将两个家丁高高抛起，落下的时候，张嘴咬住。

谢衔和众人连忙退后，警惕地看着岩虺和蚨母。

岩虺和蚨母，听到城墙上的惨呼，激起了它们的兽性，于是朝着西门城墙飞奔。

谢衔看着三个妖物离去，对着家丁说：“打开城门，恭迎赵军入城。告诉他们，少都符已经了结。”

第十四章

至暗时刻

妫樽的王帐中，徐无鬼突然间浑身战栗，听到了远处寿春城内传来的嚎叫声。徐无鬼看向妫樽和干阙，然后双腿瘫软，单膝跪在地上。

干阙走上前要搀扶徐无鬼，被徐无鬼推开。

徐无鬼站起来，转身看向妫樽：“少都符死了。”

妫樽点头，“我说过，他既然要返回寿春，就必死无疑。”

徐无鬼恨恨地说：“是城中的百姓杀死了他。”

“有什么区别。”妫樽说道，“他早就有了必死的心意。”

徐无鬼说：“少都符不能死在凡人的手里。凡人怎么可能杀得死幼麟呢？”

妫樽摇头，“死了就是死了。无论是凡人，真人，还是贤人，最终都是要死的。”

徐无鬼泪流满面，看了看干阙，“你保重。”

干阙问：“叔父是要走了吗？”

徐无鬼点头，“沙亭军天下无敌，我本就不该担忧你的安危。你今后好自为之吧。”

徐无鬼说完，就要走出帐外。姬不疑一直都沉默地站在一边，现在也默默地走到了徐无鬼的身旁，搀扶着徐无鬼离开。

妫樽大声说：“徐先生！”

徐无鬼止住脚步，等着妫樽有什么话要说。

妫樽说道：“大景从上而下，无论是端坐在龙椅上的皇帝，还是苟且偷生的百姓，其所作所为，徐先生还没有心寒吗？”

徐无鬼说：“我不知道。现在幼麟已死，四象缺了玄武，建康九龙天一水法已经无法调动。陛下可以一路南下，进攻建康了。”

妫樽问：“徐先生要去哪里呢？”

徐无鬼说：“我回建康。即使景朝覆灭，我也要与大景汉人共同坚持到最后。”说完，徐无鬼和姬不疑两人飘然走出王帐，瞬间就消失在赵军中。

妫樽对干阙说：“少都符已死，我们现在就开始攻城。”

干阙拱手，“得令。”

姜爽带领着妫赵的中军和左右两翼，攻打西门。舳舻重新开始移动，整条船都突入西城墙，寿春城西面的城墙被舳舻冲击，垮塌了十数丈。妫赵的右翼突入寿春城内，随即与仍作困兽之斗的北府军在城中展开巷战。

突入城中的赵军分兵两股，一股在舳舻的掩护下，继续追击北府军，另一股绕到西门后，将防守西门的北府守军击溃，迅速打开城门。

姜爽骑在马上，率领中军，有条不紊地进入西门。

很快，妫赵的中军和左翼部队都已经全部进城。赵军右翼快速向南门移动。

西门内的北府军拼死不退，在城墙下不断被赵军击杀。

舳舻无坚不摧，朝着抵抗的北府军阵型移动，北府军残余的士兵已经不足两万，分别散落在城中各处，抵抗赵军。

舳舻之下，北府军聚集了一个千人的阵型，用血肉之躯抵挡舳舻。舳舻冲入北府军阵中，无数士兵来不及躲避，都被碾压成肉泥。

舳舻继续前行，却陷入了一个深坑。舳舻的船头倾斜，城内的民房屋顶忽然冒出众多弓箭手，对着舳舻纷纷放箭。

舳舻上的赵军中箭，跌落了几十人下来。旋即被冲上的北府军斩杀。

北府军虽然败局已定，但并不甘心就轻而易举地败在舳舻之下，现在舳舻发生倾斜，北府军都忍不住欢呼起来。

舳舻伸出摇臂，把船身支撑回位，北府军顿时沉默。

舳舻远远比北府军想象得更加精妙。即便是地下的陷阱也无法困住。北府军想与舳舻最后同归于尽的希望破灭，再也没有支撑自己勇气的目标。

城中的北府军开始全面溃败，剩下不足三千人，阵型已经涣散，在赵军的逼迫下，逐渐聚集到了寿春城的南门。正要打开南门，发现南门外的城墙上，赵军右翼正在凭借云梯，迅速登上城墙。北府军靠近南门内侧，被赵军用弓箭阻拦，北府军只能后撤，回到城中。舳舻已经移动到寿春城的中央，北府军绕过舳舻，朝着北门移动。

即将接近北门的时候，发现谢衔的家丁已经打开了北门，沙亭军冲入北门。寿春的城门，只有东门没有失陷。残余的北府军无路可去，只好且战且退，准备在东门与赵军做最后的一搏。

妫樽和干阙随着沙亭军，骑马进入了北门。谢衔率领寿春城内的名门望族耆老，跪拜在道路两旁迎接。

当妫樽经过的时候，谢衔对着妫樽大喊："我们寿春百姓，盼望王师归来，今日终于等到了。"然后双臂展开，匍匐在地上。

身后的耆老纷纷匍匐叩首。

妫樽骑着马，眼睛都没有瞥谢衔等人一下，径直朝着舳舻方向而去。

干阙停留片刻，看了看谢衔，叹口气说："陛下言出必行，不会屠城，你们各自回去，安抚城中百姓。"

谢衔等人跪在地上，高呼万岁，只有风追子一人独自站立，在人群中十分突兀。

风追子向干阙说道：“少都符已经死了，大赵与匈奴的盟约，是大赵没有履行。”

干阙说：“妫鉴已经回到了洛阳，秃发腾单于如果要趁着现在进攻洛阳，并不是一个好时机。等我们攻破了建康，一统中原，再调转头来攻打匈奴，匈奴的胜算能有几何？秃发腾单于应该不会冒这个风险吧。”

风追子登时语塞，只能拱拱手，转身离开，西行向凉州而去。

残余的三千北府军，见谢衔已经献了北门，只好向东门而去。

到了东门的时候，舳舻和姜爽的大军已经杀到。

北府军三千士兵，并没有打开东门，而是全部举着武器，背对城墙和大门，决心要在东门以身殉国。

舳舻步步逼迫，赵军潮水般从西、北、南三个方向冲向北府军。

北府军已经没有了统帅，只能靠着一腔热血，以必死的决心作最后的拚杀。

眼看最后三千北府军在舳舻和赵军的围困下，就要全部殉国而死的时候，东门开了。

北府军中一个低级军官大喊：“是谁打开了大门，谁要做贪生怕死之徒？”

门开了，三千北府军，一边看看洞开的城门，一边又转头看向进攻凌厉的赵军，虽然有所松动，但终究没有一个人朝城门奔逃。

城门中走进来两个人，是徐无鬼和姬不疑。徐无鬼大声喊道：“我是中曲山豖虎，现在号令各位，跟我回建康。”

军官回应徐无鬼：“郑公已经殉国，我们绝不能独活。”

徐无鬼说：“赵军占据了寿春，马上就要进攻建康，诸位为什么不跟我一起，回到建康，与赵军最后一战！”

徐无鬼这句话，打动了北府军。北府军的军士虽然一腔热血，但终究是对死亡怀有深刻的恐惧。

家虎徐无鬼在大景有至高的地位，现在如此号令北府军，北府军于是慢慢退向东门。可是东门狭窄，三千军士如何能快速地通过。

舳舻继续挺进，再前进十几丈，就会把东门堵死。

北府军阵前的军士继续抵抗，争取时间，让身后的战友有时间通过东门。可是即便如此，能够通过东门的北府军仍旧不到半数。

就在这个当口上，两个岩虺和蛈母突然顺着城墙，从南门方向爬了过来。三个无主的妖物，没有了约束，闻到了东门方向的血腥味道，立即冲入到赵军和北府军中，不分彼此，胡乱吞噬。

蛈母爬到了舳舻之上，将指挥舳舻的赵军裨将缠住，瞬间吸干了血肉。蛈母的蛛网很快就把整个舳舻包裹起来。两个岩虺饿极，纷纷吃人，由于赵军的人数更多，岩虺朝着人多的地方奔去，赵军虽然勇猛，短时间也抵挡不了三个妖物。

北府军残存的三千军士，就靠着这个间隙，陆续退出了东门，在徐无鬼的率领下，一路朝东方行进。

而寿春城中，赵军的舳舻被蛈母占据。舳舻本是道家的木甲术，必须要由道家宗师来指挥操纵，妫樽算无遗策，偏偏就忘记了这一点，派了普通军士操纵舳舻，让从天而降的蛈母把住了舳舻。舳舻即便是再精巧，没有人操纵，也无法移动半分。

登上舳舻的士兵，都被蛛网粘住，悬挂起来，平白地给蛈母吸干了血肉。东门又被两个岩虺不断地骚扰，赵军无法冲出城来追赶北府军。

徐无鬼带着北府军一路奔逃，两日后到了东海之滨。海面上正在暴风肆掠，所有渔船都在港湾内躲避。

徐无鬼一时之间也没有什么办法。

而身后的沙亭军已经赶到，为首的将军正是干阙。

渔船在大海中航行，天空万里无云，海面平静如同镜面一般，只有西风不断吹拂。渔船的单帆，吃足了风势，朝着东方行驶。

法闲站立在船头，看着海天交接的天际线，一动不动。猴子在焦躁地跳动，吱吱地叫唤。

猴子怕水，从登船开始，就一直焦虑不安。猴子可能已经忘记了自己本来的身份和过往的回忆，但是对天竺之外毒水的恐惧，印刻在心间。茫茫的大海上，海水无边无际，多日不见陆地。深邃的大海中，隐藏着无数被佛祖驱赶的妖魔鬼怪……

这些恐惧，每一刻都在折磨猴子，猴子的锁骨已经被锁链磨得血肉模糊，但仍旧一刻不停地躁动。

法闲伸出手，抚摸猴子的头顶，“我们都要挺过这茫茫的大海，只是到了中原，才是我们真正的考验。”

猴子听不懂法闲在说什么，只是龇牙咧嘴，露出尖锐的獠牙，一口咬住法闲的手掌，鲜血淋漓。

法闲悲悯地看着猴子，“你要做回猴王哈奴曼，就必须要在中原鬼治之中，剿杀无尽的厉鬼，以杀止杀，才能洗脱背负在你身上的贪念罪孽。只是不知道，你什么时候才能领悟圣座的苦心。”

猴子松开嘴，蹲在船舷上，警惕地看着海面，瑟瑟发抖。

就在片刻之间，天空乌云密布，雷声滚滚。渔船上的水手都慌乱起来，收落船帆，改变航行的方向。渔船开始在狂风中随波逐流。

一个水手跑到法闲身边，“大和尚，你不是承诺我们会一帆风顺回到家乡吗？”

“不碍事的，”法闲说，“这风暴瞬间即逝，我们不会偏离航线。”

水手听了法闲的承诺，问法闲：“风浪太大，大和尚去舱底躲避吧。”

法闲摇头，“不用。”

话音刚落，猴子跳起来，尖声惊叫。法闲看见，船头前方，风浪推来了一个巨大的物事，在海面上沉浮。

法闲仔细察看，是一个巨大的海龟尸体在海面上漂浮。龟壳的缝隙上，露出了三个孔洞，已经腐烂，伤口中的血肉苍白，引来无数的小鱼吞噬。而海龟的脖子上缠绕着一条长长的海蛇，海蛇也已经死亡，身体的一段含在海龟的嘴中，已经几乎被咬断，折断的身躯，缠绕在海龟的龟壳上。

猴子闻到了腥臭，更加焦躁，在甲板上不住蹿跳。

法闲盯着海龟和海蛇的尸体，沉默了很久，掏出铜钱，摆了一课。看到卦象之后，法闲眼中流出泪来，身体面向北方，双手合十，双眼紧闭，口中诵经。

海面上的狂风渐渐止歇，乌云散尽，阳光重新照射在海面，海龟和海蛇的尸体，已经沉入到无尽的海底之下。海面恢复了适才的平静。

超度完的法闲，睁开眼睛，看着猴子说："单狐山幼麟少都符死了。中原的鬼治，到了最黑暗的时刻。"

猴子听不懂，只是吱吱地乱叫。

法闲身体跪坐在甲板上，不顾高僧的身份，抱头痛哭。

凉州城内，秃发腾单于在简陋的王庭中，正俯身于铺在地上的全舆图，仔细地察看山川和河流。侍从通报，右谷蠡王崔焕求见。

秃发腾单于轻轻点头，侍从传崔焕觐见。

崔焕碎步来到王庭中，与秃发腾一起看着沙盘。并没有惊动秃发腾。

秃发腾手中拿着一面小旗，在全舆图上长安和洛阳的上方迟疑不定，最后，还是放回了凉州。然后把目光看向了建康。

崔焕轻轻地松了一口气。

"舅父觉得现在不能攻打妫赵的长安？"秃发腾轻声问。

崔焕回答："我在长安三十年，亲眼看到妫辕和干奢苦心经营妫赵立国，他们的儿子妫樽和妫鉴，还有干阙，都是人中龙凤，妫赵的基业稳固。现在无论妫赵进攻建康是胜是败，都不是我们南下的时机。”

“舅父在妫赵做过多年的太史令，”秃发腾说，“我相信舅父的见识。”

“大单于是决定继续观望了？”

“不错，”秃发腾说，“大景虽然失去了半壁江山，但是百足之虫死而不僵；妫赵运势强盛，正处于上升时期，他们都气数未尽。相比之下，我们匈奴，实力远远不如。我只能继续等下去了。”

崔焕说：“大景的皇帝偏安建康，帝国在苦苦支撑；妫赵的妫樽、妫鉴、干阙三人，面和心离，我们只需要等着他们自相残杀，机会就到了。”

秃发腾点头，抬头问崔焕：“舅父是有事情来找我吗？”

“任先生在家中大举治丧。”崔焕说，“他自己穿着白袍，在梁州城外，放飞了数百个孔明灯。”

“他在祭奠谁？”秃发腾问，“谁死了？”

“大单于应该猜得到的。”崔焕说。

“少都符死了。”秃发腾说，“妫樽还是逼死了少都符。看来妫樽将是我最大的敌人。”

“四象贤人死了幼麟，”崔焕说，“中原的鬼治，已经到了最黑暗的时刻。”

“四象缺一，天下的魔兵，将没有人能够抵挡。”秃发腾说，“妫樽到底有什么勇气，敢行这一步险棋？”

“只有一个答案了。”崔焕脸色苍白。

“饕餮复生？”秃发腾说，“舅父告诉过我，洛阳城内的妖气不灭，大孔雀王都无法镇服，应该是饕餮当年还没有灰飞烟灭，化为无形。”

“大孔雀王担心的不是饕餮，”崔焕说，“大孔雀王看见了比饕餮更为强大的魔王。”

“妫樽和这个魔王已经联手，”秃发腾说，“那我们更没有机会了。”

“天下的局势，就看妫樽和这个魔王能不能攻破建康，”崔焕把全舆图上的小旗放到了建康上，“如果妫赵占领了建康，我们就要考虑是否退回漠北摸鱼儿海了。”

“不。”秃发腾说，“我相信妫樽打不下建康。”

“大单于为什么有此信念？”

“因为任先生。”秃发腾说，“既然他要治丧，就说明他还没有放弃，四大仙山门人，还有徐无鬼和支益生，他们应该也一样。”

大景建康。

一个信使飞快地驶入建康，一路城门开启，信使骑马直入皇宫。

皇宫内，圣上正端坐在丹室内，面对着丹炉，身旁站着一个年轻人，正手执书简，对着圣上念道：“从二月至今，东渡的汉人有一万一千四百余户，其中名门王姓举家两千余人，庾姓七百余人，桓姓一千四十余人……”

“谢家呢？”圣上的声音微不可闻。

年轻人翻了翻书简：“自二十四年前，谢家一半族人东渡后，就再也没有谢姓迁入建康。”

“王、庾、桓三姓驻留建康，”圣上传命，“其余百姓，都归入江南部曲。”

年轻人又翻过书简：“楚王在荆州接纳难民……”

圣上抬起手，“不听了，我累了。”

年轻人阖上书简，就要退下。

“你哥哥跟你有没有书信往来？”圣上忽然发问。

“已经十年没有音信了。”年轻人说，“我跟陛下一样，只知道他已经做了逆赵的太尉。”

圣上突然沉默，本已经非常寂静的丹室，更加静谧。年轻人不知道圣上是否已经入定，准备退下。

“干宝。”圣上叫了一声。

干宝站定，等着圣上的吩咐。

圣上说：“你哥哥已经攻破了寿春。寿春失陷的消息，应该很快就传到了。”

干宝惊讶道：“这么快！圣上从何得知？”

圣上轻声说：“少都符死了，郑茅也肯定战殁。寿春没了。北府军也没了。”

干宝正要宽慰圣上，忽然听到丹室外，大臣们的一片喧哗和嘈杂。

圣上说：“让他们不要进来，就说我知道了。”

“是。”干宝退去。

干宝离开后，圣上站立起来，一脚踢翻面前的丹炉，泪流满面。

干宝走出丹室。丹室外是一片巨大的湖泊，本名蒋陵泊。大景东渡之后，修缮临湖的旧东吴皇宫，在蒋陵泊旁修建了丹室，圣上怀念洛阳，把蒋陵泊称呼为漾泉。大臣们也以“后漾泉”称之，三十多年过去，渐渐就演变成了“后湖”。

后湖与长江连通，水面宽阔。几百艘战船排列在后湖之上。

丹室之外，大景的文武百官，已经得到了信使的消息。看见干宝走出丹室，纷纷停止议论。

信使跪倒在干宝面前，急促地说：“军情紧急，必须要马上告知圣上。郑公已经殉国。”

干宝点头说：“圣上已经知道了。寿春已然失陷，北府军现在还有多少兵马？”

信使沙哑着声音说：“还有最后三千士兵，被逆赵逼迫出寿春东门，朝着东海之滨而去。不过逆赵的太尉……”信使犹豫地看了看干宝，“太尉干阙，率领沙亭军紧追其后。如今海上飓风迅猛，北府军八成已经、已经全军覆没。”

群臣都慌张起来，有大臣已经开始窃窃私语，表情暧昧。

新晋的廷尉桓易站出来，“诸位，妫赵的军队还没有逼近长江北岸，何必如此慌张。”

御史大夫虞让说道：“逆赵兵力强盛，沙亭军天下无敌，当初郑茅北伐，将北府设立在寿春，就是下下之策。大景精锐之师尽在北府，北府军全军覆灭，郑茅万死难辞其咎。”

几个文官纷纷附和。

桓易指着后湖中的战船说道：“楚王与九江王殿下，现在就在战船上操练，一日不曾松懈；而你们，逆赵大军还没有到达，就已经先行气馁，到底是什么道理？”

虞让又说：“听说逆赵的沙亭军主帅干阙，是宗正干宝大人的同族内侄，不知道干大人有没有逆赵的详细军情。”

干宝摇头，“我与干奢在多年前就已经志向不合。我身居大景，干奢父子在逆赵，与我已经没有干系。”

一个年轻的低级军官站出来，大声说：“逆赵的军队就要来了，各位大人却还在自相猜忌，敌军还没到，我们自己就先败了。”

“你又是谁？”虞让轻蔑地指着低级军官说，“你官职低微，哪里轮得上你来说话。”

低级军官昂头说：“给我兵马五千，绕路荆州直取洛阳，让逆赵首尾不得相顾，可解如今的大景之困。”

大司农苏浚走到虞让身边，轻声说：“这位少年将军是廷尉桓易的儿子桓绾，年方十四岁。在半年前，孤身前往江北，率领龙亢桓氏族人千余一路南下，在逆赵境内大小交战数十，于两月前东渡建康。是一个天生奇才，圣上也曾亲自接见过的。”

虞让看着桓绾，实在看不出来，这个身材高大、满脸胡须的青年，竟然只有十四岁。

虞让对桓缩说："你过来。"

桓缩大步流星走到虞让面前，"丞相大人有何吩咐。"大景东渡之后，一直未立丞相，因此御史大夫虞让实际上代行丞相之职。

虞让听到桓缩如此称呼自己，心中赞叹：这个少年虽然趾高气扬，但是心思缜密，知道如何在言语上讨好自己。

虞让问桓缩："你自请率领兵马五千，可曾知道，建康还有多少守军？"

"建康城内只有守军一万，"桓缩说，"但是逆赵要攻打建康，天下的大景子民，必定会八方勤王，只要建康坚守一年，等我打下荆州，联合成汉牛寺一路北上，兵压洛阳，必定让逆赵退兵。如果天命假我，攻下了洛阳，大景即可全部收复北方……"

虞让听了，忍不住失笑，苏浚却说："这未尝不是一个计策。只是如今逆赵军威鼎盛，你又如何觉得建康能支持一年？"

"逆赵的沙亭军天下闻风丧胆，在我眼里也不过尔尔，"桓缩说，"并且沙亭军善于陆战，水战并非所长。现在楚王和九江王殿下正加紧操练水军，建康有长江天堑之险要，如何不能抵挡？再说，眼下逆赵并无只船片板，到了江边，必将征用民船。我们此刻就将长江上所有渔船尽数收聚，或收编或焚毁，逆赵就是重新造船，至少也要一年之期。不等逆赵造船工竣，我早已率兵到了洛阳。"

"逆赵有船。"干宝摆手示意，"舳舻之大，超乎诸位想象，舳舻经逆赵修缮之后，一船可载万人，自能渡江。"

"听说舳舻是旱地行船，乃道家木甲术的异物？"虞让问干宝。

"舳舻是能下水的。"干宝说，"不仅如此，舳舻在水上，比旱地更加坚固，这一点，诸位大人不可轻视。"

虞让低头看着桓缩，"你的名字我记住了，先退下吧。"

桓缩看了看众人，心有不甘。父亲桓易把桓缩拉到身边，微微摇头。桓绾话到嘴边，忍下不说。

干宝对着虞让说："如今之计，只能向天下各地将领和部曲颁布军令，让他们立即进入建康勤王，抵抗逆赵大军。"

虞让知道这是圣上授意，于是召集百官，安排守城和召集勤王之策。

寿春城内，妫赵皇帝妫樽在西门之下，与风追子告别。妫樽以极高礼仪送别风追子，亲自饮了杯酒后，对风追子说："风先生回到凉州，记得告诉秃发腾单于，我们两国之间的盟约不变。待我平定了中原天下，凉州、朔州以北，河套全境，都划归与匈奴，大赵与匈奴，当共治天下，世世修好。"

风追子沉声说："陛下的嘱托，在下一定亲自转告大单于。少都符并非死于陛下手中，我定当如实相告，想来大单于虽然失望，也不会认为陛下背弃承诺。"

妫樽说道："如此就好。风先生一路小心。"

风追子也把手中的酒一饮而尽，就要离开。走了几步，回头又问道："陛下当真是为了天下苍生而讨伐无道的景朝？"

妫樽端正身体，字字铿锵地说："我父皇的遗愿，就是让天下各族相互融洽，再无贱民奴隶，无论是揭、抵、羌、匈奴，还是汉人，都一视同仁。"

风追子点头，"看来陛下并非堕入魔道。真乃天下的幸事。"言罢飘然而去。

妫樽目送风追子走远，转身正欲回城，看见谢衔跪在城门之下。妫樽让侍从将谢衔召上前来。

谢衔匍匐在地。

妫樽目光平视，并不看向谢衔，轻慢地说："谢叟放心，我绝不会出尔反尔，为难城中的百姓，特别是谢家。"

"我的胞弟，如今在左景为臣，"谢衔说，"我已经送去书信，让他在建康伺机起事，与我大赵里应外合，如此建康城必破。”

“谢叟是担心我攻不下建康？”妫樽问。

谢衔抬起头，汗流浃背，“我只是替陛下分忧。”

“你胞弟谢宴的回信，我已经替谢叟收到了，”妫樽从怀里掏出一封信来，扔给谢衔，“你自己看吧。”

妫樽说完，径自走入寿春城内。

谢衔等妫樽和侍从禁卫都离开后，一人站立在黄土地上，打开了信笺。上面只有一句话：“兄长应自刎以谢大景天下！”

谢衔看着书信，身体瑟瑟发抖。书信被一阵风刮走，谢衔这才感觉自己的手掌已然麻木，仔细看时，手腕到手心，全部漆黑一片。

谢衔眼前一片模糊，漂浮着若有若无的黑雾，却不知道，这黑雾，是从自己的鼻息中飘散出来。

第十五章

徐无鬼

东海之滨，北府军残余的三千士兵，被困在一个小小的海岬之上。海面上风暴大作，海浪拍击在海岬悬崖下方，溅起巨大的水花，冲到海岬上方。

北府军已经退无可退，身后就是悬崖和大海。而他们面对的是一万人的沙亭军，沙亭军已经将海岬与大陆之间的陆桥牢牢占据。

沙亭军没有急于逼近海岬，因为陆桥狭窄，只容数人通过，干阙不愿意沙亭军的前锋部队在陆桥上过多死伤。

两日两夜过去，干阙按兵不动。困在海岬上的北府军，也无法从陆桥上回到陆地。

海岬贫瘠，没有淡水，也没有植被，三千兵士无水无米，已经饥渴难耐。整个海岬上，只有十几个鸟窝，北府军射杀飞鸟，吞食鸟蛋，也无济于事。

徐无鬼站立在三千残兵的中央，四周都是或躺或坐的士兵，大家已经知道命在旦夕，击败沙亭军绝无可能。整个海岬就是所有人葬身之地。北府军在寿春城内，本已经抱着与妫赵军拼杀到死的决心，可是现在奔逃数百里，到了天涯海角，也就没有了与寿春共存亡的气势。生死都已经置之度外，也就在这个海岬之上，苟且最后两日，等待生命的终点。

徐无鬼望着周遭这些士兵，忍不住喟然叹息。身边的姬不疑说道：“四大仙山门人当年在洛阳共同抗击镬铿的鬼兵，是何等的英雄气概，现在少师叔已经去世，徐师叔和我被困在这里，随时要葬身鱼腹。真是造化弄人。”

徐无鬼说：“最可叹的是，当年我与沙亭军在蜀地一路逃亡，朝不保夕，在白帝城也曾陷入绝境，与现在的情形一般无二。没有想到今日把我逼迫到如此境地的，竟然就是沙亭军。”

一个北府军士兵走到徐无鬼身前，整理了一下甲胄上的血污，看了看身后，对徐无鬼说：“徐先生，我们兄弟已经商量过了，当明日太阳在海面上升起的那一刻，我们决意全部投身于东海，死也不死在逆赵军队手中。”

徐无鬼苦笑着说：“对不住各位了，我本想带领你们返回建康，为北府军留下最后的实力，没想到……我还是没有做到。”

“沙亭军干阙与徐先生有旧，”士兵说，“这点我们都知道，所以徐先生不必与我们一起殉国，干阙一定也不会加害先生；即便是干阙有意加害，先生也一定有脱身的本领。先生回到建康，辅佐大景，抵抗赵军吧。”

“少都符在寿春陪着北府军一起殉难，”徐无鬼说，“我却要在这里忍辱偷生。”

“先生与我们不同，”士兵恳求说，“先生活着，比殉难更有意义，仙山门人，是我们大景最后的希望。”

徐无鬼听了，感慨不已，也不知道该如何回答。这时候，陆桥对面沙亭军的一个军士，朝着海岬大喊：“请中曲山冢虎先生移步，干将军想与冢虎先生叙旧。”

徐无鬼听闻，犹豫地看了看身边的北府军军士，士兵说："干阙果然惦念徐先生的情分。先生不用多虑，尽管走吧，告诉建康的大景百姓，我们北府军全军覆没，但是并无一人投降，郑公自刎身死，也没有辱没大景的威严。"

徐无鬼深吸一口气，摆摆手，看着身边明日就要赴死的三千残兵，独自一人走向陆桥。姬不疑向徐无鬼说："徐师叔，我留下来。"

徐无鬼看了一眼姬不疑，"你可以走的。"

姬不疑说："我不会死在这里。我这辈子还有很多事情没有做，包括徐师叔吩咐的，去灌郡李冰庙找那位老者。但是我一定要和北府军坚持到最后一刻。"

徐无鬼说："诡道源头是轩辕黄帝十二真人之一鬼臾区，与我们四大仙山地位相当，诡道虽然式微，但是一直如风中烛火，隐而不熄。你不能死，我隐隐觉得，天下鬼治，最后需要借助于诡道的力量。你今日一定要记得我的话。"

徐无鬼说罢，走上陆桥，回头看了看身后的北府军，然后走过陆桥。陆桥尽头的沙亭军，几个年轻的勇士用长矛顶住徐无鬼的胸口，徐无鬼低头看了看尖锐的矛头，一个年长的百夫长用马鞭抽打勇士，"这是我们沙亭的恩人徐先生，你们失心疯了吗！"

年轻的勇士把长矛收回。徐无鬼看着这位百夫长，轻声说："我记得你，你叫仲云。你在香泉台的时候，才二十多岁，那时候你可没有现在这么健壮。"

"徐先生竟然还记得小人！我当时在香泉台差点死于洪水，是徐先生救了我和母亲，"百夫长说，"如果不是徐先生，我们一家老小，和沙亭百姓一起，早就死在了凤郡；不死在凤郡，也死在了青城山；即便是逃出了青城山，如果不是徐先生指明在白帝城山下的古道，我们也早已命丧长江。"

"带我去见干阙吧。"徐无鬼对仲云说，"他是干奢的儿子，我到寿春来，就是为了见他一面。”

仲云让徐无鬼走在前面，自己亦步亦趋地跟着徐无鬼走到了沙亭军的后侧，在行走的时候，沙亭军纷纷避让，让出道路。年轻的军士也就罢了，曾经跟随沙亭军从沙海一路逃亡的年长军官，都放下手中的武器，向徐无鬼躬身拱手。

徐无鬼一直走到干阙身前，干阙早已经下马等待。

在寿春的时候，干阙与徐无鬼在妫樽的大营曾经见过一面，只是当时情况危急，随即干阙受了军令，二人一直没有私下交流。

现在妫樽、妫鉴都不在，干阙看见徐无鬼，立即跪下身来，“伯父！”

徐无鬼扶起干阙，仔细端详干阙的样貌，“你与你父亲长得真像，在寿春，如果不是三十多年过去，我几乎就要把你认作干奢兄弟。”

干阙向徐无鬼磕了三个头，站起来说道：“伯父，我身居大赵，之前的冒犯，望伯父原谅。”

徐无鬼点头说：“沙亭本是前泰朝的子民，被大景忌惮，干奢与妫辕共同建立了大赵的基业。从内心里来说，我是很替干奢高兴的。但毕竟我中曲山门人，肩负着匡扶汉人天下的使命，这一点，我也不能否认，是大景的祸端。”

干阙说道：“景朝的皇帝姬康，与大赵的皇帝、我的长兄相比，哪个更有明君之相？”

“当然是妫樽，”徐无鬼说，“大景的皇帝，从景宣帝开始就已经昏聩不堪，更何况、更何况……”

“更何况如今坐在建康龙椅上的姬康，就是当年那个景宣帝姬望，对不对？”干奢说，“一个冒充皇帝的妖人，是不是更应该将他逼出原形？无论是我的兄长，还是匈奴的秃发腾单于，都是这样的想法。不然，以秃发腾的鸿鹄之志，怎么会与大赵结盟？”

“秃发腾的父亲梁无疾，的确是被景宣帝也就是如今的圣上蒙蔽，秃发腾要报复，也是无话可说。”徐无鬼叹口气。

干阙说：“秃发腾出身洛阳梁氏，他是决心要替族人报仇的。他也抛弃了汉人的身份。”

徐无鬼说：“四方外族，都是蚩尤部族后裔，而汉人是轩辕黄帝血脉，不能相提并论。天下正统，仍旧是大景，我们仙山门人，即便知道皇帝就是师乙，也不能背叛这个使命。”

“若说天下的正统，”干阙激动地说，“前泰朝的曹阿知，就在大海对面，四大仙山门人为什么不迎奉曹阿知回中原？景朝作乱，得了天下，四大仙山当作正统而效忠，为什么大赵就不能取代景朝？就因为大赵上自皇帝，下至贵族平民，都是当年的揭抵羌族贱民？”

徐无鬼说：“是的，我们道家门人，都是轩辕黄帝的正统血脉，这天下不能落入异族之手。”

“不能落入异族之手？”干阙追问，“妫樽大赵、秃发腾匈奴、牛寺成汉、师乙大景，哪一个是正统的皇族血脉？真正的皇族血脉，可能就流淌在北府军中那位诡道门人身上吧。”

徐无鬼摇头说：“没办法，这是我的使命，无论你如何劝说，我也无法改变。”

“伯父，”干阙诚恳相劝，“回山吧，不要参与大赵与景朝的争斗了。”

徐无鬼却说：“我下山，还有一件事情，跟你有关。”

干阙说：“伯父觉得我汉人身份，会被大哥忌惮？不会的，我与大哥和三弟，从小一起长大，就是亲兄弟。”

徐无鬼说：“妫樽是个胸怀广阔的君主，可是妫鉴呢？”

“三弟还年幼，”干阙说，“行事任性一点，也是有的。再说他也不是大赵的皇帝……”

干阙话未说完，忽然止住，看着一脸严肃的徐无鬼，“伯父的意思是……不可能的，绝无可能。”

“如果没有蚩尤角，”徐无鬼说，“我相信你的判断，你们三兄弟血脉相连，无分彼此。但是现在蚩尤角现身大赵。不是每个人都能抵抗蚩尤角的诱惑。妫樽能做到，不见得妫鉴能做到。”

“伯父，今日所言，我就当从来没有听到过。”干阙说道，“见到了伯父，我也想明白了一件事情，那就是伯父绝不会背离大景。”

“是的。”徐无鬼说，“所以我决定，跟北府军同生共死，与郑茅和少都符一样。”

“伯父，”干阙说，“我父亲提起你的时候，一直都说你是一个七窍玲珑的人，善于把握他人的心思，现在我信了。”

徐无鬼问：“什么意思？”

干阙说：“伯父，您回去吧。跟北府军一起为大景陪葬。”

徐无鬼缓缓点头，“你要保重。”

干阙再次跪拜，送别徐无鬼。

徐无鬼走回到海岬上，向姬不疑摇摇头。姬不疑和身边的北府军官兵，反而神情轻松。

徐无鬼问一个士兵，“有酒吗？”

士兵笑起来，摇头，“连水都没了。”

“向沙亭军讨要酒水。”徐无鬼说。

士兵毫不犹豫，走到陆桥上大声喊道：“大丈夫死则死耳，但是死前，想痛饮一场。”

徐无鬼对一脸茫然的姬不疑说：“他们会答应的。”

北府军从妫赵攻城开始，就没有休息过，到了今晚，所有人都放开了心中的焦虑，饮酒的酩酊大醉，没有饮酒的，也放下一切顾忌，安心躺在地上大睡。

第二日清晨，朝阳初升，海上的飓风停歇，海面平静如镜。当旭日的光芒照射在海面之上时，徐无鬼从酣睡中醒来，回头看看，发现姬不疑不在北府军中，想必是昨夜已经离开。

北府军兵士在阳光的照射下纷纷醒来，然后都不约而同地看着徐无鬼。徐无鬼大声说："大丈夫生死有命，恕我无能，只能带着各位到此为止了。"

军士们全部点头，"听从徐先生的吩咐。"

徐无鬼走到海岬的边缘，望着金光闪烁的大海。北府军兵士也缓缓聚集到徐无鬼的身边。

徐无鬼回头看了一眼，心中万念俱灰。

突然有军士大喊："沙亭军！沙亭军！"

徐无鬼诧道："干阙难道非要让我们死在他们的刀下？"

一个军士飞快地走到徐无鬼面前，拉住徐无鬼的手臂，"沙亭军……走了。"

徐无鬼立即转身，跟随那个军士走过陆桥，发现沙亭军的营帐仍在，可是军马早已经离开。徐无鬼推开其中一个营帐，发现里面堆放着干粮。

侥幸得活的北府军打开了营帐后，都陆续看到了沙亭军留下的军粮，纷纷欢呼起来。

徐无鬼看向西方，热泪盈眶。

干阙和沙亭军终究还是顾念了干奢与徐无鬼之间的金兰之谊。

一个北府军军士拿来一封书信，告诉徐无鬼，这是在沙亭军营帐中找到。徐无鬼知道是干阙留下的书信，打开看了，信上写着：

"伯父，建康一战，各为其主，望珍重。干阙。"

徐无鬼撕了书信，对着身边的北府军军士说："立即带上军粮，顺海边行进，在姊赵大军兵临长江之前，赶回建康。"

第十六章

法闲与猴王

法闲在船头，看着天空，静默不动。猴子也安静了多日，蹲在船舷上，盯着前方的海面。

猴子怕水，水里有妖魔。

海面上的西方信风并不停歇。

自从法闲看到了海中的一龟一蛇之后，就再也没有说话。信风一直把渔船吹向东方，渔民计算行程，渔船已经到了爪哇附近。可是随即信风改换了方向，西风转为南风，渔船一路向北。

渔民老大来到法闲身边，指着天空，告诉法闲：“大和尚，现在风向北方，我们与家乡擦肩而过了。”

法闲没有回答。

渔民老大说：“不如大和尚召唤北风，将我们送回爪哇岛上，我再寻觅船只，送您回中土大景。我们出海几个月，家人都在苦苦等待。”

法闲摇头，“来不及了，我必须要赶往中土建康。”

船老大挥手示意，渔船的船工都聚集到了船头，围着法闲。猴子警觉起来，对着船工龇牙咧嘴，狰狞示威。

船老大对法闲说："我知道大和尚有呼风唤雨的佛法，希望大和尚能体谅我们思乡的急切。"

法闲诚恳地说："并非是我一意孤行要先前往中土，而是大海茫茫，水下妖魔无数，在你们爪哇国海域，有巨大的妖魔，见到猴子，就会发难，等我和猴子在中土上岸，你们回程，才能确保渔船的安危。"

船老大说："何不把猴子扔下海中，大和尚也就少了一个累赘。"

法闲说："不可，决不能把猴子抛下。"

船老大面对法闲，身后的手摆了摆，一个船工趁法闲不备，抓住猴子，扔下甲板。猴子落下船舷，却掉不下去，锁骨上的锁链连接法闲，一人一猴，牵挂在一起。

猴子挂在船舷外，左右飘荡，法闲双手拉扯锁链，大喊："千万不可让猴子遇水！"

可是船工哪里还听从法闲，船老大拿起斧头，用力猛斫船舷上的锁链。可是锁链有尸罗拔陀佛法加持，等闲的斧头哪里能够砍断。

船老大放弃斩断锁链，对法闲恳求说："大和尚难道是要我们把你与猴子一起扔下吗？"

法闲说："我绝不能只顾自己安危，把猴子扔在大海中。"

船工都已经癫狂，纷纷大喊："把和尚和猴子都扔了。"

猴子在船舷外挣扎，一个浪头打来，淹没了猴子的身体，浪头过后，猴子尖叫不已。法闲双手用力拉扯锁链，把猴子抱入怀中。看见猴子身上毛发湿透，转身对着船工们说："大事不好了。"

船老大摇头，"大和尚，你是要猴子，还是要自己的性命？"

法闲叹口气，"我们有麻烦了。"

船老大还在犹豫，突然船身震动，片刻后，一个船工慌张地跑来，对着船老大大喊："船舱漏了！"

船老大问："触礁了吗？"

"这里海域甚深，哪里来的礁石。"法闲苦笑，"猴子遇水，惊动了海下的妖魔。”

船老大还不相信，一只巨大的触手从船舷边缘伸出来，卷起一个船工，高高地扬在空中。

船工惊呼救命。触手松开，船工从空中跌落，眼看就要掉入大海，突然另一只触手从海中伸起，用触手上的吸盘把船工吸住，瞬间缩进大海。

船工们才知道法闲的警告，绝非是凭空威胁。

触手在拉下了一个船工之后，缩回到海面之下，海面重归平静。只有轻微的风声。

众人面面相觑，都走到船舷边，看向大海，却什么都看不见。

片刻之后，渔船在海面上猛然一震，船尾向下倾斜，船头的众人都抱住身边的固定物事，注视海面，惊悸不已。

猴子周身的毛发耸立，根根如刺。法闲念诵佛号，猴子却不同以往那样躁动，变得异常沉静，也不再吱吱地尖叫，而是从喉咙里发出轻微的嗬嗬声。

法闲单手竖在胸前，另一只手扶在猴子的头顶，猴子张口咬住法闲的手掌。

渔船越来越倾斜，船尾吃水更深。船头的船工，已经完全无法站立。

船老大对着法闲大喊：“大和尚救我们！”

法闲双目紧闭，忍受着手掌的剧痛，鲜血流入了猴子的口中，猴子的眼睛发出红色的光芒。

法闲口中的佛号连绵不绝，渔船在倾斜了一炷香的时间之后，终于摆脱了海面下的力量，重重地回弹，落在海面，船身摇晃不定，良久之后，才恢复平静。

船工们立即涌向舱底，堵住缺口，舀出渗水。

船工这才知道，海面之下一直有妖魔尾随，只是在法闲的指点之下，渔船方在无数妖魔中避让通过。

船工惊悸未定，都跪倒在法闲面前，猴子仍旧死死咬着法闲的手掌。法闲看了看猴子，对船工们说："此猴前世为猴王哈奴曼，赐尊位斗战胜佛，替佛陀杀天下妖魔十万，将魔子魔孙驱赶入毒海。现在猴子到了海上，那些妖魔后裔，无不对他恨之入骨。"

船老大已经没有了主意，只是问法闲："大和尚，该如何躲避这些海中妖魔？"

法闲看了看海面，脸色忧虑，"海下妖魔已经闻到了猴子的杀意，你们赶紧把船舱里的货物，尽数投入大海，船只轻便，行驶更快。我们早一日到达中土，就少一分危险。"

船工纷纷跑进船舱，将舱底的各种压舱货物投入大海。货物漂浮在海面之上，随浪沉浮。

有船工在甲板上奔跑，准备升起船帆。法闲大喊："不要起帆！"

话音刚落，海面上风向大乱，渔船开始旋转。

船工都茫然无措，看着法闲。

法闲示意所有人都不要发出声音。海面上除了风声，一片寂静。

片刻后，猴子的耳朵开始快速地抽动，猴子突然一声又一声地发出嚎叫。猴子的叫声让船工都毛骨悚然，纷纷捂住耳朵。

"快看海面！"一个船工指着渔船的下方。

众人都扶着船舷，看向海水。海面上一片沸腾，无数条尖牙利齿的鱼在海面上跳跃，将扔下去的货物瞬间撕咬吞噬。

转瞬之间，庞大的鱼群又突然消失不见，海面恢复了平静。

这时候，刚才堕入大海的船工，从海底慢慢漂浮出水面。船上众人不知道此人是死是活，连忙准备打捞。

堕海的船工身体突然自海面上跃起，漂浮在空中，众人这才看到，堕海船工的身体后方，竖立着一只巨大的触手。

触手擎着堕海船工在空中慢慢地游移，移动到了法闲身前。法闲看见那船工面色苍白，双眼紧闭，已经死透。

猴子也看到了尸体，在尸体面前嗬嗬低吼。

尸体突然睁开双眼，盯着猴子。

猴子跳到法闲的肩膀上，拉扯锁链，不断地跳动，每一下都重重落在法闲的肩膀上，法闲的肩膀顿时血肉模糊。

法闲收紧锁链，猴子仍旧极力挣扎。

空中的触手快速地将尸体送到法闲面前，尸体张口，吐出了好些海水，喉结涌动，发出了断断续续的声音，这个声音，不成语言。

猴子也发出了低沉的嘶吼，与尸体之间一来一往。

法闲猛然警觉，立即大喝一声。猴子听闻呼喝声，受了惊动，伸出手掌挠向尸体。尸体的胳膊从触手上跌落，落在甲板上。

而海面同时又伸出了几条触手，高高抬起，从四面八方缠绕住整个渔船。

渔船上的船工见到触手，魂飞魄散，纷纷逃避。八条触手在甲板上迅速蔓延。法闲抱着猴子，躲避在甲板的角落上，触手虽然没有眼睛，却能感受到猴子的方位，猴子看见触手就在身前不远的甲板上扭动，低沉的嗬嗬嚎叫变成了大声的嘶吼，不断地冲向前方，要抓挠触手，只是被锁链牵制，不能如愿。

法闲无奈，念起了紧箍咒，猴子捧着头部，渐渐安静下来。空中落下的船工尸体，身体背后血肉全部被掏空，露出森白的骨骼，只有正面还留着一层皮肤。触手缓慢地在甲板上伸缩，这时候法闲和船工们都已看清，触手上挂满了尖锐的贝壳和珊瑚。若是被触手卷到，身躯就会支离破碎。

法闲从怀中掏出一个净瓶，口中诵佛，净瓶中冒出一片绿叶。法闲将绿叶上的水珠滴在甲板上，瞬间长出一棵嫩绿的小苗，小苗刹那生长，变成了藤蔓，藤蔓也在甲板上蔓延，遇到触手之后，就将触手缠绕。

不多时，整个甲板上的绿色藤蔓就把八条触手全部包裹。触手要缩回海面之下，却再也无法动弹。

众船工看到法闲施展佛法压制了触手，都舒展一口气。船老大举起斧头，正要斩断触手，突然船身又开始剧烈的晃动。

触手紧绷，整条船被硬生生地拉向海水，渔船的吃水立即下沉了一丈，眼看整条船的船舷距离海面只有不到两尺，船身发出了剧烈的木头挤压交错的破裂声音。

“龙骨要断了！”船老大看向法闲。

法闲不理，仍旧手持净瓶，口中诵佛。

渔船继续下沉，整条船的浮力与水下的海妖角力，船舱下发出了爆裂声。船老大再也无法忍受，用斧头拼命地砍剁贴在甲板上的触手，连续斩了数十下，终于将一条触手斩断。

渔船顿时轻松，下沉的速度变缓，船工纷纷拿起工具，对着触手狂砍。当第二条触手斩断之后，船只终于不再下沉，反而上升。

八条触手都被斩断，渔船又稳稳地漂浮在海面之上。

法闲和猴子站立在船头，看着海水之下，一个巨大的黑影，慢慢从渔船下方的水中飘过，片刻后，慢慢沉入了海底。

船工们立即升起风帆，渔船一刻不停地在海面上向北行驶。再也没有船工质疑法闲，每个人都战战兢兢，一心要赶紧将法闲送回中土。

渔船破浪前行，法闲看着仍然毛发耸立的猴子，轻声说：“猴王哈奴曼，你刚才说的是阴界的魔语吗？”

猴子不作声，死死盯着海面。

法闲苦笑说：“看来我这辈子的使命，就是将你从妖魔度化为佛了。”

第十七章

建康水师

妫赵的军队陈兵于长江北岸已有十日。

建康的水师从后湖尽数移动到了长江江面，大景建康禁卫主将苏浚、副将桓易，率领建康禁卫左右两路，分列在长江之南。在三十年混乱中，无数威名天下的大景武将，都与逆赵交战而死。苏浚和桓易二人虽然是文官出身，但是在东渡的时候，都有不屈坚守的功劳。所以在形势危急之下，被临时加封为建康禁卫大将。

楚王与九江王年纪虽然老迈，但在大景东渡之后，就一直为了今日做准备，大景的水军也在他们手下操练了三十多年。此时三百艘战船排列在长江上，楚王和九江王的水师旗帜，在风中招展。

楚王已经年过七十，满脸的胡须尽数银白。干宝站立在楚王身边，看着江北的妫赵军营连绵数十里，无数的民伕在连营中运送粮草。只是，妫赵的军队一直没有进一步动作，只是在江北驻扎。

十日转瞬即逝。大景的水师日日在长江上游移防备。南岸的陆师也只能继续等待。

楚王举起手中的短戟，指着北方妫赵的侧营，对干宝说："沙亭军干阙就在那边。”

干宝说道：“虽然圣上不答允我渡江去劝说干阙，但我仍觉得可以一试。”

“我的想法跟圣上一样。”楚王说，“干阙自幼生长在揭人之中，早已经把自己当作了揭人，你过去劝他，多半是无功而返。不过我知道干奢是一个顾念沙亭血脉的英雄，他的儿子应该不会为难于你。”

干宝苦笑：“有些话，就算说了也是徒劳，但仍旧是要去试一试的。”

楚王点头，招呼副将放下舢板。干宝绑上绳索，吊到舢板上，一叶轻舟，朝着江北的妫赵侧营而去。

干宝刚刚离开，楚王突然看到副旗舰射出响箭，九江王所在的舰船传令官示意楚王战舰立即向下游方向移动。

楚王立即命令副将与九江王船舰靠拢，两船并行，搭上了竹板，九江王从副旗舰行走到楚王旗舰。九江王也已经年纪老迈，但是多年操练水军，身体仍旧矫健。

九江王站立到楚王身边，指着下游说道：“长江下游来了数十艘船只。”

“难道是逆赵早已经埋伏下船只，从海上进发，由入江口逆流而上？”楚王立即警觉，“船上挂的什么旗帜？”

九江王严肃地说：“逆赵如果在即墨建造船只，为何南下东渡的汉人没有提起？”

“大事不妙，”楚王大惊，“逆赵妫辕生前与矮国的曹阿知有旧，莫非是曹阿知率领矮国水军，渡海与逆赵军队会合？”

“逆赵在北岸按兵不动十日，就是在等待曹阿知的战船！”九江王也恍然醒悟。

“可是如今大海上风暴未歇，曹阿知如何从矮国渡海而来？”楚王又问，“再者，若是曹阿知率领水兵与妫樽会合，为什么只有区区几十艘船舰？”

“多半是曹阿知强行渡海，风暴中损失了大半船只，勉强到了建康。”九江王说，“既然如此，我们就先将曹阿知剪灭，让妫樽的计划无法得逞。”

楚王说：“传令下去，所有船只都一字长蛇阵展开，准备迎战。”

江南的禁卫大营，苏浚和桓易正在商议军情。苏浚问桓易：“逆赵军队已经到达北岸十日，至今也没有看到一只舢板入水，难道他们打算泅江而过？”

桓易苦笑：“苏大人与我都是北方人氏，可曾听说过北人善水？”

“也是。”苏浚说道，“相比之下，楚王和九江王殿下倒是身居南方大泽，他们的水军才是天下最强。可是逆赵明知如此，仍旧要攻打建康，一定有出其不意的渡江办法。”

“就是舳舻。”桓易回答说，“三十多年前洛阳之战，你我二人都不在洛阳，没有亲见过舳舻到底是什么模样，但是见过的人，都对舳舻心怀恐惧。”

“我也听说过，”苏浚说，“可是所有人都说舳舻是旱地行船的木甲术，就算是能够下水，也只有一艘而已，我们大景水师船舰三百艘，无论如何，也是抵挡得过的。”

桓易叹口气说道：“听说逆赵的皇帝妫樽，熟知兵法，能力不在他的父亲妫辕之下。沙亭军主将干阙，也是青出于蓝而胜于蓝，用兵比干奢更加神出鬼没。他们正当壮年，一定有渡江的计策。”

苏浚摇摇头：“逆赵的将领都身经百战，而我们大景，竟然只有你我二人堪堪得以重任。你我都非武将出身，一旦战败，就要背负千古的骂名。”

两人正在感慨，大营外呼喝两声，桓绾突然走进了大营。侍卫无法阻挡，跟随在桓绾身后，桓绾回头对着侍卫大骂：“我见我父亲，要什么令牌！”

桓易大骂桓绾：“畜生，两军交战，军令如山，莫说是你，就是圣上亲临，也要出示令牌。信不信我现在就把你斩首在帐外！”

苏浚拦住桓易，示意侍卫退出，对着桓易笑道：“桓绾性格暴躁，却是有勇有谋的将才，桓大人杀了他，无异于自毁大景长城，我可不答应。”

桓易对着桓绾大骂：“还不给苏大人下跪，谢过饶命之恩。”

桓绾扑通在苏浚面前跪下，磕了三个头，站起来后，对苏浚说：“苏将军，建康上下都对逆赵的大军恐惧不安，但是我曾经与逆赵军队交战数十次，我不怕。现在你分派我一支千人队，我趁逆赵在调动粮草，偷偷潜入江北，直扑寿春。”

“为什么是寿春？”苏浚问道。

“逆赵南侵，首先攻打的就是寿春，就是为了把北地的粮草囤积在寿春城内。”桓绾说，“妫樽攻打建康，已经做足了耗时数年的打算，因此于寿春囤积粮草，是他全盘行动的第一步。如今寿春失陷已有月余，我计算他们的粮草已经陆续运送到了寿春，现在将寿春的粮草一把火烧了，妫樽必然会立即撤军。”

“狂妄！”桓易喝道，“只怕你带领的军马走不到一半路途，就已经被逆赵的军队围困而死。你罔顾性命也就罢了，难道连累大景军士也一并牺牲？现在北府军已经悉数被歼，难道我还要给你一千人白白送死？”

“父亲，我曾率领桓氏族人，从逆赵境内一路交战，千里迢迢回到建康，难道还信不过我的手段？”

桓易说：“你率领桓氏一路向南，得以保全到建康，是因为逆赵境内阻拦你的都是地方守军，而非逆赵的精锐。如今陈师江北的，都是妫樽南北两府精兵，以及天下闻名的沙亭军，你哪里还有这等运气。”

桓绾还要争辩，桓易摆摆手，“你先退下，好好守着你的营帐，等待军令。”

桓缙把头盔扔在地上，转身而去。

苏浚叫住桓缙，亲手捡起头盔，戴在桓缙的头上，“你才十五岁，就已经被圣上封为骑都尉，无论是我与你父亲，还是圣上，都不愿意让你以身涉险。因为，大景的天下，一定要由你来维护。”

桓缙听了，只能收起怒气，离开大营。

苏浚见桓缙离开，对桓易说：“其实桓缙的建议，也不失为一个可行的计策。”

桓易说道：“建康是我们大景天下汉人的最后一线希望。桓缙轻兵冒进，即便侥幸真的烧了寿春，也不过能使逆赵与大景之间的平衡之势多维持几日。一旦失败，建康本就已经士气低落，让这个竖子先败一场，这场仗也不用打了，我们就都投降了吧。”

苏浚点头，“桓大人说得不错。可是如果逆赵真的有渡江的办法，我们又该如何抵挡呢？”

桓易说：“苏大人忘了，凉州还有一个匈奴秃发腾单于，是妫樽的心腹大患。我们只要坚守建康超过一年，秃发腾单于就会蠢蠢欲动，妫樽必定退回洛阳。”

苏浚叹口气，“当年秃发腾的父亲梁无疾，也是在少年时就被先帝封为骑都尉，与桓缙一样。”

桓易脸色苍白，“苏大人这句话是什么意思？”

苏浚连忙摆手，“我只是有感而发，桓大人千万莫怪。”

桓易正要说话，突然传令官走入大营，大声通报：“楚王和九江王的水军，现在连成阵型，正向下游而去！”

苏浚对桓缙说道：“逆赵的水军来了。”

建康长江之北的妫赵军营侧营，干阙正在布置沙亭军扎营，已经被提拔为副将的仲云突然来报：皇帝陛下来了。

干阙立即和仲云骑马，朝向西方迎接。远远看见妫樽和亲兵已经进入到沙亭军的营帐之中。

“二弟。”妫樽看见干阙迎来，在马上向干阙喊道。

沙亭军的士兵立即散开，分列两边，整齐划一站立。

干阙迎上妫樽，“大哥，有什么要事，需要你从王帐中亲自过来？”

妫樽说：“细作来报，长江下游四十里，徒步走来一群衣衫褴褛的汉人流民，现在正寻求渡江，二弟没有得到情报吗？”

干阙脸色迟疑，沉默了片刻之后，向妫樽跪下，“陛下，我违背了军令，单凭陛下处置。”

“是徐无鬼和寿春逃窜的北府军？”妫樽说道，“你追击北府军回来后，一直遮遮掩掩，没有复命，其实我已经猜到了。”

干阙抬起头，“徐伯父当时已经决意与北府军同存亡。他是我父亲的兄长，我实在无法下手。”

“徐无鬼是天下闻名的四象仙山冢虎，你当然是无法将他俘获，”妫樽说，“我看是徐无鬼惦记亚父与他的情分，在两军之中，放过了你的性命。以徐无鬼的手段，要接近你，并非难事。”

一旁的副将仲云立即跪下，“是小人放徐无鬼通过，接近了干将军。请陛下开恩，饶过干将军，有什么罪责，小人全部承担。”

妫樽伸手摆了摆，示意仲云站起来，对干阙说：“当时寿春城破，我忙于接受寿春城内的百姓和辎重粮草，你为前锋，追击北府军的残军也是军情所迫。但是当你赶去之后，我立即醒悟，这等于把你置于危境。好在我知道徐无鬼为人感念旧情，不会加害于你。结果果然如此。你是我大赵的皇族贵胄，沙亭军皆仰仗你一人。相比之下，这三千逃窜的北府军，实在是微不足道。”

“大哥……” 干阙看向妫樽，“我与徐伯父已经言明，再次相见，就是兵戈相争的敌人。现在既然他们还没有渡江，我这就率领沙亭军去把他们剿灭，这次，我绝不容情。”

“我怎么会将二弟置于如此尴尬境地，”妫樽看着东方说道，“我已经派遣了两万人马，绕到北方，转而东进，从他们的后方包抄。徐无鬼是抓不住的，不过这三千北府军，不能让他们在江北驻留。”

干阙站立在妫樽面前，问妫樽，“我们渡江的支援到了吗？”

“明日就到。”妫樽说，“他们从凉州到此地，路途遥远，你也知道，这些物事笨重无比，路上难免会遇到波折。好在三弟回到洛阳后，招揽洛阳的守军，逢山开路，遇水搭桥，反而比约期早了两日。”

“看来把三弟遣回洛阳是对的。”干阙点头，“三弟虽然生性刚猛，但还是知道大局为重。”

“父亲和亚父都已仙去，”妫樽说，“这世上就靠我们三兄弟相互扶持，共同统一天下了。”

干阙说：“渡江之役的准备我已经全部安排妥当，大哥要不要看一看？”

“好，”妫樽说，“我得到渡江的支援日后就到的消息，便立即来看你准备得如何。”

干阙立即让沙亭军把营帐全部掀起一角。

妫樽看了看沙亭军数百个营帐，计算方位和数量，然后说：“带我瞧瞧。”

干阙领着妫樽，走到一个营帐的旁边，指着营帐之内，“大哥请看。”

妫樽探头看向营帐内，营帐里并无一兵一卒，也无任何兵器粮草。整个营帐之下，只有一个挖掘得笔直的深坑。

“七丈二尺，”干阙说，“一百六十二个。已经全部完工。”

“你们沙亭军到底是什么人？”妫樽摇着头说，“行军打仗神出鬼没，工事建筑也是如此的迅速，还无声无息。”

“我父亲说过，”干阙回答，“当年在蜀地青城山，沙亭民被蜀王征为民伕，建造龙台，工程之艰巨，可比现在挖掘地坑要艰难多了。”

妫樽脸色轻松，“这一百六十二个物事，既然已经准备到位，攻破建康，应该并非难事。”

“我只是没有想到，秃发腾单于在没有得到少都符之后，仍旧信守了盟约。”干阙感慨地说道，“此人到底在想什么？”

“我们大赵与匈奴之间，早晚要一争天下。”妫樽说，“既然我们明白，秃发腾也一定知道。他这么做，只是在试探我们大赵，到底能不能一举击破大景。他在掌握大赵的真实实力之前，绝不愿意轻举妄动。这人和我们的父亲非常相似，无论局势如何变幻，他岿然不动。”

“一旦他有所动作，”干阙忧虑地说，“那就是雷霆万钧之势。”

“我们南有大景，北有匈奴，”妫樽说道，“二弟，现在明白我为什么要尽快取下建康了吧？”

“不错，”干阙说，“地缘而言，大赵夹在匈奴、成汉、大景三国之间，最为恶劣，成汉不足为虑，大景式微，我们必须要击破大景，才有回旋的余地。”

妫樽看向长江对岸，“现在道家门人对大景也离心离德，不再是洛阳之战的心意，正是我们的好机会。少都符之死，于我们而言，其实是大有帮助。”

干阙犹豫了片刻，还是忍不住问道：“大哥，那个锦盒，你……没有再开启过吗？”

“没有。”妫樽斩钉截铁地说道，“我知道锦盒里的东西，有着世间最强大的力量，但是我要凭借自己的能力打下江山，而不是去跟那个东西做什么交易。”

干阙长松口气，“这样最好。其实徐伯父可能有办法解决这个盒子，只是不知道徐伯父还有没有机会来完成这件事情。”

“锦盒一事，不要再提，”妫樽说，“我自会有所处置。我倒是担心，这次徐先生会不会仍旧坚持与北府军一道战死。幼麟已经死了，如果家虎也死掉，这天下也太没趣了。”

“起雾了。”干阙看着长江说道。江面上升起了淡淡的薄雾，随即席卷开来。

“是好兆头。”妫樽说。

“不错，”干阙也说道，“是好兆头。”

徐无鬼和三千北府军站立在长江北岸，江面上的雾气已经将整个长江覆盖，并且从江水上滚滚而来，移动到了江岸。

徐无鬼和北府军顿时绝望到了极点。长江起雾，就更加无法通知江南的水军，迎接他们回建康了。

北府军的低级将士围聚在徐无鬼面前，个个面容枯槁，他们从东海之滨南下，路途曲折，还要躲避大赵军队的追击，靠着沿路百姓的施舍，才勉强到了长江口，然后一路西行，好不容易接近了建康，却在这一刻被浓雾剥夺了最后的希望。

将士们都十分不甘，有的已经开始纷纷咒骂老天的作弄，早知如此，还不如战死在寿春，与郑公一样以身殉国，也落得一个身后名声，现在却要以逃兵的身份死在最后的关卡。

“大家安静。”徐无鬼摆手。

将士们停下咒骂。徐无鬼偏着耳朵，聆听一会之后说：“追兵来了。”

将士们纷纷掏出身上的武器，其中一人对徐无鬼说：“也好，我们就战死在江北。也让建康的圣上看看，我们不是贪生怕死之辈。”

“听马蹄声，”徐无鬼说，“有五千骑兵，步兵的脚步混乱，应该不少于一万。”

北府军的将士，知道这次再无幸免可言。

“不是干阙，”徐无鬼的话让将士们更添了几分担忧，“如果是干阙，骑兵会来得更快。”

一炷香之后，已经能够看见，妫赵的骑兵从北方平原奔驰而来。大景北府军站定了身体，准备背水一战。

这时候，徐无鬼突然看到三个庞然大物，在妫赵的骑兵前掠过，妫赵骑兵的马匹慌乱，前方的十几匹骏马纷纷摔倒在地。

徐无鬼看得清楚，三个庞然大物，就是没有了主人的蚨母和岩虺。它们也随着妫赵的大军一路到了长江北岸。

蚨母和岩虺没有少都符的驱使，只是凭借本能的兽性在胡乱撕咬。妫赵的骑兵混乱了片刻之后，开始重整阵脚。军马害怕妖物，惊慌在所难免，但是妫赵的士兵训练有素，把马匹安抚后，暂时停止前行，等待后方的步兵用长矛支援。当步兵列出圆桶阵后，蚨母和岩虺慢慢被步兵逼到包围圈内。

步兵用长矛和圆盾将三个妖物围困，后方的弓箭手纷纷射箭，瞬间蚨母和岩虺身上中了无数箭羽，却又无法用尖锐的爪牙撕破妫赵的阵型。

蚨母吐出长丝，绕过妫赵的包围圈上方，缠绕住平原上的一片树林，蚨母和岩虺借助长丝，飞快地爬入树林，巨大的蜘蛛和两个长虫，在树林间飞奔，妫赵的弓箭手也无法用弓矢追击。

徐无鬼把这一切都看在眼里，两根手指放在嘴唇之中，唿哨几声，尽力模仿少都符生前的哨声。

岩虺和蚨母听见了唿哨，立即朝着徐无鬼的方向飞奔而来。片刻就甩开了妫赵的大军，爬到徐无鬼的面前。

此时妫赵的两万大军已经悉数赶到，不慌不忙地摆成长鹤翼阵，把北府军陆地上的通道全部封闭。

而江面上的雾气越来越浓，北府军若被逼下长江，即便是通晓水性的士兵，也会在江雾中迷失方向，最终精疲力竭而溺毙。

岩虺和蚨母匍匐在徐无鬼面前。三个巨大的妖物，身上羽箭遍布，密密麻麻，皮肤间隙柔弱的部位，弓矢已经几乎全部没入，只剩下尾端的羽毛，鲜血从妖物的身体流淌下来。徐无鬼缓缓抚摸身边的岩虺，发现坚硬的鳞甲上已经覆盖了一层厚厚的血痂。可见三个妖物，从寿春一路而来，不断与妫赵军队拼斗，身上的伤口不断地流血并干涸，又覆盖上新的血液。

少都符已死，妖物却不知道，仍在不停地寻找主人。蛈母的灵性较岩虺强，在洛阳之战的时候，就知道徐无鬼与少都符同列四象贤人，因此听见徐无鬼的唿哨，便毫不迟疑地扑向了徐无鬼。

徐无鬼招呼军士，找来金疮药，一一将三个妖物身上的羽箭拔出，然后涂抹伤口。可是溃败逃亡中的北府军，携带的金疮药哪里够用，徐无鬼只能拣要害的部位疗伤。

在给两个岩虺疗伤的时候，徐无鬼这才发现，两个岩虺的四只眼睛全部中箭。徐无鬼仔细观察射中岩虺眼球的箭矢，发现较其他部位的箭矢要短很多。徐无鬼安抚岩虺，将箭矢拔出，长叹一声，扔在地上。

这是梁无疾当年率领五千弓兵征伐漠北的箭矢，较天下普通的箭矢要短。可见在妫赵的军中，有来自秃发腾单于的神箭手。

匈奴和妫赵之间的联盟，比徐无鬼想象的更为坚固。

两个岩虺双目全瞎，而蛈母的八只眼睛也只剩下了三只没有被射中。可见妫赵军队中的弓箭手知道无法攻击三个妖物的身躯，于是施展精湛的箭法，专挑眼睛来射。好在蛈母有八只眼睛，三个妖物受了重创之后，立即逃窜。两个岩虺眼睛盲了，就全部听从蛈母的指挥移动和厮杀，这一路行来，也是九死一生。

徐无鬼看着遍体鳞伤的岩虺和蛈母，想起惨死的少都符，又看见妫赵的军队步步逼近，心中无比悲凉。徐无鬼将三个妖物眼中的羽箭取出之后，轻轻对蛈母说：“我命不久矣，你们三个就从江上逃命吧，今后找个偏僻的山洞，不要再回人间。”

岩虺本是蜥蜴，蛈母是蜘蛛，都能在水中行走如常。徐无鬼拍了拍蛈母的触手，大喝一声：“走吧，就此别过。”

蚨母和岩魈却不离开，只是围绕着徐无鬼，用身体慢慢磨蹭徐无鬼的腿部。

徐无鬼明白："你们要带我走。可我不能走，这里还有三千个同生共死的兄弟。"

徐无鬼下令，让军士把蚨母和岩魈推到江水中，可是三个妖物身躯巨大，军士哪里推得动。

徐无鬼哭道："你们的主人已经死了，你们还留在这里干什么？"

岩魈嘴中的舌头不断伸缩，舔舐在徐无鬼的脸上，徐无鬼瞬间满脸鲜血。徐无鬼知道三个妖物终究不肯离开，只好看着逼近的妫赵军队说："好吧，我们就一起死在这江边。"

妫赵军队已经逼迫到徐无鬼和北府军五十步开外，对面的将领大声喊道："徐先生，带领北府军投降吧。陛下对您推崇万分，为何要守着气数已尽的大景呢？"

徐无鬼大声喊道："你是姜爽将军吗？"

"正是末将。"姜爽在对面喊道："徐先生，你是干将军的伯父，于公于私，为什么就一定要违逆天下大势呢？"

徐无鬼大喊："三个畜生尚且知道忠于主人，我身为汉人，是绝不会变节投降于妫赵的。"

姜爽说道："既然如此，末将就得罪了。我不忍亲眼看到徐先生死在我面前，那就只能用弓矢了。"

徐无鬼看看四周，北府军已经没有任何盾牌，身躯全部暴露在江边的旷野之上。北府军的一个军士说道："我们既然必死，那就正面冲向他们，绝不要背后中箭，死得窝囊。"

"就这样！"其余的北府军都大声附和。

徐无鬼说道："也好，大家同生共死，我徐无鬼不枉结识各位一场，就依了诸位。"

对面妫赵的骑兵左右散开，几千名弓箭手分为三排，第一排的弓箭手已经满弓待发。

正当徐无鬼就要下令，北府军发动最后冲击的时候，漫天箭雨纷纷落下，却不是妫赵射向北府军的弓箭。

徐无鬼观察弓箭的轨迹，发现这些羽矢是从身后的长江上射来。

妫赵弓箭手顿时大乱。因为陆地上雾气稀薄，而江面上浓雾一片，妫赵军队看不到长江上的援军，而他们却被援军看得清清楚楚，双方形势高下立见。

眼见无法识别敌人援军的方位，姜爽急忙号令，弓箭手全力射向江边的北府军。但是长江浓雾中飞过来的羽箭连绵不绝，让妫赵的弓箭手无法组织起有效的攻击阵势。

长江上飞来的羽箭似乎永无止境，不仅妫赵的弓箭手无法抵挡，骑兵也纷纷被射中，只有步兵高举盾牌勉力遮掩。

姜爽不知道敌军虚实，不敢冒进，于是传令保持阵型后退百步，退出弓箭的射程之外。但仍旧从三个方向封堵住北府军的陆路出口。

北府军暂时得以苟延残喘。徐无鬼对着浓雾弥漫的长江大喊："是大景的水军吗，楚王殿下还是九江王殿下？"

"都不是。"一个道家术士穿过江上浓雾，涉水走上了陆地。"冢虎先生，没想到我们再次相逢，竟然是这种场面。"

"张天师！"徐无鬼惊喜地说，"你怎么会有船只？"

来人正是被景宣帝册封为道家掌教天师，但随即又驱逐出洛阳的张魁。张魁摆摆手，"我在海上做了三十年的海盗。"

"这三十年，你一直在海上颠簸？"徐无鬼问道，"怎么会突然进入长江？。"

"说来话长，"张魁说，"如果冢虎先生不想死在逆赵的箭下，就马上跟随我上船吧。"

"北府军还有三千将士，"徐无鬼说，"他们怎么办？"

张魁笑了笑，“可巧了，我刚好有船只八十余艘，装下三千人应该是足够了。”

徐无鬼握住张魁的手，“你是来建康勤王的？”

“建康危急，”张魁说，“我作为道家天师正宗，怎么可以坐视不管。”

徐无鬼看见张魁从天而降，欣喜到了极点，拉着张魁的手不住摇晃：“张天师来得正是时候，总算是不枉我带着这三千士兵走到了建康，为大景的北府军保存了最后的实力。”

张魁说道：“形势危急，赶紧登船。”

张魁的八十余条船，吃水不深，陆续停靠在江水的浅水处，放下跳板和悬梯。三千北府军终于等到了逃出生天的机会，纷纷上船。但是三千人马，也需要半个时辰才能全部登船。

徐无鬼知道妫赵的姜爽善于用兵，很快就会去而复返，看到士兵登船进度缓慢，焦急万分，却又无法催促已经精疲力竭的士兵。

忽然，徐无鬼身边的岩虺抬起脑袋，发出嗞嗞的声音，后背的皮肤瞬间从灰褐色变幻为赤红，后颈上的鬣毛乍然展开，五彩斑斓。

徐无鬼见此情景，知道岩虺感受到了强大的敌人。

“不好。”徐无鬼对着张魁说道。话音刚落，一块巨大的石头从天而降，砸中了张魁的一艘战船。

这块石头砸到的部位非常精妙，正好穿透甲板，将战船的龙骨击断。船上的士兵纷纷跳水逃生，眨眼的工夫，战船就搁浅在江边。并且由于船只的自身重量，船身裂为两截。

徐无鬼和张魁面面相觑，看来妫赵的姜爽也来了厉害的援军。

徐无鬼大声喊道：“登船，登船，所有船只起锚。”

又是一块巨石从天而降，与刚才的第一块巨石一样，又将一艘战船的龙骨击断。

第三块、第四块……更多巨石纷纷落下。

每一块巨石的落点都非常精准，绝非偶然的运气使然。

岩虺和蛛母都躁动起来，散发出浓浓的惧意，蛛母甚至把触手蜷曲，将身体紧紧地贴附在地面。

徐无鬼意识到，蛛母和岩虺，曾经在南下的路上，遭遇过妫赵的援军。岩虺的眼睛被射瞎，就是拜这些善用投石机和连弩的援军所赐。

张魁看见自己的船只不断被击沉，知道来了厉害的对手，一时间也无计可施。

江面上的浓雾开始散去，张魁的战船想要驶入江心，可是仍旧还有几百名北府军没有登船，张魁没有下令，战船只能停泊在江边，任人宰割。

姜爽的妫赵军队果然开始逼近，步兵阵中，已经露出了十几个投石机。徐无鬼看着投石机，对张魁说："我上一次看见这么厉害的飞火珠，还是在白帝城。"

徐无鬼说完，从江边面对妫赵军队走去，边走边喊："是任兄到了吗？为什么你要替妫赵倒行逆施，攻打大景？"

姜爽在阵前对着徐无鬼喊道："任嚣城先生不在阵中，徐先生不用徒劳了。"

徐无鬼退了回来，对张魁说："这飞火珠，是姑射山卧龙的拿手本领。任兄既然不在，那么一定是秃发腾单于派遣的匈奴弓弩联队，赶来支援妫赵大军。"

张魁满脸忧色，"梁无疾当年的五千弓箭手，箭艺已自天下无双，看来现在更受了任嚣城木甲术的调教。任师叔可能无心与大景为敌，但是秃发腾单于与大景有灭门的深仇大恨，派遣他们的精锐弓弩过来，这可就麻烦了。"

姜爽已经不再劝降徐无鬼，现在就一心要把张魁的船只尽数歼灭。飞火珠改造的投石机精准无比，弹无虚发，就在徐无鬼与张魁对答之间，又有十几艘船被击沉。

眼看张魁的船只就要尽数被击沉，突然江面上空乌云掠过，徐无鬼抬头看时，发现头顶飞过了无数的弩箭，数目之巨大，几乎将天空遮掩。

遮云蔽日的弩箭，射程远比弓箭要远，落在妫赵的阵中，瞬间把妫赵的飞火珠投石机压制。

妫赵的军队立即举起盾牌，将整个军队遮掩。

徐无鬼和张魁看向江心，江面上来了几百艘大型战船，几乎将整个江面覆盖。其中最大的两艘楼船，分别飘扬着大景楚王和九江王的旗帜。

“大景的水军！”徐无鬼惊喜地喊道。北府军看见了大景水师，都欢呼起来。

但是大景水师吃水甚深，无法接近江岸。妫赵姜爽也看到了这点，于是率兵后退，脱离连弩的射程之外，楚王和九江王无计可施，只能将战船在江心慢慢游移。

徐无鬼和北府军趁机全部登上张魁的战船。张魁的战船本就只有八十余艘，被击沉二十余艘之后，剩下的战舰承载三千北府军，荷载增加，吃水更深，移动缓慢，并且多数船只已经搁浅在江底，无法移动。

妫赵在喘息片刻后，姜爽看准了大景水师的弓弩射程有限，于是发动飞火珠投石机，继续向江畔的船只投射巨石。

被击沉的张魁船只上的士兵纷纷落水，在江面上挣扎，大景水师放下小舢板，尽力营救。

旗舰上的楚王，把指挥旗帜交给了九江王，自己跳下舢板，快速到了张魁和徐无鬼的船上。

楚王登船，看见了张魁，大笑起来，“我以为是逆赵的水军来了，没想到见到了故人。”

徐无鬼和张魁向楚王行礼，随即焦急地说道：“飞火珠，这也是殿下当年在白帝城战败的木甲术。”

楚王恨恨地说：“我操练水师三十多年，就是要跟逆赵在长江上决一死战，没想到现在他们龟缩在岸上，我却无计可施。”

徐无鬼说：“飞火珠木甲术的弱点是移动缓慢，可是张天师的船只多数已经搁浅，看来要全部被击沉在这里。”

楚王说：“如今之计，也只能救多少是多少了。”说话间一块巨石落下，正中三人所在的船只。三人无奈，只能跳下江水，被附近的大景水师舢板打捞上来。

徐无鬼说：“如果现在能够再接近妫赵军队五十丈，楚王的弩箭，就能压制妫赵的飞火珠。”

“四十年前，被飞火珠击败，是我一生的奇耻大辱，”楚王说，“可惜现在近在眼前，却无法雪耻，实在是可恨。”

张魁突然问道：“徐师叔的意思是，如果我们能够接近五十丈，就能以多胜少，击败逆赵的飞火珠？”

“即便不能击败，”徐无鬼说，“我们也能全身而退。”

张魁大喜，“那好，殿下、徐师叔，你们还记得当年白帝城一战，江面猛涨的往事吗？”

“记得，”徐无鬼说，“那是九龙宗的手段。”

“九龙宗的郦怀，”张魁说，“就在我的军中。”

承载三人的舢板漂浮到张魁最大的一艘战船边，水兵把三人拉上船。果然郦怀就在船上。

郦怀看见徐无鬼和楚王，匆匆行礼之后，请示张魁，“我们船只多数搁浅，现在需要江水上涨三尺，船只才能脱险。”

“不，”徐无鬼对郦怀说，“不是三尺，要三丈。郦宗主，有这个能耐吗？”

郦怀闭上眼睛，心中飞快地计算片刻，睁眼说道：“能。可是只能维持一个时辰。”

“足够了。”楚王说道，“请郦宗主马上施展水术。”

郦怀立即从嘴中掏出一颗珠子，抛入江水，口中念念有词，然后又扔出两条小小的青蛇。青蛇在船甲板上游动片刻，猛然暴起，跳入江水之中。青蛇入水之后，立即身体暴涨，化作蛟龙，沉入水下。

长江的江面立即沸腾起来，两条蛟龙在江水中翻滚。

本在水中躲避的岩虺和蚨母被蛟龙惊扰，立即爬上了船只，贴在船舷之上。

长江水迅疾暴涨。张魁搁浅的船只顿时漂浮起来。死里逃生的北府军大声欢呼。

长江水势迅猛，滚滚江水吞噬江岸，楚王的水师转眼之间从江心移动到了江边。

郦怀站立在船舷边，拿出鱼肠宝剑，用剑锋割开自己的手腕，鲜血滴落到江水中，两条蛟龙被郦怀鲜血催发，从江水中腾空而起，落下之后，江面腾起了三丈的巨浪。楚王的战舰随着巨浪朝着江岸猛冲，刹那间就冲到了妫赵军队的阵前。

姜爽的妫赵大军，全部都惊呆在原地。

徐无鬼看到妫赵军队中果然有十几个飞火珠木甲术，但是飞火珠投石机只能远战，一旦大景水师逼迫到了面前，飞火珠投石机如同摆设。

九江王一声令下，大景水师的弓弩朝着妫赵军队飞蝗一般激射过去。妫赵士兵顿时溃不成军，纷纷逃窜。

夹在妫赵军队中的弩箭手，将飞火珠投石机纷纷砸毁后，训练有素地举起盾牌，缓慢撤退。整个妫赵军中，只有这些弩箭军士全身而退。

姜爽的骑兵和步兵在死伤数千人后，终于后撤到大景水师的百丈之外。

楚王和九江王知道已经无法再追击，郦怀的水术期限已到，大景水师会同张魁的船只，顺着退潮的江水，回到了江心。

姜爽的妫赵军队也不敢靠近江岸，只能眼睁睁地看着数百条船只，朝着江南的建康行驶而去。

第十八章

长江保卫战

　　妫赵吞并寿春，占据淮河流域之后，南下至长江北岸，与大景水师的第一场战斗竟然是一场遭遇战。

　　而且战役的起因居然是从海上前来勤王的张魁、郦怀等人，以及率领北府军残部的徐无鬼。

　　长江南岸的苏浚和桓易站在高台上，目睹大景水师与妫赵军队交锋的整个过程，眼见大景水师趁着长江暴涨，把姜爽的赵军击溃。

　　听到江北厮杀呼喊的那一刻，桓绾就已经知道，拱卫建康的战争已经拉开了帷幕。桓绾苦于没有船只，也只能登上建康禁卫高台，与父亲桓易和主将苏浚一起查看战事的走向。

　　当大景水师大获全胜，随即全身而退的时候，桓绾对苏浚和桓易说："楚王老了，大景水师应该乘胜追击，把敌人的投石机尽数捣毁。"

　　苏浚笑着问桓绾："这话怎么讲？"

　　"妫赵没有船只，"桓绾回答，"因此他们要渡江，一定有出乎我们意料的手段，而这个手段，以末将看来，便是赵军中的投石机部队。"

　　桓易说："拱卫建康，倚仗的就是楚王和九江王的水师，如果这几百条船只搁浅在对岸，让赵军俘获，建康岂不是无险可守？”

桓绾说道：“楚王殿下应该把所有船只都烧毁。”

“楚王和九江王三十多年来，一直苦苦经营大景水师，”桓易面有愠色，“你轻描淡写一句话，在第一战就将他们的心血付之一炬？”

“两军相争，目的是为了什么？”桓绾问。

苏浚笑着说：“当然是击败敌军，获得胜利。”

“既然有机会获胜，为什么要惦记什么三十多年的心血经营？”桓绾说道，“岂不是本末倒置。”

“楚王的水师，是我们大景对付妫赵的最后希望。”桓易说。

“父亲，你错了。”桓绾说，“妫赵南下，从一开始就没有想过要跟我们大景水战，楚王的水师，到时候根本就没有用武之地。现在好不容易妫赵露出了破绽，我们却没有把握机会。实在是可惜。”

“妫赵大军未动，攻击战船的只是右翼偏军姜爽部，沙亭军和妫樽亲率的中军，才是真正进攻的主力！”桓易摆手，“把姜爽部击溃，又有何用。”

桓绾说道：“我觉得逆赵攻打建康的关键，就在姜爽的军中，就是那些操纵飞火珠投石机的诡异军队。”

“怎么可能凭你的猜测，就用大景的水师作为赌注，”桓易说，“实在是可笑。”

“两位不要再争执，”苏浚说道，“我们现在就去迎接楚王殿下，准备庆功吧。”

建康陆路禁卫大军统将苏浚率领全军，在江边迎接楚王率领的大景水师。传令官早已经把大胜的消息传递到了皇宫内。

楚王的水师从后湖入江口一路驶入内湖，直达皇宫。张魁的战船则被苏浚接收，留守在后湖之外，等待调令。

北府军的残军三千，从张魁战船上下船登陆，早有无数建康百姓，其中大部分为北府军亲属，在江岸边等待。

当三千北府军下船之后，岸边哭声一片。驻守在寿春的北府军几乎全军覆灭的消息虽早已传到建康，但在建康的北府军亲属，无人不尚抱有万一的希望。可是当三千士兵回到建康后，大多数人希望破灭。

三千残兵与家属抱头痛哭，而更多的建康百姓则坐实了亲人战死寿春的消息，顿时建康城外，哭号不绝。

就在城外的百姓和北府军残军相拥痛哭的时候，皇宫内声乐齐鸣，欢腾鼓舞，正在庆祝大景水师的胜利。

建康城内外两幅光景。

夜色降临，皇宫内张灯结彩，一片辉煌，更让众多失去亲人的百姓倍感凄苦。

一个少年将军走出城外，对着残军大喊："你们还是不是大景的北府军？"

少年虽然年龄不大，但是声音洪亮，气势威严。

其中有认得的百姓，纷纷向少年跪拜，知道这是曾经带领千余族人，于逆赵境内辗转千里，一路拼杀到建康的"飞将军"桓绾。桓绾的经历，在建康无人不知，在百姓中，威名远远超过当年的少年飞将军梁无疾，因此百姓也称呼桓绾为"飞将军"。

百姓中有人叫出了"飞将军"的名号。

北府军都看向桓绾，其中一个士兵正色说道："我们宁死也没投降逆赵，与郑公一样，没有给北府军丢失颜面。"

桓绾厉声说道："既然是北府军，那么为何队伍如此松懈！如今逆赵的大兵就在北岸，建康危如累卵，你们不整顿士气，立志为郑公报仇，却在这里哭哭啼啼。"

这话如果是其他将领说出来，北府残军立即就会责问质疑。偏偏出自从逆赵境内浴血拼杀出来的桓绾之口，北府军都无可辩驳。

那个士兵嗫嚅说道："如今郑公已经战死，北府军只剩下我们三千人，如何向逆赵报仇？”

桓绾说道：“大景人才济济，气数未尽，以诸位与逆赵不共戴天的仇恨，北府军别说只有三千人，就是只剩下三人，也不该气馁。”

三千北府军被桓绾的气势鼓舞，渐渐聚拢起来，默默地看着桓绾。

桓绾大声喊道：“现在听我号令，全部整顿列队。”

北府军军士在寿春城破之后，终于遇到了真正意义上的将领，军人的本能，听从了桓绾的命令，立即整齐列队。

桓绾见三千北府军整队完毕，举起手中的长刀，在自己的手腕上割了一刀，将鲜血滴在地面，大声喊道：“向天发誓，北府军将士的鲜血，与我们的鲜血，都将流淌在大景的土地上。”

北府军三千士兵，受了桓绾的感染，全部拿起佩刀，割破自己的胳膊，将鲜血滴落在地面。

桓绾又在自己的手腕上再割一刀，“这血，为祭奠郑公而流。”

北府军听到“郑公”二字，都激奋澎湃，也随着桓绾割开手臂，齐声大喊：“祭郑公！”

桓绾挥起手中的长刀，指向江北，大喊道：“从今往后，我桓绾立誓，要将逆赵贱民的血液，横流在大景天下！”

“灭赵！”一个士兵举起佩刀，轻声说了一声。

旁边两个士兵，轻声附和：“灭赵！”

更多的北府军不停地发出“灭赵”的低吼。片刻之后，所有的北府军同时大喊：“灭赵！”

在场的百姓也受了感染，数万人同时大喊：“灭赵！”

顿时建康城外的“灭赵”之声，把皇宫内的丝竹之音压下。

皇宫内，楚王、九江王、徐无鬼、张魁、郦怀，在虞让、苏浚、桓易等百官的迎接下，从后湖的船只上走下，来到丹室之外。

圣上从丹室内走出，听见了城外连绵不绝的“灭赵！”呼声。

圣上对身边的虞让说：“把皇宫所有的红布撤下，披上白麻。朕要为郑公举孝。”

虞让立即奉命。

圣上看见了徐无鬼，徐无鬼昂首与圣上对视。

圣上并不回避徐无鬼尖锐的眼神，走到徐无鬼身边，说道：“少都符不会白白地死掉。”

徐无鬼说：“圣上知道就好。少兄至死，也一直在坚守四象神山门人的职责。”

圣上面无表情，转向百官说道：“从今而后，这后湖，就改名为玄武湖。”

百官一时间不明所以。苏浚轻声对桓易说：“四象神山中，镇北神山是单狐山，北方玄武。看来圣上，对死于寿春的幼麟少都符，十分敬佩。”

一日之后，桓缩的营帐前，站满了数千要求从军的青年。

桓缩走到众人面前，看着这些青壮百姓，问为首的青年，“你们是什么人？”

“我父亲死在了寿春，”青年回答，“我愿意跟随大人，替父报仇，恢复中原，杀尽作乱的揭羝贱民。”

桓缩看向青年身后，“你们都是北府军战死军士的亲属吗？”

众人全部跪下，“请飞将军收留我们。我们不愿意在建康坐以待毙，宁愿与将军一起，共同抗击逆赵！”

桓缩听了，挥舞臂膀，“好！逆赵渡江在即，我们一定要有所行动。但是现在，我们另有安排。”

“一切听从飞将军的调令。”众人齐呼。

桓缩立即安排麾下士兵，在江南岸边征用渔民的船只，并且收集大量薪柴和干草。

江北妫赵大军的王帐内，姜爽跪在妫樽面前。

“江水突然上涨三丈，楚王的战船从江心移到阵前？”妫樽看向干阙，“二弟，这是冢虎徐无鬼的法术吗？”

干阙摇头，“徐伯父是中曲山的冢虎，他的本领是九守和过阴，不善水术。”

“还有那个姬不疑，听说是诡道门人。”妫樽又问。

“姬不疑的本事是诡道之术，”干阙说，“父亲在世时提起过，诡道善于水分、晷分、听弦、看蜡四门算术，并不擅长操纵水中之术。而且父亲也只亲眼见过听弦的本事。”

“这么说来，”妫樽说，“那就是景军之中，另有高人。”

姜爽说道：“末将的确看到在江边的战船上有术士出现。那个术士放出蛟龙后，江水汹涌而来，景军的战船顺着水势，冲击我部。”

“攻打建康之战还没有开始，你就先败了一仗，”妫樽说，“但这是对方来了厉害的术士，罪不在你。”

姜爽抬起头，“谢陛下。”

“先不用谢我，”妫樽说，“我还是要责罚你。你在邯郸的三百户食邑，夺减两百。”

姜爽不敢多言，“末将领罪。”

“你都不知道我为什么要责罚你。”妫樽说道，“也不问问。”

“末将败了，就是死罪，”姜爽说，“谢陛下不杀之恩。”

“我罚你，是因为，你让凉州来的弩箭部出现在景军面前，”妫樽说，“匈奴弩箭部是秃发腾单于派遣来攻打建康的奇兵。你让他们以身涉险也就罢了，更让景军过早看到了他们的手段，我们渡江攻打建康的计划，很难不被大景推测出来。用兵在于奇谋，这一点，你大大的失算。”

姜爽汗流浃背，以头抢地。

干阙在一旁说：“三日后我军就要开始渡江，估计景军来不及推测弩箭部到底有何作用。”

妫樽想了想，“徐无鬼应该是能想明白的。不过师乙对他忌惮得很，徐无鬼在建康说不上话。”

干阙说道：“所以，大景军中，不会有第二人能够猜测到我们渡江的计划。”

妫樽说道：“大赵与左景两国国运，在此一战，一切以谨慎为上。姜将军、干将军！”

姜爽站立起来，与干阙一起并排站在妫樽面前。

“明日亥时，渡江！”

干阙和姜爽同时拱手，单膝跪下，“得令！”

妫樽把楚地舆图打开，正要与二人进一步商量赵军渡江之策，忽听侍从在帐门外大声禀告：“陛下，有个汉人谢衔求见。”

妫樽收起舆图，对着干阙和姜爽问：“这个老东西，现在来做什么？”

干阙阴沉着脸，“这个首鼠两端的家伙，一定是为谋求自己的荣华富贵，要来给陛下献计，攻打建康。”

姜爽说：“这种在乱世中始终骑墙不倒的老狐狸，为苟活性命惯于见风使舵，不断地出卖族人，本也寻常。”

“那就让他进来，看他说些什么。”妫樽招手，让侍从带谢衔进来。

谢衔碎步走进王帐，看见妫樽，立即伏倒在地，“小民谢衔，有要事向陛下禀报。”

“你站起来说，”妫樽指着谢衔，“有什么要事？”

谢衔看了看干阙和姜爽，干阙哼了一声。

谢衔连忙站起身，说道：“小民获知一个绝大的秘密。”

妫樽面如沉水，等着谢衔说下去。

谢衔又看了看干阙和姜爽，脸色游移不定。

干阙说：“你有话就讲，在这里磨蹭什么！”

谢衔立即又跪下，看着妫樽。

妫樽仍旧不说话，轻慢地看着谢衔。

谢衔无奈，抬头说道："如今在建康的皇帝姬康，不是蜀王的世子，他就是景宣帝姬望。"

此话一出，妫樽和干阙相顾大惊。他们本以为师乙一事，普天下只有数人知晓，没想到谢衔竟然颇有神通，也知道这事。

"你从哪里听来这种荒谬之言？"干阙质问谢衔，"姬望在三十八年前就已崩殂于洛阳，难道还跟籛铿这种妖人一样，死而复生不成？"

"干将军说对了，"谢衔已经开了头，也就不再犹豫，"景宣帝姬望，他就是个妖人，有长生不老的法术，因此杀了太子姬康，自己变换姬康的模样，继续做他的大景皇帝。"

"他本就是皇帝，"干阙追问，"何必多此一举，做出如此荒唐的举动？"

"因为……"谢衔站起来。

"你跪下说。"妫樽声音不大，但在谢衔听来，如同雷霆贯耳。

谢衔趴下，继续说道："因为景宣帝姬望，也不是大景的皇族，他本就是一个术士。"

干阙说道："你把你知道的，细细地说明白。"

"当年这个术士，被人推荐给太傅张胡，张胡发现这个术士相貌与景宣帝相似，于是把术士带入家中，用了十年时间，训练术士，模仿景宣帝。当这个术士的样貌神情、举手投足，都与景宣帝别无二致的时候，张胡弑君杀死景宣帝，让这个术士扮作景宣帝的模样，做了皇帝。从此大景的天下，就由张胡把持。当籛铿攻打洛阳之时，这个术士看到了机会，于是暗中勾结张胡的胞弟张雀，以张氏一族所有人的性命为要挟，让张雀背叛了胞兄张胡。因此张胡被赐死，这个秘密再也无人知晓。"

"既然是无人知晓，"干阙冷冷地问，"你又从何得知？"

谢衔嘿嘿地笑了两声，“因为这个术士，就是我推荐给张胡大人的。”

“你有什么证物？”干阙问。

“没有。”谢衔回答，“事情过了五十多年，哪里还有什么证物。”

“我们君臣三人，军情紧急，”妫樽恼怒地说，“却在这里听你这个老贼胡言乱语！”

谢衔慌张说道：“不过有一件事情，可以证明小民所说。”

“有什么事情，赶紧说了，”干阙喝道，“你要是再吞吞吐吐，马上把你在营外斩首祭旗。”

“当年张胡和那个术士在宫中弑君的时候，被景宣帝的两个儿子一个女儿亲眼看到。”谢衔说，“因此术士当即要杀了三个皇族血脉，却被张胡阻拦，私下将两个皇子和一个公主藏匿起来。”

妫樽和干阙二人听了，相互看了看，震惊不已。此事与他们得到的消息，有巨大的出入。

妫樽低声问谢衔：“这个秘密，对我大赵，到底有什么好处？”

“极大的好处！”谢衔说，“如果这个消息放出去，大景的子民，都知道现在皇宫里的圣上是个术士假扮，大景必定大乱，陛下攻打大景，岂不是势如破竹。”

妫樽问道：“你为何之前不讲？”

谢衔说道：“陛下一直不肯见小民，小民一路跟随赵军，求见陛下多次，都被阻挡，到了今日，才有机会觐见陛下。”

“不。”妫樽说道，“你之前是不敢跟我提起此事，怕我杀了你灭口，现在我已经决意要攻打建康，因此你拿捏时机，才把这个秘密说了出来。你是看到了匈奴的援军已经到了赵军之中，才有这个不死的把握吧。”

谢衔尴尬不已，不敢说妫樽圣明，只是不断地磕头。

妫樽看着匍匐在地的谢衔，问：“你告诉我这么大的秘密，我该赏赐你什么才好呢？”

谢衔回答：“小民只是一心为大赵基业着想，大赵攻下建康，天下一统，战乱消弭，就是我们百姓的福气，不敢奢求陛下赏赐。”

妫樽点头，“既然你都这么说了，我要是不赏赐你，就是赏罚不明了。这样吧，寿春城还没有郡守，你是寿春望族，本来我就想过要册封你为寿春郡守，只是战事紧急，一时没有颁布，现在就把此事给你定下。”

“谢陛下。”谢衔高声说，“老臣一定鞠躬尽瘁，兢兢业业。”

“你退下吧。”妫樽摆手。

谢衔目的达到，欣喜地走出王帐。

姜爽看着谢衔离开，问妫樽说：“陛下，这种德行卑鄙的小人，为何要让他做一方官员？”

干阙说：“大哥做得没错，谢衔此人，的确是一个卖友求荣之辈，但是这种人，为了目的，不择手段，因此，他做寿春的郡守，的确是最为合适不过。”

妫樽点头，“二弟说得不错，谢衔是个有才能的人，跟他的德行无关。”随即又说，“我们暂且不说谢衔的事情，倒是建康皇宫里的那个皇帝，让人费解。”

干阙说道：“秃发腾单于让风追子告诉我们，大景的皇帝就是那个不死的妖人景宣帝，而景宣帝，其实就是大景的开国皇帝景高祖姬影。”

“姬影、姬望、姬康……”妫樽用手轻轻地叩击自己的额头，“是不是秃发腾单于骗了我们？”

“秃发腾单于没有必要，”干阙说，“并且秃发腾单于是从姑射山卧龙任嚣城口中听说，徐伯父徐无鬼也是这么认为，也就是说，这是四大仙山门人一致的共识。”

“那就是谢衔骗了我们？”

“不，”干阙说，“谢衔不敢这么做。谢衔说的事情，也一定有所根据。”

“任嚣城没说谎，谢衔也没说谎。”妫樽冷笑道，“这个大景皇帝的身份，果然是神秘莫测。”

“一个皇帝，长生不死，”干阙说，“就是他自己最大的破绽。天下百姓如果知道，端坐在皇宫里的皇上是一个妖怪，天下必定大乱。”

“所以，我明白了。”妫樽说道，“至阳六年，齐王世子、大景法定的太子姬缶遇刺，就是景宣帝所为；景宣帝这么做，只有一个原因，那就是他必须要挑起三王之乱，然后借机改换身份。甚至篯铿攻打洛阳，四大仙山门人下山，驱动洛阳四象木甲术，也在他的计划之内。”

“只有在这种关乎帝国生死存亡的极端乱世之中，他才能有机会变换身份。”干阙说，“即便是露出破绽，让四大仙山门人知道了秘密，也无法讨伐他。这就是少都符宁愿受戮，徐伯父心灰意冷，任嚣城远走西域，支益生不知所踪的原因。”

“可惜我们答应过秃发腾，绝不把景宣帝的身份昭告天下，”妫樽说道，“不然的确是打击建康的好计策。可笑谢衔自以为是，巴巴地来告诉我这个秘密。”

姜爽说道：“与匈奴的盟约也不能撕毁，否则匈奴大军南下，我们三面受敌。这么好的计策，却无法使用，只能凭借我们的军事实力去攻打建康。”

“任嚣城坚持不让这个秘密大白于天下，因为这是他们道家的奇耻大辱，嗨……”妫樽摇摇头，“四大仙山门人，我到现在才开始真正地敬佩他们。”

干阙听妫樽这么说，也叹了一口气。

“说起攻打建康，”妫樽立即脸色坚定起来，“二弟，渡江的准备到底如何了？”

“已经全部完备，”干阙说，“绝不耽误明日亥时渡江。”

“好。”妫樽说，“现在就带我去看看。”

长江南岸，建康禁卫大营中，虞让坐在上首，苏浚和桓易、楚王和九江王分列两边，徐无鬼和张魁坐在下首。

虞让举起手中的酒樽，“各位，逆赵被我们大景水师击溃，士气低落，是我大景天下的幸事。我看逆赵的军队也不过尔尔。等我们勤王的军队到齐，就一举渡江，把逆赵赶回洛阳。”

虞让说完，苏浚附和，“虞公所言甚是，我看不仅要击溃赵军，就是乘势收复洛阳，也不是没有机会。”

楚王和九江王都同时哼了一声，并不说话。桓易说道：“以在下所见，我们大景不可冒进，而是坚守南岸，两位殿下的水师在长江上来回巡视，耗损逆赵的补给，才合乎兵法。”

虞让十分开心，对桓易的辩驳并不在意，“桓大人太谨慎了。我看沙亭军也没有传闻说得那么厉害，如果真的如传言所说，神出鬼没，他们为什么没有出现在南岸，哈哈哈哈哈。”

楚王站立起来，“我们击溃的只是逆赵的侧翼姜爽部，妫樽和干阙，才是逆赵的精锐所在。现在大敌当前，千万不可傲慢轻敌。当年我楚军水师在白帝城一败，就是过于疏忽大意所致。”

虞让对楚王微一躬身，“殿下说得对。所以我已派遣使者，分别联络成汉牛寺和凉州秃发腾，以破除匈奴与逆赵之间的盟约。如果成功，三面夹击，逆赵必败。”

楚王说道：“牛寺本就是个南蛮，哪有什么见识！秃发腾是梁无疾的儿子，与大景有灭族之仇，我看虞公的使者，多半是有去无回。”

虞让被楚王辩驳，脸色尴尬，只好讪笑道：“依殿下，那该如何？”

“桓易大人说得不错，”楚王声音洪亮，“坚守长江，然后分兵一路人马，去烧了寿春的粮仓。才有获胜的机会。”

虞让不甘道：“难道我们就这么放弃大好的机会？”

徐无鬼说道：“妫樽和干阙，如今的兵法都是天下无双，我们决不能莽撞出击……”

徐无鬼的话还没说完，一个下级军官匆匆进入大营，下跪禀告：“桓绾将军强行征调船只，下属阻拦不过，因此前来禀告各位大人。”

“不用你来说！”桓绾已经冲进了大营，“妫赵大军马上就要渡江而至，各位大人，为什么还在这里空谈？”

桓易正要发作，虞让笑道，“桓将军，听说你将北府军三千人都纳入了你的编下？”

“军情紧急，”桓绾拱手说，“我顾不得了，现在我需要船只百艘，抵抗逆赵渡江。”

“赵军没有片板在长江上，如何渡江而过？”虞让哈哈笑起来。

“架桥。”桓绾说道，“他们南下，没有预备一艘战船，那么他们一定会架桥渡江。”

“在长江上架起浮桥？”虞让忍俊不禁，“简直是荒谬绝伦。飞将军怎么可能会有这种荒唐的猜测。”

“三日之内，赵军必定架桥而过。”桓绾坚持道，“现在我已经备齐了干草和木柴，就缺船只装载。”

“从古至今，长江架桥，闻所未闻，”虞让说道，“难道逆赵的桥梁从天而降不成？”

“对，”桓绾回答，“末将猜测，逆赵就是要从天架起渡江的桥梁。”

营帐内的各人都忍俊不禁。只有徐无鬼面露担忧之色。

苏浚说道：“楚王的船只在江面上观望赵军动向，看到逆赵的前锋军队，前几日忙于在驻地运输木材，并且打造了不少木台。桓绾将军，你既然熟知兵法，应该知道逆赵要做什么吧？”

桓绾回答：“末将认为与渡江有关。”

苏浚嗤然一笑，道：“木材是为了建造船只，木台就是修建船只的吊架。”

桓绾反驳道："逆赵的军队擅长突袭，怎么可能到了长江边，才开始修建战船？"

虞让不以为然："逆赵攻下了寿春，在寿春囤积粮草，不就是有了长期的打算？别忘了逆赵开国的姁辕，当年就善于步步为营，逐步蚕食要地。"

徐无鬼走出来对虞让说："我认为桓绾将军的担忧不无道理。"

虞让问徐无鬼，"徐先生这话怎讲？"

"当年我与干阙的父亲干奢，带领整个沙亭百姓长途迁徙，走到陈仓道的尽头，遭遇一道宽阔的深渊。深渊对面是蜀王军队，正要进入雍州攻打长安，可是深渊上的吊桥已被烧毁。然而他们用了一个奇怪的办法，顺利通过深渊。"

"什么办法？"虞让问道，其他众人也一起看向徐无鬼。

"用数百支弩箭拖着绳索射到深渊对面，然后架起桥梁，"徐无鬼回忆，"整个过程十分迅速。干奢与我，当时亲眼所见。"

"既然沙亭军的干奢见过，干阙和姁樽也一定知道这个往事，"虞让笑起来，"可是长江宽阔，哪里是陈仓道上的一条沟壑可比！"

"可是虞公，"徐无鬼说，"现在姁赵和匈奴媾和，而任嚣城在匈奴，任嚣城的飞火珠投石机已经到了长江北岸，使用投石机的队伍，就是当年梁无疾麾下的士兵。任嚣城绝无侵犯大景的意图，但是秃发腾与任嚣城不同，一定是瞒着任嚣城，把改造后的投石机运送到了江北。我思来想去，觉得桓绾将军预测不无道理，姁赵要架桥渡江，并不是异想天开。"

虞让看着徐无鬼，换了话题："听说徐先生从寿春带来的三千北府军，都交接给了桓绾将军麾下？"

徐无鬼说："北府军虽然只有人数三千，但是建制仍在，他们当然是听从大景的调令。"

虞让看着苏浚说："苏将军可有这个调令颁布？"

苏浚看了看桓易，又看了看桓绾，“昨日，我已经发布了军文，也盖上了符印。”

徐无鬼说：“北府军愿意听从桓绾将军的指挥，立意要报仇雪恨，我也是支持的。”

虞让听了，想了一会儿，说道：“那好，就将张魁天师的船只给桓绾将军调用。张天师，有没有异议？”

张魁走到虞让面前，“既然徐师叔支持桓绾将军，我无异议。”

虞让对张魁说道：“张天师在海上漂泊三十余年，此次倾尽全部战船和士兵勤王，我一定在圣上面前建言，恢复张天师的国师地位。”

张魁苦笑道：“我在海上三十余年，早就没了争取功名的意图。只是建康告急，我绝无推脱的道理。”

桓绾早已不耐烦众人的絮叨，对张魁说道：“张天师，劳烦你现在就跟我去调动战船。还有你的部下郦怀，我必须借重于他。”

“现在我是你的下属，”张魁看着只有十四岁的桓绾说，“一切听你调动。”说完，与桓绾走出营帐。

桓绾与张魁走后，虞让对众人说：“我们还是好好谋划，如何与逆赵的大军作长久相持。”

苏浚说道：“寿春的粮草，能够支持逆赵的士兵、民伕以及造船的工匠一年半的时间。而我大景的各地勤王部队，已经陆续到达，建康的粮草供给，反而成了一个头疼的事情。”

桓易说道：“因此，我已经下令各地驿站，打通粮道，运送补给……”

妫樽跟随着干阙走入沙亭军驻扎的大营。

大营内，一百六十二个木台已经修建完备，地面上摆放着一百六十二盘灰白的绳索。

绳索都有手臂粗细，每一盘绳索足足占地一亩，盘旋起来，几乎与木台等高。更远处，有无数木材堆积。

“就是这些绳索，”妫樽叹口气说，“从凉州运送而来，实在是大费周折。”

“收集这些冰蚕丝，”干阙说道，“用了梁无疾二十年的时间。听说西域列国，听从梁无疾的号令，几乎将西域雪山上的冰蚕全部捕捉殆尽，并且不断地饲养繁殖。梁无疾征战西域和漠北收集而来的财富，每年都要拿三成出来鼓励蚕农。”

“看来这三十多年，梁无疾是无一日不想着攻打建康啊。”妫樽说道，“可惜他自己也知道，他是看不见了。”

“不过他谋划的这个渡江计策，的确是出乎意料。”干阙说道，“他至死也想不到，秃发腾单于会把这个计划全盘交给我们大赵。”

“其实这个计策，亚父也想了很多年。”妫樽说，“你还记得吗，他在沙盘上演练攻打建康的时候，不止一次说过，如果有足够长的绳索，可用当年蜀军的办法在长江上架桥。可惜他无法想象出来有这么强大的投石机，也无法想到有如此轻便的冰蚕丝。”

“投石机是任嚣城的拿手好戏，冰蚕丝则在二十多年前被梁无疾在西域发现，”干阙说，“一切都命中注定。”

二人说话之间，沙亭军已经将一百六十二盘冰蚕丝的一端绑缚在巨大的铁球上，然后把铁球放在木台后方的梁臂尽头。梁臂与木台相连，而每一个木台就是任嚣城设计出来、能够将三千斤重量的铁球和冰蚕丝投掷到六百九十丈之外的飞火珠投石机。

建康之北的长江，在夏季丰水季节，江面宽度是八百六十丈；而在冬季枯水的时候，靠近江南的一个江心洲就会显现出来，这个江心洲上下长约四百丈，宽阔五十丈。

江北距离这个江心洲，只有六百九十丈。

就是现在，长江上的江心洲，已经从江水之下显露出来。

妫樽乾紫三年、景顺帝成和二十四年，一月十九日。

从午时开始，天空布满了乌云，到了下午申时，气温突寒，江面上的浓雾再次弥漫，笼罩整个长江之上。在长江上游弋的楚王战船，也退回了玄武湖内。上一次长江升起浓雾，解救了北府军之困，而这一次，运气站在了妫赵这边。

亥时，妫赵大军开始向建康方向发动攻击。

一百六十二架飞火珠投石机，经任嚣城改造后，木台下方的轮盘飞速转动，发出了巨大的破空声。当轮盘转到最快速的时候，干阙一声令下，沙亭军的士兵拉开扳机，飞火珠投石机的摇臂立即被轮盘牵引的力量带动，陆续高高扬起，铁球脱离摇臂飞上天空，在浓雾中划过江面，落在靠近南岸的江心洲，重重地陷入江心洲的沙土之下。

一百六十二个铁球，都牵引着一根冰蚕丝绳索。

江南大营里的苏浚和桓易，听到重物落地的声音，两人同时从自己的营帐内奔跑出来，骑马奔向江边。两骑相遇，桓易大声喊道：“苏将军，你也听到了？”

“听到了。”苏浚回答，“声音就在江岸不远。”

重物撞击地面的声音连续不断地传来。桓易大声传令：“举火把！”

跟随的大景士兵纷纷点燃火把，火光在黑暗中星星点点。

可是苏浚和桓易仍旧看不清江面。浓浓的雾气，导致大景军队无法知道到底发生了什么。

重物落地的声音持续了小半个时辰，终于悄无声息。

江面上也亮起了火光，这是楚王听到了江面上的奇怪声音，率领大景水师赶来查看。

桓易知道一定是出了十分紧急的状况，跃马踏入江水之中，对着江中的火光大喊：“楚王殿下！楚王殿下！”

江中的战船上有士兵大声回应：“长江上有暗索，桓将军马上调动军马到岸边！”

“暗索！”苏浚听了，几乎要跌下马来，“从哪里来的暗索？”

一百六十二根冰蚕丝被铁球牵引到了江南的江心洲，并排横跨长江，冰蚕丝索遇水立即膨胀，形成了一个十七丈宽的浮桥。

江北的沙亭军立即将无数的木板铺上冰蚕丝索。木板早已经切割整齐，在木板边缘留下了孔洞，士兵熟练地用事先准备好的绳索穿过孔洞，将木板捆绑在冰蚕丝索上，牢牢固定。

片刻之间，木板浮桥就已经铺展了一百丈远。

楚王的水师发现了江面上的暗索，善水的士兵，口衔利刃跳入江水，摸索到冰蚕丝索后，用匕首切割冰蚕丝索。

然而冰蚕丝索遇水之后，不仅膨胀变粗，并且坚硬非常，无法用匕首割断。

楚王的水师战船在浓雾中陆续靠近，可是依然对坚固无比的冰蚕丝无计可施。楚王水师随即放弃割裂冰蚕丝索，而是调转船头，直向江北冲去。不过在黑夜和浓雾中，水师调动混乱，直到两个时辰之后，楚王水师方才形成阵型，而沙亭军的木板浮桥，已经铺设到了江心。

浓雾中，水师在战船上用长矛刺向铺设浮桥的沙亭军。沙亭军分工明确，铺设木板的士兵后背上顶着盾牌，运送木板的士兵在铺设好的浮桥上迅速来回输送木材。

楚王水师的士兵试图跳上浮桥，而沙亭军的骑兵早有准备，用长矛将水师士兵逼下浮桥。

岸上的大景禁卫，耳闻江面上杀声一片，却无法支援。苏浚与桓易二人都焦急如焚。仓皇中，桓易想起了徐无鬼，立即下令召见徐无鬼。不待发布军令，徐无鬼已经来到了岸边。

桓易立即询问徐无鬼：“楚王殿下的战船正在江心与赵军交战。不知道赵军从哪里来的战船渡江？”

苏浚也道：“水师叫喊，说江上有暗索，这暗索是从何而来？”

徐无鬼看着浓雾弥漫的江面，听闻士兵交战的呼喝厮杀之声，长叹一口气，说道：“桓绾将军说得没错，妫赵从发兵初始，就没有想过要与大景在长江上水战。他们的方法非常简单，就是架桥。这个兵法，倒是与当年梁无疾的风格别无二致。现在妫赵铁锁横江，铺设木板，就是要在江面上快速地修建一个飞练桥。妫赵军的陆战天下无双，当他们的主力通过飞练桥之后，大景军队绝无抵挡的可能。”

桓易立即想到一个人，对徐无鬼说：“听说张魁手下有一个叫郦怀的九龙宗术士，能够驱使蛟龙，徐先生和北府军上次脱困，击溃赵军，就仰仗了郦怀的手段？”

徐无鬼苦笑着说道：“郦怀九龙宗的水术，需要饲养的蛟龙引发，长江水势浩荡，岂是旦夕之间就能重复驱使。”

苏浚恨恨说道：“早知如此，就不该在前几日驱使蛟龙。”

徐无鬼听了，脸色尴尬。桓易说道：“此一时彼一时，两军交战，局势瞬息万变，哪里是张魁和郦怀能够预知。”

“天亮之前，”徐无鬼说道：“飞练桥必定会架设完毕，江心洲与南岸之间水浅，楚王的战船无法进入此段水域，一旦妫赵军队在江心洲上驻营扎寨，建康就危险了。可惜现在李冰尚未到达建康，无法开启建康九龙天一水法，与妫赵一决高下。”

“桓绾呢？”苏浚焦急问道，“既然他已经预测到妫赵军队会在江面上架桥，为什么现在不用他征调的船只烧毁浮桥？”

“桓绾年少老成，多谋善断，”徐无鬼微微一笑，“两位大人不用焦虑，这一场建康之战的局面，可能就在桓绾一念之间而扭转。”

时间飞逝，夜晚很快过去。黎明时分，初升的太阳照耀江面，浓雾渐渐散去，妫赵的飞练桥已经全部架设完毕。

沙亭军架设浮桥的速度，比徐无鬼预想的更加快速。妫赵大军有条不紊地从飞练桥上通过，踏上了建康之北的江心洲。

江心洲距离南岸只有不足二十丈的距离。已经兵临城下。

楚王的战船无法抵挡赵军架桥，只好回撤到玄武湖，拱卫皇宫。

苏浚和桓易调集所有建康禁卫，在南岸严阵以待。三十九年之后，大景天下再次被逼迫到绝境。

太阳初升，浓雾散尽，只有江面上还淡淡漂浮着些许薄雾。宽阔的飞练桥横亘在长江之上。妫赵的军队以沙亭军为前锋，策马奔跑在飞练桥上，投石机和粮草车在源源不断地从江北岸运送到江心洲。

苏浚和桓易站立在南岸江边，眼看妫赵大军在皇帝妫樽的率领下，尽数通过了飞练桥，在迫近南岸的江心洲上安营扎寨，距离南岸不到二十丈。两人脸色煞白。

忽然身后黄旗招展，桓易轻声对苏浚说："圣上来了。"

苏浚和桓易下马俯首，恭迎圣上。圣上从御驾上走下来。苏浚口称："敌军就在眼前，圣上万金贵体，实在不该亲身涉险。"

圣上没有回答，慢慢地走到江岸，注视着近在咫尺的妫赵大军。

苏浚和桓易虽然担忧圣上的安危，但是也知道妫赵大军刚刚踏上江心洲，尚无法驱动投石机，也无法列阵放出弩箭，于是只是安排士兵跟随在圣上身后，保护圣上的周全。

虞让走到苏浚和桓易身旁，压低声音说："圣上执意移驾江边查看军情，我与楚王殿下都无法阻拦。"

"赵军暂时无法发起进攻，"桓易说道，"圣上不会有危险。"

三人看着圣上的背影。圣上就静静地立在岸边，不知道在想些什么。双履被江滩的泥水浸湿也毫不在意。。

对面江心洲上的赵军也突然向两侧分开，中路升起了妫赵皇帝的大旗。

大景皇帝和妫赵皇帝隔着二十丈的江面，相互对视。

无论是江心洲还是南岸，所有人都不再发出任何声音，圣上和妫樽就这么安静地对视了良久。

圣上转身，走回御驾边，轻声对苏浚和桓易说："江心洲地势险恶，江水随时会上涨，赵军身处险地，一定会马上发动进攻。建康的安危，都仰仗二位将军了。”

圣上登上御驾回宫。白马刚刚踏出了几步，江心洲上忽然响起了鼓声，似乎是妫樽为圣上而奏，但是韵律威严，杀意弥漫。圣上御驾仍旧是缓缓远去，似乎并没有听到。

圣上出现的时候，徐无鬼一直混杂在士兵之中，待到圣上离开后，方才走到苏浚的身边，指着江心的飞练桥说：“圣上没有看错，赵军要开始进攻了。”

苏浚和桓易看向飞练桥，立即明白，飞练桥上正在运送高大的投石机。桓易仔细数了数，约摸有一百多台投石机在飞练桥上缓慢移动，从江心一直延续到北岸，连绵不绝。第一台投石机已经运抵江心洲。这些投石机较一般的投石机体积更加庞大，而且承载十分沉重，想必是携带了数量可观的巨石。飞练桥已被压得陷入了水中，投石机的轮毂似乎在水面上行走。

“当这些投石机到达江心洲，”桓易说，“他们就会开始发动攻击，用投石机击溃我们的阵型，掩护他们的骑兵和步兵渡江，二十丈……阻拦不了他们了。”

苏浚忧虑地说：“赵军踏上南岸，我们无法抵挡，就只能保护圣上离开建康。”

“离开建康之后，还能去哪里？”徐无鬼说，“没有退路了。难道跟前朝泰殆帝一样，流亡海上？曹阿知尚且能东渡矮国，我们连海上都无处可去。”

“如果能把这些飞火珠投石机尽数击沉就好了。”苏浚叹口气，“可是我们的装备哪里敌得过飞火珠呢？”

“桓将军，”徐无鬼说道，“已经有人料敌先机，盯上这些飞火珠投石机了。”

“谁？”桓易忙问徐无鬼，“他在哪里？为什么不早告诉我？”

“就是贵公子。”徐无鬼笑起来，“他已有言在先，可惜年幼，你们都不肯相信他。”

“竟然让他侥幸说中了。”桓易叹气，“可惜晚了。”

“不，”徐无鬼说道，“并不晚。桓绾将军忍隐了一夜，没有攻击飞练桥，就为等着这一刻。”

徐无鬼刚说完，苏浚忽然指着长江的上游，大声呼道：“大景的战船！”

徐无鬼看向桓易，微笑道：“桓将军，大景的江山，看来以后就要依靠你们桓氏了。”

桓易和苏浚看着长江上百十来艘战船，并非是楚王和九江王率领的大景水师，而是张魁从海上带来的小型战船，以及七十多艘民间的渔船，都是这几日桓绾在民间征集而来。

每一艘船上都堆积着满满的薪柴，从长江上游急速而下。

当年赤壁之战，东吴周瑜一把火烧了魏泰高祖曹操的连船，大胜曹军。看来桓绾熟读兵法和史书，早就有了计策，知道如何将赵军最倚重的飞火珠投石机剪灭。

飞练桥上的沙亭军看到上游飞速而下的战船，觉察到危险，立即将投石机停顿下来，调转方向，攻击桓绾率领的战船。

可是桓绾征召的战船都是小船，在江面上移动快速，飞火珠投石机在浮桥上立足不稳，无法发挥在陆地上的精准威力。

飞火珠投石机发射的石头不断落入桓绾战船之间的江面上，只有极少数击中了战船。

当桓绾的战船距离飞练桥不到二十丈的时候，飞火珠投石机已经无能为力。飞练桥上的飞火珠投石机飞速移动，桥尾的十几台投石机撤回北岸，而前方的投石机则加快速度，朝江心洲进发。

苏浚看着战船，嘴里焦急地念叨：“点火！点火！”

徐无鬼看到战船距离飞练桥只有十丈左右，点头说道：“开始了。”

从上游后方的几艘战船，飞射出数百支火矢，点燃了冲在前面堆满薪柴的战船，每一艘战船都冒出了冲天的火焰，然后依次撞向飞练桥。

飞练桥的冰蚕丝并不惧火，但是飞火珠投石机都是木材所造。战船撞到飞练桥后，火焰迸射，瞬间覆盖了几十台飞火珠投石机。

整个江面上，顺着飞练桥，长长的一线，全部火起。

沙亭军无法保护浮桥周全，只能在火海中纷纷跳入长江，涉水奔向江心洲。

江心洲上的妫赵军队，阵型略微松乱，他们赖以进攻建康的法宝，现在被桓绾一举焚毁。

站立在南岸江边的大景士兵，看到这个场面，不禁齐声呼喊：“桓将军！飞将军！”

建康的皇宫内，虞让跌跌撞撞地跑到丹室前。中官通报后，虞让进入到丹室内，看到圣上盘膝坐在蒲团上，满头白发的曹猛躬身站立在圣上身边。曹猛已经老到无法侍奉圣上，但是圣上对这个先帝的老近侍仍旧十分亲近。

“圣上！”虞让兴奋地禀告，“妫赵的投石机，在江面上尽数被我军烧毁。”

圣上缓缓睁开眼睛，“知道了。”

“苏将军这次立了大功。”虞让说道，“逆赵的军队没有了飞火珠投石机，现在困在江心洲上，进退两难。”

“是桓绾的功劳吧。”圣上说道，“前几日，他征调了张魁的战船，并且在民间征收木材和清油。”

“圣上明察，”虞让回答，“桓绾桓将军果然是少年英雄。”

“干宝回来了吗？”圣上问道。

“干长侍还没有消息。”虞让说道，“应该已到逆赵的干阙处。”

“干阙是不会被干宝说服，投奔大景的。”圣上轻声说，“沙亭军对逆赵早已经死心塌地。”

虞让说道：“如此说来，干宝必定是无功而返了。”

“不。”圣上说，“干宝虽然做不到让干阙投奔大景，但是逆赵却会因为他而大乱。”

虞让看着胸有成竹的圣上，内心明白，干宝去往沙亭军干阙处劝降，并非一意孤行，而是圣上的安排，只是圣上不愿意承认这点而已。

圣上不是一个整天炼丹修仙的庸君，他也在谋划天下的布局。虞让想到这里，看着圣上的面容，突然发现，圣上与四十年前的景宣帝，面貌几乎一模一样。

飞练桥上，大景的船只仍旧在燃烧，飞火珠投石机陷在一片火海中。干阙站立在长江北岸的飞练桥头，心中默默统计，只有三十一台飞火珠投石机勉强撤回了江岸。

站在干阙身旁的干宝说道：“没有了飞火珠，赵军还能从江心洲渡过长江吗？”

干阙说道：“能，只是……强行渡过二十丈的江面，折损会远远超过预想。”

“作为前锋，”干宝说道，“沙亭军会全部折损在这一场渡江之役中，从此之后，世上就再也没有沙亭军了。”

“大景没有了，”干阙说道，“沙亭军也就没有存在的必要。”

“妫樽就是这么想的。”干宝把话挑明，“我知道你与妫樽、妫鉴兄弟情深，但是你有没有想过，妫樽把你当作胞弟，但是沙亭军……却始终是他的心头大患。”

干阙沉默不语。

“妫樽要的是你这个兄弟，”干宝继续说道，“却不想要天下最强的沙亭军。”

“大哥对我情深义重，”干阙说，“我不能另起异心。叔叔，今天说的话，就不要再提了。”

“我也是沙亭族人，”干宝不肯罢休，“别忘了，我们沙亭族人当年从沙海一路坎坷，走到了今日。”

干阙面露不豫，“难不成要我带着沙亭军投奔大景？大景的皇帝，我看也没有什么好心，不过是惧怕我大赵强盛，想苟延残喘而已。”

“有句话我要告诉你，”干宝压低声音，“妫樽待你如亲兄弟，但是一旦妫樽有何不测……”

“叔叔！你到底要说什么？”干阙大惊，“莫非大景有刺客混入了赵军大营？”

“大景的皇帝，与天下的道家已经决裂，即使张魁和徐无鬼不计前嫌，也难以恢复当年道家与大景皇帝之间的坦诚。”干宝说道，“我只能告诉你，妫樽命不久矣。”

干阙正色说：“如果大景使用卑劣手段加害大哥，我与妫鉴，一定会将吴地化为焦土。”

干宝摇头，“妫樽命数已定，圣上知道，远在凉州的秃发腾单于也知道。”

干阙猛然省悟，“秃发腾是当年安灵台梁显之的后代，而大景皇帝其实也是道家门人。他们知道一些什么？”

“你也知道的。”干宝说，“你见过的。”

“是不是那个为祸人间的东西？”干阙厉声说，“我现在就去把那个锦盒烧了。”

“你做不到。”干宝说，“你好自为之吧。记住，一定要维护沙亭军，不要让他们无谓死伤。”

“即便没有飞火珠投石机，”干阙说道，“我们两日后也要渡江进攻南岸，叔叔说得太迟了。”

“你们进攻不了的。”干宝说，“而且你们马上就要退兵。”

“这话又怎讲？”干阙问。

干宝说道：“有人埋下的祸根，现在要报应在妫赵的身上了。”

干阙疑惑不解，正待追问，仲云突然骑马赶到，对着干阙大呼：“将军，大事不好了。”

干阙立即警觉，询问仲云，“什么事？”

“瘟疫！”仲云说，“一个时辰之前，所有的军士，都同时染上了瘟疫！”

“哪里有这么快的瘟疫？”干阙大惊，眼看仲云从马上摔下来，马匹嘶鸣两声，口吐白沫，倒在地上。干阙走到军马旁，看见军马的身体上，显现出一片黑色的皮肤，正在腐烂。

仲云也站立不住，摇摇欲坠，干阙看见仲云下巴下方的脖子上，也显露出了黑色的死斑。

空气中弥漫着一股恶臭。

干宝提醒干阙，“来了。”

干阙抬头，看见头顶天空中，一股黑色的云雾，在缓慢地移动，从长江的北岸，一直蔓延到江心，然后朝着江南而去。

“是大景散播了瘟疫？”干阙看向干宝。

干宝摇头，“长江南北，都将被瘟疫肆虐，大景的军民也不能幸免。”

“那瘟疫来自何处？”干阙突然咳嗽起来，立即意识到什么，举起手腕，看见自己的掌心，已经呈现了黑色的死斑，这才发现，自己闻到的恶臭，就是来自于自己的身体。

“仙山门人，”干宝说道，“不能死于凡人之手。少都符的怨气，就是这瘟疫的源头。”

“大景的皇帝早就知道！”干阙看着江北岸的士兵都被笼罩在黑雾之下，军马纷纷倒毙，嘶鸣不断。所有军士都承受不起盔甲的重量，跪倒在地，口吐白色的黏液。手中的兵刃都掉落在地上。

干阙看着干宝，“大景的皇帝早就知道了？对，他一定知道！少都符和他，都是幼麟，幼麟死后，会化为瘟疫。大景的皇帝得知少都符死在寿春，就知道会有今日。”

干宝揭开自己手臂上的衣袖，露出了一连串的恶疮和黑色的死斑，“我发现瘟疫在建康迅速播散，而且已经蔓延到了皇宫，因此渡江来找你。”

“你有办法祛除瘟疫？”干阙惊惶地说，“大景的皇帝一定知道！”

“没有办法，”干宝说，“少都符的怨气，无人可以消解。”

干阙看看身边，长江两岸都被淡若无物的黑烟所弥漫，少都符化身为瘟疫，无处不在。

一个老者蹒跚走到干阙身前，正是谢衔。

谢衔口吐鲜血，对着干阙哀求：“干将军，救我！”

“怎么救？”干阙大吼，“这一切都是你所为，如今却连累了所有人。”

谢衔浑身剧烈抖动，身体每一寸都如同烈焰烧灼，痛苦中把衣裳撕扯，露出了上身。

干阙和干宝看见，谢衔肚脐下方的丹田、背后的命门，以及胸口的膻中三个穴道都显出了碗口大小的创伤，黑色的腐肉溃烂掉落，脓血弥漫，蛆虫蠕动。

谢衔低头看着自己的脓疮，大声哭嚎起来，“少先生的报应来了！”

第十九章

师乙的秘密

建康皇宫丹室内，圣上看着奄奄一息的曹猛，正在努力地呼吸，苍老的曹猛，胸口内似乎有一个小小的风箱，每一次呼吸，喉咙就发出轻微的嘶声。

曹猛的左颊有一个黑色的疔疮，鹅蛋大小，已经溃破。丹室里一片静寂，两个道童隔着曹猛远远的，用衣袖捂住口鼻。

曹猛睁开眼睛，口中轻声说道："圣上……"

圣上盘膝坐在曹猛身边，"我在。"

"瘟疫蔓延到建康了吗？"

圣上点头。

"死了多少人？"

"士兵病死三成，居民过半。"圣上的声音低沉。

"鬼治来了。"曹猛说道，"我也不能再陪伴陛下了。"

"这么多年，你也累了。"圣上说，"你去吧。"

"谢圣上，"曹猛咳嗽两声，"今后圣上就再也没有可以说话的人了。"

圣上长叹一声，伸出手，将曹猛已经凝固的眼睛拂上眼皮。

圣上站起来，向两个道童挥挥手，道童无法违抗圣谕，抬起曹猛的头脚，搬出丹室之外。

丹室外，一辆牛车停放在玄武湖边，宫人陆陆续续把死去宫女和太监的身体，搬放到牛车上。

牛车堆满了尸体后，一个年老的中官抽打老牛，牛车缓缓地驶出宫门，在建康城内的石板路上行走。

建康城内，一片死寂，家家户户的门口都堆放着病死的尸体，几个少儿蹲在死去父母的身边，不知道亲人已故，仍旧玩耍。

牛车驶出建康城外，无数的居民拖家带口，浩浩荡荡地朝着乡野而去。长长的逃难队伍上方，笼罩着一片黑云，行进的队伍中，不断有人倒下，被家人抛弃在路边。

牛车经过一个术士的身边，被术士拦住。驾驭牛车的中官认识，这是中曲山的冢虎先生徐无鬼。

徐无鬼看见了曹猛的尸体，摆摆手，让牛车通过，询问中官，“这些宫人的尸身，将埋在哪里？”

中官拱手回答：“虞公有令，所有遭瘟疫而死的尸体，都抛进长江。”

徐无鬼叹口气，“与妫赵一样，都把尸体抛入江水，嗨，瘟疫进入了江水，下游的居民饮水，也是大难临头。”

中官冷漠地说：“虞公在找先生入宫，先生赶紧去吧。”

徐无鬼说道：“我本就要去宫中，见见圣上，有些事情，该做个了断。”

中官驱赶老牛，徐无鬼看见中官的手臂上已经显露出黑斑，看来是要和牛车上的尸体一起投入长江。

徐无鬼不忍再看，朝着皇宫走去。

徐无鬼走进皇宫，侍卫也无心询问，任由徐无鬼走到了丹室之外。

虞让、苏浚与桓易、桓绾父子也已经来到了丹室门口。

徐无鬼与众人对视，虞让哼了一声："都说四大仙山门人下山，是匡扶大景，拯救百姓于水火，可是自从仙山门人下山以来，天下大乱，如今这瘟疫，看来也与四象门人脱不了干系。"

桓易说道："虞公为何要说出这种话来？徐先生带着北府军从寿春一路颠簸，千辛万苦到了建康，所有人都有目共睹，当年洛阳之战，也是四大仙山门人的功劳，否则在三十九年前，大景就已经分崩离析。"

又一个人蹒跚走来，踉踉跄跄，众人看去，是干宝。

干宝招呼众人，"事已如此，大家进去，看圣上有何安排吧。"

苏浚走到桓绾身边，轻声问："守卫建康的军士，水师陆师都已经病死过半，可是桓将军你手下的北府军，却没有一个人染上瘟疫，可有此事？"

"不错。"桓绾说道，"我也对此事不解。但是我军中的北府军士兵说，他们见到了幼麟少都符先生显灵，让他们身披艾草，用石灰铺满营地。北府军士兵都说，这是少都符先生给他们留下的记号，看到了石灰和艾草，就放过他们性命。"

"荒谬！"一旁的虞让听到，忿然说道，"都到了这个时候，还妖言惑众。瘟疫的来源，我看跟徐先生有关。"

干宝虚弱地挥挥手，"诸位大人不要再争论了，我们面见圣上，共同商讨吧。"

众人无话，陆续走入丹室，向圣上跪拜。

圣上的目光一一掠过众人，最后停留在徐无鬼的身上。

徐无鬼冷眼看着圣上，轻声说道："我看见曹猛大人的尸身也已经送出了宫外，知道圣上身份的人，又少了一个。"

众人听到徐无鬼突然胡言乱语起来，都不禁大奇。

圣上看着徐无鬼，慢慢摇头，徐无鬼低下头去，不再言语。

虞让禀告圣上："楚王殿下也已经身染瘟疫，时日不多了，但死也不愿意离开战船。”

“让张魁统率大景水师吧。”圣上叹口气说，“大景的水师，需要一个熟悉水战的人来统领。瘟疫过后，逆赵很快会卷土重来。”

苏浚禀告圣上，“逆赵在江心洲的士兵，已经陆续从飞练桥撤回北岸，军探来报，逆赵的大军也已经大半染病，开始朝寿春撤退。”

圣上看向干宝，“苏将军的情报准确吗？”

干宝拱手，“干阙的沙亭军还在江北镇守，不过妫樽率领的赵军主力，的确从昨日开始，已经缓慢撤向寿春。”

“没想到这一场建康之战，竟然是少都符胜了。”圣上苦笑起来。

虞让抢上一步，跪在圣上面前，“奏请陛下，将徐无鬼治罪。臣以为，如今的瘟疫，皆为四象神山门人而起。”

“少都符死后，化身为瘟疫，”圣上说道，“已经有多人看见少都符的怨灵在建康游荡，这与徐先生有何关系？”

“少都符的两个岩魈，一个蚨母，就是散播瘟疫的源头，”虞让厉声说道，“而这三个妖物，被徐无鬼引入了建康。不立即斩杀妖物，将徐无鬼治罪，该如何向百姓交代。”

“少都符散瘟，是朕的罪过。”圣上说道，“如今大景和逆赵都被瘟疫肆虐，双方都无力作战，虞公暂时去安抚百姓，处理疫情吧。”

虞让叩首，“臣遵旨。”

圣上看了看众人，“桓绾的北府军没有染病，看来是有驱病邪的方子。”

桓绾说道：“北府军没有背叛少都符先生，因此瘟疫饶过了他们。”

这话说出来，所有人都尴尬不已。

圣上看着桓绾，“是你收揽了北府军？”

“正是末将。”桓绾昂首说道。

“好手段。”圣上说，“看来日后大景的生死，就在你的手中。”

桓易听了，立即拉着桓绾跪下，“圣上，我父子忠心无二，请圣上饶过我们桓氏一族。”

“两位桓将军起来。”圣上说道，“你们都退下吧，干宝和徐先生留下。”

众人看了看干宝和徐无鬼，狐疑地离开。

丹室里只剩下圣上和徐无鬼、干宝。

徐无鬼轻声对圣上说，“师伯，你可预知今日吗？”

师乙摇头。

“你为什么要这么做？”徐无鬼大声地质问。

师乙走近徐无鬼，凝视徐无鬼的头顶很久，“因为我知道了不该知道的秘密。”

“什么秘密？”徐无鬼追问。

“比如中曲山清阳殿早已经灰飞烟灭，龙武钗及众门徒都已经化为了枯骨，而你只是一个被什利方借尸还魂的牧童。”师乙缓缓说道。

徐无鬼愣在当场，隔了一会儿，才喃喃说道：“什利方……”

“还有梁无疾，”师乙继续说道，“我一直培养他，教他兵法，让他成为一代将才，却在鬼治来临之前，调遣他去漠北。你以为一个不到二十岁的少年，以他的能力，能够击败尸足单于，成为无疾单于，统一西域？”

“你从来就没有想过让梁无疾参与到中原战乱之中，”徐无鬼想通了，“因此你毫不犹豫地诛杀了梁氏满门，逼迫梁无疾攻打西域。”

“雪神腾六、飞星派风追子，”师乙说道，“都是我当年留在漠北的棋子，为的就是辅佐梁无疾成为匈奴单于，进而统一西域。”

“如此说来，今日的秃发腾单于，也是你的计划之中？”徐无鬼追问，“可是到底为了什么？”

“前朝泰武帝征伐沙海，我与篯铿真人是他麾下的术士。我遇到了一个萨满，他叫尸足篾落，就是后来的尸足单于。”师乙说道，

“我与尸足篾落机缘巧合，在茫茫的沙海之中化敌为友，在我二人受困沙海，行将就毙的时候，尸足篾落告诉我，他见过一个人，那个人叫什利方。”

“这个什利方，简直阴魂不散，”徐无鬼说，“难道是一个无处不在的妖魔吗？”

“如果什利方是一个妖魔，那倒好办了，”师乙叹口气，“可是他不是。他是超然于术士之上的神，一个能逆转生死的神，并且与轩辕黄帝渊源甚深。”

“轩辕黄帝，道家的源头，十二真人的首领，”徐无鬼喃喃说道，“战胜了蚩尤的万古第一人。”

“黄帝和什利方可能都不是……不是人类。”师乙说道，“尸足篾落告诉我，他们一共有十五个人，是来自于二十八星宿之外的神仙，轩辕黄帝的样貌，根本非同人类，什利方也是如此；还有轩辕黄帝手下十二真人，都不是人类的模样。”

徐无鬼瞠目结舌，师乙告诉他的秘密，远远超过了他的想象。

“轩辕黄帝和什利方，还有他们的十二个侍从，并不属于我们世界。”师乙说得很慢，虽然内容荒谬绝伦，但是语气十分谨慎，“他们随着飞星而来，堕落在西域，而无法回到他们的家乡。”

“你到底要说什么？”徐无鬼问道，“这一切，与天下鬼治到底有什么联系？”

“据尸足篾落说，这十五个随着飞星堕地的异类，三个领袖，十二个侍从，三个领袖分别叫阴破、阳立、刑天，十二个侍从，就是应龙、风伯、雨师、天女、仓颉、风后、伶伦、力牧、常先、鬼臾区、篯铿、女魃。”师乙说，“飞星堕地之后，阴破、阳立、刑天之间就有了巨大的分歧，导致三人分道扬镳。阴破和十二侍从留在西域，阳立去往天竺，刑天远走东方。他们不是人类，他们从星宿之外而来，从此我们天下就有了神仙，有了妖魔，他们分别教会了我们祖先各种法术，带来了炼金术，教会我们耕作，教会我们祖先饲养牲畜，通过战争联合部落，教会我们祖先建造各种精妙的木甲术……这就是道家的源头。”

“他们为什么要这么做？”

“不知道。”师乙继续说道，“他们是开启我们智慧的老师，但是始终有一点，我们必须要明白，他们不是人。再后来，阴破带着十二侍从，也一路向东而行，在中原遇到了刑天，刑天已经统治了中原。阴破和刑天，在中原大地上，已经势不两立，于是就有了一场大战。”

“刑天……”徐无鬼终于听懂了，“就是蚩尤！”

“他们到底是为了什么？”

“阴破要回家，刑天不愿意，阳立两不相助。”师乙说道，“他们为什么要这么做，我想不明白，但是我想知道。我既然想知道，就需要巨大的权力，并花费漫长的时间去慢慢探寻。”

“非我族类，其心必异，”徐无鬼说道，“可是轩辕黄帝和十二真人已经仙去，他们是不是离开了？”

“阴破没有离开，”师乙摇头，“他只是悄悄地躲起来了。他要活下去，就必须将自己隐藏起来，沉睡下去，他们的样子，不能出现在人间，因为他们是我们无法想象的异类，是最为恐怖的妖魔，他们最可怕的地方在于，我们不知道他们到底要做什么。”

徐无鬼站立在师乙面前，“我们都是道家仙山门人，祖祖辈辈尊崇我们的先祖轩辕黄帝，可是你现在说出这种匪夷所思的事情来，而且你也只是听了匈奴一个萨满的胡言乱语而已。”

师乙转头对干宝说道：“我现在说的每一个字，你都要记下来。”

干宝还在懵懂之中，刚才师乙的言语，已经让他魂飞天外。

“干宝！”师乙呵斥。

干宝如梦方醒，立即铺开绢帛，用鼠须管锥蘸染朱砂开始写起来。徐无鬼看到绢帛的起头就是《景策》。

师乙盯着徐无鬼的眼睛，“你说我轻信了尸足篾落的胡言乱语？”

徐无鬼昂首说道：“正是。并且你被那个萨满蛊惑，导致天下大乱，到了如今的境地，不可收拾。”

“我单狐山幼麟师乙！”师乙大声说道，“本是大鹏殿的第二十九代掌门，遵从师父的教诲，决意恪守镇北神山的职责，受篯铿真人招揽，下山辅佐泰武帝征伐沙海。如果不是遇见了尸足篾落，我就是这世上的第二十九个幼麟下山，当与前辈诸葛孔明、庞士元、郭嘉齐名的一代术士。可是我偏偏就遇到了尸足篾落。从此我就改变了志向，因为尸足篾落说的这些假设，虽然虚无缥缈，但却能解释我心中一直的困惑。”

徐无鬼问：“什么困惑？”

“天治、人治、鬼治……”师乙说道，“三界循环，到底是为了什么？还有，为什么术士不能做天下的皇帝？”

“这是轩辕黄帝仙去之前，定下的规则，”徐无鬼坚定地说，“烙印在我们的身上的诅咒。这些年来，你每日都承受万蚁噬咬的痛楚，每时每刻都生不如死吧？”

“正是，”师乙承认，“我必须要炼鹿娇，保存心脉的最后一魄。”

“将心魄收拢在手少阴心经的极泉穴。”徐无鬼看着师乙的腋下，“也就是说，你放弃了幼麟所有的法术，所有的精血都在维持延长你的寿命，维护你的容貌，但是绝不能出任何的差错，一旦有所疏忽，就立即皮肤溃烂，肌肉消解……这么多年过来，你每时每刻都行走在濒死的边缘……没有出现一次意外。”

“怎么可能不出差错呢，”师乙脸色惨然，看着徐无鬼，“在张胡的逼迫下，我几乎已经露出了破绽。”

徐无鬼恍然大悟，“甑公主和两位皇子！”

师乙说道：“甑公主和两位皇子都不是我的血脉，是张胡所安排。我行事固然决绝，但是毕竟是道家门人，不到万不得已，怎么可能去吞噬一个女童的身体？可当时我已经没有任何的选择。这个破绽几乎让我在张胡面前露出了马脚，好在我早有准备，安插了周授在张胡身边，由周授出面，替我挺过了这一关。”

笼罩在师乙身上的疑云，在徐无鬼面前慢慢散开。徐无鬼说道：“刚才你说到天治、人治、鬼治轮回，轩辕黄帝规定道家门人不可为人主，尸足篾落都给你说清楚了吗？”

师乙说道：“因为阴破、阳立、刑天三个异类，他们之间有巨大的分歧，因此他们对待我们人类的态度也不尽相同。还有一点很重要，非常重要……”

徐无鬼知道师乙正在告诉自己最隐秘的事情，延续了几千年的秘密，不敢做声，浑身僵硬，仔细聆听。

“他们自称为神，却并没有我们想象的那么强大，他们有巨大的弱点。只是这个弱点，我还没有找出来。”

“这就是你背叛篯铿的原因，”徐无鬼明白了，“篯铿就是十二侍从之一，相对于阴破、阳立、刑天较弱，你首先针对他，借助张天师道陵封印他，为的就是让他露出异类的破绽……不错，我已经看到了刑天，也就是蚩尤，那个锦盒，就在妫樽的手中。”

“他们三个异类，每到一定的时间，就会法力尽失，”师乙看了看四周，声音细不可闻，“轩辕黄帝不是死了，他时间到了，需要躲在某个地方去蛰伏。因此他代表的天治就结束了。但是他会苏醒，为了在他苏醒的时候，能重新回到当年的地位，他通过十二侍从培养了无数的中原术士，这些术士就是我们的祖先，就是人治的时期。但是刑天也就是蚩尤，即将苏醒，他统治中原的方式，就是鬼治！

“阴破不愿意刑天统治天下，但是他也知道刑天会在他苏醒之前解除封印，于是这几千年来，就一直灌输鬼治的可怕，让他培养的术士，用尽一切方法避免鬼治，也就是阻拦蚩尤重生。”

“我知道的都已经告诉你了。”师乙说道，“现在你能明白，我为什么要违抗道家的诅咒，取代姬影，做了大景的皇帝。我不断地寻找，试探，就是为了想弄清楚，他们三个异类，到底要做什么。”

“可惜的是，”徐无鬼说道，“你做了这么多事情，仍旧没明白他们的目的。”

“这就是最可怕的地方。”师乙说道，“但是我知道一件事情，那就是在他们眼中，我们人类没有任何的地位。就如同我们看待蝼蚁一样，你会去顾忌蝼蚁的生死吗？”

徐无鬼发现自己脸部痒麻，汗水已经从发际流淌到了嘴边。

“无奈的是，”师乙继续说，“我们仍旧要遵循他们之间的分歧而斗争。寻找阴破躲藏的地点极为重要，同时，我也不能让刑天重生，统治天下。”

“还有一个什利方。”徐无鬼说，“将我借尸还魂的阳立。”

“三个异类之中，阳立最为莫测，”师乙说道，“我找了他很多年，毫无消息，但是只要是有重大的变故，他一定会出现人间。不过他现在也留下了痕迹，他在汉初自称赤松子，跟一个门派有极大的渊源。”

“诡道！”徐无鬼反应过来，“因此你极力拉拢周授，并且打探到陈旸也是诡道门人，你出卖了陈旸，取得了周授的忠诚，然后让周授去寻找两位皇子。你知道周授一定会找到两位皇子。而诡道的门派隐秘，门人稀少，两位皇子只要有一个能成为周授的弟子，就是诡道的司掌，盯住了诡道，就一定能找到什利方，因为什利方一定会再次联系诡道门人。”

师乙点头。

徐无鬼感慨说道：“你从姬影开始，就放弃了法术，这一百年来，当真是每一天都活得战战兢兢。”

师乙说道：“我撑不住了，因此你和干宝，就是除我之外，知道这个秘密的两人。干宝也就罢了，冢虎徐无鬼，你能答应我一件事情吗？”

徐无鬼汗流浃背，他知道师乙要他答应的是什么事情。

“我没有幼麟的蜕皮法术。”徐无鬼说，“也没有你的忍隐和权术，我做不了大景的皇帝。”

“你想错了，”师乙说道，“这个责任，我已经有了人选，并不是你。”

“梁无疾、秃发腾。”徐无鬼笑起来，“你每天坐在丹室里，就不断地计算身前身后数百年的事情吗？这简直是无法想象。”

“当你专注一件事情的时候，就会不断地去推测、计划，甚至去推演。”师乙苦笑，“这条路是我自己选的。”

“那你到底要我做什么？”徐无鬼问道。

“找到阴破藏身的位置。”师乙说道，“杀了他。”

“怎么杀？”徐无鬼问，“如你所说，他是异类，是神。”

“那是你的事情了，”师乙说道，“我这百年来，已经精力耗尽，油尽灯枯。我做不到了。”

“阴破藏身的地方到底在哪里？”徐无鬼说，“天下之大，四海茫茫。”

“飞星堕地，”师乙说道，“我想了一百年，只有这个可能性最大。”

“飞星堕地，听说就在西域。”徐无鬼说道，“梁无疾已经很接近了。为什么你认为阴破就躲藏在飞星堕地的地方？”

“只有一次飞星堕地，”师乙想了想，“就是几千年前的那次，之后的每一次飞星堕地，都是这第一次的重复。我不知道为什么会是这样，但是这是唯一的推断。”

徐无鬼已经完全明白了，“因此你的计划，首先是以建康之力，击败蚩尤。第二步，保存大景的汉人血脉，秃发腾一脉延续统治天下的势力。第三步，由我号召天下道家门人，去往西域，寻找飞星堕地的阴破。”

“第二步和第三步，谁先谁后，还不能定论。”师乙说道，“我看不到了。”

“那你认为建康之战，什么时候会再次来临？”

“很快。”师乙说道，“刑天已经按捺不住了。妫樽毙命之时，就是刑天重生之日。刑天掌握了逆赵大权，第一件事情，就是要攻打建康。让我们先完成这第一个计划吧。”

徐无鬼看着师乙，“所以你很早就知道建康九龙天一水法。”

“我当然知道，”师乙说，“我在等李冰。”

第二十章

瘟神的愤怒

妫赵的军队从江心洲上，顺着飞练桥撤回了长江北岸，整个大军是怎么来的，就原路回去。

妫樽的赵军和干阙的沙亭军，半数都感染了瘟疫。两军会合之后，行军迟缓。慢慢朝着寿春方向行进。

姜爽已经死于瘟疫。只有干阙调动整个部队后撤。妫樽认为大景也被瘟疫肆虐，无法组织力量追击。干阙觉得不妥，于是率领沙亭军断后。果然在妫赵士兵撤向寿春路上的第二天夜间，桓绾率北府军夜间奔袭妫赵后军，被干阙事先埋伏在山谷中的伏兵，截断了后路。

桓绾这才意识到，陆战之上，有干阙这等将领，他无法在妫赵身上讨到便宜，只能放弃了追击，固守在山谷内。而干阙的士兵羸弱不堪，也无法长时间与北府军对峙。

围困了两日后，第三日早晨，桓绾发现干阙的沙亭军在前一夜已经悄悄撤离。桓绾不敢再追，领兵回到建康。

妫樽和干阙回到了寿春。寿春是妫赵南征粮仓，因此妫樽下令大军在此休整，不急于领兵返回洛阳，担忧瘟疫蔓延到全赵境内，动摇大赵根本。

到了夜间，妫樽与干阙在寿春的行辕内密谈。两人都感慨不已，本以为已经能够渡江占据建康，却偏偏遭受了瘟疫。

干阙对妫樽说道：“瘟疫皆来自于少都符的怨气，而少都符的怨气，全因寿春百姓而来。”

妫樽沉吟道：“还要怎么做，才能化解少都符的怨气呢？”

干阙没有回答。

“谢衔死了没有？”妫樽突然问。

“还没有。”干阙回答，“不过他每日里都在求死。”

“不能让他死得太轻松。”妫樽说，“大景在用什么方法，祛除瘟疫？”

干阙回答：“虞让把罪责全部推给了徐无鬼，少都符的两个岩虺和一个蚨母被徐无鬼收服。现在大景上下，都认为是岩虺带来了瘟疫。”

“大景怎么做的？”妫樽追问。

“罢黜虞让，徐无鬼做大景镇国国师。”干阙回答，“大景的皇帝，将所有的权力交给了徐无鬼。”

“我记得大景的国师应该是张魁才对。”

“楚王已薨，张魁接替楚王，”干阙说道，“成为大景水师统领。此人是一个很难对付的角色，建康水战第一战，就是张魁击败了姜将军。”

“大景虞让失势，他的亲信苏浚也要受到连累吧？”

“大哥推测得不错，”干阙说，“大景建康的禁卫大将军，已经姓桓了。”

“桓易本就是左将军，他只是个世家的读书人，兵法平平，还比不上苏浚，”妫樽说道，“不足为虑。”

“大景的禁卫大将军，交给了桓绾，桓易的儿子。”干阙回答。

“有这等事情？”妫樽惊奇地问，“就是率兵追击，被你击败的那个黄毛小儿？”

“桓缙虽然被我击败，”干阙说，“但他必将成为我们大赵陆军的最大威胁。天道轮回，大景也有了能够横扫天下的名将。”

“可是他只是个十四岁的少年……”妫樽颇不以为然。

“虽然他只有十四岁，但是曾经率领一千多桓氏族人，一路从大赵的境内，辗转到达建康，足见能力非凡。”干阙接着说道，“可惜我没有遇到他，如果遇到，我定会尽力将他收揽到大赵旗下。”

“这个桓缙，就凭这一点，能够当上建康的禁卫大将军？” 妫樽还是不可置信。

“大哥，”干阙说道，“突袭飞练桥上飞火珠的人，就是桓缙。是他力排众议，征召了民间船只，等待飞火珠尽数上桥，抓住最佳时机，一举烧毁了飞火珠。”

“这就有点意思了。”妫樽微微点头，“果然是一个厉害人物。”

“还有，他招揽了北府军，”干阙继续说道，“如今北府军重振军威，声势更加强大，现在整个北府军都忘记了郑茅，只知道大将军是桓缙。”

“功高盖主，以大景皇帝的心性，怎么容得下此人。”

“大景的皇帝仿佛变了一个人，”干阙说，“现在把政务托付给徐无鬼，水师交给张魁，陆师交给桓缙，大景军民上下，在瘟疫结束之后，万众一心。我们很难再有机会南下了。”

“他们如何祛除了瘟疫？”

“徐无鬼在建康的燕子矶设坛，为少都符招魂超度，又命令军民刈割艾草，分发给建康所有百姓，并且在每一家门口，用石灰画出圆环以示标记。”干阙说道，“听说这是桓缙的北府军的主意。”

“那我们大赵军中的瘟疫，该如何化解呢？”妫樽叹口气，“我们也为少都符先生做法事超度吗？”

“正是。”干阙说道，“要化解幼麟少都符的怨气，只能建造祭坛，禳灾驱邪，祭拜少都符。”

“北方无艾草收割，”妫樽说道，“不知道能不能奏效。”

“我有办法！”一个声音从帐门传来，妫樽和干阙不用去看，就知道是妫鉴来了。帐外持戟郎中不能阻拦的人，只有妫鉴。

“大哥、二哥！”妫鉴走到妫樽和干阙身边，“我听说你们渡江之战败了，就飞速从洛阳赶来。”

“寿春瘟疫肆虐，”妫樽说，“你何苦来冒险。”

“少都符恨的是谢衔和寿春的一干宵小，”妫鉴冷笑着说，“我已经将这些人都聚拢在泗水之滨，就等着大哥首肯，我来给少都符化解怨气。”

干阙犹豫道：“只能如此了吗？”

妫樽说：“看来只能如此。”

寿春城外，泗水之滨，数百名寿春望族世家，被赵军驱赶到了河滩上。祭台也已经修建完毕。

妫鉴和妫樽、干阙骑马观望，看见这些寿春的名门望族，以谢衔为首，都已经被瘟疫感染，脸上露出了疔疮，脓血流淌。

空气中弥漫着腥臭。妫樽忍不住用衣袖遮掩自己的鼻孔。

干阙昭告士兵：“这些被瘟疫感染的汉人，如不处置，将会散播病疫，今日要将他们尽数隔绝。”

妫鉴看着祭台，对妫樽说道：“大哥，要化解少都符的怨气，还需要一样东西。”

“什么物事？”妫樽询问。

“那个锦盒。”妫鉴眼中泛出一丝光芒，被干阙看到，干阙后背一阵寒凉。

妫樽问道：“要这个不祥之物干什么？”

“少都符是仙山门人，死于凡人之手，这是逆天忤逆的作为，”妫鉴解释道，“因此，需要那个锦盒里的法力，才能感化少都符的阴灵。”

干阙急忙阻拦：“不可，那个锦盒，万万不能使用，否则后患无穷。”

妫鉴冷冷说道：“如果不用锦盒，少都符的瘟疫继续蔓延，眼看就要传染到洛阳，大赵的军士和百姓，都要尽数死在这场瘟疫之中，哪里还有什么后患。”

妫樽还在犹豫，妫鉴说道：“我知道锦盒就在大哥身边，寸步不离，但是为了大赵的江山，也顾不得以后了。无论以后如何，总有化解的办法，总强过现在一同死于瘟疫。”

妫樽看了看干阙，“二弟，你说呢？”

干阙看着河滩上的士兵，虽然都勉强穿戴着盔甲，但是半数都已经疾病缠身，不停咳嗽，身体孱弱，再这样下去，别说征战沙场，就是勉强苟活都是极为艰难。更何况大景已经祛除了瘟疫，按照桓绾的性格，一定会马上挥师北上。依靠这些病弱的士兵，绝难抵挡。

干阙张了张口，欲言又止，最终只能缓缓地点头。

妫樽见干阙已经默许，便自行下马，缓缓走到禁卫队中。每个禁卫都背着包袱。妫樽走到其中一个禁卫身前，禁卫跪下，将包袱解下，递给妫樽。妫樽把包袱打开，拿出锦盒，双手捧着走回到妫鉴身边。

妫鉴接过锦盒，妫樽并不松手，严肃地对妫鉴说：“仅此一次！”

“当然。”妫鉴点头，“仅此一次。”

妫鉴脱下甲胄，抱着锦盒登上祭台，一个盛满清油的铜盆，放置在祭台的中央。

妫鉴小心翼翼地放下锦盒，掏出火折，将铜盆里的清油点燃，火焰瞬间腾起。两个术士站立在妫鉴的身边，双臂招展，两面长幡飘扬起来。

祭台下的干阙对妫樽说道：“这两个术士，是飞星派的门人。”

“我看出来了。”妫樽回答，“三弟在洛阳，一定跟秃发腾有联络。”

“这个秃发腾，”干阙说道，“虽然身在凉州，可是似乎在暗中掌控中原的一切局面。”

“他才是我们大赵的劲敌，”妫樽说道，“可惜我们现在无法北上跟他一决高下。”

“大哥，”干阙说道，“我怎么觉得，我们大赵，一直在被某种暗中的力量摆布，似乎所有的决定都是我们自己做出，可是却偏偏我们无法掌控。”

“大丈夫活在这个世上，”妫樽说道，“即便是逆天而行，我们也要全力以赴，就跟我们的父亲、亚父一样。”

干阙看着妫樽神情坚定，只能附和说道：“有我们三兄弟在，即便是逆天而行，我也义不容辞。”

祭台上的火焰越烧越高，两个术士对着铜盘念念有词，火焰化作了绿色，妖冶无比。

“不对，”干阙说道，“飞星派是名门正宗，为什么行事如此诡异？”

“不关他们的身份，”妫樽也看出来了，“是他们的法术诡异。他们在西域习得了我们不知道的法术而已。别忘了，梁无疾和秃发腾可是带着飞星派，到西域征战三十多年之后，才回来的。”

碧绿的火焰化成一条线，笔直地冲上天空，祭坛上方，一团黑云正渐渐聚集，并且在缓慢地旋转。

黑云越来越浓厚，火焰的顶端伸入了黑云的中部，黑云旋转的速度立即加快，带动碧绿的火焰也开始扭曲盘旋。

妫鉴将锦盒打开一条缝隙，锦盒内立即发出一道红光，顺着碧绿的火线缠绕盘旋，上升到了黑云之中。

妫鉴大喊：“动手！”

两个术士用力将铜盆托起，四条臂膀同时摆动，铜盆在空中旋转飞舞，抛到了谢衔等寿春世家族人的头顶。火焰从天而降，泼向了谢衔等人。

瞬间，谢衔等人，被火雨笼罩。

每个人的身体血肉焦枯，烧焦的皮肉，纷纷剥离骨骼落下。

转眼之间，数百名寿春世家族人，都只剩下了烧黑的枯骨，但是每个人仍旧站立在原地。

黑云似乎蕴含无穷的愤怒，冲向谢衔的枯骨，谢衔的骨骸寸寸断裂。黑云重新在天空上聚拢，然后飞速地飞向北方。

空中一直持续着凄惨的哭嚎，直到黑云散尽，哭嚎声仍旧连绵不绝。

“这是少都符的哭声。”干阙说。

“少先生被天下人所害，”妫樽叹道，“化为了瘟神，世世代代都不肯罢休了。”

干阙想起少都符的恩义，也不免叹息。

笔者注：少都符在大景三十九年化作瘟神，为祸中原千年，直到明永乐年间，被真武张三丰真人降服，封印在武当山玉真宫地下宫殿。后被诡道传人王鲲鹏和徐云风翦灭。详见《宜昌鬼事》和《大宗师》。

第二十一章

凉州金莲子

凉州本是大景的定威郡，在沙海东部边缘，与大景雍州毗邻。

洛阳之乱后，妫赵兴起，大景东渡，定都建康。平阳关郡守郑蒿与定威郡守屠颂二人，孤悬大景疆域之外，苦苦坚守沙海二郡。

屠颂因梁无疾与崔焕有姻亲联系，狐疑崔焕。崔焕只能逃到妫赵境内，投靠干奢。

妫赵太尉干奢与崔焕有故交，将崔焕安置在长安，官职太史令。

五年前，匈奴秃发腾单于平定西域后，率领匈奴五部重返中原，攻陷平阳关，郑蒿逃窜入蜀地。匈奴六部一路东进，跨越沙海，攻打定威郡。屠颂已老迈无力抵挡，在攻城之际，病忧而死。秃发腾随即攻陷定威郡。

匈奴秃发腾占据沙海，改定威郡为凉州定都。郑蒿隐姓埋名，一路颠沛，逃回大景，在荆州停留，被大景册命为荆州郡守。

妫赵太尉干奢去世后，崔焕辞卸官印，奔赴凉州，投靠外甥秃发腾，被秃发腾封为右谷蠡王。

夯樽乾紫四年。

景顺帝成和二十五年。

秃发腾正在凉州的王庭内议事。风追子、任嚣城、崔焕以及匈奴五部头领齐聚一堂，商议中原的局势。

风追子禀告秃发腾："少都符化为瘟神，夯赵与大景都已国力大衰，建康之战，虽然大景勉强胜出，也是国力支绌，难堪一击。"

崔焕说道："既然如此，我们就不必忍隐，即刻引军南下，攻占雍州，进取长安。"

秃发腾一言不发。风追子从怀中掏出一份书信，"这是夯赵皇帝夯樽的密信，他们已经祛除了瘟疫，准备再次攻打建康。匈奴与夯赵的盟约，夯樽决定继续遵守。"

"少兄死于夯赵之手，"任嚣城说道，"四象神山，同枝同叶，我不能坐视少都符被害而无动于衷。"

匈奴五部的首领纷纷聒噪，混周部呼延熊说道："夯赵和大景一般昏庸无道，正是我们匈奴南下的好时机。请大单于下令，我们率军先攻占洛阳，灭了夯赵，再一路南下，将大景也收入疆图，让整个中原成为我们匈奴牧马之地，所有的汉人和揭羝羌都成为我们的奴隶。"

秃发腾依旧沉默，看向风追子。

风追子说道："虽然建康一战，夯赵和大景都大伤元气，但是就我所知，夯赵干阙的沙亭军，仍旧实力鼎盛，天下陆战无双。而大景新出了一个飞将军桓绾，少年英雄，不下于当年无疾单于。道家的龙虎天师张魁，从海上回归，做了大景水师的统领。有张魁在，飞星派门人难免有所顾忌。还有，徐无鬼做了大景国师，任先生与徐无鬼同为仙山门人，也不可为敌……"

"如此看来，"崔焕说道，"大景的国力，反而强于夯赵。夯樽大言不惭地要再次攻打建康，十有八九，只是讨好我们匈奴的权宜之计。"

秃发腾又把目光看向任嚣城，"少先生死于夯赵，家虎徐无鬼先生只会比任先生更急于复仇。我们就再观望三年吧。”

任嚣城苦笑，并不回答。

丁零部贺兰疾风说道：“我们已经在凉州等了五年，无疾单于等了四十年，难道我们还要继续等下去？”

秃发腾说道：“是的，还要等。”

“以任先生的天下最强木甲术，飞星派术士的法术，还有匈奴六部数十万铁骑，”丁零部贺兰疾风懊恼地说，“为什么我们还要继续忍隐，不去与他们轰轰烈烈地大战中原？”

其余四部首领也附和说道：“我们一生都征战于沙场，活在刀口之下，到了凉州，这五年来，天天饮酒打猎，闷都闷死，什么时候才能把我们这些老家伙派到战场上，与敌人好好厮杀一场？再等下去，我们老都老死了。我们大漠上出生的男儿，一定要战死在刀剑之下，怎么能老死在羊皮毡上？”

秃发腾向四部首领说：“各位叔叔宽心，我们匈奴，不战则已，战则必胜。当我们出兵之时，就是横扫天下，一统中原之日。”

混周部呼延熊在五部首领中年龄最幼，与秃发腾同辈，笑着说道：“各位叔叔都正值壮年，如今先享享清福，养精蓄锐，到时候我们还要在沙场上比试，谁杀敌更多。”

四部首领知道这番言语是呼延熊受了秃发腾的私下嘱咐，借他的口说出，也就无话可说。

贺兰疾风抬头说道：“既然大单于决意继续蓄力，我们这几个老家伙，当然听命就是。只是这日子，过得实在苦闷，不如我们南下蜀地边境，去抢掠成汉一番，也不算是破坏匈奴与妫赵的盟约。”

秃发腾看了看崔焕，崔焕拱手说道：“南下试探一下成汉的虚实，也无不可。也能借此敲打一下妫赵，让他们知道，我们并不是永远坐守旁观。”

秃发腾欣然点头：“既然舅父也这么认为，那就这么定了。”

五部首领，同时击掌相庆。

就在此时，王帐上方突然掉落下一个金刚圈，滴溜溜地在地上滚动，绕着五部首领脚下滚了一圈，最后左摇右摆，落定在地面。

五部首领的眼睛一齐盯向滚动的金刚圈，神情无不诧然。

金刚圈已然落定，清脆的声音仍旧在王帐内回绕不绝。

良久之后，贺兰疾风哭丧着脸说道："这个魔星，连王帐内，都不肯放过我们。"

呼延熊轻轻地笑了一声。

一个身着红绫的小孩，突然从王帐上方跳了进来，一把揪住贺兰疾风的胡须。贺兰疾风身体魁梧，动作迟缓，无法躲避，被红绫小孩揪住胡须，连忙伸手去抓红绫小孩的发髻，可是红绫小孩的身体瘦小灵活，松开胡须，转眼钻过贺兰疾风的胯下，爬到了贺兰疾风的后背上。红绫小孩两腿骑上贺兰疾风的后颈，伸手又把贺兰疾风胸前的胡须抓住，口中不停地吆喝："骑大马，骑大马！"

其余各部首领，纷纷后退几步，看着红绫小孩戏弄贺兰疾风。众人都满脸愁容，无可奈何。

贺兰疾风仰头大喊："祖宗，你下来吧，我给你四匹骏马，你爱怎么骑，就怎么骑。"

秃发腾和呼延熊相互对视，忍不住笑着看向任嚣城。

任嚣城大声喝道："努扎尔！王帐之内，你还目无尊长，如此的顽劣！快给我下来！"

红绫小孩朝着任嚣城吐了吐舌头，从贺兰疾风的后背跳下，站立在地上，跺跺脚，伸直手臂，地面上的金刚圈自行弹起，箍在红绫小孩的胳膊上。

这就是任嚣城在凉州抚养了五年的金莲子，俗名努扎尔。

坎殿城的努扎尔跟随任嚣城在匈奴凉州五年，他无父无母，只把任嚣城当作父亲。金莲子莲花化身，迎风而长，半岁就能行走言语，一岁时候就不吃羊乳，顿顿都要牛羊肉，两岁开始饮酒，性格顽劣暴躁。却偏偏被秃发腾以下所有匈奴各部首领喜爱。

任嚣城对着努扎尔厉声斥道："这是御前商议大事的地方，你也敢来顽皮！"

努扎尔仰着脑袋看向任嚣城，说道："贺兰老爷子许诺给我一匹汗血宝马，说好了今日兑现，马呢？"说完把头转向贺兰疾风。

贺兰疾风苦笑着说道："还在路上，此时应该到了平阳关。"

任嚣城骂道："西域汗血宝马，价逾千金，你向贺兰老爷讨要，他答应给去收罗，已经是千难万难，哪里能够说来就来？"

努扎尔说："到了平阳关？那我现在就去瞧瞧。"

"瞧什么！"任嚣城又骂道："你又要去吃了作数吗？"

王庭里，秃发腾以下所有匈奴贵族和高官贵人，努扎尔只敬畏父亲任嚣城。被任嚣城呵斥后，嘴角撇了撇，眼珠子滴溜溜地转动，在王庭内每人身上看了一遍。

目光所及，所有人都心惊胆战，不知努扎尔这个魔星，心里又在打什么主意折腾。努扎尔眼光不敢跟任嚣城对视，身体焦躁，似乎后背发痒，于是手里拈着一根白色羽毛，挠向后背。

楼烦部须卜烈两眼盯着努扎尔手中，片刻后，忽然招呼身边的随从近前，挥起马鞭用力抽打。

随从抱头跪下。

众人不知道须卜烈为什么突然要责罚随从。呼延熊劝阻道："须卜烈老爷，你无端地打下人做什么？"

须卜烈胸中的怒气才散发出来，对着随从怒问："我的两头白雕，让你好生照顾，你做的好事！"

呼延熊这才把目光看向努扎尔的手中，顿时忍俊不禁。

须卜烈嚎叫起来："我在雪山悬崖之巅，折损了几个勇士，才抱回来两头白雕，花了四个月才好不容易驯服，昨晚还抓死了几头野狼……”

呼延熊谨慎地问努扎尔：“你手上的这根羽毛……”

“就是须卜烈老爷的两个扁毛畜生，你们都没看错。”努扎尔笑嘻嘻地说，“两个鸟儿挺好看的，羽毛跟白雪一样。”

“这两头白雕是须卜烈老爷的心头之肉，”呼延熊捂着嘴说，“你怎么就把它们的羽毛给拔了？”

须卜烈踢开随从，蹒跚走到努扎尔身前，看着努扎尔手里的羽毛，羽毛雪白，反射着银光，必定出自自己饲养的雪雕身上无疑。

“老祖宗，”须卜烈轻声问道，“我的白雕哪里得罪你了，你要拔下它们的羽毛？”

“我拖了连鞮用老爷的大猫出来玩耍，到草原上抓兔子，”努扎尔清脆的声音，每一个字在须卜烈听来都如同雷击，“这两个畜生从天上飞下来跟我抢野兔，我气愤不过，就给它们一点教训。”

“连鞮用老爷的大猫？”呼延熊看向屠何部连鞮用。

屠何部连鞮用脸色苍白，强自镇定地用手抚摸颌下的胡须，可是众人都看到他的手在微微颤抖。

须卜烈对努扎尔说：“两个畜生得罪了祖宗，拔它们一根羽毛也是应该。”

“哪里，”努扎尔说，“我把它们的羽毛全给拔了。”

须卜烈身体晃动，就要向后跌倒，站定之后，手抚额头又问：“拔光了羽毛，那两只白雕不就给痛死了吗？”

“我先捏死了它们，才拔的毛，”努扎尔天真地对须卜烈说道，“老爷你放心，我把它们和野兔子一起炖了好大一锅，可惜白雕看着挺大，却没什么肉。”

须卜烈又问：“肉呢？”

“吃啦。”努扎尔说，“不好吃，肉硬得很，下次老爷你抓几只野鸡养着，我馋了来吃。”

须卜烈已经无法言语，心痛到了极点，一口气在胸口中转不过来，只能慢慢地坐下。

连鞮用这才恭敬地问努扎尔："祖宗，我的飞狻，你也玩够了，可以还给我了吗？"

"那只大猫叫飞狻吗？"努扎尔问。

所有人听"飞狻"二字，都看着连鞮用，知道连鞮用为什么如此的惊恐。努扎尔口中所说的大猫，哪里真的是什么猫了，而是连鞮用重金向西域购买的雄狮。连鞮用出行，都要带着那头狮子跟随，威严无比。听说连鞮用每隔数日，就要用一个奴隶饲养狮子。因此草原上的牧民，无人敢接近。

连鞮用连连点头，还抱着万一的侥幸，希望这个魔星放过了"飞狻"。

"那只大猫还挺机灵，"努扎尔说道。连鞮用松了一口气，努扎尔随即又道，"可是它为什么不肯下水？"

"狮子善于陆上扑食，"连鞮用轻声说，"生性不爱下水。"

"原来是这样，"努扎尔点头，"我见它在水边可怜，就放过了它。"

"多谢，多谢。"连鞮用如释重负。

"不过我在它身上拿了点东西，老爷不会小气吧。"

连鞮用阴沉着脸，"什么东西？"

努扎尔在身上摸索半晌，捏了一个拳头，在连鞮用面前展开，掌心四颗尖锐的牙齿，颗颗都有手指长短，根部沾染鲜血，已经干涸。

连鞮用哭丧着声音说道："百兽之王，全靠利牙和钢爪撕咬，现在没了牙齿，哪里还有什么威猛。"

努扎尔点头称是："因此我一不做二不休，索性把它的爪子也都给拔了。"然后另一只手摊开，赫然两颗弯曲的利爪。

连鞮用看了，一阵昏厥。

林胡部乔林不花在一旁忍不住失笑。他不同于其他几部首领，不爱豢养什么珍禽异兽，汗血宝马，因此努扎尔的作为，祸害不到他的头上。

呼延熊却看着乔林不花示意，这个魔星，没有放过他的道理。乔林不花受了呼延熊提醒，仔细看着努扎尔身上，上上下下打量，终于把视线落在努扎尔胳膊上的那个金刚圈上。

金刚圈上嵌着一颗黑色的宝石，散发出柔柔的光芒。

乔林不花颤巍巍地对努扎尔说道："这个珠子，看起来好似与老夫的夜明珠一样。"

"老爷子的宝库里，也就这个东西我觉得有趣。"努扎尔说道，"别的我都看不上。"

乔林不花说道："这个黑夜明珠，虽然是我最珍爱的宝石，老祖宗你喜欢，我就送给你了。"

"乔林不花老爷就大方多了。"努扎尔说道，"不像他们，小气得很。"

"那我宝库里其他的东西，老祖宗既然看不上眼，就都还给了我吧。"

"刚说你大方，这又小气了。"努扎尔笑嘻嘻地说道，"我把老爷的珠子啊，金叶子啊，宝玉啊，都扔到了月牙湖里，可惜那个大猫不肯下去帮我捞上来。湖边的牧民都下水去了，现在应该捞得差不多了吧。"

乔林不花面如土色，几乎要哭出来。

呼延熊哈哈大笑，秃发腾单于轻声说道："你也别笑，我看这个努扎尔没有放过你的道理。"

呼延熊突然醒悟，大声喊道："我的酒，西域运送过来的酒！"

"呼延大哥你不是说过吗，"努扎尔看向呼延熊，"马肉入腹，会生出毒性，所以必须要有美酒来化解。我吃了马肉，就想起呼延大哥酒窖里的那些美酒了。”

“你一个人都喝完了吗？”呼延熊问，“量你一人的肚量，也喝不了酒窖里数十桶美酒。”

“我只喝了一桶。”努扎尔说道，“其他的我都将木桶凿开，现在整个酒窖，美酒没过小腿，实在是好玩。”

呼延熊大怒，伸手去抓努扎尔的胳膊，努扎尔脑袋转换，一张青面獠牙的面孔对着呼延熊。

“放肆！”任嚣城大吼。

努扎尔看见任嚣城动怒，立即翻了个筋斗，再站立的时候，又化为了孩童无邪的脸孔，对着呼延熊嘻嘻笑道：“呼延大哥我错了，我让大单于赔给你。”

秃发腾笑着摇头，“西域美酒而已，干吗要跟小孩子过不去。”

呼延熊也知道不该跟努扎尔计较，只好后退一步，用手指指着努扎尔的额头，不断晃动。

秃发腾对着五部首领说道：“努扎尔的作为，在我看来，并无不妥。”

五部首领正在心痛，听见秃发腾为努扎尔开脱，都不以为意。努扎尔顽劣非常，一来是大家顾及任嚣城的颜面，更重要的是秃发腾一直都处处维护努扎尔，溺爱到匪夷所思的地步。

这也是为什么努扎尔无法无天的缘由所在。

秃发腾接着说：“各位首领，平日里悠闲久了，不是饲鹰，就是豢狮，或者是收集宝马玉石，贪慕美酒，努扎尔也知道我们匈奴一直在为南下养精蓄锐，不是要在凉州每日里声色犬马，因此断绝了各位的癖好，也是有的。”

众人听到秃发腾偏袒努扎尔，竟然说出这种无赖的话出来，更加无语。

秃发腾问：“南下议事，今日就到此为止。还有谁有何提议？”

五部首领都单膝跪下行礼，依次退出了王庭。风追子走到努扎尔的面前，摸了摸努扎尔的脑袋，笑了笑，也离开王庭。

只有崔焕和任嚣城留在原地不动。努扎尔见父亲不走，也不敢自行离开。

秃发腾看向任嚣城，“任先生有事要说？”

“我要走了。”任嚣城回答。

“去哪里？”秃发腾想了想，“建康？”

任嚣城点头，“我要带着努扎尔去大景。”

秃发腾看向崔焕，“舅父怎么看？”

“妫赵祛除瘟疫后，必定要卷土重来，再次攻打建康，”崔焕说，“这一次，建康就危险了。因此任先生是必定要去的。”

任嚣城说：“少都符已死，既然徐无鬼已经在建康，我无论如何也要去往建康，四象门人，保护大景的天下，是我们身负的职责。”

秃发腾问：“如果任先生和徐先生击败了妫赵，又该如何？”

崔焕建言：“如果大景能够将妫赵击败，那么妫赵势必土崩瓦解，我们与妫赵之间的盟约，也就没有任何意义了。”

秃发腾又看向任嚣城，“任先生还在为我暗中将飞火珠投石机支援给妫赵而耿耿于怀吗？”

任嚣城说道：“不错。我本是中原汉人的四象门人，飞火珠投石机是我所造，天下也只能我来建造。如今飞火珠在妫赵阵营中出现，我必须要去往建康请罪。”

“如此说来，”秃发腾叹口气，“我是把任先生置于不义之境了。”

“大单于让我找到了金莲子，我夫人也在坎殿城有了安稳的归宿，这是我与大单于之间的恩义，”任嚣城说，“因此大单于把飞火珠投石机赠送给妫赵，我对大单于毫无怨言。只是既然事出有因，那我就必定要把这件事情的后果承担下来，而不是当作从来没有发生过。”

秃发腾看着努扎尔，“任先生既然要去，这活祖宗也是要带走吗？”

“不错。”任嚣城回答，“努扎尔要跟随我回建康。”

“其实……”秃发腾沉吟很久，任嚣城眼睛狐疑不定，等着秃发腾说出什么理由来挽留自己和努扎尔，毕竟努扎尔是西域拜火教战神，对于匈奴意味着什么，毋庸置疑。

不料秃发腾点头说道：“当战报传到凉州的时候，我已经做好了任先生奔赴建康的准备。”秃发腾向崔焕示意，崔焕拿出了一纸通牒，“这是妫赵境内的官牒。当然任先生一定不会使用。但是大单于的意思是，任先生经过洛阳的时候，要拿着这张官牒去见一个人。这纸官牒就是信物。”

“什么人？”任嚣城问道。

“大孔雀王。”秃发腾说，“此人非同小可，任先生到了洛阳，一定要亲自与他交谈。”

“大单于要我带给他一句什么话？”任嚣城问。

“不是替我带话，”秃发腾说，“是替我父亲无疾单于带一句话去。”

“无疾单于见过大孔雀王？”

“西域到中原路途遥远，”秃发腾说道，“这个大孔雀王万里迢迢，路途经过西域和大漠，没有我父亲的帮助，怎么可能如此轻松地进入赵境。”

“好，”任嚣城问，“带一句什么话？”

“灭赵。”秃发腾轻描淡写地说出来，在任嚣城听来，却是雷霆万钧。

任嚣城沉默了很久，才说道：“我一直以为，大单于是要先借妫赵的手破了大景，再与妫赵争夺天下。看来我错了。”

“是的，”秃发腾说道，“其一，我怎么可能让大景灭在妫赵之下？我们梁氏的仇恨，绝不会假借他人之手。其二，妫赵如果真的击败了大景，统一中原，我们匈奴哪里还有机会与妫赵争锋？”

“的确如此，”任嚣城苦笑了一下，“匈奴、大景、妫赵、成汉，四国之中，看来只有匈奴才具备最后一统天下的能力。如今成汉不足为虑，妫赵和大景则一步步地落入大单于的陷阱之中，且无法扭转。大单于只是借给了妫赵一百六十台飞火珠和一队弩箭手，就足以让大景和妫赵之间拼到了精疲力竭。”

“父王在四十年前，兵法就已冠绝大景。”秃发腾说道，“那时候他才不到二十岁，可比我现在年轻多了。在父王生前，这个重返中原的步骤，就已经确立。”

任嚣城点头，“如今赵盛景弱，而大单于希望的是大景能胜，所以大单于早就有把我遣往建康的意图，却被我自己先提出来了。”

“任先生是天下的豪杰，心怀坦荡，”秃发腾说道，“什么事情都是可以放在明面上讲的。”

“是的。”任嚣城说，“大单于也知道我绝不会站在妫赵的立场，去把匈奴的目的告知妫赵。可偏偏这个战略，告诉了大景，大景也无可奈何，只能拼死与妫赵相争。这，就是兵法上所谓的阳谋吧。”

“任先生……”秃发腾脸色惨淡，“你我共处了这些年，你还是要走了，不知道什么时候才能相见。”

“最好是不要见了吧。”任嚣城说，“妫赵灭国之后，也就是匈奴铁骑挥师南下的时候，我们再相见，就是敌人。”

秃发腾微笑，“不会的。”

任嚣城问：“这一点，我就想不明白了。”

秃发腾说道：“不是我故意隐瞒，而是此事，我也不甚明了，任先生见到了大孔雀王，大孔雀王自会向任先生解释。”

“这个大孔雀王，到底有什么过人之处，他有什么力量，能够灭赵？”

“任先生去问大孔雀王……”秃发腾说，“事关天机，这是父王的嘱咐而已。”

“无疾单于为什么知道我会投靠你们呢？”任嚣城突然想起，自己到西域的时候，梁无疾已经病故。

“任先生忘记了，”秃发腾说，“我让风追子去往寿春，逼迫妫赵把少都符线索带回凉州一事？”

“原来无疾单于想带话的人是少都符。”任嚣城恍然大悟。

“可惜少先生已经过世，”秃发腾说，“就只能着落在先生你的身上了。我想卧龙与幼麟同是四象门人，退而求其次，也就非先生你莫属。”

任嚣城向秃发腾拱拱手，“那么在下，就此别过。”

崔焕说道：“任先生什么时候收拾行李？”

任嚣城看了看努扎尔，“我身无长物，就带着这个幼童即可。”

崔焕问：“任先生留在匈奴的那些机括，还有偃师木人等物事……”

“我寄于匈奴麾下多年，”任嚣城叹口气，“这些物事，大单于他日一定还有用处，就算是我赠送给大单于了。”

秃发腾向崔焕点点头，崔焕拿出一个包裹，捧到任嚣城的身前。任嚣城知道再拒绝秃发腾的好意，反而显得小气，于是伸手接过。包裹沉甸甸的，里面有清脆的碰击之声，是西域特产的白玉和罗刹国出产的珍珠。秃发腾心思缜密，当然不会赠送黄金这等庸俗之物。

任嚣城领了包裹，一手牵着努扎尔，朝王庭之外走去。

努扎尔回头，对着秃发腾说道：“大单于，我们是要分别了吗？”

秃发腾摆手说道：“今后大单于维护不了你了，你自己多加保重。”

努扎尔抬头恳求任嚣城，“父亲，能不能不走？”

任嚣城摸了摸努扎尔的脑袋，“你我有重要的事情要做，不能留在凉州。”

努扎尔瘪瘪嘴，对秃发腾说道：“大单于也好好好保重，等我长大了，就回来看你。”

秃发腾微笑：“我记住了，我一定等着你。”

任嚣城和努扎尔走到王庭门口，任嚣城停顿一下，转身朝着秃发腾单于深鞠一躬。父子二人，也不回住所收拾细软和行装，径直走向凉州城外。

努扎尔问任嚣城："父亲，我们离开凉州，难道又要进入茫茫沙漠？到哪里寻找月牙湖让我浸泡身体？"

任嚣城笑道："我们一路南下，要去的地方是长江之南，遍地水乡大泽，湖泊星罗棋布，你到了那里，还怕没有湖水浸泡生长？"

两人通过城门，走上城外的官道。任嚣城踌躇片刻，准备向城门监讨要一匹良马，想了想，按了一下随身的包裹，自言自语说道："罢了，还是不要再多欠秃发腾一份人情吧。"

父子两人走在戈壁上，身后的凉州城越来越小，太阳在城郭的上方落下，大漠苍凉，夕阳血红。

两人最后看了凉州城一眼，任嚣城看着努扎尔，拍了拍努扎尔的头顶，"别看了，走吧，前面三十里，有一个官驿。"

身后的凉州城马匹嘶鸣，五队匈奴的骑兵从凉州城内疾驰而出，瞬间就来到了任嚣城和努扎尔身后。

任嚣城看见是匈奴的五部首领，带着本部的亲兵追赶而来。

呼延熊首先下马，对着任嚣城大声说道："任先生和努扎尔要离开凉州，为什么不招呼我们兄弟一声？"

任嚣城拱手回答："诸位都是血性男儿，我不愿与各位告辞，让大家都伤感一场。"

呼延熊手臂一挥，随从从马车上搬下一桶美酒，呼延熊笑道："幸好，努扎尔在酒窖里，还给我留了一桶，正好给任先生和努扎尔赠别。"

四个随从举起酒桶，呼延熊拿起身边亲卫的长矛，将酒桶捅了一个窟窿，鲜红的葡萄美酒汩汩流下。

呼延熊走到酒桶下方，仰头喝了几口，四个随从又把酒桶举到任嚣城和努扎尔身前，任嚣城和努扎尔也如法大口吞咽。

贺兰疾风也已经从马上跳下，身后牵着一匹骏马，遍体通红。贺兰疾风也走到酒桶之下，喝了几大口美酒，然后把马辔交到努扎尔的手里，“我答应你的汗血宝马，比预计的早到了几日，刚好来得及兑现。”

努扎尔眼珠子滴溜溜地转动几下，笑着说道：“多谢贺兰疾风老爷。”

“你们父子前去大景，万里迢迢，可千万别把这匹宝马给吃了。”贺兰疾风嘱咐努扎尔。

任嚣城和努扎尔喝了几口美酒，任嚣城拱手说道：“受人恩惠，我任嚣城记住了。”

接着是须卜烈，也与任嚣城和努扎尔饮酒饯别。须卜烈喝完之后，随从端上一个绣球，须卜烈拿起绣球，递给努扎尔，“你自幼在我身边长大，如今分别在即，我也没有什么东西送给你，就给你一个小玩意吧。”

努扎尔伸手接过绣球，看见绣球红彤彤的，挂着两个铃铛，铃铛声音清脆，果然是个小孩子喜欢的玩意。努扎尔撇嘴说：“须卜烈老爷子就送我这么一个东西吗。”

须卜烈笑着说道：“你把铃铛捏起来看看。”

努扎尔照做，捏住了铃铛，绣球突然散开，飘出七丈长的红绫，红绫在风中飘散，铃铛就在红绫的两头，发出清脆的声响。

“这才有趣。”努扎尔晃动红绫，红绫在空中飞绕，顿时花样百出，看来这段红绫是须卜烈苦心收罗的一个宝物。

须卜烈说道：“这红绫是有名字的，叫做罗天索，又名混天绫，虽然是绸缎，但是刀枪不断，遇火不焚，遇水不沾，虽然算不得什么宝物，就权当给你当作小玩意了。”

努扎尔十分喜欢，手心抖动，罗天索立即收缩，卷回成一个小小的绣球，在努扎尔手心里转动，两个铃铛响个不停。

接着连鞮用也走到任嚣城父子身前，与两人对饮后，笑眯眯地对努扎尔说道：“你猜我送你一件什么礼物？”

努扎尔看着手里的罗天索绣球，“难道比须卜烈老爷的更好？”

连鞮用探出手臂，从身后取下一张琱弓，弓身较普通弓小了一尺，更像是草原上孩童射猎野兔的小物事。

努扎尔接过琱弓，一言不发，背在身后。连鞮用又给了努扎尔一支羽箭，努扎尔也闷闷不乐地收了。

连鞮用摸了摸努扎尔的发髻，“嫌弃我的礼物没什么奇异之处？”

努扎尔哼了一声说道：“连鞮用老爷看来也是敷衍我罢了。”

连鞮用微笑道：“你拉开弓弦试一下。”努扎尔天生神力，寻常的弓弦都可以轻易拉开，只是他身躯短小，双臂舒展也不能将普通长弓拉满，这把琱弓却恰到好处，羽箭的长度也较普通弓箭短了六寸，努扎尔拉开之后，正好弓弦拉成了满弓。

几个大人都兴致勃勃地看着努扎尔勾弓搭箭，满脸轻松，露出笑容，可见努扎尔并非仅仅是被秃发腾宠爱。他虽然是战神之位，身体却是孩童，深受这些好武的匈奴五部首领所喜爱。

连鞮用示意努扎尔可以试射，努扎尔不舍道：“只有一根羽箭，放出去了，还要去重新寻找弓箭补充。”

连鞮用笑着说道：“你放箭就是。”

空中恰有一队大雁北飞。努扎尔把弓箭上扬，对准空中飞过的头雁，松开手指，羽箭流星一般飞射而出，从头雁的脖颈穿过，头雁继续飞行了片刻，才猛然掉落。众人齐声喝彩。

连鞮用对努扎尔说：“教你一个口诀。”

努扎尔问：“什么口诀？”

“异日气合深。”连鞮用在努扎尔的耳朵边轻声说道。

努扎尔拿着弓，重复连鞮用的话：“异日气合深。”

射穿了头雁的羽箭从空中绕了一圈，自动回到了努扎尔的眼前。努扎尔伸手把箭杆抓住，大喜过望，欢呼说道："好玩好玩！"

乔林不花对连鞮用说道："莫干大神的顾魂弓？原来一直在你们屠何部？"

连鞮用说道："无疾单于的亲兵善用弓箭，无疾单于曾经派遣我远赴北海，寻找传说中的顾魂弓。我在极北之地找到了莫干大神的坟冢，得到顾魂弓之后，无疾单于却让我一直保留至今。"

"二十三年前，你受命去往北海，就是为了这副弓箭？"乔林不花问。

"正是。"连鞮用继续说，"秃发腾单于善用骑兵，也就不好此物。现在我就把这个宝贝交给努扎尔吧，中原人凶恶暴戾，正好用此防身。"

任嚣城连忙向连鞮用拱手辞谢，"这份大礼，如何敢当。"

连鞮用看了看任嚣城说道："我赠送给努扎尔的，你不要管。努扎尔喜欢就是。"

乔林不花笑道："屠何部给了努扎尔这份大礼，我的礼物可就俗气的很，拿不出手了。"

任嚣城知道乔林不花愈是这么说，拿出来的东西一定贵重非常。没想到乔林不花在身上摸索半天，掏出一个金砖出来，对努扎尔说道："你把我一生收集的珠宝和黄金都扔进了月牙湖，却没想到我最珍贵的金砖，一直随身保留。"

努扎尔笑道："大单于已经给了我和父亲许多珠宝。"

乔林不花说道："老祖宗，这个金砖，你可千万别卖了换酒喝，这可是保命用的宝物。"

努扎尔接过金砖，在手上把玩。乔林不花说道："这块金砖，在你与人交手之时，若是抛出来，即可砸人后心，百发百中，任他有多大的本事，也立即口吐鲜血而死。"

努扎尔笑嘻嘻地收了，看着呼延熊说道："呼延大哥，就只有你不送我礼物啦。”

呼延熊摇摇头，对着努扎尔骂道：“就知道你小子，惦记我的东西，放心，我当然不会少你的。”说完，把刚才捅穿酒桶的长矛，扔给努扎尔，“送你啦。”

努扎尔双手捧住长矛，长矛的尖端隐隐显出火光。呼延熊说道：“这是我父亲留给我的火尖枪。看你身材瘦弱，此去中原，一定少不了受人欺负，送给你防身。”

努扎尔把火尖枪在手里抡了几个圈子，火尖枪的枪头化出炙热的火焰出来，不用呼延熊说明，就知道是一件厉害的兵刃。

努扎尔受了几个首领的宝物，心满意足，也就罢了。只有任嚣城知道，这些首领都拿出了自己看家的法宝，送给努扎尔毫不心疼，一方面是宠爱努扎尔，更有可能的是要给自己和努扎尔留下一个大大的人情。自己和努扎尔回到大景，灭了妫赵之后，终有一天，免不了与匈奴对峙，到时候努扎尔一定顾及今日的恩惠。

秃发腾的确是一个深谋远虑的明君。

任嚣城想到这里，也就不再说些什么，而是拉着努扎尔骑上汗血宝马，两人向匈奴五部首领挥手告辞。

汗血宝马四蹄飞腾，朝着南方而去。片刻后，任嚣城转头，看见五部首领和骑兵站立在天地之间的边缘，仍旧在目送自己和努扎尔。

第二十二章

天竺罗波那

海面异常平静，没有一丝波澜，如同一整块光滑的碧蓝镜面，无边无际。

空中没有风，海面也没有浪。渔船静静地漂浮在镜面中央，没有任何的移动。

船老大爬上桅杆顶部，观望了很久之后，攀爬到甲板，走到法闲的面前。“大和尚，信风已经停止了十五天。你不是会呼风唤雨吗，为什么不召唤信风，送我们继续北上？”

法闲摇头说道：“信风没有停。”

船老大激动起来，“没有停？你看看桅杆！”

桅杆上的帆软软地垂下，看不出来吃到任何的风力。

“海水中没有一条鱼，到底发生了什么？”船老大问，“船上的食物不够十天，海里什么都没有，并且深不见底，我们是到了海中的地狱吗？再这么下去，我们都会饿死在这片海域。”

法闲抬头看看天空，空中也是蔚蓝一片，没有任何的云彩。法闲喃喃说道：“按照十五天前的路程，我们现在已经到了何处？”

船老大说道："夷州以东三百里。按照信风的速度，现在我们已经距离中土大江的入海口不远。可是我们的船在这里已经停留了十五天……如果再继续下去，我们都会死在海上。"

法闲摆手，示意船老大先退下。船老大悻悻离开，指挥水手用桨叶划船。可是海面平静，几支桨叶拼力划动，渔船也没有移动半分。

法闲看向脚边的猴子，猴子蹲在船舷边缘，两眼朦胧。打从进入这片静止不动的海域开始，猴子就一直在瞌睡。

一切都太安静，却是无处不笼罩着不安。

法闲仔细看着猴子，几日前就发现猴子后背的毛发全部根根竖立，那时候法闲就意识到猴子并不是在睡觉，而是在害怕。

猴子在害怕什么?

太阳很快下山，跟前十五日一样，海上全部陷入了黑暗之中。天上连一颗星星都没有，船老大也无法用北斗星计算渔船的方位。

甲板上点燃起一根火把，水工们都躺在甲板上睡觉。法闲盘膝坐在船头，渔船上每一个水工的呼吸声都清晰可闻。

法闲知道，这些水工都没有入睡，他们都很害怕，这片海域太诡异，每个人都能够深切地感受到黑暗中的不安。

猴子在极力隐藏自己的呼吸，每隔一炷香的时间，猴子才缓慢地呼吸一下。

法闲伸手按在猴子的头顶，猴子身体猛然战栗。法闲压低声音问道："猴子，你的死对头在这里等你?"

猴子睁开眼睛，眼珠泛出赤红的光芒，獠牙翻在嘴外，鼻息抽搐。

"是谁?"法闲声音柔和，但是猴子依旧紧张。

船老大突然从甲板上跳起，"船在动!"

所有的水工都从甲板上跃起，纷纷点燃火把，照射船舷下的海面。

法闲伸头看去，船舷下的海水正在急速地流动，发出哗哗的声响，而整个船身，正在缓慢地旋转。

开始的时候，渔船旋转得较为缓慢，片刻后，船身旋转得越来越快。

猴子警觉起来，在船舷上急促跳跃。法闲不甘心地问：“是谁？”

猴子嘴里吱吱叫了几声，却无法发出人类的语言。随后，猴子对着大海发出了一连串法闲无法听懂的语言。但是法闲知道，猴子说的是魔语。

“快看船舷左侧！”船老大站在船舷边大喊。

所有船工都奔向船舷左侧，法闲也看过去。

船舷左侧的海面上，出现了一个巨大的深坑。

“海面上怎么会有深坑？”船老大惊呼。

法闲看到这个深坑中央海面凹陷下去，但是两侧看不到边缘，而渔船就斜斜地漂浮在深坑的边缘。

渔船还在移动，不停地沿着海水深坑前行。

良久之后，法闲明白了，海面上出现了一个巨大的漩涡，渔船正在绕着漩涡移动，被漩涡不断地拉向海水深渊。

随着时间的推移，船速越来越快，而船舷边缘的海水，越来越高。法闲看到天空也已经被海水遮掩了一部分。再到船舷右侧看去，海水已经高出了船身。

不用法闲解释，船工也知道，整个渔船陷入了一个巨大的漩涡。

船老大跑到法闲身前，焦急询问：“大和尚，怎么办，有没有解救的办法？”

法闲伸出手摆了摆，“再观望一会儿。”

船身已经倾斜到了无法站立的地步。

法闲抬头，看见天空只剩下了一半，渔船右侧的海水，已经直立如同墙壁，可见渔船已经深陷到了漩涡中心。

隆隆的响声从船舷左侧传来，现在不仅是法闲，所有的船工都看见了漩涡之下的无底深孔。

“是罗波那？”法闲问向猴子。

猴子立即尖叫起来，双爪刨向自己的脸孔，顿时血肉模糊，然后，拼命地拉扯自己锁骨上的锁链，拉扯几下之后，又用牙齿去啃咬，猴子满嘴鲜血淋漓，暴躁不安。

法闲点头，“看来就是罗波那了。”

罗波那，天竺的魔王，猴王哈奴曼的死敌。

上古时期，被猴王哈奴曼击败，驱逐到了大海之中，忍隐几千年，终于等到了猴子。

渔船深陷巨大的漩涡，旋转得越来越快。

所有的船工都把自己紧紧绑缚在甲板上的突出物和桅杆上，顾不上法闲和猴子。猴子的毛发根根耸立，全身赤红，仰头张开嘴巴，獠牙突出唇外三寸。

猴子在怒吼，他闻到了海水里罗波那的气味。猴子知道自己几千年前的死敌，就要把他葬身于海底。

猴子跪在法闲面前，双手拖住锁链，对着法闲不断地嘶吼。

法闲摇头。猴子尖叫起来。

渔船朝着更深的漩涡中堕入，船身倾斜到几近垂直。一阵巨响，渔船的桅杆顶部被海水横扫，齐根折断，落入快速旋转的海水中。绑缚在桅杆上的水工，随着断裂的桅杆，在渔船的上方旋转，水工呼救的声音自法闲的头顶不断传来。

猴子越发的暴躁，但是仍旧举着手里的锁链，看向法闲。

法闲把手伸到自己肩膀上，手指就要把锁链解开，但在解开前的一刻，法闲迟疑了。

猴子吱吱地尖叫，他在愤怒法闲为什么在这个时候，还不肯把圣座的锁链封印解开。

法闲用手托住猴子的獠牙，猴子狠狠咬住法闲手掌，鲜血迸裂。猴子饮血，更加的怒躁。法闲口诵佛法，感化猴子的怒气。

猴子松开法闲的手掌，双手捧住头部，口中喃喃有声。

法闲说道："猴子，你若今日解开锁链，与魔王罗波那争斗于海上，那么你将永远堕入这无尽的毒海深渊，取代罗波那的位置，生生世世不得成佛，永世在海水中为魔，亿万劫不得解脱。"

猴子仍旧捧着头部，脚掌抓住破碎的甲板，悬吊在空中不停地挣扎。突然展开双臂，露出狰狞的面孔，对着法闲大吼："让我走！"

法闲闭上眼睛，"这锁链，今日是绝无解开的道理。"

这是猴子第一次说出了人类语言，但是法闲并不为所动。

猴子绝望，终于不再坚持，静静地挂在甲板上。

渔船已经深陷到漩涡的中心，到了极深的海面之下，眼见下方的海水已经只有一个极小的孔洞，渔船再下坠，就会被激烈的旋流撕扯成无数碎片。

法闲安抚了猴子，身体挺直，站立起来，对着海水大喊："魔王罗波那，我是中土四象镇南神山的凤雏支益生，受大佛法感化，如今你若再不退下，我将以佛魔手段，将你打入八寒地狱。"

海水仍旧在不停地旋转，漩涡没有丝毫减退的迹象。

法闲张口，吐出一颗菩提子，双手展开，手中各持一面旗帜，左手红旗，右手黑旗。

菩提子在空中幻化，发出赤红的光芒。

法闲大喊一声："雷来！"

一道蜿蜒的闪电划过海面之上，直入海水，深入漩涡之中，将漩涡劈斩。

海水中传出一阵隆隆的嘶吼。

法闲并不停歇，赤红的菩提子在空中旋转，化作无数的火鸟，钻入海水

千万只火鸟，在海水中穿梭，突然汇集在一起，化作一只巨大的火鸟，火鸟身上的火焰炙热，将身边的海水蒸发。

火鸟展开双翅，比渔船大上数十倍，在海水中探直脖颈，头部发出长长的鸣叫。

四象镇南的朱雀，也就是支益生的本魂，被释放出来。

法闲再次大喊："风来！"

海面上顷刻卷来十几股龙卷风，将海水卷向半空中，火鸟借着龙卷风的风势，身躯暴涨，将方圆数十里的海面笼罩。

支益生在天竺修行多年，他的四象朱雀法术，在佛法的加持之下，已经远远超越了当年洛阳保卫战时的境界。

雷电和飓风的夹击，将海水撕扯，朱雀在空中盘旋一圈，然后一头扎入海水深处。

海水之下，红色的火光在黑暗中时隐时现。终于漩涡的力道减弱，海水渐渐合拢，渔船慢慢地漂浮回到了海面之上。

但是海底深处，仍旧翻腾不已。

法闲交换手中的旗帜，十几股巨大的龙卷风合为一体，把方圆十几丈的海水吸入到天空，直入空中的黑云，黑云之中，一道巨大的闪电，化为龙形，隆隆作响。

朱雀从海水中冒出来，一个巨大的巨鲸在与朱雀翻滚搏斗。朱雀不断地啄咬巨鲸，巨鲸的身体处处露出伤口，龙卷风把巨鲸卷上空中，闪电将巨鲸缠绕。

朱雀将巨鲸的头部啄出了巨大的孔洞，然后又化作无数的小火鸟，四下散开。龙卷风顿时停歇，闪电也隐没在黑云之中。

巨鲸的尸体从空中掉落下来，激起数丈高的海浪。

渔船颠簸了良久，终于恢复了平稳。黑云散尽，海面上一片风平浪静。

渔船上的船工，解开身上的绳索，俯身在船舷上观望，只见一头巨鲸尸体，漂浮在海面之上。

正是猴王哈奴曼的死敌罗波那。

猴子安静下来。法闲面如金纸，轻声对猴子说："猴子，我的佛法已经散尽，从今往后，就要仰仗于你了。"

船工看着伤痕累累的巨鲸尸体，惊魂未定。突然船老大大声呼喊："信风回来了！"

法闲的身体发出连续的爆裂声，周身百骸的骨头，寸寸断裂。法闲看着猴子，苦笑一下，双手合十。

第二十三章

灌郡李冰

姬不疑到了青城山。这地方四十年前他来过。跟随被蜀王征调的沙亭流民到这里修建龙台。

四十年白云苍狗，一切都变了。蜀王早已经作古，统治蜀地的成汉王，反而是当年与沙亭一起修建龙台的南蛮贱民牛寺。

姬不疑这些年隐没自己的大景皇族身份，一直在民间修行，行诡道之术，修听弦过阴的本领，已隐隐有道家宗师的气象。

在海上做海盗的张魁曾经联络过姬不疑，让姬不疑到海上避祸，保存道教门人的血脉。

姬不疑拒绝了张魁的邀请，宁愿在民间修行诡道之术。看过了无数的世间惨景，现在站在青城山下的姬不疑，早已经不是当年懵懂无知的少年。

姬不疑在龙台烧毁的故地停留了半日，然后信步走向都江堰的李冰庙。李冰庙白日里人来人往，姬不疑在龙台逗留，也是在等待天黑。

日落之时，姬不疑走到了李冰庙的门口。

庙祝看见这个中年人，背负长剑，在门口徘徊不定，看样子是个道家门派的信徒。庙祝告诉姬不疑，明日再拜香火。姬不疑点点头，亮出手中的一个玉石知了，在庙祝面前摇晃两下。庙祝看向姬不疑的身后，躬身说道：“走好。”却浑然不知，姬不疑已经大剌剌地从他身边走过。

姬不疑走进李冰庙的院落，四下行走，躲避庙内各人。天色渐晚，姬不疑来到后院，看到一棵大树，稳稳当当地坐在大树之下。

皓月当空，姬不疑拿出竹箫，吹响了一曲《广陵散》，箫声呜咽。开指刚过，一个老头子蹒跚走到姬不疑面前，两足交替之际，脚下发出清脆的响声。

“徐无鬼果然把你找到了。”李冰看着姬不疑说，“你不是姬不群？哦，你是姬不疑。诡道传到你们这代，竟然是两兄弟接过了衣钵。”

姬不疑站起来说道：“不是徐无鬼找到的我，是我找到的他。”

“当今世上，行事坤道入阴的两个门派，一个是中曲山，一个诡道，你在乱世之中，找到他也非难事。”

姬不疑放下竹箫，恭敬地跪下，“李冰真人，晚辈叩见。”

李冰摆摆手，“起来吧。”

姬不疑站起来，“徐无鬼师叔已经把事情都给我说了，今日我来，就是斩断封印真人脚下的锁链，共同去往建康，开启建康九龙天一水法。”

李冰看着脚下，“这根锁链已经禁锢我几百年，今日真的要把它斩断，我倒有点舍不得。”

姬不疑说道：“真人是在灌郡时间长了，不敢与天下豪杰争锋了吗？”说完，姬不疑脸色犹豫，生怕自己冒犯了李冰。

李冰笑着说：“你说得没错，我在灌郡待习惯了，这一去建康，就再也没有回来的机会。九龙天一水法，就是我苟活在这个世上最后的理由。”

姬不疑问：“九龙天一水法是针对女魃而修建，真人开启水法之后，就要跟女魃一决高下了吧？”

“女魃也等我很久了吧。”李冰感叹道，“女魃、篯铿、蚩尤三神合一，即将统领妫赵，我若是再不开启水法，大景的汉人，就无处可去了。”

姬不疑坚定地说：“那好，现在晚辈就斩断封印，护送真人去往建康。”说完，姬不疑将身后背负的长剑抽出来，长剑剑身通赤，红光耀眼，正是诡道世代流传的赤霄宝剑。

李冰将脚下的锁链举起，锁链映发出暗蓝色的幽光，无数细微的符咒在锁链上显现出来。

姬不疑深吸一口气，持剑用力斩下，赤霄宝剑剑锋斫在锁链之上，锁链弯曲，无数的符咒将剑锋托住。

赤霄宝剑不断把符咒化为黑烟，锁链逐渐被炽烈的剑锋熔化，炙热的铁水滴落在地面。

姬不疑不停催力，终于剑锋破开所有的符咒，锁链一分为二。李冰将两截锁链从自己双腿的左右髌骨抽出，高高抛起，挂在大树的树枝上。

李冰长啸一声，额头正中，一只眼睛睁开，金光闪烁。脸上的皱纹顿时消失，变换为青色的脸皮。李冰的身体不再佝偻，而是昂首挺身，暴涨四尺，身上的衣服撑破，碎片飞舞，露出了贴身的甲胄。

一把三尖两刃刀从李冰庙大殿的神像手中飞出，在李冰头顶盘旋，李冰舒展臂膀，接住三尖两刃刀。

片刻之间，李冰露出了真身，是一个身高九尺的巨汉，三只眼睛炯炯有神，再也不是刚才萎靡不振的老者模样。

李冰踏上一步，脚下地面震动，“走吧。”

姬不疑看着李冰，一时间不敢相信，李冰真人竟然是如此的威风神武。

第二十四章

魔神重生

妫赵的百姓都在纷纷传闻，皇帝御驾亲征的大军在建康吃了败仗，并不是如公告所说的南征大捷，击败建康水军，歼灭大景陆军无数。

这个传闻在洛阳越来越盛，赵国百姓看到妫赵大军撤回到了洛阳，更加坚信妫赵在建康输了。洛阳城内人心惶惶，甚至传言各地汉人部曲都发起了叛乱。

回到洛阳的妫樽、妫鉴兄弟，深切知道百姓的担忧。但是少都符散瘟的遗毒还未彻清，如今再次兴动大军，也是徒劳。大景方面祛除瘟疫的手段比妫赵高明，现在急于攻打建康，万一军中瘟疫再度肆虐，后果不堪设想。

不过寿春已经收复，也算是此次进攻大景的巨大战略收获，为下次进攻建康占据了有利根据。

在这段时间，干阙马不停蹄地率领沙亭军，四出翦灭各地汉族部曲的叛乱。沙亭军的威势，依旧无可抵挡。

直到翦灭了大景残余北方的最大势力，并州留守刘鲲后，干阙方才班师洛阳，向妫樽禀告军情。

刘鲲在大景东渡后，一直据守并州，是大景安插在妫赵后方的一支重要的军事势力。妫赵三十年来一直忙于平定中原，无暇征讨刘鲲，导致并州渐渐发展为妫赵的心腹大患。

妫赵大军从寿春回撤洛阳之时，沙亭军与赵军分兵，一路扫荡散落在赵地内的汉人部曲。半年后，干阙突然从邯郸北上，突袭并州。并州守将刘鲲正在筹划与大景联系，伺机起事，准备越过太行山南麓，突袭洛阳。却没有想到，一夜之间，并州城外已经插满了沙亭军的军旗。

刘鲲也算是一代名将，但是在干阙面前，毫无抵挡之力。围城不到一个月，沙亭军在干阙的率领下，堰塞并州城外的河流，然后引水淹城，沙亭军顺着水势，一鼓作气攻破了并州的城墙。

刘鲲被俘，不肯投降，反而在干阙面前侃侃而谈，鼓动干阙反叛妫赵。干阙告诉刘鲲，他并非景朝的子民，沙亭军先前本就是泰朝的北府军后裔，如今跟随妫赵，与昏庸无度的大景毫无干系。

刘鲲闻听，破口大骂，只求速死。干阙将刘鲲用弓弦勒死，保了全尸，然后用棺椁装盛刘鲲尸首，送往建康，成就了刘鲲的忠义。

干阙回朝，将此事禀告妫樽。妫樽赞许干阙处置得宜，可是妫鉴却对干阙的作为不以为然。

回到洛阳后，妫樽和妫鉴两兄弟之间似乎有了间隙。妫鉴不断鼓动妫樽立即南下，再次攻打建康。而妫樽似乎意兴阑珊，不愿大动干戈。

妫鉴与妫樽之间的矛盾，在妫赵的朝廷内也引发了争论。揭羝羌族的贵族武官，大都极力支持妫鉴南下，而大部分汉人的文官，则希望妫樽罢兵止战，休养生息。武官以妫鉴为首，文官以蒯茧为首。

两方在洛阳的皇宫南殿内，每日里争执得不可开交。双方都等着干阙回到洛阳，做个了断。干阙是妫赵沙亭军的首领，承续干奢的爵位，而且马上就要就任太尉一职，他的立场足以左右双方争论的胜负。

妫鉴自信干阙会支持自己，而蒯茧也觉得可以拉拢干阙。

没想到干阙回洛阳后，并不发表自己的看法，闭门称病，既不上朝，也不见客。妫鉴在朝堂上不断地辩驳蒯茧，要率兵出征，蒯茧等文官则据理力争，不肯让步。洛阳城内，危机重重。

干阙在府内躲避，一天夜晚，走到宅邸的院内，仰观天象，看到紫微星光芒黯淡，洛阳城上空，笼罩着一片氤氲。干阙心事重重，看着宅邸内的池塘，与金水相连，忽然想到这里就是当年大景太傅张胡的府邸。

下人突然通报，一个沙弥求见。

干阙略作迟疑，让下人把沙弥引进来。沙弥见了干阙，双手合十，递上一封请柬后，便匆匆离去。

干阙打开请柬，看到是白马寺主持大孔雀王相邀，速速到白马寺一见，有要事相商。

干阙见过大孔雀王的本事，知道大孔雀王是西域来的奇人，身世莫测。他想了想，明白大孔雀王深夜求见，一定是不愿意让旁人知道与干阙私聚。于是悄悄换了便装，牵了一匹马，独自一人，缓缓向白马寺行去。

到了白马寺前，已经是丑时。干阙下马，刚抬起手准备敲白马寺山门，大门已经打开，仍旧是刚才传柬的那个沙弥，也不说话，转身带着干阙走向寺内。

走入白马寺的大殿，看见大孔雀王正在无数的香烛之间打坐。干阙走到大孔雀王身前，大孔雀王睁开眼睛，对干阙轻声说道："干将军，今晚大凶，你应该已经察觉到了吧。"

干阙向大孔雀王拱手，"大和尚深夜召我前来，就是为了说这句话？"

大孔雀王点头，"洛阳城内，今夜必有血光之灾，干将军实在不宜留在洛阳内城。"

"大和尚如此说来，"干阙隐隐察觉不妙，"洛阳城内的灾祸，应该是有所指向。"

“祸端都要牵扯到干将军的身上，”大孔雀王反问，“将军你说灾祸会在哪里？”

“皇宫？”干阙立即明白了。

“干将军的沙亭军不能入驻城内，”大孔雀王说道，“一旦将军有难，身边无一兵一卒的亲信可以调动，纵然将军一代人杰，也只能死于乱军之下。”

“乱军之下？”干阙哈哈大笑起来，“如今我大赵军事强盛，我不久前已经剿灭了并州的景朝余孽刘鲲，放眼整个赵境，哪里还有什么势力能够对洛阳有所威胁。大和尚，你夸夸而谈，哄得了别人，却哄不了我。”

大孔雀王不与干阙争论，“干将军左右是在洛阳为难，不如今夜就在老衲处清谈一晚，如果无事，明日就回府，今夜之事，权作从未发生。如果洛阳今夜突发祸端，将军你也有个求生之机。”

“如此说来，大和尚倒是很惦记我的性命。”干阙冷冷说道。

大孔雀王听了干阙的讥讽，脸上并无尴尬之色，而是笑了笑，“干将军是逆转乾坤的当世大英雄，当然不能死于无妄之灾。何况，有个人也希望干将军活下去。”

“什么人？”干阙越来越狐疑，大孔雀王似乎掌握极为莫测的秘密。

“两日之前，来了两个人，一父一子，”大孔雀王说道，“在我这里逗留了一个时辰，给了我一封书信，然后就匆匆走了。”

“他们从何地来，又往哪里去？”干阙知道大孔雀王在暗示一些很重要的事情。

“从凉州来，”大孔雀王说道，“去往大景。”

干阙把佩剑抽出来，“大和尚，你果然是身在洛阳，为敌国通报的奸细。”

大孔雀王脸色平静如水，不为所动，“将军以怨报德，是不是不太公道。”

“你满口胡言乱语，说今夜洛阳有血光之灾，妖言惑众，”干阙说，“又承认与匈奴和大景有私下往来，我难道不该把你抓捕到皇宫，让我的大哥亲手把你处死？他对你信任有加，你却是个背弃他的细作。”

“妫樽皇帝，不会处死我的。”大孔雀王摇头。

“你我到大哥面前对质，”干阙恨恨地说，“你看是大哥信你，还是信我。”

“妫樽皇帝活不过今夜……”大孔雀王看了看洛阳的方向，“可能现在已经驾崩了。”

“我大哥身体一向安康，也没有染上瘟疫，”干阙喝道，“哪里说死就死了？”

“将军不好奇，那一对不希望你罹难的父子是谁？”大孔雀王并不慌乱，又把话题转回。

“是谁？”

“四象镇东神山的任嚣城。”大孔雀王说道，“他带着儿子前往大景，给我留下的，是匈奴秃发腾单于的亲笔手谕。”

不等干阙讨要，大孔雀王胸口漂浮起一张羊皮，晃晃悠悠地飞到了干阙身前。干阙伸手拿过，只看了一眼就如遭雷击，上面只有两个字：

“灭赵。”

“你是秃发腾单于安插在洛阳的细作！”干阙把佩剑搁在大孔雀王的肩上，“我现在就可以将你就地斩杀，无须禀告大哥。”

“其实是无疾单于。”大孔雀王轻声说，“妫赵的杀孽太重，享国也只能四十年，如今时候也该到了。”

“任嚣城带着儿子去往大景，”干阙逼问，“他为何偏偏要让我活下来？”

“因为灭赵的人选，”大孔雀王眼里突然冒出金光，“就是干将军你！”

“哈哈……”干阙大笑起来，“我不杀你。原来你是个疯子。”

大孔雀王颔首向干阙微笑。干阙看到手中的佩剑竟然化作了一朵莲花。

“这种掩人耳目的西域方术，”干阙说道，“怎能让我顾忌！”

莲花瞬间枯萎，只剩下一根干枯的茎秆。

“时间到了。”大孔雀王说道，“干将军如果要保全沙亭军一脉，就赶紧前往沙亭军大营，严阵以待吧。”

干阙退后两步，不知道这个胡言乱语的大孔雀王到底是什么意图。

“将军记住，今夜我救了将军一命，”大孔雀王说，“今后还有仰仗将军的时候。”

干阙突然听到北方洛阳城内人声喧嚣，还有隐隐的刀兵交接之声。干阙大惊失色，跑出白马寺的山门，看向北方。

洛阳城内，已经冒起了通天的大火。

“事不宜迟，将军赶紧去往沙亭军大营，还有保全性命的机会。”大孔雀王已经跟随干阙到了山门之外，看着北方说道，“今夜就是魔王复苏的时候。”

干阙心如火焚，呼哨一声，在寺庙外吃草的坐骑飞奔而来，干阙翻身上马，就要奔向沙亭军大营，去引兵镇压洛阳城内的变故。

大孔雀王站在寺庙门口，看着干阙骑马飞奔而去。

干阙双腿夹紧马匹，马鞭飞快地抽了几下，瞬间就飞驰到百步之外，可是大孔雀王柔和的声音，仍旧在干阙的耳边响起，“将军，你一定要救出蒯茧大人，再问他一个秘密。”

“什么秘密？难道比现在的局面更加紧急？”干阙随口反问，猛回头时，才发现大孔雀王仍旧站立在山门外，遥遥看望着他。

干阙一刻不停，朝着东南方向的龙门关飞驰。沙亭军翦灭并州刘鲲之后，班师回朝，在洛阳东门得到调令，镇守洛阳南边要塞龙门关。龙门关是洛阳的门户，沙亭军被委以驻守重任，是最合理的安排。可是现在看来，把沙亭军隔拒在洛阳城外，一定是蒯茧的阴谋。

干阙在马上思索这些日子洛阳城内暗流涌动的争斗。蒯茧一心要阻止妫樽皇帝南征，妫鉴却执意发兵南下，疏不间亲，妫樽一定是偏向三弟。更重要的是，妫樽心怀一统天下的野心，只是因为第一次征伐建康铩羽而归，因此不便主动策划再次南征。干阙知道大哥这个心思，也就知道妫鉴的主张，最终必然就是妫赵的抉择。因此干阙并不发表自己的想法。

只是没有想到，蒯茧竟然会用政变的方式来扰乱宫廷。适才大孔雀王故意要自己救出蒯茧，并且说蒯茧隐藏着一个巨大的秘密，也就是暗指洛阳事变一定跟蒯茧有关。妫樽、妫鉴、干阙三人南征多时，在洛阳主政的就是蒯茧，可见蒯茧在这段时间里暗中培植羽翼，早就有了政变的意图。

干阙突然想到，可能蒯茧就在这段时间里，已经被大景或者是匈奴收买。如果这样，情势就更加凶险。

干阙心中焦急，担忧妫樽和妫鉴很可能已经遭遇不测。如果两兄弟被蒯茧所杀，自己却偏偏置身事外，该如何是好……干阙不敢再想，加鞭朝着龙门关方向奔去。可是到此情形，本来并不甚远的龙门关，却似乎变得遥不可及。

半个时辰之后，干阙终于奔到了龙门关北门。

可是北门已经开始有军队在混战。

两队人马正在厮杀，都穿着赵军的服装，打着赵军的旗帜，一时间也分不清敌我。

干阙抬头再望，看见龙门关城门紧闭，城墙上军士已经严阵以待，心里略略放松。沙亭军军纪严明，到了酉时，必须宵禁，除非干阙亲自下令，任何人不得开门。

城下的两队军马还在厮杀，暂时分不出胜负。城墙上，已经升为沙亭军副将的仲云，对着城门下大喊：“无论是谁得了陛下的谕令，都不得靠近城门，天亮之后，再做商议。”

城下的两队军马已经杀红了眼，哪里听得进仲云的叫喊。双方都想靠近城门，其中一个将领大喊：“仲将军，我有皇帝御旨，立即打开城门，与我引兵去剿灭洛阳城内的叛乱。”

另一个将领也大喊：“仲将军，不要听他蛊惑，现在皇帝陛下及两位亲王都受困在皇城内，你马上开门，我们合力杀了这些叛军，去解救皇帝陛下和干将军。皇帝陛下的御旨，就在我的手中。”

仲云听了，并不慌乱，对着城下大喊：“我沙亭军奉命镇守龙门关，你们二人所言，皆不可信。速速离开城门之下，否则我军令无情。”

两边的军队仍旧厮杀，不听仲云的警告，都抢着靠近城门。

仲云一声令下，城门上无数飞矢落下，滚木也投掷下来。两边的军队，不分敌我，顿时损失惨重，只好各自朝着东方的洛水退去，避开沙亭军的攻击。

干阙趁此机会，立即策马飞奔到城门下，大喊：“仲叔父，是我！”

仲云认得干阙的声音，连忙下令打开城门。南边交战的军队，也看到了干阙，都分兵来追赶，未等城门打开，追兵已经赶到。仲云扔下绳索，干阙抓住，城墙上的沙亭军立即把干阙拉上城墙。追兵之中有人朝着干阙射箭，被干阙腾出一只手用佩剑格挡。

一只飞矢从追兵中飞来，破空之声尖厉非常。干阙知道这一箭无法抵挡。一个沙亭军士从城墙上飞身跃下，落在干阙的身后，被长箭钉在城墙上，口中吐血，伸手对着干阙摇摆两下，干阙认得，此人是仲云的儿子，仲养。

转眼之间，干阙身体被拉到了城墙上。仲云顾不上丧子之痛，对着干阙说：“洛阳大乱，这两支军队又要杀将军，如何是好？”

干阙说道：“立即传令披挂兵器，进军洛阳城，救护皇帝陛下和我三弟。是蒯茧反了。”

城下的军队看见干阙已经回到沙亭军，也就不再纠缠，立即朝着洛阳方向回撤。在撤回途中，仍旧拼杀不休。

仲云对干阙说："他们一定是确信你死了，才到龙门关来假传谕旨，调动沙亭军。"

"不错。"干奢说，"我只是奇怪，蒯茧假传谕令也就罢了，为什么两边都说自己有谕令？"

仲云说道："那么其中一方，必定是真的有谕令，是皇帝陛下派来。"

"还是不对，"干阙说道，"刚才两军都朝我射箭，都想致我于死地。"

"难道皇帝陛下也想接管沙亭军？"仲云立即意识到事态严重，"无论蒯茧还是皇帝陛下，都要将你、将你……或者这两军都有计划，认为你已经毙命在洛阳城内，因此前来接管沙亭军，却没想到你逃了出来。"

"大哥仁厚，不会对我薄情。"干阙说道，"我也不是逃出来的，而是有个神人提前把我带出了洛阳。"

龙门关的城门已经打开，沙亭军在城下集结，军马齐备士气鼎盛，并不因为深夜出兵而有丝毫懈怠。

干阙对仲云说道："且不管如何对我，现在我们马上进入洛阳，将局势控制后，一切都将水落石出。"

仲云一声令下，沙亭军急速朝着洛阳进发。

一个时辰之后，沙亭军奔赴到洛阳南门城外。洛阳南门洞开，城中一片厮杀混战，沙亭军冲入城内，竟无人抵挡。

干阙命令仲云，将沙亭军分兵四路，分别由四个万夫长率领，占领城墙，将四方城门关闭。这四路军马全部由仲云统一调度，没有干阙的军令，谁也不能开门。

城中一片混乱，双方都在朝着皇宫的方向移动，反而没有军队在城墙上镇守。仲云指挥四路沙亭军，将洛阳城的四个大门尽数关闭。

干阙自行率领一支人马，赶往皇宫。

干阙在形势危急之时，毫不慌乱，做出了正确的选择。仲云的四路沙亭军刚刚把城门落下，洛阳城外就分别来了几路人马，仲云坚守城门，无论来的人马如何威胁鼓惑，或称是前来勤王，保护皇帝陛下的部队，仲云都不为所动。

沙亭军占据了城墙的优势，城外的军马只能绕着洛阳城墙之外往来奔突，无法逾越雷池半步。

干阙率领人马来到皇宫之外，并不主动攻击任何一方，而是冷眼观看。这时候皇宫的大门开启，妫鉴冲了出来，对着干阙大喊："二哥，蒯茧联络京畿附近的驻军，造反了。"

干阙问妫鉴："哪一边是蒯茧的人？"

妫鉴指着已经占据上风的军队，"他们就是被蒯茧蛊惑的叛军。"

干阙终于分辨了敌我，沙亭军在干阙的调动之下，立即加入战团，将蒯茧的叛军击溃。叛军在城内逃窜，被沙亭军追击成无数小股，再也无法形成阵型。

妫鉴和干阙走到一起，对干阙说："我的人马都在城外，二哥把他们放进来吧。"

干阙听到这句话，立即如同雷击一般。

干阙看向妫鉴："城外确定是三弟的人马，前来勤王？"

"那还有假？"

"三弟的人马一半在荆州，一半在长安，"干阙问，"调动过来的一定是长安的人马了？"

"当然，"妫鉴说道，"难道不是就近求援吗？"

干阙立即阻止传令官开启四门，脸如沉水，问妫鉴："大哥呢？"

"大哥已经遭了蒯茧的毒手……"妫鉴哭着说道。

干阙望着妫鉴，看到妫鉴脸上的确是布满了泪痕，一颗心堕入了万丈深渊。大孔雀王说对了，大哥妫樽，已经驾崩。但是杀害妫樽的并非是蒯茧，而是眼前的三弟。

“三弟，”干阙没有时间哀悼大哥，对着妫鉴问：“你为什么要这么做？”

“怎么做？”妫鉴惊讶地问，“蒯茧突然起事，难道我不该调动我的人马来保护大哥……”

妫鉴的声音戛然而止，他也意识到，自己说漏嘴了。

洛阳到长安快马也要一日一夜，军队调动，时间更是要两倍之上。妫鉴最迟也是在三日之前，就发出了调动长安军马的调令，哪里可能是今夜蒯茧突然起事，妫鉴临时调动人马过来。

分明叛乱的主谋是妫鉴，而蒯茧才是临时召集京畿宿卫对抗叛乱的一方。

现在妫鉴亲口告诉干阙，大哥妫樽已经遇害，皇宫哪里有蒯茧的亲信，只有妫鉴才能自由出入内宫。

片刻之间，干阙就已经想通了所有的枝节。但是已经晚了，一阵冰冷的寒意从干阙的肋下传来。干阙低头看去，是妫鉴手持鱼肠剑，捅进了自己的肋下。

干阙并非不顾忌妫鉴，只是一来他还在猜测，二来，他实在是无法从感情上相信，从小一起长大的三弟，竟然真的会杀自己。

干阙手下的沙亭军看到这个场面，立即围攻过来，可是没有想到皇宫外，竟然有无数的伏兵突然杀出，将干阙和他身边的亲兵重重围困。沙亭军血性勇猛，仍旧潮水般地冲向妫鉴。

这时候，扩大后的阳泉湖下，爬起一个巨大的怪物，四十年前攻打洛阳的夔魈，又一次出现在洛阳。

夔魈踏入战局，本就处于下风的沙亭军，更加无法抵挡，加上顾忌干阙的安危，沙亭军越战越弱，只能不断后退，距离皇宫门外的干阙和妫鉴越来越远。

妫鉴已经把鱼肠剑抽出，干阙的肋下鲜血射出一丈，干阙捂住伤口，跪倒在地。他看看妫鉴，又看看夔魋，“三弟，你终于打开了锦盒。”

“为什么不用锦盒？”妫鉴狞笑起来，“明明可以利用魔神的力量一统天下，你却和大哥一样，冥顽不灵，坚守什么大义。”

“你刚才也是用这把鱼肠剑杀了大哥？”干阙虚弱地问。

“不错。”妫鉴说道，“你和大哥都死了，大赵只有我来做皇帝。”妫鉴的嘴角抽搐，“我一定会延续你和大哥的心愿，先灭大景，再灭匈奴。”

“城中混战，”干阙终于想明白了，“也是你故意示弱，引我进城。蒯茧一介文官，哪里能够调动京畿的宿卫。”

“这倒是个意外。”妫鉴说道，“起事的时候，我首先率兵扑向你的宅邸，没想到扑了个空，反而惊动了蒯茧。”

干阙懂了，的确是大孔雀王救了自己一命。可惜仍旧是徒劳。妫鉴算准了，只要与蒯茧的军队混战，干阙就一定不会坐视不管，进入城内。

干阙看向城墙，对妫鉴说：“四座城门都在我沙亭军控制之下，你的援军在城外进不来，城内还是我们沙亭军的天下，我死了，仲云一定不会放过你。”

“只要你死了，”妫鉴轻松说道，“仲云不会杀我。”

干阙想了想，妫鉴说得没错，他和大哥妫樽皆死，只剩下妫鉴是唯一的皇帝人选，只要仲云还忠于妫赵，就无法弑君。

“如果仲云执意坚守，一定要为我报仇呢？”干阙事到如今，也只能如此强撑，“洛阳城门都在他手上。”

“真的吗？”妫鉴虽然在笑，但是没有任何的笑意，“二哥，我谋划了这么久，难道没有想到这一节？”

干阙全身冰凉，因为他看见洛阳城的四个方向，升起了四个高台，高台在城墙上急速移动，每一个高台上都站立着一个巨大的骷髅。

四个高台，西方白虎指挥着夔魑，不断地击杀沙亭军。北方的玄武高台上，无数的乌鸦和秃鹫在天空盘旋。东方高台，三十六条黑龙在巨大锁链牵引下，正对城墙上的沙亭军发动一波又一波攻击。暗红色的朱雀，在南面城墙上低飞掠过，所到之处，引发熊熊烈火，城墙上的沙亭军陷入火海之中。

“魔王重新驱动了洛阳四象木甲术？”干阙彻底绝望。

妫鉴哈哈大笑起来，对着干阙说道：“从小父皇就宠爱你，器重大哥，偏偏对我这个亲生儿子，并不慈爱。你是什么人，你明明跟大景那些低贱的汉人一样，不，你连他们都不如。大景都不承认你们沙亭军是他们的子民，你凭什么承受得起我父皇的垂青，把你当作儿子一般？”

“你这么想，我无话可说，”干阙的伤口正在不停地失血，“可是妫樽是你的亲大哥！”

“大哥早就暗中打定主意，要把皇位传位给你，”妫鉴说道，“这就是我为什么一定要杀掉你们的缘由。”

干阙伸出手，搭在妫鉴的肩膀上，妫鉴并不防备，看着干阙因为痛苦扭曲的脸庞。

干阙哭着说：“我们三兄弟，从小一起长大，立志要让大赵的旗帜插遍中原，可是你为什么、为什么要杀了大哥？”

“已经回不了头了，”妫鉴也哭起来，“二哥，怪就怪我们生在了帝王家。”

妫鉴一边流泪，一边把干阙搂抱起来，手臂回绕，鱼肠剑顶在了干阙的背后。干阙的背心已经感受到鱼肠剑的寒冷锋芒。他在妫鉴的耳边轻声说：“三弟，给我一个痛快。”

干阙闭上眼睛，等着妫鉴致命的一击，耳边却突然响起了琴声，这是临终前的幻觉吗，干阙想到，还是为自己安魂的奏乐？

然而干阙发现，妫鉴的鱼肠剑并没有刺穿自己的后背，反而妫鉴的面色变得狰狞而黑暗。

干阙看到妫鉴已经扔掉了鱼肠剑，双手捧住自己的脸孔，对着空中大喊："我不能杀二哥。"

干阙看见妫鉴的脸上蒙上了一层黑雾，变成一张无比狰狞的面目，却又对着干阙说道："沙亭军和干阙一定要死，否则后患无穷。"

妫鉴弯腰拾起鱼肠剑，身体抖动，朝着干阙又刺过来。

琴声再次响起，妫鉴捂住耳朵，"我不能杀二哥。"

干阙不知道发生了什么。此时一个声音在耳边响起，"干将军，马上跟我走，沙亭军还有救。"

干阙回身，看见一个五十多岁的老者，怀抱着一个古琴，看着自己。

"到处都是赵军，"干阙绝望地说，"我们无处可逃。"

然而干阙随即看到，所有赵军的兵刃都断裂成了无数截，看来是这个老头子的琴声所致。老者对干阙说："干将军，走吧。我的能力不足以在魔王面前支撑。"

"怎么走？"干阙问道。

老者扔了古琴，手臂挥舞，地面上瞬间出现了数百支蜡烛，无数的幽灵从地下钻出来，将身边的赵军缠绕。

两匹骏马被幽灵惊吓，前蹄高高跃起，把背上的赵军甩落地面。老者拉住干阙，将他举上骏马，自己也翻身上马，带着干阙策马奔向南门。

干阙和老者逃走片刻之后。妫鉴僵直站立，手臂舒展，抬起脚在地面狠狠跺下，纠缠赵军的幽灵，瞬间灰飞烟灭。

"是诡道的门人！"妫鉴的声音尖锐又沙哑，如同一个老妪在呼叫。

干阙伏在马匹上，摇摇欲坠，突然看到了正在被一股赵军围困的蒯茧。蒯茧也看到了干阙，对着干阙大喊："干将军，救我。"

干阙想起大孔雀王的嘱咐，打起精神，冲入赵军，要去解救蒯茧。

老者大喊："救不了了，形势紧迫。"

干阙不理，把蒯茧一把拉上了马背。老者无奈，只好拉起缰绳，折返回来，三人都陷入了赵军的围困。

赵军看见干阙，无不敬重，一个军士说道：“干将军，不要妄动，三皇子马上就到。”

干阙哪里理会，只顾朝着南门突围。

赵军无奈，也只能用手中的兵刃去阻拦干阙。

老者点起蜡烛，一个巨大的幽魂从地上冒出，可是瞬间又化作了飞灰。老者回头看去，已经长成了数丈高的妫鉴，正在后方大步流星而来。已经看见了干阙。

干阙看着老者，苦笑道：“连累了老英雄，只是到死也不知道老英雄的尊姓大名。”

老者拱手说道：“我就是诡道司掌姬不群，也就是当年的景宣帝长子。”

赵军听到，立即蜂拥而上，比对待干阙更加急切。

这时候，一队军马赶来，冲散了赵军，原来是仲云看到干阙已经接近南门，亲自引兵来救。

仲云摆好阵型，对着干阙说道：“将军，赶紧去往南门，沙亭军已经全部撤到南门之下。”

干阙说道：“妫鉴已经被魔王附身，我们逃不掉了。”

仲云用马鞭用力抽打干阙的坐骑，“沙亭军不能在这里灭亡，将军赶紧率领沙亭军投奔大景。”

老者眼看妫鉴高大的身体跨过屋顶，已经距离越来越近，不容分说，带着干阙奔向南门。

仲云回头看了看干阙，然后将手下残余的沙亭军士招聚在一起，慨然说道：“今日必定死在这个魔王手下，但是我们决不能退缩。”

“不退缩。”身边的几个沙亭军回答，声音虽然不大，但是坚定无比。

当干阙和蒯茧，还有姬不群逃到南门之下的时候。

最后几个活着的沙亭军，纷纷扑在化为魔王的妫鉴腿上，用兵刃不断劈砍。妫鉴的手中，抓着仲云的尸首，挥舞了半圈，用力掷向空中，尸首立即被空中的无数乌鸦啄食，落下来的只剩一具枯骨。

黑暗朱雀飞到了妫鉴脚下，盘旋一周，扑在妫鉴脚下的沙亭士兵，顿时陷入火海，瞬间烧成了灰烬。

干阙知道，绝不能耽误时间，让自己死在妫鉴的手下，否则不仅辜负了大孔雀王、姬不群的鼎力相救，更有负于惨死在敌手的战友仲云。

沙亭军的残部，已经在南门等待，看见干阙到来，立即卫护着干阙从南门撤出，也不敢驻守龙门关，直奔荆州而去。

妫鉴的魔王走到洛阳的南门，被青水阻隔，无法跨越。洛阳四象木甲术也无法在洛阳之外追击干阙。

沙亭军一路疾奔，终于把龙门关远远抛在了身后。

奔行到龙门关南三十里之后，干阙才稍作喘息，清点余部。沙亭军在这次洛阳宫廷之乱中，只有一半人逃了出来，沙亭军宁死不降，留在洛阳的沙亭军看来已经没有侥幸的可能。

干阙回望北方，看到洛阳城上空的黑色妖雾，腾起到斗牛之上，甚至连初升太阳的光芒都被夺去了。妫鉴私下打开了锦盒，已经被蚩尤、餮铿和女魃三魂合一所蛊惑，就此开始祸乱中原，倾尽妫赵全国之力，不顾一切代价攻打建康。

想到此处，干阙忍不住万念俱灰，匍匐在地上嚎啕大哭。身边的亲兵将干阙扶起，好言劝说："将军，我们沙亭军本就是不为大景所容的流民，在妫赵也是处处受人提防，如今又何必如此？我们沙亭军从四十年前走出哭龙山，流离失所，两辈人眼泪早已经流尽，从来只有鲜血可流淌，哪有流泪的道理呢？"

干阙站立起来，轻声说："我一来是痛惜我们三兄弟刀兵相见，大哥死于非命；二来感念父亲苦心经营数十年的沙亭军，如今在我的手中折损大半；三来悲叹父亲和妫辕皇帝于千难万险中奠基起来的大赵基业，就此毁于一旦。”

军士问干阙：“如今之计，将军要带我们去往何方？天下之大，却无我们沙亭军容身之地。”

干阙看向蒯茧，突然眼前一片黑暗，身体摇晃，不能支撑，原来是鱼肠剑锋利异常，伤口不可愈合，干阙失血过多，晕厥了过去。

当干阙再次醒来的时候，已经置身于一辆简陋的马车之中，身边一左一右，坐着蒯茧和姬不群。

干阙睁开眼睛，看了看两人。蒯茧苦笑，对干阙说：“四十年前，我和面前这位姬不群先生，也是与沙亭军一起逃难。四十年过去，本已世事变迁，没想到造化弄人，我们又回到了起点。”

“现在沙亭军去往何地？”干阙问道。

“沙亭与大景交战无数，仇恨已深，大景我们是无法投奔了，”蒯茧回答，“我和姬先生商量了，当年我们还有个旧人可以投靠。”

干阙想了想，对蒯茧说：“蒯仲父说得不错，当年与你们一起在蜀地修建龙台的牛寺，的确是你们故人。”

“牛寺与你父亲干奢，也是莫逆之交，一起出生入死，”蒯茧说道，“我也苟且偷生到了这个年龄，牛寺应该还记得我们之间的患难。”

干阙想支撑起身体，却双臂酸软，无法起来。

姬不群说道：“干将军还是歇着吧。静养十日之后，才能行走骑马。”

干阙这才感受到自己腰间的剧痛已经消弭，只有阵阵痒麻，这是伤口愈合的征兆。

蒯茧又说：“幸亏姬先生医术高明，两日前用良药救了你性命。”

“多谢姬先生。”干阙说道，“先生消失了这么多年，我父亲在世的时候，经常提起先生，只是不知道姬先生就在洛阳。”

“我不在洛阳，”姬不群冷冷地回答，“我弟弟姬不疑在洛阳多年，而我一直云游四方，各地流浪。”

干阙本想询问姬不疑的下落，是不是已跟着徐无鬼到了大景建康，但是看见姬不群提起胞弟的冷淡神色，知道兄弟二人之间必有嫌隙，也就压住不问。

突然干阙想起一件事情，把头转向蒯茧，“大孔雀王是一个奇人，似乎有预知未来的本领。他能算到妫鉴必然叛乱也罢了，竟然能够提前告知我要解救蒯仲父。大孔雀王与蒯仲父有私交吗？”

“并无私交，”蒯茧也好奇地说，“这个西域来的和尚一直神秘古怪，好像没有什么事情是他不知道的。”

“蒯仲父，我有事问你。”干阙盯着蒯茧的眼睛，“有一个秘密，你一直瞒着我。”

“大孔雀王与你说过？”蒯茧顿时脸色苍白，汗水从满是皱纹的脸上流淌到胡须。

干阙心中一凛，知道大孔雀王最后嘱咐自己的事情，非同小可。如果不诈一诈蒯茧，以蒯茧的老成世故，一定不会轻易说出实情。

干阙勉强点头，镇定地看着蒯茧：“蒯仲父，事到如今，你还要继续瞒下去吗？大孔雀王并未亲历当时的事件，你隐瞒的事情，我要知道个明白。”

干阙极力掩饰心虚，等着蒯茧把真相说出来。

蒯茧长叹一声，“这件事情，我以为这世上不会有他人知道了，没想到还有个大孔雀王，通晓一切。看来我只能违背太尉的叮嘱了。”

“我父亲为什么不让你说出来？”干阙如果不是因为受伤甚深，现在脸色苍白，就会引起蒯茧的怀疑。

“今夜洛阳之乱，最开始的时候，”蒯茧说道，“皇宫中的宿卫奔袭你的将军府，大喊着干阙反了，当时我是信了的。”

干阙压抑心中波澜，轻声说：“蒯仲父，你仔细说来。”

“你既然已经知道你父亲是死于先帝妫辕之手，”蒯茧叹口气说，“当然要起兵反叛……”

干阙两眼直瞪，险些又一次晕厥。

“你并不知道？”蒯茧猛然意识到干阙给自己下了圈套，说漏了这个绝密，立即懊恼万分，“我……我……嗨……”

干阙挺坐起来，拉住蒯茧的衣襟，眼露凶光，“把事情原原本本地告诉我！”

蒯茧无奈，长叹一声，只得继续说道：“先帝妫辕临终之际，让我给太尉干奢，送去了一封信，和一瓶鸩酒。我受命到了太尉的府邸，那时候你驻守在龙门关，并不知道这个隐秘。”

“是你害死了我的父亲？”干阙死死拽住蒯茧。

“如果你要报仇，那就动手吧。”蒯茧冷静地说，“天命难违，我如若不从，也是性命不保。但是这封信的内容，你还想听吗？”

“说。”

“太尉打开信件，”蒯茧继续说道，“看了很久，然后对我说：蒯茧，是我的性命重要，还是沙亭军的存亡重要？我无言可对，只是说，我们沙亭军千辛万苦，如果你决定要违背妫辕的心意，我们就奋力一搏，反了吧。太尉摇头，他说，大赵的根基已经稳固，如果沙亭军反叛，只有全军覆没的道理。不过，妫辕亲自抚养干将军你长大，知道你绝不会反抗大赵，只要你不知道太尉是被赐死，就不会起兵反叛，那么沙亭军便可得以保全。”

干阙听了，一时间不知道如何是好，一个是自己的亲生父亲，一个是培养自己的皇帝义父，若论亲疏，还真的无法辨别孰轻孰重。

蒯茧继续说：“妫辕已经做了三十多年的皇帝，早已帝王悭吝心性，不再是当年热血的奴隶将军。他知道自己一旦驾崩，两个儿子根基脆弱，大赵满朝文武，都与太尉的关系盘根错节，即便是太尉自己不愿意登极，大臣和百姓也必然会拥戴太尉。当年魏泰高祖曹操的典故，妫辕死前极为忧虑。”

干阙也知道魏泰朝的这段历史。当年曹操忠心于汉室，但是曹氏党羽已经遍布朝野内外，即便是曹操始终不愿称帝，但他的儿子还是顺势而为，夺了汉室天下。此番形势，与妫辕行将驾崩时的情形别无二致。

“父皇担心的是我啊……”干阙长叹一声。

“妫樽仁厚，妫鉴轻浮，”蒯茧说道，“皆不如干将军你兼有文武之才。其实当时大赵的民心所向，都是干氏，你要知道你们沙亭干氏本就是汉人，而大赵境内，汉人仍旧占据六成。”

干阙说道：“因此妫辕驾崩，我的亲生父亲干奢必死，但是绝不能让我知晓。如果我父亲当时不答应呢？”

“不答应，”蒯茧说道，“妫辕在信中说道，他就打开锦盒，放出魔王，让三魔附身于他，然后将沙亭军斩尽杀绝。”

“父亲和妫辕，在古道里遇到了女魃的锦盒，”干阙说道，“竟然是延续了这么多年的威慑。我懂了。”

“只是现在看来，太尉的死也毫无意义。妫辕本以为妫樽会听从他的遗嘱，绝不打开锦盒，可是万万没有料到，妫樽太过于顾及亲情，放任了妫鉴。妫鉴私下打开了锦盒，随即弑杀了自己的亲大哥，仍旧要将沙亭军置于死地。”

干阙知道了父亲枉死的来龙去脉，沉默很久，开口说道：“我要报仇。”

蒯茧说道：“妫鉴已经被魔王附身，沙亭军中并没有能够抗衡的术士。”说完，看了对面的姬不群一眼。

姬不群冷冷地说：“不用看我，此话并无得罪，我的法术，在魔王面前，如同萤火之光。”

干阙说道：“想不到我与妫鉴自幼一起长大，最终却落得兵戎相见的地步。我报仇，不仅是为了我父亲，还为了我的大哥妫樽。”

“干将军，我要问的是，你现在如何去向妫鉴和魔王复仇？”

干阙说道："我们此去蜀地投奔成汉，一定会经过巫郡对不对？"

"只有这条路可走。"

"大景驻守荆州的郑蒿，会不会出兵拦截？"

蒯茧想了想，"如果沙亭不投降大景，以郑蒿的品性，一定会阻拦沙亭军。"

"那也就是说，从水路入蜀，"干阙说道，"将是一场无比艰险，死伤惨重的征途？"

"沙亭军从来就是如此，"蒯茧说道，"所有人都心有准备。"

"我们不走水路。"干阙说道，"当年二位是走过古道的，对不对？"

"当然。"姬不群和蒯茧相互对视一眼。

姬不群说道："我还记得出口在何处。"

"那好，我们沙亭军这次重走古道，只是反过来，由夷陵进入，从白帝城走出。"

姬不群说道："干将军是想看看女魃当年在古道里被封印的秘道？"

"正是，"干阙神情坚韧，"等我得到女魃被封印的法术，再说服牛寺，从后方攻打大赵，必然可行！"

"那就立即绕过荆州，奔向夷陵。"蒯茧说道，"我现在就去通告沙亭军改道。"

第二十五章

兵临城下

妫鉴青龙元年。

景顺帝成和二十六年。

鬼治最黑暗的时刻到了。

大赵皇帝妫鉴征召妫赵境内所有民伕和士兵，合并军马八十万。四月，妫赵大军进驻寿春。

五月十五，赵军调集寿春粮草，将停留在寿春的舳舻一并驱使，大军浩浩荡荡，一路直抵长江北岸，再次与大景都城建康隔江而望。

这一次赵军卷土重来，已经今非昔比，虽然没有了妫樽和沙亭军干阙，但是魔王重生后，赵军上上下下，全部改变了心性。

从洛阳到寿春，再从寿春到建康北岸，赵军在行军途中，在妫鉴的授意下，不断俘掠汉人百姓，强征数万男子运送辎重，其中一万人拖拽舳舻，一路被赵军鞭打、折磨，沿路到处可见汉人尸首。女性被赵军肆意奸淫凌辱，体弱无法支撑者，竟被赵军当作军粮食用。

到了长江北岸，数万被劫掠来的汉人，已经只剩下数千人。

大景的水军都督张魁和北府军统领桓绾，率领战船在长江上，看见赵军将汉人百姓不断逼入长江。北人并不善水，几乎全部溺毙，即便是极少数会游泳的男子，赵军也用弓箭射杀取乐，片刻之间即一命呜呼。

漂浮的尸首，将长江江面尽数覆盖。

张魁和桓绾的战船之下，全部是层层叠叠的浮尸，无不面黄肌瘦，枯骨嶙峋；女子都赤身裸体，身上伤痕累累，显然在生前已经受尽了凌辱和折磨。

张魁和桓绾伏在船舷旁，看见这等惨况，张魁忍不住跪下身来，失声痛哭："这都是我们当年铸成的大错。"

桓绾怒目睚眦，厉声说道："此时不是哀哭的时候，等我们大景为他们报了仇，再哭不迟！"

张魁和桓绾率领水军向北岸试探，发现这一次，妫赵已经有了充足的准备。

一艘巨大的船只，已经被民伕拉拽到了长江北岸，地面上铺设了滚木，巨大的船只顺着滚木，移动到江水之中。

这艘战船前后长达二十余丈，高逾七丈，船上可容骑兵往来奔走。

张魁惊道："舳舻是道家木甲术的精髓，听说只可旱地行舟，不能入水。没想到，妫赵竟然将舳舻修缮之后，用于水战。"

舳舻进入长江后，与大景水师在江面上对峙。虽然舳舻只有一条船，但是船身巨大，远远超过大景水师的旗舰。张魁与桓绾仰望舳舻，清楚看到船头前方一个青面獠牙的巨大木雕。木雕是一个牛头形象，两个弯曲的长角尖锐无比，牛头的前额上有五只眼睛，上下两只，眉心一只，在下方的一双眼睛里，伸出两只手掌，手掌掌心平伸向前，掌心中露出眼珠。

张魁看见木雕，肝胆欲裂，"这是蚩尤魔王的面目。数千年来，中原大地，无人敢将这个面貌雕刻出来示人。"

桓绾拉起长弓，对着舳舻前方的蚩尤木雕头像射去。羽箭到了蚩尤面目前方，木雕上五只眼睛正中竖起的一只，喷出火焰，羽箭瞬间化为乌有。

舳舻朝着大景水师挺进，大景水师的船小，瞬间被舳舻冲散。

张魁和桓缩极力指挥战船聚拢，合力攻击舳舻。

舳舻并不反击，而是在大景的水师中缓慢移动。桓缩指挥战船用火矢攻击，却发现舳舻船身如同金石，无处可以燃烧。

大景水师缓缓后退到南岸。这时候，张魁指向江北，又有两艘舳舻，也缓慢地滑入了水中。

妫赵大军，在极为短暂的时间内，又造出了两艘舳舻。三艘无坚不摧的舳舻，同时漂浮在长江之上，这一次，妫赵妫鉴是决意要与大景水战。

张魁和桓缩只能后撤，大景的水师，驻守到江心洲。由于已经是春夏之际，江水上涨，江心洲只有冬天枯水季节的三成大小。

三艘舳舻并没有急于进攻建康，而是相互之间连接起了锁链，稳稳地停在江心。

桓缩问张魁：“为什么他们不乘胜追击？”

张魁摇头：“我也不明白。”

这时候长江的水开始骤减，江岸的大片泥沙巨石，都显露出来。

“江水开始断流？”桓缩大惊，“妫赵到底有什么厉害的人物？”

“不是什么人物，”张魁身边的郦怀长叹道：“是十二真人之一的女魃。逢水而枯。现在舳舻既可以水战，亦可以陆战，长江水势已经尽在妫赵的掌握之中，我也无能为力。女魃是我们九龙宗的天生克星。只有灌郡李冰真人再世，才能抵抗女魃。”

长江江面只有日常的一半宽阔，江水还在慢慢退下，南岸的江心洲已经全部显露出来，并且与南岸连接，成为了陆地一部分。

建康的玄武湖上，大景的水师战船正在一艘艘陆续驶出湖泊，进入长江。长江的水位在急骤下降，如此下去，玄武湖与长江之间的连接水道，很快将消退到船只无法通过的深度。

因此张魁命令大景水师，立即将玄武湖内所有船只驶出内湖，进入长江，否则一旦水道搁浅，大景水师主力就会全部被困在玄武湖内。

皇宫之内，被罢黜的虞让与苏浚正在求见圣上，圣上不见。

虞让与苏浚二人，跪在丹室门外，虞让指着玄武湖大声呼叫：“张魁本是道家宗师，洛阳之乱前背叛先帝，被先帝驱赶，走投无路，做了海上的海盗。现在张魁把玄武湖的水师尽数移动到长江之上，一旦妫赵的军队渡江，大景哪里还有军马能够保护皇上。”

二人恳请很久之后，干宝从丹室里走出，对虞让和苏浚说道：“二位大人，请回吧，圣上知道如何与妫赵大军对峙。二位大人为朝廷操劳一生，现在可以解甲归田，回家坐等大景的捷报就是。”

虞让不停叩首，额头鲜血淋漓，“老臣当年追随圣上从彭城东渡，颠沛半生，如今不忍坐视圣上死在建康。我们不如暂且南下，避入百越之地，再作图谋。”

“圣上说了。”干宝冷淡地说道，“建康就是大景的最后一城。如果败了，圣上愿以命殉社稷。”

苏浚拉起虞让，“虞公，圣上已经偏信了张魁、徐无鬼这些方士的蛊惑，不可回头了。当年的滕步熊，如今的徐无鬼，都是祸乱天下的魁首。”

虞让还要争辩，苏浚一把拉住虞让，向他投递一个眼色。

虞让不再坚持，跟着苏浚离开皇宫，到了虞让的府上。虞让问苏浚：“苏将军是另有办法，让圣上回心转意吗？”

“不是，”苏浚说道，“我倒是有一个办法，能够苟全虞公与我的实力，待大景被妫赵覆灭之后，我们还能伺机起事，匡复天下。”

“如何匡复？”虞让哀叹，“局势败坏至此，已经无力回天了。”

“不出一月，建康必定被妫赵攻下，”苏浚说，“到时候玉石俱焚，以圣上的心意，皇族与大景门阀，必定尽数被戮。”

虞让摇头，“那还有什么可说。”

“倾巢之下焉有完卵，我们不能陪着他们殉葬，一定要另起炉灶。”苏浚说道，“景宣帝有两个儿子，如今流落在民间，我们不如率领不愿意困守的士兵，离开建康，然后找到姬不群或姬不疑两位皇子，再图复国。”

“这倒是一个办法。”虞让沉吟道，“可是我们去往何方？如今长江被妫赵封锁，南下百越之地，又群山连绵，道路断绝。”

苏浚胸有成竹：“我们一定有地方可去，虞公不用多虑。只是调动这不愿意陪葬的军士，需要虞公您的玉印。”

虞让说道：“我已经是被圣上罢免的废人，要我玉印还有何用？”

“虞公被免，但是大景还没有册立丞相，虞公的玉印，仍旧还有效用。”苏浚把声音压低，“我拿着玉印去调动军马，然后离开建康，徐徐图事。”

虞让惊慌地说：“私下调动军队，岂非谋逆？”

“忠义不可两全，”苏浚耐心劝说，“等我们找到两位皇子，力挽狂澜，匡复大景之后，天下必定会理解我们的苦心。我们忠君之心，明月可鉴，又何必在意一时的是非功过？”

“好吧，”虞让已经慌乱无措，走入内室，再出来时，将玉印交给了苏浚，“苏将军，如今之计，就只能听你行事。”

“今夜子时，我布置好离开建康事宜之后，来府上迎接虞公。”苏浚说完，匆匆离去。

建康满城皆兵，朝中上下，一片慌乱紧张。徐无鬼配合张魁，不断地调动建康城内的守军，布置人马。军队在建康城内城外，往来奔突，一片喧嚣混乱。

苏浚拿着虞让玉印，召集了世家禁军一万，谎称丞相听从徐无鬼调令，驻扎在建康城外。

夜半子时，苏浚回到虞让府邸，偷偷接出虞让，上了马车，无声无息地到了城外，一万世家禁军已经在此等候。

苏浚手举玉印高呼："丞相在此，我们立即奔赴江岸。"

世家禁军的一个将领问道："现在是要去支援大景水师，与妫赵拼死一战吗？"

"军情机密，不可告人。"苏浚说道，"现在就跟我和丞相立即赶赴江岸。"

虞让听了，拉拉苏浚的衣袖，说道："我们不应该是去往南方吗，为何要到江边？难道要去荆州？"

苏浚说道："虞公不用忧心，我自有打算。"

世家禁军将领说："好，一切听从丞相吩咐。我们出身高贵，也不愿意听从徐无鬼和张魁两个方士的命令。"

到了江边，上百艘战船停泊在江岸，苏浚拿着玉印，对战船上的水师军士喊道："丞相有令，立即征调船只，去往荆州。"

水师低级将官喊道："如今建康危急，为何要离开阵地，去往荆州？"

"听从号令就是，"苏浚大骂，"如有迟疑，立斩不怠。"

水师战船放下跳板，一万禁军开始登船。

苏浚把虞让送到战船上，等待所有禁军登船。虞让突然意识到不妙，对着苏浚问道："苏将军，长江已经被妫赵的水军和舢舻封锁，我们如何能够逆江而上，去往荆州？"

苏浚说道："虞公不用慌张，跟着我就是。"

"你是要带着水师和军士投奔妫赵吧？"虞让突然醒悟，"诓我用了玉印，却是为你自己苟且偷生，去讨要妫赵的荣华富贵。"

"我们在大赵麾下忍隐数年，找到皇子后，再伺机起事，岂不是上上之策。"苏浚还想继续蛊惑虞让。

虞让奔到船舷边，大声呼喊："不要登船，所有人不要听从苏浚的假令。"

岸边奔来一队士兵，为首的正是巡视阵营的桓易。桓易听见虞让的声音，大声喊道："虞公，你为何在船上？"

苏浚立即低声吩咐贴身亲兵："等他走近，立杀无赦。"然后对着桓易大喊："虞公要投奔妫赵，桓将军快来阻拦。"

虞让连忙提醒桓易："桓将军不要过来！"

苏浚手起刀落，把虞让的头颅砍下，提在船舷边。桓易此时已靠近战船，苏浚提着虞让的头颅，对着桓易高喊："这是叛贼虞让的头颅，我已经将他诛杀。"

桓易大惊："危难之时，为何会有此事？"

"桓将军信不过在下吗？"苏浚摇晃手中的头颅，"不信你过来看个明白。"

桓易心情慌乱，立即走近船边，仰首审视苏浚手中的头颅。黑夜之间，急切看不明白，于是让手下点燃火把，待要瞧个仔细。

火把一亮，江面立时飞来无数的羽箭，将桓易和他率领的小股军士尽数射杀。桓易身上被射得如同刺猬一般。

苏浚了结了虞让和桓易，立即命令水师战船起锚开拔。

水师大半将领看见江边变故，不明所以，迟迟不肯开船。

此时张魁的水师也已经靠近了苏浚战船。苏浚知道已经无法逃离建康，主动对着张魁喊道："张将军，虞让与桓易两人勾结，意图投奔妫赵，被我识破，现在速速带我去见圣上。"

张魁大惊，跳到苏浚的战船上，看见亲兵都手持兵刃，虎视眈眈。

苏浚脑海里瞬间转了无数圈，看见张魁的战船正陆续赶来，于是对亲兵说："事情已经了结，放下兵器。"

亲兵听命弃械，张魁一时狐疑不定。

苏浚对张魁说道："你我二人马上去觐见圣上。我得知这两个叛贼要投奔鈖赵，立即赶来阻拦。”

张魁一时间也无法分辨，对苏浚说道：“好，你我现在就去面见圣上，你细细道来。”

张魁和苏浚一刻不停，登岸后，飞马赶向皇宫。

到了丹室之外，太监通报后，干宝走出来，询问何事如此紧急。

苏浚大声喊道：“虞让和桓易勾结，要率领水师投奔鈖赵，被微臣阻止，万幸杀了二人，消弭了这场大祸。”

干宝听罢，也是大惊失色，立即把二人带进了丹室。

徐无鬼正忙于布置建康水陆大军守城，不在丹室。只有圣上端坐在炼丹的铜炉下，正在吞服鹿矫金丹。

圣上看见苏浚和张魁进来，问道：“虞公和桓易死了？”

“死了，”张魁说，“被苏将军诛杀。”

干宝惊慌地问：“虞公和桓易都是大景的门阀世家，怎么可能背弃圣上，勾结投敌？”

“虞公早有逃离的心意，”苏浚跪下来，满手鲜血伏在地上，“只是没有想到，暗中与桓将军联络。幸好被微臣察觉。”

“你做得很好。”圣上说道，“朕该如何赏你？”

“陛下！”干宝立即说道，“事情还没有彻查，为何就要草草定论？虞公和桓将军绝不可能反叛。陛下不能让两位大人蒙受冤屈。”

苏浚仰头对着干宝说道：“干大人，这就是你的不对了。这天下的豪杰，各有志向，大人自己也是沙亭人氏，内侄干阙在鈖赵是尊贵的大将军，大人不也在为大景效力吗？”

干宝被苏浚反驳，哑口无言。

圣上看着苏浚，“苏大人说得不错，人心叵测，没想到虞让三朝老臣，桓易尽忠职守，竟然也会心生叛逆。”

“这也不怪虞公和桓将军，”苏浚说道，“虞公怯弱，不停蛊惑微臣，说建康此次必败无疑，不如早做打算，保全性命。”

“你倒是会替虞公说情。”圣上微笑一下，但是面皮僵硬。

“微臣只是没有想到，虞公无法说服微臣，却勾结了桓将军，”苏浚又说，“我与虞公、桓将军同朝为官，情谊深厚，不是到了万不得已，也不忍心诛杀二人。”

“苏将军果然有情有义，”圣上嘴上这么说，表情却不置可否，“不过苏将军这番话，一定要对一人说明白，不然后患无穷。”

“那是当然，”苏浚说道，“微臣已经对陛下悉数说清了。”

“不是对我。”圣上微笑起来，“是另有其人。”

苏浚忽觉不妙，立即环顾四周。突然听见一个洪亮的声音从丹室门口传来，“苏浚这个狗贼就在里面？”

中官的声音慌乱，看来正在阻拦。

圣上大声喝道：“让飞将军进来。“

桓绾手里提着长刀，大步流星走进丹室，。

“放肆，圣上面前怎么可以持刀？”干宝指着桓绾喝道。

桓绾的眼睛通红，冲到苏浚身前，“我父亲是你所杀？”

“飞将军息怒，”苏浚讨好道，“令尊虽然谋反，但是与你无涉。”

“我父亲在妫赵兴起之初，就抛家弃子，放弃家业，只身跟随圣上东渡建康，你却说他有谋逆之心？”

苏浚说道：“此一时彼一时，令尊的心意变了也是有的。”

“苏大人，”圣上的声音幽幽传来，“今夜朕在丹室炼丹，突然听见皇宫里鹞鹰的叫声，朕一时兴起，就召唤了鹞鹰下来。可真是巧了，鹞鹰上绑着一个小小的竹筒，竹筒里却有个字条。”

苏浚听了，顿时呆立当场。

“建康城内，”圣上说道，”应该无人有豢鹰的嗜好吧。”

干宝说道：“倒是北方贱民，有饲养猎鹰的习惯，只是没有想到，鹞鹰不仅能打猎，也能传递书信。”

圣上对桓绾问道：“桓将军，你对书法有没有涉猎？”

“微臣不好读书，”桓绾拱手，“但是大景的书法大家，我还是敬仰的。”

“那就好，”圣上把竹筒扔给了桓绾，“你看看这字迹是否认识。”

桓绾取出字条，看了一眼，转头看向苏浚，怒容满面。

“苏将军文武全才，”圣上说，“书法是大景一绝，听说与王献之也是好友。”

苏浚知道大势已去，俯身在地，不停地磕头。突然眼前天旋地转，发现自己在不断地翻滚，临死前看到了一具无头尸体，脖颈处喷出鲜血。而桓绾正在用靴底擦拭手中长刀。

长江北岸妫赵大营。

妫鉴抬头看向天空，默默计算着时间，应该从南岸飞来的鹞鹰，一只都没有看见。妫鉴自言自语地说道：“看来苏将军是来不了了。”

妫鉴以妫赵皇帝至尊，亲率大军，自任主帅，举全国之力，陈兵长江之滨。妫鉴对身边的亲兵询问道：“龙台搭建好了吗？”

亲兵答道：“已经完工。”

妫鉴点点头，移步走出营帐，慢慢朝江边走去。妫赵的军士看见皇帝驾临，密密匝匝的人群顷刻间分出一条道路，前方的亲兵不停地在妫鉴身前铺设雪白的羊毛毡，不让妫鉴的双脚接触污秽泥土。妫鉴的步履缓慢而威严，大赵皇帝之尊贵，在妫鉴身上体现得淋漓尽致。

妫鉴走到江边，江边已经建起一座巨大的高台，与当年蜀地青城山的龙台类似，但是高度只有九丈。不过龙台的基座，却是方圆六十丈的木筏。

妫鉴登上龙台顶端，龙台漂浮到长江中心，与三艘舳舻形成了一个四角方位。妫鉴的亲兵用力旋转龙台上的机括，龙台下方，从水下升起三条锁链，分别与三艘舳舻连接。

三艘舳舻也各有三条锁链，分别与龙台和另外两条舳舻连接。

锁链如同一张稀疏的大网，把四个庞然大物牢牢地固定在一起。

妫鉴一挥手，龙台上升起了一个蛇龟玄武的神台，同时三艘舳舻，下游东方升起了黑龙神台，上游西方升起了黑虎神台，中央突出的舳舻，升起了黑色巨鸟神台。

长江之上，四艘高大的巨舰，如同四只巨型猛兽，陈列在江心，相形之下，长江南侧的数百艘大景战船，都如同蝼蚁一般。

第二十六章

木甲舳舻

长江上游北岸，任嚣城和努扎尔已经赶到江边。任嚣城看到妫赵的四个水上庞然大物，良久不能平息心中的震撼。

“洛阳四象木甲术，竟然被妫鉴和魔王重新布置到了长江之上！”

努扎尔却看得有趣，问任嚣城：“父亲，什么是洛阳四象木甲术？”

“后方的龙台，也就是玄武的位置，”任嚣城说，“龙台能在长江重建，说明篯铿已经重生。四象之中，以北方玄武最为尊贵，因此是四象木甲术的中枢。其他三个舳舻，分别是左青龙，右白虎，南方朱雀。朱雀为火德，最为凶猛暴戾，因此在四象木甲术中作为先锋攻击。四象木甲术本是洛阳守城的巨大机括，现在在蚩尤、篯铿、魔王的帮助下，被妫赵皇帝妫鉴搬送到了长江。”

“父亲，你也曾教过我，四象神台需要四个仙山门人镇守，您就是东方青龙神台，归属木德，善用机甲。”努扎尔好奇地问，“妫赵的四象木甲术，从哪里找来四个贤人驱使？”

任嚣城摇头：“他们不用了。你看，三艘舳舻之上，分别站立的是三个只有骨骸的骷髅，无神无魂，看来就是被龙台上的三魔驱使。当年洛阳一战，箓铿的巨大法力，我是亲眼所见，现在又多了同为十二真人之一的女魃，以及中原法力最强的蚩尤……而建康方面，少都符已经亡故，连四象仙山门人都凑不齐了。”

努扎尔轻松地说：“父亲不用焦虑，你把我从西域带到凉州，又从凉州带到建康，不就是为了这一场神魔大战吗？”

“你是坎殿城拜火教的战神，”任嚣城说，“身负开山断水的法术，如果仍旧不能抵挡，就回到坎殿城去吧。你不是中原人士，没有必要为大景陪葬。”

“父亲是中原的四象镇守门人，”努扎尔说，“我也一定要为大景拼杀，如今我法术已成，莲藕身是不死之躯，为何要长他人志气，灭自己威风。”

任嚣城听了，只能说道：“也只有尽力而为了。我们现在倒是要想想，该如何渡江进入建康。”

父子两人在江边环视，看到江水枯竭，水边蒿草丛生，努扎尔和任嚣城相视一笑，有了渡江的方法。

卧龙任嚣城身为四象仙山门人之一，木甲术天下无双，常人无法运用的方法，却难不倒任嚣城和努扎尔。

一个时辰之后，任嚣城将蒿草编成草席，努扎尔化出莲花，将草席托住。父子二人登上草席，朝着长江之南，飞渡而去。

草席顺江而下，被妫赵的军士发现，一队士兵飞快赶到岸边，用弓箭射向任嚣城和努扎尔，努扎尔扬起红绫，两人头顶红光笼罩，没有一支羽箭能够落下。

草席逐渐漂向江心，弓箭射程无法企及，妫赵又将投石机推到岸边。任嚣城苦笑道：“这个飞火珠投石机是我创建，没想到今日却要身受其害。”

巨大的飞石落下，努扎尔抛起金刚圈，与巨石碰撞，巨石瞬间化为齑粉。

努扎尔不屑地说："中原的手段，也不过如此。"

任嚣城却忧虑不解："那是你还没有见识到中原术法的厉害。"

话音刚落，妫赵水军的黑虎舢舻，解开了锁链，朝着任嚣城和努扎尔驶来。

草席漂浮缓慢，舢舻却行驶得飞快，眼看舢舻就要拦阻在草席与建康之间。

任嚣城空有一身木甲术的本领，却无法用小小的草席施展，长叹一声："如果令丘山的支益生支兄在就好了，他能呼风唤雨，将我们吹到南岸。"

努扎尔并不在意，只是死死盯着黑虎舢舻上白森森的骷髅。

黑虎舢舻上的骷髅，僵硬地站立在神台上，空洞洞的眼眶，对准了任嚣城。

努扎尔对任嚣城说："父亲，他跟我一样，身体不腐。原来中原也有这样的法术。"

"中原的法术源头是轩辕黄帝，往上几千年，跟你是同宗同源，没有什么奇怪的。"

舢舻飞快行驶，直直地撞向草席，十分傲慢。

任嚣城用莲叶划动草席，堪堪避过舢舻的冲撞，又轻巧地绕过舢舻左舷，转到了舢舻的后方。然而舢舻船尾的锁链突然绷直，硬生生地把舢舻拉回十几丈，依然拦截在草席之前。

舢舻的异动引起了大景水师的注意，一队大景战船，剥离出阵列，朝着黑虎舢舻方向行驶过来。

舢舻对大景的水师并不介意。船头上突然传来妫鉴的声音："是姑射山的卧龙任先生吗？"

任嚣城看向骷髅，知道四象木甲术已经相互连通，骷髅只是一个形体，妫鉴的魂魄能随意附身。

"正是在下。"任嚣城大声回答。

“任先生是秃发腾单于的亲信，我大赵与秃发腾单于订有盟约，”妫鉴的声音传来，“任先生到了这里，为什么不来妫赵营中相见？”

任嚣城说道：“我四象神山，是大景的基柱，怎么可能投奔你妫赵麾下。”

“这个幼童，想来是任先生和甑公主的爱子了？”妫鉴的声音再次响起，“果然生得壮实可爱。”

“你不用攀谈交情，”任嚣城说，“你妫赵如今要倾覆大景，我从凉州赶回，就是为了阻拦你的作为。”

“那任先生就好自为之了。”妫鉴的声音消失。骷髅发出了桀桀的笑声。

这个声音，任嚣城四十年过去，都不会忘记。

饕餮来了。

黑虎舳舻神台上的骷髅瞬间笼罩在一片黑雾中，黑雾幻化，露出一张狰狞的面孔。黑雾从黑虎舳舻上滚滚而下，掠过江面，舳舻四周的江水顿时凝结成冰。黑雾幻化的巨人，从舳舻上走下，脚踏冰面。

努扎尔看见江面成冰，立即嘴中唿哨一声，一匹红色骏马从江水下一跃而起，正是贺兰疾风赠送给他的汗血宝马。宝马不仅在陆上飞驰如电，亦能在江水中游泳，一直跟着任嚣城和努扎尔，现在江水凝冰，努扎尔立即将骏马唤起，飞身上马，踏上冰面，绕着黑雾幻化的饕餮飞奔。

黑雾中饕餮伸出无数长臂，在江面上捕捉努扎尔。努扎尔的骏马在冰面上闪电般飞驰，躲过无数长臂的扑击。

绕了几圈之后，汗血宝马来到了饕餮的正面。饕餮身上的黑雾，化成两道巨大的手臂，朝着努扎尔环抱过来，这次骏马奔跑得再快，也无法突破。

努扎尔从汗血宝马上跃起，叫了一声：“去吧。”骏马立即奔退到冰面边缘，落入水中。

努扎尔双脚踏在冰面上，仰头看着饕餮的面孔，从怀中掏出一块金闪闪的物事，高高抛起。

饕餮对这个物事并未在意，仍旧双臂环绕，要将努扎尔搂住。

没想那物事瞬间金光暴涨，在空中飞舞一圈，来到饕餮背后，狠狠地砸在饕餮的后脖上。

金光乱溅，瞬间把饕餮的化身穿透。

饕餮的化身重新化作一团黑雾，空中传来嘶哑的怒吼。

努扎尔一伸手，金砖稳稳地落在努扎尔的手心。努扎尔笑道："乔林不花老爷子的家当，的确管用。"

散作黑雾的饕餮，迅速飞回到舳舻神台上，然后变作一头黑虎，重新扑向努扎尔。

努扎尔见状微微一笑，"难道能比连鞮用老爷子的飞狻还厉害？"

身后的任嚣城大喊："小心了，这个绝非普通野兽可比。"然后将一根长矛扔向努扎尔。

努扎尔接过长矛，正是呼延熊赠送的火尖枪。努扎尔手持火尖枪，对准黑虎的脑门用力一戳，枪尖上泛出炙热的白色火焰。黑雾被火焰灼烧，黑虎的虎头化作蒸汽，瞬间消融。但是后续的黑雾源源不绝，虎头很快再次显形。

努扎尔持枪，冲向化作黑虎的饕餮，饕餮躲闪不及，被火尖枪贯穿。

黑雾中，饕餮的手臂将火尖枪紧紧握住，努扎尔一时间无法夺回。饕餮的身形又化作巨人，与小小的努扎尔在冰面上，两人各持一端，相互角力。

努扎尔猛然松开火尖枪，"送你了。"

饕餮夺过火尖枪，火尖枪顿时变成一根通红的铁棍，饕餮黑雾至阴，拿捏不住，火尖枪悬吊在江面上方，不停地旋转。

努扎尔又拿出一个铃铛，一分为二，两爿铃铛之间生出一段红绫，正是须卜烈赠送的罗天索。

努扎尔伸手捏住罗天索的一端，抖擞红绫，朝着镬锂飞去，镬锂正待躲闪，却发现罗天索飞向了自己身后。努扎尔捡起火尖枪，回到草席上，“我先送父亲去建康，回头再跟你比试。”

黑雾之上，镬锂巨大头颅回顾，看到罗天索的另一端已经落到了大景水师的战船上，努扎尔手中的红绫瞬间收缩，把草席飞快地带到了大景水师的船下。

战船上一个将领大喊：“来者何人？”

任嚣城和努扎尔已经借着红绫的力道跳上了战船，站稳之后，向将领说道：“姑射山卧龙任嚣城，前来拱卫大景建康。”

“原来是任先生，”将领弯腰拱手，“末将桓绾，大景北府军统领。”

两人对答未毕，镬锂的舢舻已经掉转船头，冲向桓绾的战船。

桓绾的战船速度比不上舢舻，眼看就要被追上。舢舻上的黑雾已经收缩，环绕在船身上下，神台上的骷髅正凛凛地直对桓绾战船。

努扎尔从背后取下一副弓箭，对准神台拉满弓弦，一松手，流星般的顾魂箭飞射而去，把神台下的铁柱射穿。骷髅茫然转头，顾魂箭又飞了回来，将骷髅射中，骷髅顿时化作了齑粉。

舢舻没了骷髅的实体，无法指挥，只能凭借锁链，被拉回到其他两个舢舻旁边。

桓绾看看努扎尔，又看向任嚣城，又惊又喜：“任先生的爱子，竟然能击败镬锂。”

“只是镬锂托大而已。”任嚣城说道，“下次就没有这么好的运气了。”

桓绾立即号令麾下船只，返回大景水师的阵列之中。任嚣城看着长江南岸几百艘战船，不禁感慨：大景虽然东渡偏安，但是在这四十年的时间里，中原汉人一直陆陆续续地从北境投奔而来，这几百艘战船，固然是以九江王水军为基础发展而来，加上楚王的苦心经营，但是也需要大量的财力和人力支持，绝不是一个昏庸腐朽的政权能够打造起来。于是说道："看来圣上东渡后，任用的大臣虞让，是一个善于治理国家的能臣。"

"可惜，"桓绾说道，"虞公已被苏浚那个狗贼害死。"

"竟有此事？"任嚣城大为惊讶，"苏浚年轻时候，不是虞公的门人吗？也是经由虞公的提携和推举，苏浚才做了大司农，并在第一次建康之战时，被虞公举荐为建康禁卫主将，他怎么会害死虞公……对了，禁卫副将是令尊桓易大人，他难道没有阻止？"

"任先生身在凉州，"桓易说道，"可是对我们大景的动向，事无巨细，都了如指掌啊！只是这件事情刚发生不久，消息还没有传到任先生耳中。"

"秃发腾单于在妫赵和大景安插了无数耳目，"任嚣城诚恳地说，"因此对双方的状况，还是知道一些的。"

桓绾低沉地说："父亲也在苏浚叛乱之时，死于逆贼的刀下。"

"以桓绾将军的性情，"任嚣城安慰道，"你一定是手刃仇人，为父报仇了，否则不会在此跟我提起此事。"

桓绾点点头，"不错，我在圣上面前，亲手割下了狗贼苏浚的头颅。他意图投奔妫赵，被圣上识破了奸计，只是圣上的消息得的迟了，让虞公和我父亲遭了苏浚的毒手。"

任嚣城黯然无语。沉默了一会儿，任嚣城说："带我去见张天师吧，不，现在应该是张将军了。我与他也是四十年未见。还有徐无鬼徐兄，我想念得很。"

桓绾指着下游处大景水师最大的战船，"张将军和徐先生都在主船上，我现在就带你过去。"

大景的战船阵中，核心船只相连处都铺设了木板，将士可以在船只之间相互移动。桓绾带着任嚣城和努扎尔，经过一艘艘战船，到了张魁的主船上。

徐无鬼和张魁已经在船头等候多时。任嚣城刚刚跳上甲板，徐无鬼便走到面前，一把挽住任嚣城的胳膊，“任兄……”

任嚣城看着徐无鬼，百感交集。“上次我们兄弟聚集，是为了拱卫洛阳。而这次，我们再无可退，一定要把建康守住。”

“可惜少兄已经仙去，”徐无鬼说，“支兄下落不明，现在四象仙山门人，只余你我二人。”

“支兄一定会来的。”任嚣城说道，“可能就在这几日了。”

“看来任兄知道支兄的下落？”

“他远赴身毒，学习至高佛法，”任嚣城说，“算来也到了回来的时候。”

张魁在一旁看着任嚣城和徐无鬼叙旧，也作揖说道：“任先生，你可好？”

“很好。”任嚣城说，“张天师在海上磨练了几十年，一直都对大景不离不弃，如今回到建康，正是为大景逆转乾坤，对抗妫赵效力的好时候。”

张魁看向任嚣城身边的努扎尔，称赞道：“任先生的儿子，并非中原道家的法术，可是又偏偏神通广大，连镬铿也无可奈何。”

努扎尔看着张魁，眼珠子滴溜溜地转动，“你是这些船的大将军？”

“不错。”张魁见努扎尔唇红齿白，生得可爱，忍不住摸了摸努扎尔的发髻，“你可厉害得很，刚才我都看见了。你叫什么名字？”

“我是金莲子努扎尔，”努扎尔回答，“跟随父亲到中原来，帮助父亲击败魔王。”

“那你告诉我，如果你再与刚才的魔王交战，胜算有几何？”张魁问道。

“如果我再与他交手，”努扎尔说，“一定把他打得魂飞魄散。”

“可是打败镬铿这个魔王，还远远不够。”张魁伸手指向江北，“那里还有四艘船，木甲术精妙无比，如何破解？”

“我只会打架，”努扎尔伸了伸舌头，“攻城拔寨，率兵遣将，我可不会。”

张魁叹口气，看向江北。三艘舳舻和后方的龙台，已经形成了四象木甲术的方位，无论舳舻还是龙台，都远远比大景的水师战船高大。

大景的水师虽然有数百艘战船，气势上远远弱于妫赵的四个庞然大物。

就在此时，一个副将来报：“张将军，下游来了敌方的援军。”

众人立即看向东方，明白了妫鉴布置四象木甲术后，迟迟没有发动攻击的缘由，原来是在等待援军。

“大扶国曹阿知来了，”张魁神色更加忧虑，“有多少艘船？”

“两百余艘。”副将回答。

张魁与徐无鬼、任嚣城相互对视，都沉默不语。曹阿知与妫赵结盟，就是大景上下最担忧的事情。

这时候，徐无鬼突然说道：“你们看，曹阿知的战船正在追赶一艘渔船。”

张魁和任嚣城看去，果然曹阿知的战船正在朝着一条渔船射箭，只是江面上升起了旋风，带动渔船飞快地奔向长江南岸，而曹阿知的战船吃不了风势，与渔船越来越远。

眼看渔船就要接近大景水师，徐无鬼欣喜地大声呼喊：“支兄！他也回来了。”

大扶国曹阿知的战船追赶不上渔船。渔船斜斜地朝着建康方向行进。

横亘在江北的黑龙舳舻，离开停泊的位置，朝着渔船而去。渔船凭借着空中的风势逆流而上，而黑龙舳舻却是顺江而下，借助于汹涌的水势，速度远远超过渔船。

眼看黑龙舳舻已经将渔船和大景水师拦截开来。张魁的主船距离下游太远，一时间无法前去营救，大景水师东侧，几十艘船舰脱离水师阵型，朝着下游移动，冲向黑龙舳舻的背后。黑龙舳舻的神台上，骷髅挥舞干枯的臂骨，一条黑色的蛟龙从江水之下腾空而起，对着大景水师张牙舞爪。

大景水师纷纷放箭，箭矢射到蛟龙的鳞甲上，悉数落下。

蛟龙从空中扑下，尖锐的龙爪，将大景最前方的战船击碎，大景的水师无法抵抗黑龙舳舻的攻击，只能连城一排，结成稳固的船阵，船阵上竖起密密麻麻的长矛，蛟龙无法用身体击碎，堕入到江水中，掀起巨浪。大景水师的船阵稳固，即便是其中几艘战船被大浪高高荡起，仍旧不会颠覆。

指挥战船的正是张魁的副将，九龙宗的宗主郦怀。

九龙宗是善水的门派，自有办法对抗蛟龙，船阵中的士兵，从船舷上不停地扔下滚木，滚木上凸起无数的尖刺，漂浮在江面上。

蛟龙在水中盘旋，无法躲避布满尖刺的滚木，只能远远地离开，回到舳舻上。

舳舻上的骷髅回头看了看郦怀的战船，不再理会，舳舻飞快地奔向渔船。

江面上弥漫起一片水雾，水雾升腾，拢聚在渔船上方。当黑龙舳舻即将靠近渔船的时候，水雾化作乌云，闪出一道雷电，正击中舳舻上的黑龙神台，将骷髅击倒。

舳舻一时失去指挥，停顿在江心，蛟龙盘旋在舳舻的船身上，慢慢滑动。黑龙神台上，骷髅散落的骨骸很快重新恢复，发出了妫鉴尖锐的女声："凤雏支益生的本领，相较洛阳，已经大为不如，是不是油尽灯枯，法力散尽？"

渔船继续向南岸靠近，黑龙舳舻上，骷髅抱着一面小鼓，用臂骨不断地敲击，发出的鼓声令人烦躁。

渔船和舳舻上方笼罩的乌云，瞬间被阳光刺穿，烟消云散。同时江面上蒸发起无数青烟。

江水在沸腾，江底的礁石猛然间升起，将渔船架空在水面上，再也无法移动半分。

郦怀拼命驱使江水，江水猛涨，却始终无法抵达渔船之下。反而是郦怀的几十艘战船被江水高高抬起，船底远高于舢舻和渔船。

江面如同悬崖一般倾斜，郦怀居高临下，看着舢舻和渔船深陷于江水之下。渔船上，支益生端坐在船首，身边一只猴子在不停地上蹿下跳。郦怀在江水上方大声呼喊："凤雏先生，有何破敌的方法？"

支益生听见郦怀的叫喊，睁开眼睛抬头看了一眼，随即又把眼睛闭上。

舢舻本来就能旱地行舟，现在虽与渔船都搁浅在江底的礁石上，但是舢舻之下伸出了轮毂，朝着渔船慢慢移动过去，眼看就要把渔船撞得粉碎。

郦怀近在咫尺，却无法救援。只见支益生蹒跚着站立起来，怀抱一个金色的降魔杵，重重地顿在甲板上。

降魔杵发出刺眼的光芒，顿时把黑龙舢舻上的骷髅再次击散。蛟龙身体从舢舻之上摊开，扑向渔船，龙口张开，露出獠牙，眼看就要把支益生吞噬。

猴子仰头与蛟龙对视，火眼金睛，蛟龙掉头避让猴子的目光，巨大的身躯一时偏斜。

正在此时，一个巨大的蜘蛛从大景水师方向迅速爬过江面，在渔船之上吐出蛛丝，无数的蛛丝落下，贴在支益生的身体上。

蜘蛛迅速收缩蛛丝，把支益生瞬间就拉扯到江面。支益生的身体有一根锁链，连带着猴子也一并拉起。

郦怀驱动江水，长江之水滚滚而下，将刚才黑龙舢舻施法的空缺江面覆盖。江面恢复，只见蜘蛛贴在水面上迅速移动，带着支益生和猴子朝着大景水师而来。

郦怀回头再看，原来是徐无鬼看到大景的水师无法救援，召来了蛈母，搭救支益生。

就在蛛母距离郦怀的战船不足百丈远的时候，舳舻突然从江面之下冒出，将蛛母和郦怀的战船分隔。

舳舻上盘绕的黑龙，在江面上游动，蛛母害怕黑龙，想朝江心逃窜，却又被徐无鬼高声喝止，只能勉强迎向蛟龙，继续朝着南岸前行。

蛟龙看见蛛母，更加凶猛，伸出利爪，拉扯蛛母身下的蛛网，蛛母被蛟龙在江面上四下甩动，眼看支益生和猴子就要从蛛丝上跌落。

忽然，两只巨大的壁虎横空而来，一只咬住了蛟龙的脖子，另一只则咬住了蛟龙的后背。

岩虺与蛛母一样，都是妖物，天下妖物，最惧怕的就是龙。可是岩虺已经目盲，看不见蛟龙，在徐无鬼的驱使下，勇猛异常。

蛟龙被咬住脖子，立即伸出后腿，用利爪攫住背上的那只岩虺，然后身体猛地舒展拉伸，巨大的力道，立时将背上的岩虺拉扯成两截。

等受伤的蛟龙摆脱岩虺的纠缠，再去追击蛛母的时候，蛛母已经带着支益生和猴子，上了郦怀的战船。

那只断为两截的岩虺在江面漂浮。蛟龙恼恨之余，看见岩虺的半截身体在江面上跳动漂浮，立即扑过去，抓住岩虺的身躯用力撕扯。

蛟龙撕扯的半截，只是岩虺的尾巴。没有受伤的另一只岩虺叼起受伤岩虺的上半截，迅速在江水中游动，一直游入大景水师阵中。

郦怀随即退兵，率领战船退回大景水师的阵列。

舳舻也慢慢地回撤到江北。

郦怀看见支益生已经全身脱力，无法站立，于是背着支益生，从木板上跨越到张魁的战船甲板。猴子也亦步亦趋地跟随。

徐无鬼和任嚣城看见已经瘦弱成一把枯骨的支益生，忍不住跪下来，扶着支益生的身体，“支兄，才四十年不见，你为什么变成了这副模样？”

支益生脸色苍白，良久之后，才睁开眼睛，先看了一眼徐无鬼，又看看任嚣城，缓缓说道：“我们四象门人，终于再次齐聚。可惜少了少兄。”

三人跪在甲板上，感慨万千。

一旁的猴子却尖叫起来。原来是努扎尔看见了猴子，忍不住出手挑逗，被猴子揪住了发髻，努扎尔大怒，一把将猴子重重地摔在甲板上。猴子被努扎尔痛殴，毫无还手之力，只能跳到支益生的肩膀上，对着努扎尔龇牙咧嘴，不断挑衅。

努扎尔看见猴子身下瘦骨嶙峋的老和尚，正与父亲相对跪拜，知道是父亲的故人，也不敢过分招惹，只能摇晃手中的金刚圈，作势要打猴子。猴子双目警惕地盯着金刚圈，一刻都不敢放松。

徐无鬼向支益生问道：“支兄万里迢迢，远去海外，为什么带了这么一只猴子回来？”

支益生苦笑：“这只猴子身负罪孽，到中原来，洗刷身上的劫难。”

妫赵的龙台和三艘舳舻稳稳地停靠在江北，曹阿知的战船也靠近了舳舻。

现在妫赵的水军已经阵容完备。大举进攻建康，也就在这几日了。

徐无鬼带着任嚣城、支益生前往建康皇宫。走到丹室外，徐无鬼看了支益生和任嚣城一眼，似在提醒：这次我们去见的并非是大景圣上，而是单狐山的幼麟师乙。

支益生和任嚣城也神情黯然。少都符已死，他们与师乙之间的恩怨，也要有个了断。

徐无鬼向丹室通报，仙山门人已经在门外等候。

片刻后，干宝从丹室内走出，“圣上请三位先生进去……还有战神金莲子和西天哈奴曼，也一并请进。”

徐无鬼等人跟随干宝进入了丹室。只见丹室里空荡荡的，一直安放在中央的丹炉已经撤去。

圣上，也就是师乙，站立在丹室中央，穿着一件黑色的长袍，这是单狐山尚黑的标识。

师乙转过头来，看向三人，“建康之战，才是我经营了一百多年，最终的目的。”

徐无鬼已经与师乙有过交谈，也就罢了。支益生和任嚣城两人则不由得瞠目结舌。没想到师乙竟然开口第一句话，就把自己为什么僭越大景皇位一百年的缘由，开诚布公地说了出来。

师乙对支益生和任嚣城的反应并不意外，他仰头看向丹室上方的穹顶。穹顶上画满了二十八星宿的星图。自打师乙到了建康，每一日都在仰望星图。

支益生拱手说道：“莫非洛阳之战，是师叔为了引出箕铿故意露出的破绽？目的就是封印箕铿？”

“这个道理你们三人早已经明白，”师乙缓缓地说，“洛阳四象木甲术坚固无比，连箕铿都能击败，就算是没有各位的引领，我幼麟一人，难道连区区的妫辕也抵挡不住？”

“洛阳毁于哭龙山黑水，”任嚣城说道，“木甲术固然精妙，却怕火攻。”

“把沙亭全族迁徙出沙海，”师乙说道，“是我下的谕令。箕铿不败，怎么能引出古道内的女魃和蚩尤？”

“如此说来，”支益生说道，“洛阳之战，就是为今日建康之战铺下的棋局？”

“事关重大，”师乙说，“其实建康之战，也不是最后的目的；建康九龙天一水法，将蚩尤击败后，就可以找到一直不曾现身的阴破。”

“阴破，”徐无鬼向支益生和任嚣城解释，“就是轩辕大帝。”

“建康之战胜了之后，”师乙说道，“拿到刑天身上的玉璧，天下道家的门人，一定要找到飞星堕地的方位，用玉璧将阴破翦灭，这才是最后的目标。”

“刑天？”支益生瞬间醒悟，“魔王蚩尤。”

师乙身体虚弱，不能多说。徐无鬼把阴破、阳立、刑天，以及十二真人、天外飞星的来历讲述了一遍。

听完之后，任嚣城和支益生，呆立良久，这个根源，已经远远超出了他们的想象。

师乙轻声说道："这个世界上不应该有神。我和尸足篾落两人知道了这个秘密后，就下定决心，一定要把这三个掌控人间的神祇剪除。阴破和刑天之间的矛盾，给我们留下了机会。"

徐无鬼说："建康之战，就是剿灭刑天的战争。师叔谋划了百年，就等着今日一战。"

"如今妫赵已经被刑天控制，"任嚣城说，"我们能力远远不够。"

"建康九龙天一水法，洛阳四象木甲术，一个李冰真人所建，一个是张道陵真人所建，他们都不在十二真人之列。"师乙说，"他们跟我一样，也是察觉到了阴破和刑天之间的渊源，因此避过他们的耳目，偷偷修建。"

"现在李冰真人不知道在何方，"支益生说道，"如何开启九龙天一水法？"

"李冰一定会来的，"师乙说，"他也等了很久了，比我更久。"

"建康九龙天一水法，比洛阳四象木甲术更加难以驱动吗？"

"九龙天一水法，四象门人主内，五个战神主外，九人缺一不可。"师乙向干宝挥挥手，干宝将建康的城图拿过来，铺展在地上。

"九龙天一水法，留了九个神位，分别应对天下九龙。"师乙说道，"内城由四海龙王镇守，分别是东海广德龙王神位，卧龙驱使；南海广利龙王神位，凤雏驱使；西海广润龙王神位，冢虎驱使；北海广泽龙王神位，幼麟驱使。"

徐无鬼和支益生、任嚣城相互看了一眼。

"幼麟之位的少都符已故，看来是师叔你亲自镇守了？"徐无鬼问道。

“不错，”师乙说道，“当九龙天一水法启动的时候，我将禅让皇位于九江王，以幼麟身份驱使广泽龙王神台，加入建康之战。”

“那还有五个龙位呢？”任嚣城问。

“五帝龙王主战，”师乙说道，“九龙天一水法是水战，需要将江南之地化作泽国，江南本就是云梦泽故地，需要一个治水高手请来滔滔洪水，将长江两岸悉数淹没，这个任务，只能由九龙宗的宗主郦怀来完成，他的手段，徐无鬼已经见过两次，因此青龙神广仁王的龙台，由郦怀镇守。”

徐无鬼补充道：“九龙宗宗主郦怀，现在是大景水师的副将，支兄和任兄已经见过。”

师乙继续说道：“赤龙神嘉泽王暴戾无端，因此需要一个西天来的战神主持。”师乙说完，看向了支益生身上的猴子，“看来这个猴子，还没有渡尽身上的浩劫，支益生也无法可想。”

支益生双手合十，“正是。”

师乙摆摆手：“白龙神义济王变化多端，需要一个通天彻地的战神主持，看来任先生已经找到了。”

努扎尔看了看任嚣城，“父亲把我带到建康，就是为了此事，我与钱铿已经交手，还未尽兴。”

“黑龙神灵泽王脚踏冥河两岸，”师乙说道，“本来中曲山豖虎的门人可以担当，但是龙武钗一脉早已被刑天赶尽杀绝；好在中曲山与鬼臾区颇有渊源，鬼臾区的后人现在还在，希望他们能够早日赶来。”

“鬼臾区的后人也就是诡道，”徐无鬼说道，“姬不疑与李冰正在赶往建康的路上，而姬不群现在应该与干阙在一处，正在去往蜀地，姬不群通过古道之后，就会回到建康。”

“现在就只剩下能够开启九龙天一水法的李冰真人，”师乙说道，“不知道他和姬不疑能不能平安抵达？只有李冰真人登上了黄龙神孚应王龙台，才能将九龙天一水法开启！”

第二十七章

三峡古道

三峡古道内，干阙、蒯茧，还有姬不群，行走在当年沙亭亭民走过的道路上。如今沙亭军中，还有几十个老人，是曾经走过这条古道的。他们认得路，走在沙亭军最前方的就是姬不群。

四十年前，姬不群还是个少年的时候，经过了这条古道，古道里所有的岔道，他都能记得清清楚楚。现在姬不群已经是五十多岁，对当年的经历，不胜感慨。

终于，沙亭军走到了一个巨大的地下湖泊，湖泊的中央，有一方小小的陆地，陆地正中，隐藏着一块铁板。当年干奢和妫辕，就是掀开了铁板进入地下，再出来的时候，湖泊上漂浮起来一座浮桥，让沙亭军顺利通过，进入了下段。姬不群记得，当干奢和妫辕走出来的时候，干奢的身上多了一样东西，一个奇怪的锦盒。

现在看来，那个锦盒，就是如今掌控了妫赵的魔王魂灵。干奢和妫辕没有把魔王释放，但是妫辕的儿子妫鉴，没有抵挡住这个诱惑。

如今浮桥依然存在，过了四十年，仍旧能够让人行走。沙亭军默默地走过浮桥，只有姬不群留在了最后。

干阙和蒯茧，看着站在湖泊中央小岛上不动的姬不群，催促他跟上队伍。

姬不群却摇摇头，“我觉得我需要下去看看，否则我这一辈子都会留下遗憾。”

干阙和蒯茧让沙亭军在湖泊的尽头暂且驻扎。干阙说：“我与姬先生一起下去吧。”

“还有我，”蒯茧说道，“我与姬先生一样，当年也十分好奇。”

三人站立在小岛上。这个湖泊中的小岛，只有一丈见方，正中间有一块铁板，铁板圆圆的，呈一个八卦的图案，阴鱼和阳鱼之间有个锁环。

姬不群弯腰把锁环拉起，一个孔洞显露出来。三人依次走了下去。

孔洞下方是一个小小的地坑，地坑四周全部是水晶，能够看到水晶之外的水流。水下有无数的夜光宝石，荧荧的光芒，将水下照亮。一条长着胡须的大鱼，拖着长长的身体，围绕水晶游动。鱼眼看了看水晶内的三人，缓缓离开。

三人脚下耸动了一下，地面开始缓缓下沉。在下沉的过程中，三人又看到了一个巨大的乌龟，静静地漂浮在水中。

再向下，水变得更加清澈，水下渗出了白色的寒光，水晶通道四周的湖水，慢慢结成了坚冰。

坚冰之中，一个无法辨认的动物，固定不动。这个动物形同一个章鱼，但是周身上下全部都是眼睛。几千只眼睛，似乎都紧紧盯着水晶之中的三人凝视。

蒯茧惊呼：“它仍旧活着。”

脚下的平台继续下降，终于穿过了坚冰，坚冰之下，映出了红色的光芒，可见水下有不肯熄灭的地火。一连串的气泡升起，即便是在水晶之内，三人也能感受到外部的炙热。

但是即便是在这种极度高温的水中，仍然有一群百足虫一样的动物，在水中慢慢游动，没有被烫死。

平台继续下降，终于进入到了一团红色的岩壁中，四周全部是一片通红，耀眼的光芒让三人都无法睁开眼睛。并且热度极高，三人瞬间浑身大汗，呼吸不畅。

就当三人认为自己要被火热的气息烤成焦炭的时候，炙热突然消散，三人长长地喘出一口气来，看见水晶之外，变成了一片虚空，没有湖水，也没有坚冰，没有岩石，只有一片黑色的空虚，无穷无尽。

水晶通道是这片无垠空虚中的唯一存在。三人在水晶通道中，继续慢慢下降，这个过程却无比的漫长，似乎永远在朝着无底的空虚下降，生生世世没有尽头。

片刻之后，三人甚至都无法感觉，水晶通道里的他们，到底是在上升，还是在下降，因为周遭没有任何的参照，只有无尽的黑暗。

三人也觉得自己都漂浮在这个空虚之中，空荡荡的，无法忍受这种极度的孤寂。

就在三人被这种压抑的黑暗折磨到近乎癫狂的时候，黑暗之中出现无数的星星点点，瞬间把四周全部照亮。

这是三人从来没有见过的星空，就连姬不群这样的术士也无法分辨，这些星空到底是什么，因为他无法分辨出任何一个星宿。

三人继续随着平台在水晶通道中下降。

终于水晶到了底部，水晶之外是一片洁白，毫无尘埃。

这是一个十分干净的世界，一粒灰尘都没有，无论从哪个方向看去，洁白的世界都没有尽头。

水晶通道分开了裂缝，三人看着裂缝之外的洁白世界，心生敬畏，良久不敢走出。

迟疑很久，三人还是迈出水晶通道，踏上一片洁白到空灵的空间。

三人在白色的空间里慢慢行走，走了很久，也走不到尽头，反而在前方又看到了水晶通道。由于四周全部是白色，没有任何的方向参照，三人走了半天，回到了原点。

姬不群建议朝另外一个方向行走，结果在一炷香之后，仍旧是回到了水晶通道的面前。

干阙和蒯茧都茫然，不知道这个空间到底是为了什么而存在，当年的女魃和蚩尤就是封闭在这个诡异的空间之内。

姬不群示意不要再行走，三人站立在这个空间之内，商量一下，决定返回。

就在三人即将放弃，返回水晶通道之内的时候，洁白的空间里，开始有了颜色的变化。

一道黑色烟雾在地面上蜿转蔓延，随后在三人的脚下形成一个圈圈，圆圈越来越大，留出了白色的空隙，也是一道纹路。

最终烟雾慢慢停止蔓延，只是不断地旋转，相应的白色空隙也渐渐固定下来。

脚下的圆圈突然化作太极两仪，慢慢旋转。

三人忍不住蹲下来，用手去触碰。太极两仪瞬间消失，变成了无尽的黑色空虚，空虚之中，一个方方正正的物事显示出来。片刻后，方方正正的物事前方出现了一个炙热的火球，三人看了很久，才发现那个火球就是太阳。

“飞星掠日！”姬不群惊愕地说道。

方方正正的物事，在微微晃动，自身开始旋转，但是眨眼之间，方方正正的物事又化作了一团火焰。

接着火焰散尽，出现一片连绵的雪山，到处都是火焰燃烧后散落的碎片，然后雪山变成了漫漫黄沙，十几个小点隐约出现在漫漫的黄沙之中。

十几个小点越来越清晰，姬不群马上清点了数量，“十五个。”

随后，十五个小点变成了十五个形态各异的动物，三个巨大，十二个略小。

三个大的动物的形态，姬不群、干阙和蒯茧，都无法用他们的想象来形容。片刻之后，其中两个怪物离开了队伍，剩下的一个怪物带着十二个略小的动物，留在了黄沙之间。

随后地上的画面变成了两个怪物之间的搏斗，在他们搏斗的身下，尚有无数的人类在相互厮杀。

其中一个怪物站立在一辆高高的车上。

看到这里，姬不群懂了，“轩辕黄帝和魔王蚩尤之间的战争。”

随后就是蚩尤被轩辕黄帝制服，魔王化作了黑烟，被装进了一个盒子，一个光头女性模样的随从，慢慢走到江水边，无数的民伕在江边挖掘地面，挖到了极深处。光头女性模样的随从，带着盒子，进入了极深的地下。

干阙和蒯茧看了之后，仍旧茫然。可是姬不群已经坐立不安。

姬不群立即说道：“我们马上就回去。我们要用最快的时间，回到古道在蜀地的出口。”

“姬先生是明白了什么？”干阙问道。

“我要马上去建康，”姬不群说，“我明白了一个极为重要的秘密。”

干阙看着姬不群，“什么秘密？”

“轩辕黄帝没有消失，”姬不群说，“他就躲在昆仑山。这个秘密，我一定要告诉四大仙山门人。”

三日之后，沙亭军从白帝城古道出口重见天日。

白帝城的守军已经是成汉王牛寺的部下。干阙向守军通告，沙亭军与妫赵决裂，前来寻找故人成汉王牛寺投靠。

守军不敢怠慢，也不敢轻信，只是把沙亭军安置在白帝城下的江边，严加围守。同时，立即派人飞马去成都通报。

沙亭军驻留在长江边。眼望夔门天险，蒯茧不禁感叹：“当年我们沙亭军从此地逃往中原，没想到四十年后，我们却又从中原逃回了这里。当年在这个地方，任嚣城的飞火珠和铁锁横江，将楚王的水军几乎尽数歼灭，如今已然物是人非。”

蒯茧所说，姬不群也曾亲眼见过。

而现在，姬不群伫立江边，双目注视江面，一心寻找下行的船只。

姬不群口中说道：“干将军和蒯大人珍重，我要走了。今后山高水长，希望还有相见之日。”

“江面上没有片板，姬先生如何回到建康？”蒯茧问。

“不如我向成汉的守军讨要一艘小船，让姬先生顺江而下。”干阙说道。

“不用了。”姬不群说，“姬不疑马上就要来了，我跟他一起回建康。”

干阙和蒯茧仰望上游，果然看到上方一艘小船，缓缓漂流而下。

“姬先生为什么如此肯定？”蒯茧问道。

“姬不疑是我的胞弟，”姬不群苦笑着说，“虽然我们龃龉十几年，但是别忘了我们都接过了诡道的传承，一些粗浅的算术，还是不难的。不疑现在也知道我在等他，他会来接我的。”

果然上方的船只，改变了在长江上的航向，斜斜地朝着沙亭军的方位驶来。船只渐近，干阙和蒯茧看到，船头上站立着一个身材巨大的猛将，手持一把三尖两刃刀，一个瘦小的术士，侍立在猛将身边。

船只越来越靠近，猛将的面容已经看得清楚，在双目之上，更有一只竖立的眼睛，眼睛金光四射，在干阙和蒯茧的脸上划过，干阙和蒯茧被金光闪耀，不敢直视。最后，猛将的目光落到了姬不群的身上。姬不群踏入江水，对猛将身边的人说：“我们兄弟二人，暂时抛却诡道的门派纷争，就一起去往建康吧。”

“我也正有此意。”姬不疑说道，“事不宜迟，建康现在十分危急。”

蒯茧看着猛将，终于认出，“灌郡的李冰真人！你从何而来？”

“我一直都在灌郡的李冰庙，”李冰的声音雄厚威猛，对着姬不群说，“大皇子，请上船，我们一起去往建康，开启九龙天一水法！”

李冰说完，伸出长臂，一把将姬不群从江水中捞起，放到了船头。姬不群在船头向干阙和蒯茧拱手作别。

干阙大声说道：“祝三位到了建康，旗开得胜！”

李冰扭头看向干阙，“是一个天生的将才，可惜了。”

干阙不明李冰到底何意，只能目送船只顺江而下。

第二十八章

建康大战

《景策》记载：

妫鉴青龙元年。

景顺帝成和二十六年。

六月十四。

妫赵大军对大景建康发动总攻。

妫鉴率领龙台与三艘舳舻，从江北向江南移动，妫赵援军大扶国王曹阿知数百艘战船侧应，搭载赵军一万共同渡过长江天堑。

妫赵第二次进攻建康的战役拉开了帷幕，与第一次草草结束，妫赵撤军不同，这一次大战，《景策》称：建康之战。

妫赵龙台与三艘舳舻，分别占据了四象方位，黑暗四象木甲术无坚不摧。长江之上，大景的水师节节败退，无法抵挡。

大景水师都督张魁、副将郦怀不敌四象木甲术，只能不断收缩防线，把大景水师聚拢在长江南岸与玄武湖之间的交汇处。由于长江水浅，与玄武湖相通的水道，已经无法通行船只。

妫赵的四象木甲术越逼越近，将大景水师的活动区域不断压缩，大景水师的战船只能龟缩一处，无法驶出江面，与妫赵战船交战。旋即，大景水师丢弃了江南的江心洲重地。妫赵战船占据江心洲，三艘舳舻不怕水浅，缓慢移动到江心洲上，而曹阿知战船上的士兵，将托举龙台的木筏全部散去，一日一夜之内，便将龙台牢牢搭建在了江心洲之上。

庞大无比的舳舻，随时听从龙台调度。如今，江心洲易手，建康形势远比第一次妫赵渡江之战更为危急。

妫鉴的四象木甲术固定在江心洲上，大景的水师更加无法与舳舻抗衡，张魁与郦怀、桓绾多次偷袭妫赵水师，在与曹阿知水军交战时，还能暂时占据上风。但是一旦水战陷入胶着拉锯态势，四象木甲术中即派遣一艘舳舻援助曹阿知战船，形势立即逆转，大景水师无法抗衡，只能后撤。

妫鉴汲取第一次渡江之战干阙和妫樽冒进的教训，当四象木甲术完全控制了长江水域之后，并不急于攻打建康水师。四象木甲术本就以坚守擅长，江心洲上的妫赵军队几乎无懈可击，桓绾想再次故技重施，火攻龙台，竟然无从下手。四象木甲术不再是洛阳城中的木质机括，而是三艘不惧水火的舳舻拱卫，龙台倒是木头修建，可是龙台矗立在江心洲的中央，有一万名赵军守护，无论从哪个方向，火矢都无法触及。

更让张魁担忧的是，如今形势逆转，当年桓绾攻击赵军的火攻计策，很可能被赵军如法炮制，用在大景水师。大景水师的战船已经贴在一起，一旦火起，根本无法躲避。

但妫鉴似乎并不急于攻击大景水师，而是重新启动了江北的飞火珠投石机，带动冰蚕丝，在长江上搭建浮桥。

这一次，大景将士只能眼睁睁地看着妫赵军队，有条不紊地把浮桥修建起来，赵军的几十万大军，稳步迁徙到江心洲上。

由于妫鉴在龙台上作法，女魃大旱，江水不断枯竭，江心洲已经与江南的河岸连接，四十万妫赵军队登上江心洲，也就等于已经兵临建康城下，而大景的水师，却无计可施。

六月十九，妫赵舢舻登上了长江南岸陆地，以互为犄角之势，移动到建康城下，大景的北府军无法抵挡舢舻，只能退守到城墙之上。

四十年前拱卫洛阳的四象木甲术，如今成为了攻打建康的庞然利器。黑雀神台的三十六条巨龙，在建康北门外不断飞舞，张牙舞爪。黑虎神台驱使的夔魈从江底爬行而出，大步走到建康城墙之下，手掌攀附在城墙边缘，大景的守军用刀枪攻击，也无济于事。

幸好城墙上有任嚣城和努扎尔勉力支撑。努扎尔手持火尖枪，舞动罗天索，与黑虎神台、黑雀神台奋力交战，一时间尚不落下风。

大景皇宫中，传令官络绎不绝，将妫赵攻城的进展禀报，圣上师乙和徐无鬼两人都脸色铁青，忧心忡忡，所有的希望，都寄予在努扎尔一人身上。建康城守危急，而更加不幸的消息也从另一战场传来。在黑龙舢舻神台的攻击下，大景水师的战船拥挤在一起，无法灵活移动，黑龙神台的蛟龙，已经将水师的旗舰损毁，张魁落水，逃到岸上，勉强捡了一条性命。张魁随即登上郦怀的战船，指挥水师继续攻击黑龙舢舻。

而黑龙舢舻，终于施展出了大景水师最忌惮的方式，火攻。

舢舻之上，飞火珠不断投掷火球，大景水师顿时陷入一片火海。士兵纷纷逃窜，回到岸上。

整个大景水师全军覆没。

建康城，已经岌岌可危，但是驱动九龙天一水法的李冰，还没有出现。

三艘舢舻已经全部围困到了建康城下。

建康城墙与洛阳不同。洛阳地处中原，北倚邙山，南面洛水，西门、东门、南门城墙坚固。而建康因为有玄武湖围绕，南方、东方、西方城墙都低矮薄弱。只有北门城墙高大坚固。

大景水师已经全部焚毁，三艘舢舻同时逼近建康北门。几乎与城墙齐高的舢舻下方，妫赵大军从江边一直排列到城墙脚下。

妫赵另一侧大军，登上南岸之后，绕到了建康东面，将大景军民东出逃离的路径也完全封堵。

在大景战船被尽数焚毁之后，长江重新恢复了原先的水位，曹阿知的水军，从长江与玄武湖之间的水道陆续驶入玄武湖，进入建康城内部，直抵皇宫。

皇宫内，大景的禁卫军拼死抵抗，也阻挡不住不断从玄武湖进入的曹阿知水军，只能且战且走，护送圣上师乙，朝建康城北门移动。

如今建康城四面都被妫赵军队围困。最后仍在坚守的地方，就是北门。而三艘舢舻，已经开始了对北门的攻击。

舢舻不断地冲击城墙。建康的北门城墙在三十年内，不断地加固，城墙宽阔，可以行驶车马。因此舢舻虽然庞大坚硬，短时间也无法冲破城墙。

可是照此下去，建康的北门城墙，被舢舻击破，也只是时间的问题。

圣上师乙，亲自登上了城墙。桓绾率领的北府军在东门与妫赵骑兵交战，力图冲破一道口子，让大景军民能够撤离。

张魁和郦怀，已经没有船只，率领残存的水军，在皇宫的玄武湖边与曹阿知的水军交战。

圣上的身边，徐无鬼、任嚣城、支益生都紧张地站立，看着妫赵军队以绝对的优势，从四面八方把大景守军的阵型不断压缩。在东边，北府军人数远不如妫赵军队，任桓绾有通天彻地的本领，也无法突破重围，被妫赵骑兵逼回入东门之内，仅凭借矮小的城墙，与妫赵军队周旋。

北门的舢舻，船头都已经顶在城墙之上，好在努扎尔神勇无比，与黑雀、黑虎、黑龙三艘舢舻轮番交战。如果只战其中一个舢舻，努扎尔必胜无疑。但是三艘舢舻，相互策应，努扎尔顾此失彼，无法兼顾。

这个场景，像极了当年洛阳四象木甲术与镬铿的交战。只是敌我相易，让努扎尔疲于奔命，勉力维持。

就在努扎尔的火尖枪挑落了黑雀舢舻上第十七条飞龙的时候，建康城的南边冲天火起，有将士大声呼喊："皇宫，被赵军占领了。"

师乙回身看向南方，果然在守军之中实力最弱的张魁和郦怀，终于抵挡不住立誓打败大景、以报当年景朝覆灭泰朝世仇的曹阿知，溃下阵来。

努扎尔用红绫把黑虎舢舻的夔魈绑缚，又搭起顾魂弓，朝着黑龙舢舻的蛟龙射去一箭，将蛟龙死死钉在舢舻之上。可是又有两条蛟龙从黑龙舢舻后方的江水中升起。

努扎尔只身与十几条飞龙缠斗，对着任嚣城喊道："父亲，我打不过他们，他们人多，我抵挡不了。"

建康城墙下的妫赵士兵，纷纷架起云梯，搁到了城墙上。努扎尔筋疲力尽，无法照应守城的大景将士。而妫赵的军队士兵，似乎已经全部癫狂，不惧生死，潮水般涌上城墙。

张魁和郦怀守不住皇宫，已经撤到了北门城墙上，张魁和郦怀跪在师乙面前，"皇宫失守，小人已经尽力而为。"

圣上师乙沉吟片刻，对郦怀说道："郦宗主，你身为九龙宗的首领，现在还能施展你的师门绝技，释放出滔天洪水吗？"

郦怀略作犹豫，回复道："如果我搭台施展滔天水术，对我们大景恐怕有害无益。现在大景已经没有片板只船，而曹阿知在玄武湖上有一百多艘战船，还有面前的这三艘舢舻，洪水袭来，只能将整个建康城淹没。陛下，你是打算以身殉国了吗？"

师乙摆摆手："我就问你，还能不能施展洪水之术？能就能，不能就自刎在此，给天下百姓一个交代！"

"能！"

"好，"师乙将手一挥，"那你就立即去办吧。"

郦怀不敢再追问，立即在北门的城墙上搭起祭台，随后亲自登上祭台，披头散发，挥舞幡天旗，召唤各路水神。洪水阵在郦怀的调动之下，开始显现。

天空，四面八方的乌云聚拢在建康城上，雷电劈闪。长江上升起了巨浪。瞬间倾盆大雨，漫天漫地。

妫赵的玄武神台上，传来了妫鉴沙哑的笑声：“幼麟师乙，你这是要自求了断吗？”

江水猛涨，玄武湖水也随即暴涨数丈。整个建康城四周都是茫茫的水泽。

曹阿知的战船如虎添翼，不用陆战，战船立即由南至北，扑向建康北门。

随着长江水位抬升，建康与长江之间的陆地被全部淹没，水涨船高，舢舻已经对北门形成居高临下的态势。

桓绾北府军站立的东门城墙，瞬间被汹涌的洪水淹没。北府军只能顺着城垣，朝着地势较高的北门奔逃。

而妫樽的骑兵早有准备，曹阿知的战船，顺着玄武湖弥漫的洪水，冲到了城东，接应妫赵的陆军，没有登上战船的妫赵军队，则快速移军到建康的高地紫金山上。

北门城墙上，师乙、徐无鬼、任嚣城、支益生抬头看着高出数丈的舢舻，人人面如死灰。

徐无鬼忍不住提醒师乙：“师伯，李冰真人未到，建康九龙天一水法无法开启，现在让九龙宗郦怀发起洪水阵，只能让我们败得更快而已。”

师乙沉默片刻，看着徐无鬼和任嚣城、支益生说道：“李冰真人一定会来。”

舢舻借助洪水，不断猛烈地撞击城墙，城墙被洪水内外浸泡，根基渐渐松软，在舢舻强力撞击下，北门城墙也开始崩溃。

任嚣城对着努扎尔大喊：“努扎尔，不要缠斗，回来！”

努扎尔收了火尖枪和罗天索，回到任嚣城身边。任嚣城摸了摸努扎尔的发髻，“一旦城破，回天无力，你就回坎殿城，去找你的母亲吧。你本领高强，自保定当无碍。”

努扎尔已经杀得红眼，一把推开任嚣城，“孩儿还能再战。”

任嚣城摇头，“记住我的话。”

这边支益生看着猴子，苦笑说道：“猴子，你我缘分已尽，看来你身上的无数劫难，要靠你自己去化解了。”

猴子看着城墙外的舳舻和飞龙，并不回应。

支益生伸手，将自己的锁骨折断，锁链落下，掷地有声。

猴子双爪捧住锁链，快速回收到自己的身边，一时间不敢相信自己竟如此重获自由。

支益生对着猴子说道：“一切都有定数，我今日难逃此劫，猴子，你走吧。”

猴子捧着锁链，双手化出了炙热的火焰，支益生脱离锁链，锁链上的封印已经消除，猴子似乎对锁链有极深的恨意，一定要将锁链熔化。

锁链在猴子手中变成了一团赤红的铁水。猴子长啸一声，双臂伸展，铁水被拉伸，成为了一根通红的铁棍。

支益生看着猴子，双手合十说道：“猴子！走吧！”

猴子手中的铁棍瞬间凝固，在猴子掌中旋转几圈，然后重重地顿在城墙上。猴子一时间威风凛凛，转头对着支益生冷冷说道：

“猴子不走！”

三艘舳舻冲击建康城墙，建康城墙岌岌可危，黑雀舳舻撞击的部位，已经垮塌了一大片，眼看舳舻就要挺进城墙之内。

黑雀舳舻却并未趁机冲入城墙，反而后退，上下游的黑虎舳舻和黑龙舳舻，分别靠近黑雀舳舻，三艘舳舻并排，之间相互伸出了机括，一阵剧烈的碰撞巨响之后，三艘舳舻合而为一，组成一艘巨大的水上城堡，而江心洲的龙台上，妫鉴站立在高处，遥遥操控舳舻。

妫鉴已经必胜无疑，因此傲慢到了极点，将三艘舳舻合并为巨大的战船，从建康城墙的缺口突入，以极大的优势，以及异常庞大高耸的连体舳舻，来威慑大景从皇帝到百姓的所有人。

三艘舳舻的船头，三个神台各自归位。黑虎舳舻下方，冒出一个巨大无朋的巨兽，牛头蛇身，每一个弯角都有数丈，巨兽身体如同钢铁，大景士兵的羽箭射过去，纷纷折断。黑雀舳舻驱使的黑龙仍旧有九头，攀附在黑雀舳舻的前方，对着建康城墙上的士兵，不断张牙舞爪，吐出黑烟，士兵纷纷倒地。

城墙上的士兵四散躲避，蹲在墙垛的后面，可是天空中一声嘶哑鸣叫，一头暗红的飞鸟，从空中划过，所过之处，下方的城墙顿时腾起冲天的火焰。

龙台上的妫鉴对着建康的城门，大声喊道："师乙，师乙，你到尽头了。"

曹阿知的战船上，无数妫赵士兵也同时大喊："师乙，师乙，今日就是你的末日。"

听到妫鉴和妫赵军队的挑衅，师乙慢慢走到了北门城楼的顶端，隔着三艘舳舻，远远与龙台上的妫鉴对峙相望。

龙台上的妫鉴已经化作一团黑云，越来越大，黑云中显出一张狰狞的脸，幻化为饕餮的面貌，黑洞洞的双眼，射出暗红的光芒，笼罩在师乙的身上。

师乙仰头看着饕餮，把身上的龙袍缓缓褪下，露出了一身黑色的道袍，道袍上蛇龟缠绕。

"我玄武幼麟师乙在此，今日就与你一决高下。"师乙的声音不高，然而气势丝毫不弱于饕餮。

与此同时，徐无鬼、任嚣城和支益生也走上前来，三人并排站立在师乙的身后。

“白虎冢虎徐无鬼在此。”

“朱雀凤雏支益生在此。”

“青龙卧龙任嚣城在此。”

师乙回顾三个后辈，说道：“这一战之后，天下就再也没有四象神山的名号，你们愿意吗？”

“只要能击败魔王，我等愿意。”徐无鬼、任嚣城、支益生同时回答。

师乙微微颔首，低声说道：“从此刻始，就施展平生所能，与魔王做个了断吧。”

黑衣师乙、白衣徐无鬼、青衣任嚣城、红衣支益生，四象仙山门人分别伸出右臂，四只手掌共同举起，手掌之上升起一道白光，白光化作剑形，在空中盘旋一圈，朝着钱铿的黑雾劈斩而去。

钱铿的黑雾收缩，又幻化为妫鉴的模样。妫鉴在龙台上，冷眼看着巨大的白剑劈下，龙台下方一个巨大的山魈站立起来，山魈遍身都是眼球，每一只眼球都滴溜溜地转动，射出光芒，光芒聚集，化作一面盾牌，将白剑格挡。

妫鉴的身形又变作魔王蚩尤的模样，哈哈狂笑起来，“四象神山门人齐聚，亦不过如此。竟然号称天下镇守柱石，实在是可笑。”

魔王的身体四周都被红光笼罩，四象仙山门人的白剑无法刺穿。

魔王举起手臂，挥舞一下，三艘合为一体的舳舻，再次猛烈冲击已经破损的城墙，火鸟、牛首蛇身兽、九条黑龙同时朝着四象仙山门人所在的城楼顶部攻击。

火鸟率先发难，朝着师乙四人的方向飞舞过来。火鸟发出尖啸，口中喷吐火焰，飞舞到四大仙山门人的头顶，扑闪翅膀，火雨纷纷而下，将四大仙山门人笼罩，四大仙山门人的头发很快燃烧起来。

突然啸声戛然而止，火鸟从空中直挺挺地落下。妫赵士兵抬头看去，只见一个猴子跳跃到空中，将火鸟拽下城头，火鸟身体在城墙上擦划而过，火光四射，被猴子用脚掌狠狠踩踏。猴子愤怒不已，又用力将火鸟高高踢起，弹到空中，然后伸出双臂，拉住火鸟的头颈和翅膀，生生把火鸟撕成两段。

火鸟身体裂开，迸射出巨大的火焰，猴子从火焰中走出，满脸狰狞，手臂圆抡，把火鸟的尸体扔到了黑龙舳舻之上。

猴子转身回顾，抬手指向黑雀舳舻，九条黑龙同时向猴子飞来。

猴子全身的毛发竖起，发出金色的光辉。

黑雀舳舻的三十六条黑龙，被努扎尔用火尖枪挑杀了二十七条，剩下的九头黑龙相较更加凶猛，分别从不同的方位把猴子围绕。猴子瘦小的身形，顿时被九条黑龙全部笼罩，黑龙不停地在城楼上飞舞穿梭，站在城墙上的大景守军，也分不清猴子是生是死。

四象门人，以及郦怀、张魁等人，眼见着黑龙舞动，带起黑云，将城楼团团覆盖。

大景的士兵都仰头看着城楼，深为猴子担忧，但是四象门人都神色平静。师乙对支益生说："这猴子，单凭一己之力，就可将四象木甲术击溃。有他的援手，我们这一战，也不见得就输了。"

师乙的话音刚落，九条黑龙搅起的黑云中，一道金光闪耀，猴子顺着金光跳跃到了空中，手持一根金棍，横扫黑龙，两条黑龙被金棍扫到，顿时拦腰而断。

猴子的金棍不停，劈到第三条黑龙的头顶，黑龙的头颅粉碎，从空中跌落，身体落到城墙之下，

其余六条黑龙，眼看猴子凶恶，扭动身体，转身就逃。猴子伸出手掌，抓住一条黑龙的尾巴，挥舞臂膀，将黑龙拉下城楼，猴子脚掌亦有尖爪，把黑龙的心脏挖出。

剩下五条黑龙逃回舳舻之上，无论黑雀舳舻上的骷髅如何驱动，五条黑龙都紧紧地贴在舳舻的船身，不敢再与猴子交战。

猴子也不追击，而是一跃跳下城墙，正好站立在巨大的牛首蛇身兽

面前，牛首蛇身兽牛头低垂，用牛角抵向猴子。

猴子托大，收了金棍，双手分别抓住两只牛角的顶部，生生将牛首蛇身兽举了起来。大景和妫赵双方的军士，都被猴子的神力震慑。

猴子用力把牛首摁在地面，用脚把牛首死死踩住，牛首蛇身兽只有半截蛇身在地面之上挥扫。

猴子双手发力，将牛首蛇身兽两个巨大的弯角，硬生生地掰下来，然后用弯角把牛首蛇身兽的尾巴钉在地面。

转瞬之间，猴子就把三艘舳舻的冥兽几乎全部击杀，只留下五条黑龙，攀附在黑雀舳舻上瑟瑟发抖。

站在城墙上的努扎尔看见猴子大发神威，激动不已，也纵身跳下城墙，与猴子站立在一起。

努扎尔大喊："今日就把这三艘舳舻全部拆了。"

猴子不理会努扎尔，一步步走到舳舻身前。

猴子和努扎尔的身体在巨大的舳舻连船之前，十分渺小。但是猴子身上散发的神威气势，已经凌驾于舳舻之上。

眼看三艘舳舻已经被猴子击败，饕餮巨大无朋的身体从龙台上走下，一步步踏向建康城墙，片刻间就走到了舳舻之上，饕餮脚踏舳舻，居高临下看着猴子和努扎尔。

努扎尔手持火尖枪冲向饕餮，饕餮手臂挥舞，一道黑色的巨大盾牌拦在身前，努扎尔的身体随着火尖枪冲破盾牌，一直冲到饕餮的眼前。

饕餮张开巨口，无数的黑色幽灵喷射而出，努扎尔被幽灵阻拦，所有的力道都集中于火尖枪的枪尖，火尖枪散发出夺目的火焰，从幽灵中直直刺入，眼看就要扎进饕餮的口中。

饕餮的一条胳膊回转过来，把努扎尔的身体捏住。努扎尔散开罗天索，铃铛叮叮作响，在饕餮的脖子上缠绕了一圈又一圈。

饕餮用另一只手臂撕开罗天索，同时握住努扎尔的手掌发力，把努扎尔的身体捏得粉碎。

一颗灵珠子随着努扎尔身上的顾魂弓和火尖枪从半空掉落，一匹红马飞奔而至，接住顾魂弓和火尖枪，马口叼起灵珠子，在妫赵士兵的箭雨中腾挪躲闪，飞快地冲到江边，投入水中。

饕餮仰头狂笑。此时红马忽然从水中跃出，灵珠子瞬间又长成了努扎尔的身体，努扎尔重新握起火尖枪，狠狠刺入饕餮的后背，枪尖从前胸穿出。

饕餮抖动黑雾一般的身体，无数的眼球滚动，集聚到努扎尔造成的贯穿伤口，把窟窿弥补。

努扎尔回到猴子身边，对猴子大喊："为什么不与我一起动手？"

猴子轻蔑地看了努扎尔一眼，努扎尔这才明白，猴子骄傲，不愿与他联手与饕餮交战。

努扎尔收了兵器，跳回到任嚣城的身边，与城墙上四象仙山门人一起看着猴子和饕餮对峙。

饕餮身体上的眼球全部集中在胸口，化作一只巨大的眼睛，眼睛发出红色的光芒，直射在猴子身上。

猴子举起手中的金棍，身体暴涨，从一个不足五尺的瘦弱身体，长成了与饕餮齐高的巨大猴身。

巨大的猴子身体，站立在饕餮面前，猴子露出了巨大的獠牙，身体上每一根毛发都闪闪发光。猴子双腿蜷曲，高高跃起，在空中手持已经跟随身体暴涨为几十丈长的金棍，朝着饕餮的头顶劈下，金棍在空中破空的声音，如同飓风一般撕开了天空。

金棍从天而降，饕餮无可避让，只能身体化为烟雾，四下散开。饕餮这种无身无形的黑烟，曾经是大景士兵最为恐惧的记忆，当年洛阳之战，四大仙山门人也是无计可施。但见猴子突然张开大嘴，黑烟被猴子吸入口中，发出无数的尖啸声。

支撑饕餮的八万鬼兵幽灵，随着黑烟不断地被吸入猴子的口中，天空之中无数的尖啸呼号，都是八万鬼兵幽灵发出的惨叫。

饕餮的身躯被猴子吸入到口中，此消彼长，猴子的身躯越来越大，构成饕餮躯体的黑烟越来越小。

饕餮的鬼兵幽灵已经被猴子吸入了大半，剩余的黑烟纷纷向上漂浮，在半空之中聚拢在一起，再次变成一只巨大的眼睛，眼睛缓缓转动，对准了猴子，射下一道红色的光芒。猴子仰头，火眼金睛，与红光对视。金光和红光在空中冲撞，激荡之后，溅射出五彩斑斓的光芒，让观战所有人都无法直视。

猴子与饕餮之间的天空，霎时被炫目的彩光覆盖。

猴子举起金棍，再次高高跃起，身体冲破五彩斑斓，到了半空。猴子手中的金棍直指饕餮化作的眼睛，金棍挥舞，将眼球击打破碎，无数血红的眼球如同化作血雨，从天而降。

猴子回落到建康城楼之上，将金棍握在胸前，看着已经不成形状的一团血球在江面上聚集，缓慢地朝着江北移动。

“饕餮败了！”大景军民同时欢呼。

猴子转头看向身旁的支益生，支益生双手合十，轻声说道：“去吧。”

猴子再次跳跃到空中，双手紧握金棍，朝着三艘舳舻，威猛无比地砸下。

巨大的舳舻，在猴子金棍之下，顷刻间分崩离析，龙台立即后撤，带动已被猴子击散的舳舻后退到江面上。

黑雀舳舻移动稍慢，猴子的金棍已破空而来，将舳舻拦腰击断。黑雀舳舻搁浅在建康城墙之北，成为一堆废铁。

五条飞龙，不敢与猴子交战，立即飞到江面上。

猴子不再追击，回到城楼。

努扎尔大喊：“猴子，你为何不追击舳舻，难道是怕水吗？”

猴子看了努扎尔一眼，身体缩为正常大小，抱着金棍，紧闭双目，蹲在城垛之上。

师乙目睹猴子发威的过程，对支益生说道：“可惜猴子不善水战，否则今日魔王的四象木甲术就破了。”

支益生说：“机缘未到，大景还没有逃离灭顶之灾。”

猴子在关键时刻挺身而出，解救了大景的危难，大景军民都对猴子敬仰无比。

虽然大景守城一时大胜，但是师乙并无喜色，而是转头对徐无鬼、任嚣城、支益生说道：“魔王暂且后退，三日之后，必定卷土重来，到时候蚩尤、鑯铿、女魃三魔归一，就是猴子和努扎尔同时抗击，也不能获胜。”

“师伯的意思是，”徐无鬼说道，“若要击败魔王，只能仰仗李冰真人布下的九龙天一水法？”

“正是，”师乙说道，“魔王再来，就不再是从江面上进攻。”

“难道是从天而来？”徐无鬼追问。

“不。”师乙看着脚下，“魔王和女魃、鑯铿三日之后，会从地下，自下而上地攻打建康。”

“难道他们已经挖掘了地下？”

“不错！”师乙回答，“魔王本就统领冥界，穿梭于地下，就是他攻打建康的必胜之术。”

“而九龙天一水法，就是为了对付魔王地下攻打而建造？”徐无鬼问。

“我们现在只能等待，等着李冰真人过来，启动九龙天一水法。”师乙看向长江上游，目光冷峻。

建康上游两百里，一艘船正在快速地顺江而下，船头站立着姬不群、姬不疑兄弟和李冰真人。

长江的水面已经宽阔了数倍，将两岸土地尽数淹没，整个楚地化作汪洋泽国。

李冰真人说：“九龙宗已经施展了最强大的水术，可见魔王已经攻打到了建康城下。”

姬不群和姬不疑看着李冰，“建康守得住吗？”

“守不住，”李冰说道，“天下无人能抵抗魔王。”

“除了李冰真人你？”姬不疑问。

“我的能力与篯铿伯仲之间，”李冰摇头，“相距魔王太远，我能做的就是启动九龙天一水法。”

“九龙天一水法启动之后，建康的胜算如何？”姬不群问。

“或许有三成胜算。”李冰说道，“即便是有九龙天一水法，我也实在想不出，天下有谁能与魔王正面一战。”

忽然江面上飘来一艘破船，船上全是白衣女子，哭哭啼啼，朝着李冰和姬不群、姬不疑伸手求救。

李冰真人对姬不群说道：“这是你们诡道的职守，你们去吧。”

姬不群和姬不疑两人跳上破船，各自拿出一面小小的旗帜，挥动两下，白衣女子全部变成了枯骨，身上一丝血肉都不复存在。破船没有底板，姬不群拱手在船头点燃一根蜡烛。然后和姬不疑重回小船之上。

无底的船只带着枯骨，慢慢沉入了江底。

姬不群和姬不疑知道，这是被妫赵军队溺死在长江里的汉人女子的冤魂。这些冤魂无处可依，只能凭借一口怨气，在江面上四处游移，多亏遇到了诡道传人，将她们超度。

李冰问诡道两兄弟，“鬼治已经到了最黑暗的时刻，你们二位昔日皇子，当看见了大景的皇帝，也就是师乙，能够抛开你们之间的恩怨吗？”

“拱卫建康，不让魔王肆虐天下，”两兄弟异口同声，“百姓为重，个人私怨为轻。”

李冰说道：“好！我们务必在三日之内，绕过魔王的眼线，进入建康。”

第二十九章

九龙天一水法

建康的城墙在洪水的浸泡下，已经开始垮塌，整个城墙只有北门城楼附近尚相对完整。

建康城内的百姓流离失所。紫金山的妫赵军队已经在三日之前，舳舻溃败之后，立即登上曹阿知的战船撤回到江北。现在建康城内的百姓纷纷迁徙到紫金山上，把整座紫金山都占得满满，后来的人，几乎无立锥之地。

而大景的军队，仍旧还在坚持。站立在还没有垮塌的城墙和城内的屋顶上，如同几百上千小小的岛屿。这是桓绾的功劳，桓绾趁乱抢了曹阿知的几艘战船，现在用于指挥调动大景军队。

桓绾是天生的将才，军令严明，任何大景的士兵，都不可随意逃窜，都站立在高处，听从桓绾将军的指挥调动。

建康城东方的玄武湖，出现了一个巨大的漩涡，茫茫江水，不断灌入到漩涡之中，如同一张巨口，在贪婪地吞噬江水，发出嚯嚯的声音。

猴子看见漩涡，立即焦躁起来，在城楼上举起金棍，却无处寻找敌人的踪影。

随着玄武湖水不断被漩涡吞下，舳舻从漩涡中慢慢地漂浮起来。先是一个黑龙神台，然后整只舳舻漂浮到了水面。接着是黑虎舳舻，也从漩涡中漂浮，出现在玄武湖上方。

“湖水下面有一个巨大的坑洞，”徐无鬼说，“妫鉴挖掘了地道。”

师乙的判断没有错，妫鉴的赵军果然卷土重来，并且真的是从地下而来。

“为何上一次他们不用这个办法？”任嚣城疑惑道。

“在江水之下挖掘孔洞，必须要倚仗女魃的法术，女魃所到之地，滴水不沾。”师乙说道，“我思来想去，他们一定会用这种办法。至于上一次没有挖掘地道，是因为妫鉴和魔王认为从江面方向进攻，也一定势如破竹，没有想到来了一只天竺的猴子，法力高强，击败了他们的舳舻。”

舳舻在玄武湖上朝着北门移动，猴子和努扎尔飞速奔至湖边，分别跳上两只舳舻。猴子举起金棍，就要把黑虎舳舻上的神台击成粉碎。黑龙舳舻上的努扎尔，也已经祭起了金刚圈要击碎神台。

就在此时，漩涡中升起了一个浑身红色的三头巨人，左边的头颅是饯铿的模样，右边的头颅是一个黑黝黝的秃头女人，奇丑无比——想必就是女魃。

中间的巨人，铜头铁额，两个牛角伸出，獠牙弯曲。

师乙见此情形，也难免身体瑟瑟发抖，“这就是蚩尤大帝的真身了。”

蚩尤伸出双臂，分别把猴子和努扎尔攥入手心，猴子和努扎尔奋尽全力，也无法挣脱。

努扎尔无奈，身体化作灵珠子，从蚩尤的左拳中漏出来，落入水中后，幻化为人形，回到任嚣城身边。

猴子仍旧被困，但是蚩尤的右掌渐渐张开，原来是金棍在蚩尤的手掌中，不断地伸长，撑开了手掌。

蚩尤的手掌露出了缝隙，猴子从缝隙中钻出，也跳回到支益生的身边。

蚩尤站立起来，脚踏两艘舳舻，看着北门城楼上的师乙和其他仙山门人，妫鉴的声音传来：“四象仙山门人，现在归附于我，还能让你们填补十二真人之位。”

师乙和徐无鬼、任嚣城、支益生同时摇头，“宁死也不做你的仆从。”

妫鉴的声音似乎无处不在，在建康城的上方回绕：“那就让你们，全部与建康城同归于尽吧。”

这时候，一艘小船已经悄无声息地漂浮到建康北门城楼旁边。

师乙对着蚩尤说道：“鑂铿，你还记得我当年用洛阳四象木甲术将你制服的往事吗？”

蚩尤左边肩膀的鑂铿头颅说道：“我一时大意，中了你的奸计，这次你还能再算计我吗？”

“你们为何就不想想，让你们挖掘地道进入建康城内，不也是我设下的圈套？”师乙哈哈大笑起来。

蚩尤三个头颅都转向了师乙，右边肩膀上的女魃尖声笑道：“师乙，你死到临头，还在嘴硬。”

中间的蚩尤头颅却没有说话，一双巨大的眼睛，紧紧盯着师乙的身后。

师乙的身后，已经站立了三个人，其中一个身材高大，满身甲胄，手持三尖两刃刀，威风凛凛。正是刚才靠近北门的小船，登上来的李冰真人，还有姬不群、姬不疑两兄弟。

蚩尤似乎有所忌惮，但是随即大步踏向北门。

师乙看着蚩尤跨过来，闪过身体，脚下露出了一个孔洞，轻声说道：“李冰真人，九龙天一水法，可以开启了吗？”

“我现在就开启建康九龙天一水法！”李冰把手中的三尖两刃刀竖起来，刀柄对准师乙脚下的孔洞，狠狠地插入进去。

三尖两刃刀发出了耀眼的光芒。

整个建康城开始剧烈的震动，如同山崩地裂一般。

建康城的城墙，大部分本已经被洪水淹没，现在城墙又重新升起，只是变成了坚固的铁器。

整个建康城从地面拔起，漂浮到水面之上，整个城池变成了一个巨大的圆形战船。

这就是李冰真人当年布下的九龙天一水法。

建康城池，就是一艘巨大无朋，比舳舻还宽阔百倍的大船。

李冰真人手持三尖两刃刀，将刀柄扳动，整个建康城墙之下，传出巨大的机括撞击的声音。

师乙跪拜在李冰真人面前，“晚辈终于等到了真人！”

李冰没有余暇理会师乙，而是大声喊道：“九龙宗门人在哪里？”

郦怀跌跌撞撞地跑到李冰真人面前跪拜，“九龙宗门人郦怀在此。”

“水还不够深。”李冰真人的声音如雷霆一般。

郦怀说：“晚辈已经穷尽法术所能。”

“凤雏支益生在哪里？”李冰真人大喊。

支益生跪拜在李冰真人面前，“晚辈在此。”

“九龙宗水术，令丘山风术，以井卦六四爻，井甃无咎起象。”李冰真人大声号令。

“得令。”支益生和郦怀两人立即施展法术。

顿时天空黑云密布，支益生首先起势，空中黑云化为一个巨大的漩涡，支益生身体又发出爆裂声，飓风云团之中，无数道蛇行一般的闪电遍布。

郦怀张开双臂，手持两柄宝剑，天空中两道闪电砉然落下，分别击中郦怀的双剑。

郦怀松开双手，支益生施展风术，两柄宝剑被卷入空中。

顷刻间，黑云全部化作大雨，瓢泼而下，众人对视，相互不见身影。天空落下的似乎已不是雨水，而是倾泻无尽的漫天瀑布。

长江水位顿时暴涨，建康九龙天一水法，被巨大的水势抬高了数丈，玄武湖与长江已经完全连接成一片大泽。

九龙天一水法在水中慢慢旋转，九个龙王神台从建康城内相继升起。

蚩尤仍旧站立在舢舻上，在玄武湖面漂浮。但是在庞大的九龙天一水法面前，蚩尤显得格外势单力薄。

蚩尤肩膀上三个头颅相互转换，现在正中的头部又变换成了女魃的模样。女魃入主了蚩尤巨大的身体，伸出长长的胳膊，从背后拿出一面巨鼓，身体摇晃，一手抱住巨鼓，一手开始拍打鼓面。

咚咚的巨鼓声响起，本已经高高漂浮的整个建康城九龙天一水法，立即向下堕去，建康四周的水面，顿时消退。

李冰真人抬头，看见天空中的烈日乍然扩大了数倍，四处热气蒸腾。女魃竟然用最笨拙的方式，让承载九龙天一水法的大水消散。

水浅的部位，龟裂的地面已经显露出来，四面八方的洪水，顺着地面开裂的缝隙，纷纷漏入地下。

李冰真人大喊："郦怀！"

郦怀回答："晚辈在此。"

"引入长江口的海水倒灌！"李冰真人命令。

郦怀说道："晚辈已经精疲力竭，无法再驱动水术。"

李冰真人看了郦怀一眼，又看向支益生。

支益生也黯然摇头，"晚辈已经油尽灯枯，无法呼风唤雨，令海水倒灌。"

李冰真人最后看向了师乙，"你忍隐了这么多年，一直在暗中布置建康，现在难道要坐以待毙？"

师乙笑起来，"晚辈当然不会。"

李冰真人说："你苦心修炼的鹿娇，如今终于可以派上用场了吧。"

师乙慢慢脱去身上的道袍，赤身裸体，站立在众人面前，作为大景的至尊龙体，非常不合时宜。

但是现在众人顾不了这些，全都被师乙身上无数的伤痕震嚇。师乙全身上下没有一寸光滑的皮肤，布满了伤疤，而且伤疤层层叠叠，显然是新旧伤痕不断累积的结果。

师乙回首大喊："干宝！干宝！"

众人中走出了干宝，手捧一个玉瓶，递到师乙的面前，"圣上，你决定了？"

"事到如今，难道我还有迟疑不成？"师乙厉声说道。

师乙伸手接过玉瓶，用力将瓶身捏破，露出一颗赤红的仙丹。

这就是师乙修炼了几十年的鹿矫仙丹。

师乙毫不犹豫，一口将鹿矫吞下。在场所有的道教中人都明白，这个鹿矫，已经是炼丹术中的最猛烈的药丸。

无论功力如何深厚的术士，也无法以肉身抵抗鹿矫的药力。以幼麟师乙的能力，吞下鹿矫之后，也只能勉强苟活数日。

果然师乙吞下鹿矫仙丹之后，身体上所有伤疤，全部开裂，发散出刺眼的光芒。师乙仰头嚎叫，身体的皮肤寸寸剥落，红色的血肉显露出来。

然后肌肉融化，白骨显现，整个人变成了一具站立的骨骸。

成为一具白骨的师乙，胸口中的鹿矫仙丹仍旧不化，在师乙胸内不断旋转，四下飞溅的火星，不断从骨骼的缝隙中散落出来。

师乙身体的血肉熔化殆尽之后，火焰上扬，颅骨内也开始熔化，眼球和鼻孔，双耳和嘴巴，都发出了异样的光芒，很快，鹿矫的火焰把师乙颅骨内的脑髓也消融得干干净净，颅骨的七窍也透出火焰。

眼看师乙的骨骼也要被火焰燃烧成灰烬，干宝口中念念有词，掏出一颗金色的莲子，高高扬起，扔入城楼之下的水中，金色的莲子立即在水中朝着玄武湖方向而去。

努扎尔看到了金莲子，不禁奇怪，向任嚣城问道："父亲，这东西为什么与我如此相似？"

任嚣城叹口气说："这个就是你母亲甑公主的血肉炼化的金莲子。"

金莲子在玄武湖中入水，瞬间长出了莲叶，莲花盛开，莲蓬也成长出来。莲蓬从玄武湖升起，猛然崩裂，无数莲子飞向空中，一颗颗飞向师乙的骨骸。

师乙的身体受了莲子，血肉生长，内部的五脏六腑慢慢开始显现，骨骸内部的鹿娇，变成了心脏，火焰慢慢收缩。

努扎尔睁大了眼睛，"原来跟我是一个路数。"努扎尔掀开自己的肚兜，肚皮透明，胸口的心脏也是跳动不已，如师乙胸口内的心脏一般。

任嚣城却神情黯然，努扎尔哪里知道，师乙的这个金莲子，是师乙一口一口从甑公主的身体上啃噬下来。

玄武湖上的女魃看到空中飞散的无数莲子，肩膀上的头部立即旋转，换成了鑁铿的头颅。

鑁铿入主巨大身躯，他平生最恨的人，就是师乙，眼看师乙鹿娇炼化，马上要用金莲子重生，立即展开双臂，张开巨口，将空中飞舞的莲子，全部吸入口中。

师乙的骨骸，五脏六腑刚刚生长成型，但是肌肉皮肤无有莲子幻化，头部双眼和耳朵口鼻，也没有生长出来，重生了一半的师乙，就此停滞。

师乙的身体无法恢复，骨骸内的五脏六腑又开始熔化，鹿娇的火焰再次喷射出来，而这一次，师乙再也无计可施。

李冰真人看看师乙的骨骸，又看向了徐无鬼和支益生、任嚣城。

师乙不仅隐忍谋划多年，而且竟然在最紧要的关头，把自己一百多年的经营全部押上，放手一搏。

只是师乙没想到，馋铿经过洛阳之战，已经察觉到金莲子的渊源，因此在这个关头猝然出手，将师乙的一切努力化为灰烬。

李冰真人大声说：“师乙无法恢复身体，九龙天一水法没有幼麟布下的机关重启，我们今日都要败在魔王手中。”

任嚣城眼见师乙的困境，心中不断回想着甑公主的磨难，但是到了如此境地，也无法追究与师乙的私怨。任嚣城对努扎尔说：“你是金莲子本尊，就让这位前辈，重生血肉吧。”

努扎尔立即倒转火尖枪，把自己的肚皮划开，掏出心脏，心脏本是一个红彤彤的血肉搏动，掏出体外之后，立即化作一个莲蓬。金莲子用枪尖挑出一颗金色的莲子，用火尖枪递到师乙颅骨的口中。

金莲子进入师乙颅骨口中，刹那之间，莲叶覆盖全身，一朵莲花在师乙的头顶绽放。骨骸中的内脏立即生长，肌肉慢慢从骨骼上长出，随即皮肤生长，万物化生终告完成。

师乙重获血肉，立即朝着任嚣城和努扎尔拱手：“多谢卧龙！”

任嚣城说道：“不用谢我，鹿娇已经侵蚀到你骨髓之中，在世的时间，也不会长久。”

师乙说道：“我谋划了一百多年，就是为了这几日，哪里还会在意之后的时日。”

师乙说完，转身看着馋铿，“馋铿，我们又见面了，你知道我在建康布下了什么机关吗？”

馋铿身体不住摇晃，一只长长的手臂伸向城楼，乌黑的手掌眼看就要触碰到师乙，一旁的支益生轻声说：“猴子，动手罢。”

猴子高高跃起，挥动金棍，将馋铿的手臂齐肘击断。馋铿的手臂断裂，但是并未落下，而是化作烟雾，又回到了馋铿的肩膀。

师乙走到李冰真人的身前，“借真人的三尖两刃刀一用。”

李冰真人松开刀柄，师乙举起三尖两刃刀，对着城墙的东方，临空挥舞，大声呼喊：“玄武真君大帝，起势！”

本已经干涸的地面又开始耸动，建康城墙化作的九龙天一水法，摇摇晃晃，上升了十几丈。

众人放眼看去，发现九龙天一水法下方，一方巨大的黑色地面，拔地升起。随后，这块承载了整个建康九龙天一水法的地面，伸出了四肢和头部。

一条巨大的蟒蛇缠绕其上，在九龙天一水法底部盘旋。

此时所有人都看清楚了，原来巨大的地面升起，是一个硕大无朋的乌龟，乌龟之巨大，足以将整个九龙天一水法背负在龟甲之上。

这就是镇北神山的神祇玄武真君大帝，龟蛇之身。

李冰真人看到师乙召唤玄武真君大帝，将整个九龙天一水法扛起，不禁对师乙感叹道："也真是难为你了，竟然把玄武真君隐藏在建康这么多年。运送镇北神山的神祇，从单狐山到建康，遥遥几千里……也对，如果不是拥有皇帝至尊的高位，又怎么能完成如此巨大的工程。"

师乙正色说："李冰真人，我在一百年前得知阴破、刑天的秘密，就已经做好了今日的准备。"

李冰真人说道："作为一个未列入真人的四象仙山门人，你能够有这样的能力，也是罕见。"

"真人当年也并非十二真人之一，"师乙说道，"不也是因为蜀地治水，天下大兴，而位列真人之位吗？"

李冰真人说道："可惜你做不了真人，你没有这个寿命了。"

师乙说："我不在乎。当我从尸足篾落口中听到阴破、刑天的秘密之后，我就知道我必须要做什么了。"

"尸足篾落，"李冰真人想了想，"你知道他到底是什么身份吗？"

"是匈奴的一个萨满，后来成为了匈奴单于。"师乙回答，"就是被梁无疾击败的尸足单于。"

"我闻到了这个人的气味了。"李冰真人说，"他就在洛阳。如果我没有猜错的话……听说妫赵的皇帝，十分宠信一个叫大孔雀王的西域和尚。”

师乙大惊，“难道尸足篾落并没有死在梁无疾的手中，而是继续在遵守与我的约定？”

李冰真人沉吟片刻，说道：“梁无疾在四十年前击败了尸足篾落，尸足篾落把匈奴部落交给了梁无疾。然后在十几年前，大孔雀王从西域来到洛阳，嗯，看来是没错了。”

“尸足篾落没有死！”师乙明白了，“他转换身份，成为大孔雀王到了洛阳。既然如此，他一定另有安排。”

支益生和任嚣城同时走出。支益生对李冰真人说：“当年就是大孔雀王点化我，去往西域，取得佛法。”

李冰真人看着支益生身边的猴子，“尸足篾落、大孔雀王，他到底是一个什么样的人，竟然一直都在暗中谋划，却从不出面。这个猴子，就是大孔雀王心中的目的之一。”

众人回首往事之间，玄武湖上的女魃，又换作了蚩尤的牛角头，蚩尤大步踏向九龙天一水法，站立到玄武真君龟蛇真身的面前。

蚩尤张开双臂，将龟蛇的龟甲扳动，龟蛇缓慢地伸出巨爪，将蚩尤的肩膀摁住。力道巨大，蚩尤的身体一截一截地陷入地面之下。

龟蛇又伸出了头颅，张开嘴巴，将巨人蚩尤的肩部咬住，蚩尤弹开龟蛇的嘴巴。身体化作黑烟，盘旋在玄武湖上。

李冰真人对师乙说道：“马上倒灌海水，不要错失机会。”

师乙立即举起三尖两刃刀，跳跃到玄武真君龟蛇的头顶，大声唱出祷词。

玄武真君的龟蛇之身，慢慢旋转，扬起了头颅。大地震动，东方一堵无边无际、高达十几丈的水墙，铺天盖地而来。

一炷香之后，汹涌的海啸掠过江南大地，海水倒灌，整个江南全部陷入汪洋之中，玄武真君缓慢下沉水底。整个九龙天一水法，依旧漂浮在海水之上。

师乙大声喊道："四海龙王就位！"

九龙天一水法的内侧升起了四个龙头。

师乙挥舞三尖两刃刀，"东海广德龙王神位——任嚣城！"

任嚣城拱手："听命！"

广德龙王的龙头呼啸而来，停到任嚣城的身边，任嚣城扶着龙角，广德龙王带着任嚣城而去。

师乙又喊："南海广利龙王神位——支益生！"

支益生拱手："听命！"

广利龙王也呼啸而来，把支益生背负到九龙天一水法的南方。

师乙大喊："西海广润龙王神位——徐无鬼！"

徐无鬼拱手："听命！"

广润龙王把徐无鬼接走，飞到九龙天一水法的西方。

师乙又喊："北海广泽龙王速来！"

广泽龙王飞到师乙面前，师乙抬脚，跨上了广泽龙王的头顶。

广泽龙王背负着师乙在空中旋转。

师乙大声喊道："四海龙王已经归位，五帝龙王速速现身！"

五条飞龙，从九龙天一水法的下方飞腾而起，匍匐在师乙的面前。

师乙大喊："五帝龙王听令！"

五条飞龙顿时发出巨吼，天空一阵电闪雷鸣。

师乙骑在广泽龙王的龙头上，在九龙天一水法上方盘旋一圈，大喊道："黑龙神凌泽王，诡道门人姬不群、姬不疑！"

姬不群和姬不疑两人站立出来，看着龙头上的父皇，仰头而立。

师乙大喊："还不接令！"

姬不群和姬不疑低头拱手，"接令！"

凌泽王黑龙飞来，姬不群和姬不疑各自抓住黑龙的一个龙角，挂在龙头，凌泽王黑龙飞到九龙天一水法的北方，守着九龙天一水法的北方水面。

师乙骑在广泽龙王上，又喊道：“青龙神广仁王，九龙宗门人郦怀。”

郦怀勉强走出来，“接令！”

广仁王青龙匍匐到郦怀面前，郦怀抓住龙须，登上了龙头。广仁王青龙飞起，来到东边，坐在龙头上的郦怀身体冒出了青光，四肢百骸都充盈着雾气。郦怀骑着青龙在九龙天一水法的东方盘绕，青龙卷起了乌云，乌云朝着东方而去，片刻间，几十个巨大的龙卷风，从东方席卷而来，东海的海水，被龙卷风刮起，落到了建康城的原址。

龙卷风并不停歇，无穷无尽地把东海之水从空中引导到建康。

九龙天一水法的水势又高了数丈。

师乙看了看留在原地的猴了，对猴子喊道：“赤龙神嘉泽王，猴神哈奴曼。”

猴子把棍子收在背后，走到了师乙的广泽龙王下方，仰头看向师乙，火眼金睛。支益生驱动广利龙王飞到猴子上方，说道：“猴子，速速归位。”

猴子伸出手掌，嘉泽王赤龙垂下头来，猴子抚摸赤龙的额头，轻轻跳跃上去。赤龙带着猴子飞向南方，与正在恢复成巨人的蚩尤巨人对峙。

师乙又喊：“白龙神义济王，金莲子努扎尔。”

努扎尔跳到师乙身下，昂头说：“我在。”然后跳跃到义济王白龙身上，飞到九龙天一水法的西方，转入到水面之下，然后又从水中冲天而起，努扎尔一手抱着龙角，一手手持火尖枪，升到最高处。

师乙最后看着李冰真人，缓慢说道：“黄龙神孚应王，李冰真人！”

李冰真人走到师乙广泽龙王之下，师乙把手中的三尖两刃刀恭敬地递给李冰真人，李冰真人接过三尖两刃刀，稳稳地站立在九龙天一水法之上。孚应王黄龙，是五帝龙王之首，最为尊贵。但是在李冰真人面前，龙啸一声，缠绕李冰真人的身体，龙头趴伏在李冰真人的脚边。

李冰真人跨步登上龙身。黄龙立即飞起，与师乙的广泽龙王一起，并驾齐驱。

九龙天一水法的九龙已经全部就位。

九龙同时飞翔在水法的上方，同时对着已经恢复了身体的蚩尤巨人，发出巨吼。

特别是最靠近蚩尤的嘉泽王赤龙，口中喷出了龙息火焰，把蚩尤的身体笼罩。

蚩尤的身体也在瞬间猛然生长，但是没有头颅，只是胸前的双乳变成了眼睛，肚脐变成了嘴巴，整个胸口变成了妫鉴的样貌。巨人的手臂持握巨斧。

妫鉴张开嘴巴："今日就见识一下九龙天一水法。"

刑天露出了他真实的身躯。刑天手臂挥舞，黑烟弥漫，左右两个巨人也分别显出了真身，女魃和箓铿。

女魃再次敲响巨鼓，隆隆鼓声中，八十一个奇形怪状的怪兽破水而出，身躯都是各种鸟兽，或有人身，或有人面。

箓铿也大声长啸，口吐无数飞蛾。飞蛾在水面上飞过，召唤八万鬼兵，一群群鬼兵从北方的水下升起，踏过水面，朝着九龙天一水法而来。

骑在龙背上的师乙和李冰，相互交替了位置。

李冰大声喊道："起！"

整个九龙天一水法，在水面上活动起来，朝着东海的方向，移动而去。

刑天蚩尤的八十一个仆从，纷纷戴上铁面，朝着九龙天一水法追赶。

第三十章

外　篇

《亨策》记载：

九龙天一水法与洛阳四象木甲术不同。洛阳四象木甲术系由张道陵真人击败饕餮后建造，凭借的是道家的无上木甲机关术，依靠河洛的水利，带动木甲术而驱动。

九龙天一水法的建造者李冰，位列真人之位，比张道陵更早，他在建康修建九龙天一水法，为的却是对付魔王蚩尤刑天。

蚩尤和刑天是同一个神，轩辕黄帝和阴破也是同一个人。

两个至高无上的神，在人世间都有了自己的名字和信徒。但是当阴破以轩辕氏的名义从西域而来的时候，与成为蚩尤的刑天已经势不两立。

在上古的神魔之战中，西域而来的阴破在十二随从的辅佐下，与刑天开始了长达数十年的决战。在决战中，阴破对待刑天的行径，让两个随从察觉到了困惑。这两个随从，一个是饕餮，一个是女魃，当年阴破最得力的两个助手。

在饕餮和女魃的鼓动之下，其他十个被世人尊称为真人的随从，对阴破也产生了怀疑，但是十大真人仍旧忠于阴破，协力击败了刑天，并且封印了女魃，但是赦放了篯铿。在封印女魃之后，十大真人也对阴破离心离德，把阴破驱赶到了昆仑山。

这就是神魔之战的结局。当然这个结局还有另一种解释，那就是十大真人在鬼臾区的领导下，共同背叛了阴破，也就是轩辕黄帝，阴破被彻底剥夺了能力之后驱逐出中原，刑天被剪灭了肉身，女魃被封印。

十大真人开始了对中原的共同统治，成为了道家的渊源。

十大真人的各自流派在中原渐渐开枝散叶，收纳门徒，但是一直担忧刑天会卷土重来。于是又在中原的术士中甄选了两个旷世奇才。

这两个奇才，一个是春秋战国时期的李冰。李冰本是秦国在蜀地治水的一个工匠，都江堰水利大兴，天下福泽，李冰成为第一个由术士成为真人的凡夫。他接受了一个重要的任务，就是兴建九龙天一水法，对抗有朝一日脱开封印的女魃。李冰踏遍中原，并没有把九龙天一水法修建在蜀地，而是建造在了偏远的吴地建康。九龙天一水法修成之后，李冰蛰伏忍隐，在灌郡李冰庙隐藏栖身。

篯铿被释放后，一直在民间参与人间的纷争，到了景朝年间，被另一个横空出世的术士取代了真人的身份。

这个术士，就是比李冰法术更加强大的张道陵。张道陵以五斗米道起家，很快就取代了太平道的张角、张梁，以极大的能力，收揽天下所有的道家门人，道家在几千年的开枝分流之后，再次万流归宗，这就是道教。

张道陵成为真人，是受了一个高人的指点，如今看来，应该就是三神之中的另一个，一直没有显山露水的阳立。阳立在世间有诸多痕迹。早期的什利方，直接将鬼臾区的传人诡道陈平，抬举到人臣至尊之位。无奈陈平秉性懦弱，做了汉朝丞相之后，不再遵守与什利方的承诺。于是什利方改变身份，与被陈平排挤的名臣张良接触，又与张良达成了誓约。这时候，什利方的名字，叫赤松子。

张良与赤松子会面之后，修生养性，暗中谋划。几百年后，东汉末年，张角、张梁的太平道兴起，就是依照赤松子交给张良的《太平天书》起事。

张角和张梁杀伐过重，被阳立抛弃，于是张道陵兴起，接过道家衣钵，统一道家，是为道教。

张道陵于是成为填补十二真人的又一高强术士。与餞铿成为死敌，其时张真人道陵，得到四大仙山的支持，于是四大仙山门人下山，辅佐张真人道陵，在景泰相争的时候，封印了餞铿和八万鬼兵。

汉末之后，阳破再无消息。其实是去了漠北，在漠北点化了尸足蔑落。尸足蔑落得了阳破的指点，于沙漠之中与道家镇北神山的幼麟师乙结为联盟。师乙以一个仙山门人的身份，不惜破除道家规则，篡夺大景皇位，为的就是一百年后的刑天蚩尤重生一战。

而现在刑天蚩尤复苏，阴破轩辕已经在昆仑山苟延残喘。阳破，极有可能就是在洛阳的那个大孔雀王！

师乙以幼麟之身，担负起了狙击刑天重生的重任。这也就是大景存在的意义。关键时刻，师乙及时让鬼臾区的诡道后人将李冰从灌郡李冰庙解脱，前来参战。

至于努扎尔、哈奴曼，一个西域，一个天竺，分别是坎殿拜火战神和天竺神猴，自万里之外而来，也并非出于偶然，都与大孔雀王有千丝万缕的联系。

这就是右景时期最重要的战争背景。这一战，《亨策》史称：

“三神决战”！

第三十一章

三神之战

九龙天一水法上，青龙神广仁王郦怀不断引导东海苍茫巨浪，侵袭江南四野；南海广利龙王神位支益生，在空中盘旋，电闪雷鸣，暴雨倾盆；主神黄龙神孚应王李冰举起三尖两刃刀，口中念念有词，近处紫金山、采石矶，远处匡庐山、雁荡山、天目山纷纷拔地而起，江南的大景百姓，在各处大景官员的率领下纷纷登上山顶。无数的高山，成为大景百姓躲避洪水的避难之地。

九龙天一水法行至会稽山，刑天蚩尤及八十一个铁面兄弟，也紧追而来。会稽山上矗立着一个高达数十丈的大禹石像，石像手持耒耜，双腿分开，镇守在会稽山顶。

李冰真人站立在龙身上，眉间第三目射出光芒，照射向大禹石像。大禹石像的耒耜上反射李冰真人的目光，光芒转而照射在九龙天一水法中央。

九龙天一水法的中央，一个巨大的桅杆升起，直入云霄，展开九面旗帜。九龙天一水法，九个龙台，内四外五，不断地节节攀高，九个龙台之间，兴起两道圆形的墙壁，分别将内四龙和外五台连接。

整个九龙天一水法变成了一个漂浮在汪洋大海上的巨大城堡。九龙在城堡上盘旋飞翔，相互交错，张牙舞爪，最后分别悬停在九个龙台的上方，龙头对着外部，注视着已经把整个九龙天一水法围困的刑天蚩尤和八十一个奇形怪状的铁面巨人。

刑天蚩尤走到会稽山顶，左臂横扫，把会稽山顶上的大禹神像拦腰击毁，大禹神像的身躯从中断裂，巨石从山顶滚落，跌入大海之中。

刑天蚩尤的饕餮变换出身形，召唤八万鬼兵，涌向九龙天一水法的西方城墙。龙神义济王努扎尔，在外五龙台镇守西方，直面八万鬼兵。努扎尔站立在龙身上，对着八万鬼兵上方的饕餮黑雾大喊："来得正好！"

努扎尔身上的罗天索散开，游蛇一般在八万鬼兵中游动，努扎尔手持火尖枪，高高跃起，冲向饕餮的黑色身躯。火尖枪的枪尖未到，火焰已经闪耀到饕餮两个黑洞洞的眼眶。饕餮抬起双臂，身下的几千个鬼兵黑影随着双臂腾空而起。

鬼兵黑影在饕餮的面前竖立，化作一道浓浓的黑幕，努扎尔身体随着火尖枪突入到黑幕之中，被整个黑雾吞噬。

瞬间之后，黑雾中红光四射，努扎尔手持金砖，跳跃到黑雾的上方。努扎尔抛起金砖，金砖从天而降，砸向饕餮的头顶，饕餮的背后，又是无数的鬼兵黑烟腾起，在饕餮的头顶形成一个巨大的手掌，把金砖托起，守住了饕餮头顶的百会穴。

金砖发出的光芒，不断把下方的鬼兵消融，但是仍旧有鬼兵源源不绝地补充上来。

努扎尔双手握住火尖枪，身体贴在火尖枪的枪柄，如流星一般直下饕餮的头顶。

一个铁面巨人行走而来，铁面具人头如三角，双臂是两条黑色的蟒蛇，正是蚩尤八十一兄弟之一的残刚。

残刚的黑蟒双臂，把努扎尔和他的火尖枪重重缠绕，黑蟒张开大口，咬向努扎尔的胳膊。

努扎尔被残刚的蟒蛇蛇口吞人，残刚双臂的黑蟒扭曲摆动，将火尖枪弹开。

残刚仰天大笑。突然左臂肘部崩裂，努扎尔的金莲子之身跳跃出来，张开臂膀，飞出去的火尖枪在空中旋转，飞回了努扎尔的手中。

努扎尔被残刚激怒，直扑残刚而去。残刚剩下的一个手臂黑蟒旋转，再次把努扎尔缠绕。力道巨大，将努扎尔的身躯压得如同纸片一般。

残刚收回臂膀，看见火尖枪上绽开一朵莲花，莲花漂浮在空中。

又一个巨人行走而来，这个巨人双臂双腿都是圆月般的弯刀，正是蚩尤八十一兄弟之一的白曾。

白曾收缩身体，身体化作四把弯刀，在空中飞速地旋转，把莲花绞成碎片。莲花碎片在空中化作无数金莲子，金莲子汇聚在一起，莲藕生长，努扎尔的身躯转瞬恢复。努扎尔举起火尖枪，刺向白曾双臂的两把弯刀。

努扎尔被残刚和白曾拖住，篯铿浑身上下无数的鬼兵幽灵，趁机越过外五白龙神义济王龙台，直直冲向九龙天一水法的西侧。

姬不群、姬不疑两人合骑凌泽黑龙王，拦在篯铿的身前。

篯铿抬起右臂，手指姬不群、姬不疑二人，鬼兵呼啸着冲向前去。姬不群和姬不疑兄弟，一人高举蜡烛，一人吹奏起长箫。

诡道脚踏阴阳，鬼兵顿时纷纷溃散。

篯铿垂下头颅，仔细地打量姬不群和姬不疑，黑烟中发出嘶哑的声音：“鬼臾区，鬼臾区。”

姬不群和姬不疑两人施展看蜡和听弦算术，将诡道至阴法术发挥到极致，八万鬼兵被看蜡吸引，陷入到无法分辨方向的阴阳两界之间。

篯铿身体全部化作黑烟一般的幽灵，只剩下一个红色的巨眼，在空中照射姬不群和姬不疑两人。

姬不群和姬不疑虽然凭借黑龙神凌泽王的威力，将镬铿的鬼兵引入两界之间，但是无法抵抗镬铿的巨眼照射。

见此情景，师乙的北海广泽龙王游动到旗杆上，挥舞西海广润龙王的旗帜，“广润龙王徐无鬼！”

徐无鬼是内四海龙台，不得擅自离开水法中部，看到与自己同为坤道的诡道难以支撑镬铿的巨眼，已经焦急不已，得到了师乙的敕令，立即回答：“得令！”

师乙命令：“坤道中曲山门人冢虎，即刻用九守之道，打通冥界玄门。”

徐无鬼的广润龙王立即绕到九龙天一水法的西方，沉入水中。同时师乙挥动旗帜，九龙天一水法的西方城壁，竖起了一面巨大的黑色盾牌，将镬铿的巨眼光芒遮挡。

姬不群和姬不疑两人顿时解脱，看蜡和听弦算术得以延续。八万鬼兵在两界之间游走奔嚎，突然水下出现巨大的漩涡，漩涡之下一道水门开启。

鬼兵无处可依，立即相互撕扯，钻入水门。水门本只有一丈七尺宽阔，鬼兵冲入之后，水门越来越宽。

进入的鬼兵愈多，鬼门就更加巨大。

当八万鬼兵有半数进入鬼门之后，水面上漩涡已经与九龙天一水法一般巨大。

镬铿的巨眼被水法的盾牌格挡，随着鬼兵纷纷冲入水中的冥界之门，巨眼的光芒逐渐黯淡。

徐无鬼的中曲山九守之术，已经在四十年后，修炼到了最高一层的守缺，能够开启冥门，贯通阴阳两界。

镬铿的巨眼已经察觉到了鬼兵正在夺命进入冥门，在空中慢慢旋转。空中漂浮过来一个巨大的斗笠，斗笠全部由利刃组成，斗笠到了盾牌上方，和镬铿的巨眼一并旋转，斗笠上的利刃飞出，纷纷射向水法的黑色盾牌，利刃闪耀白色光芒，把盾牌刺穿，盾牌瞬间千疮百孔，巨眼红色的光芒和斗笠白色的光芒，同时照射到盾牌之下。

斗笠是蚩尤刑天的八十一兄弟之一，月引，最为尖锐，利刃最擅长刺穿铁器，是九龙天一水法盾牌的克制之术。

红光又照射到盾牌之下的鬼兵身上，争相堕向冥门的鬼兵，受了饞铿的感召，在冥门面前犹豫不决。

徐无鬼骑着广润龙王，在盾牌之下游动，施展九守守缺之术，冥门之内，伸出了巨大的手掌，把鬼兵纷纷拉入冥门之中。

饞铿突然意识到不妙，想脱身离开，却被姬不群举起赤霄宝剑，挡住了去路。

冥门伸出的巨掌，猛然从漩涡中升起，把已经残破的水法盾牌抓住，狠狠掷向月引，月引斗笠被盾牌击中，斜斜落入水中。

饞铿的巨眼躲避开姬不群的赤霄宝剑，朝着东方的蚩尤刑天方向飞去，巨掌突然暴涨，从后方把巨眼凌空握住。

饞铿巨眼在手掌之中左冲右突，红光从手掌手指缝隙中透出。

巨掌毫不犹豫，缩回冥门。在进入冥门前的一刻，饞铿的声音传递出来："师乙！"

师乙冷冷看向巨掌，身下的广泽龙王飞到西方上空，居高临下，对徐无鬼说道："中曲山家虎，还在等什么？"

徐无鬼得令，将九守守缺之术发挥到极点，冥门又宽阔了一倍，手掌之下，牵引出一个冥界而来的巨人，站立水面，他缓缓摊开手掌，掌中的饞铿已化作了人形，却无法逃脱。

师乙对着饞铿大喊："饞铿，你本就被张真人道陵打入了冥界，现在该是你回去的时候了。"

饞铿发出不甘心的尖嚎，"师乙，师乙，你一个四象门人，竟然……"

师乙飞回到九龙天一水法的中央，不再理会。

饞铿看着盘旋在冥界巨人腰间的徐无鬼，"中曲山，家虎……"

徐无鬼拱手对饕餮说道：“饕餮真人，对不住了。”

冥界巨人重新握住手掌，张开嘴巴，把饕餮吞入口中。然后整个身体回到冥门之下，漂浮在水面上的鬼兵，随即全部陷入到冥门内。

姬不群和姬不疑骑着凌泽龙王来到徐无鬼面前，“这次饕餮不会再复生了吧。”

徐无鬼点头说道：“他回到了该去的地方，而这次，再也没有回来的途径。”

徐无鬼说完，九守之术收回，冥门关闭，水面恢复平静。饕餮和他的八万鬼兵，继真人张道陵之后，再次被封印到冥界，这一次，再也没有回到阳间的机会。

饕餮被姬不群、姬不疑兄弟和徐无鬼合力打开冥门，送入冥界之后，蚩尤对九龙天一水法的第一波攻击受阻。

饕餮被歼，魔王还剩下刑天和女魃。

没有了饕餮，与努扎尔相争的白曾和残刚，露出怯意。努扎尔本就处在上风，白曾和残刚只是勉力招架而已，此时努扎尔的火尖枪，突破残刚黑蟒手臂，努扎尔停留在空中，祭起罗天索，将残刚的手臂缠绕，残刚的手臂被罗天索绑得结结实实，无法摆脱。努扎尔转身，连人带枪，冲向白曾，白曾恐惧，四肢也就是四面圆刀层层叠叠，护住躯干和头颅。

努扎尔扔起一块金砖，身体继续朝着白曾猛冲过去。

火尖枪把白曾的四面圆刀，一层层刺穿，一直刺到白曾的胸口，白曾的尸体串在了火尖枪上。

几乎同时，金砖从天而降，残刚的手臂被罗天索绑缚，无法躲闪，被金砖狠狠击中脑门，变成一团血肉。

努扎尔在转瞬之间，便将残刚和白曾同时击杀。

努扎尔收了罗天索和金砖，用脚踏在白曾的尸体上，抽出火尖枪。

随后回到白龙义济王的龙台，继续坚守九龙天一水法西侧。

饕铿之所以如此溃败，不堪一击，是因为在洛阳之战的时候，师乙已经对饕铿了解至深，因此指派诡道门人镇守凌泽龙王之位，打开冥门。饕铿在洛阳一战之后，大伤元气，而诡道门人与徐无鬼联手，实力增加数十倍，此消彼长，饕铿必死无疑。

九龙天一水法每个龙台不得随意攻击，在没有师乙调令的时候，只能坚守。现在饕铿、白曾、残刚、月引都已经折损，努扎尔、姬不群、姬不疑归位，九龙天一水法继续朝着东海漂浮。

巨大的城堡不断旋转，从已经被淹没为孤岛的会稽山旁漂过，到了长江本来的入海口——飞龙入海吐珠的方位。

刑天蚩尤和七十八个兄弟，仍旧脚踏舳舻紧追不舍。

舳舻在追赶九龙天一水法的过程中，已经联合纵横，将曹阿知以及收揽到的大景水师的所有战船都聚集在一起，成为一个庞大的水上四象木甲术，声势规模，仍旧胜出九龙天一水法不止一筹。

刑天蚩尤对饕铿的失败并不在意，饕铿本就已是强弩之末，刑天蚩尤拿饕铿打头阵，就是有意一探九龙天一水法的虚实。

九龙天一水法到了飞龙入海的龙吐珠，不能再继续东进。龙吐珠的龙头之处，是一个隐藏在水面下的礁石。这个礁石，在郦怀和支益生没有引动东海海啸之前，是入海口上的一个石头小岛，叫龙石矶，如今被水面淹没，变成了水底的礁石。

九龙天一水法无法越过礁石，因为整个水法吃水太深，只能顺着长江的河道进入东海，现在被水下的龙石矶挡住了去路，九龙天一水法只能在龙石矶处停留。

青龙神广仁王郦怀不住地催动东海海啸，海浪如同山峰一般席卷而来。师乙只等海水上涨，就驱动水法，一举漂过龙石矶。可是海啸到了龙石矶处，水位顿时急遽下沉。无法支撑九龙天一水法漂浮过龙石矶。

九龙天一水法底部被龙石矶搁浅，分毫不能移动。

很快，刑天蚩尤带着舳舻也赶到了龙石矶。女魃现身，抱着巨鼓不断敲击，海面继续下沉，眼见龙石矶要把九龙天一水法顶死在这片水域。

九龙天一水法开始倾斜，南方的嘉泽龙王哈奴曼和广利龙王支益生所在的水法边缘，已渐渐没入水下。

猴子和支益生分别坐在各自的龙头上，从水中冒起。

女魃已经拦在了他们的面前。

女魃张开巨口，火焰喷射而出，猴子和支益生身下的嘉泽龙王和广利龙王顿时被火焚烧。

两条龙王奋力飞出火焰，盘绕在女魃的上方。猴子身上毛发枯焦，支益生的衣服也在燃烧。

猴子脚踏龙头，朝着女魃飞去，女魃举起巨鼓，阻拦猴子。

猴子擎起手中的金棍，狠狠地砸向巨鼓，巨鼓的鼓面被金棍击破，女魃却并不气馁，跳到一边。

猴子击破巨鼓之后，两眼看向女魃，露出火眼金睛。女魃身体下沉入水，呼啸一声，水面上燃起熊熊火焰，整片海水，如同当年哭龙山的黑水一般，变成极易燃烧的火油。

眼见猴子和支益生被烈火焚烧，广仁龙王郦怀连忙召来龙卷风，盘旋在支益生头顶，支益生使出令丘山幼麟之术，暴雨倾盆而下，海面上的火焰，稍稍式微。

猴子脚下的嘉泽龙王浑身枯槁，鳞甲开裂，正要再次飞向女魃，漂浮在水面上已经损毁的巨鼓中，忽然冒出一条巨大的飞鱼，飞鱼上方，也站立着一个猴子。

这是蚩尤八十一个兄弟中的独眼薄余和无支祁。

薄余的身形是一条飞鱼，只有一只眼睛。而无支祁也是猿猴的模样，是女魃的助手，一旦出现，也是天下大旱的征兆。

薄余与嘉泽龙王的身形类似，在空中甫一触碰，就开始不断撕咬对方。而哈奴曼和无支祁，两个猴子，也分别在空中缠斗。

无支祁使的是一根镇海神针，哈奴曼用的是天竺玄铁熔化的金棍。两只猴子在空中追逐旋转，转瞬之间，两根棍子已经相互敲击了数百下。

发出的巨响，如同雷霆一般。

两只猴子在空中缠斗，将空中的乌云带动，乌云化作旋风，把两只猴子裹在云雾中。

又是一声巨响，旋转的云雾散开，两只猴子手中的棍子相互交错，一根金棍，一根铁棍，都变得通红。

两只猴子分别用力，身体随着棍子弹开，相互对视。

无支祁看着哈奴曼说："我是淮河的无支祁，这根铁棍是大禹留下的镇海神针，你是什么来历，能与我不相上下？"

哈奴曼吱吱叫了两声，然后喊道："尸罗拔陀！"再次与无支祁打斗起来。

哈奴曼和无支祁两只猴子，在水面上翻滚打斗，哈奴曼的金棍与无支祁的铁棍相互磕碰，越来越快，双方都急于用手中的兵器把对方的兵器击毁折断。

两只猴子都使出全身的力量，两根棍子在空中相互碰击，火花四溅，棍子变得越来越柔软。哈奴曼和无支祁不约而同松开了手，两根棍子，一根变成了黑红色，一根变成金色，在空中各自幻化成两条飞龙，相互缠绕搏斗。

哈奴曼和无支祁放弃了手中的兵器，在水面徒手搏斗。旱魃在水中呼啸，整个水面水火交融，两只猴子的身体都被火焰焚烧，却仍旧缠斗不休。

空中两根棍子幻化的飞龙如同麻花一般纠缠，两个龙头分别咬住了对方的龙尾，然后不断吞噬。

水面上的猴子，无支祁的力道处于下风，被哈奴曼用胳膊摁在了水面之下，火焰之中，无支祁的身体骤然暴涨，成为一个十丈高的巨大猴身，反手把哈奴曼高高举起，狠狠地扔向空中。

哈奴曼的身体也在火焰中瞬间暴涨，落下来之后，也是一只十丈高的巨猴。

两只庞大的猴子，动作不再如同瘦弱身躯时候那么敏捷，搏斗的速度变得缓慢起来，但是力道巨大。两只猴子的四条胳膊，两两交错，哈奴曼的右臂夹住了无支祁左手的拳头，同时无支祁的右手也攥住了哈奴曼的左臂。

四只胳膊同时角力，无支祁和哈奴曼的眼睛也两两对视。

两只猴子同时用尽全身之力，哈奴曼的身体上隐隐冒出了金色的佛光，而无支祁的身体上，无数的白色幽魂不住漂浮，两只妖猴都逼迫出了隐藏在身体内的元神。

无支祁身上的怨灵，都是他千百年来吞噬的冤魂。而哈奴曼受天竺罗摩王的佛法加持。

冤魂被佛光普照，纷纷融化，飞升到空中，遇到炙热的火焰，不断地钻进两条相互纠缠的飞龙之中。飞龙的身体本已经相互交融，炽热到了极点。怨灵触碰到飞龙，瞬间化作了青烟。

哈奴曼大吼一声，右肢猛然发力，硬生生把无支祁的左臂从肩膀上撕下。

哈奴曼狂暴不已，把无支祁脱落的左臂，捧在嘴边，张牙吞噬，眨眼之间，将无支祁的左臂啃噬为两根白骨。

哈奴曼吃了无支祁的左臂，肩膀上立即又生出一条胳臂出来。哈奴曼三条胳膊，无支祁只剩下一条右臂。两只巨猴对峙的平衡，终于打破。

哈奴曼三条胳膊同时用力，把无支祁的右臂折断，喂到口中吞食。随即哈奴曼生出第四条胳膊，无支祁再也无法抵挡，被哈奴曼四条胳膊死死摁住，两条捧住头颅，两条拉住肩膀，将无支祁的头颅从躯干上拔起。

无支祁的身体瞬间粉碎。哈奴曼狂性大发，不断啃噬无支祁的无头身躯。

当整个无支祁的身躯都被哈奴曼吞噬之后，空中的两条飞龙也停止缠斗，从空中落下。

哈奴曼伸手，把遍体炙热的两条飞龙接住。飞龙到了哈奴曼的手中，立即凝固，成为一根笔直的金箍棒。金箍棒金色和黑色相间，一头一尾各是一个龙头。

哈奴曼四只胳膊捧住金箍棒，旋转挥舞。

许久，哈奴曼的胳膊终于停止舞动，金箍棒在哈奴曼的手中静止不动。

哈奴曼手持金箍棒，身体也显现出无支祁的面孔。

哈奴曼拿着已经相融成为一体的金箍棒，随手一晃，正与嘉泽龙王相互撕咬的薄余顿时化为碎片。哈奴曼重新骑到嘉泽龙王身上。

哈奴曼将金箍棒指向蚩尤，居高临下，用中原语言说道：“我是猴王哈奴曼，当以齐天之圣，渡过万万劫。”

哈奴曼吞噬了无支祁的身躯，无支祁的脑髓顺着哈奴曼的周身经脉贯通，中原的神猴无支祁和西域猴王哈奴曼结合，终成一代大圣。

这个变故，无论蚩尤还是师乙，都始料未及。

师乙自然是大喜过望，而蚩尤却满不在乎。

蚩尤的八十一个兄弟仅仅折损了五员，剩下的人数依旧众多，相对于九龙天一水法九龙神台区区十个术士，仍旧是以多战少。

骑在嘉泽龙王上的猴王大圣，已经近乎于神，与当年的十二真人地位身份平级，而能力似已更胜一筹。只是相较于蚩尤，尚略有不及。

跟随蚩尤的饕餮已经被诡道剪灭，此刻大圣骑着嘉泽龙王，在空中盘旋一周，寻找与之匹敌的女魃。

女魃躲在水中，不敢冒头，只能慢慢地朝着蚩尤靠近。

蚩尤和剩下的七十余兄弟，无暇照应女魃，他们继续朝着九龙天一水法靠近，眼看就要把搁浅在龙石矶上的九龙天一水法困在垓心。

大圣并不关心战局的形势，只是一心寻找躲避他的女魃。

女魃在水中潜游，不时冒头看去，距离刑天蚩尤越来越近。

当距离刑天蚩尤只有百丈距离的时候，女魃从水中一跃而起，身体幻化，就要与刑天蚩尤合为一体。

不料刑天蚩尤的头颅转过来，却是一张巨大的猴头。

女魃大惊。原来是已经把无支祁融入身体的大圣，竟然有了千变万化的能力，瞬间让女魃陷入幻象，把女魃欺骗。

此时女魃与大圣已经近乎贴身，大圣举起金箍棒，朝着女魃头顶狠狠砸下，女魃侧过肩膀，硬生生地扛住了大圣的金箍棒。如非十二真人的金躯，女魃必定被金箍棒从肩膀一分为二。

女魃的身体坚硬胜过铜铁百倍，硬抗了金箍棒一击，身体被压到了水面之下。

大圣占据上风，手中的金箍棒不断地延伸，把女魃从水中一直顶到海底。女魃的身体被顶在海底，旋即又被金箍棒挑起，从水中抛上了半空。

大圣以近乎神人之威力，将女魃欺压得毫无还手之力。但是猴性未灭，还在戏弄女魃。

广利龙王支益生对着大圣喊道："不要纠缠，马上回到南方龙台，我们一起将水法抬起，送往东海。"

大圣伸手，把女魃背后的破裂巨鼓取下，扔向天空，金箍棒从中贯穿而过，一阵摇晃，巨鼓四分五裂。

女魃的巨鼓被粉碎，大海潮水猛涨。青龙广仁王郦怀连忙驱使水术，潮水连绵不绝，搁浅在龙石矶上的九龙天一水法，顿时松动。

刑天蚩尤一声令下，七十五个魔兄魔弟，全部抱住了九龙天一水法的边缘城墙。九龙天一水法立即下沉，再次搁落在龙石矶上。

东海大潮已经袭来，水势高涨，把九龙天一水法淹没了一半。

九个龙台在水中矗立，八条飞龙在水面上盘旋，却无计可施。

师乙大喊："嘉泽龙王速速归位。"

九龙天一水法一定要进入到东海汪洋之上，才能发挥出真正的威力，现在被刑天蚩尤的兄弟摁在龙石矶，距离东海仅有一步之遥。

师乙眼看就要成功，如何不焦急。

大圣看着已经缩成一团的女魃，不甘心地吼叫一声，然后抓住嘉泽龙王的龙角，飞回到九龙天一水法上方。

师乙大叫："九龙各自归位龙台。"

东海广德龙王神位任嚣城，南海广利龙王神位支益生，西海广润龙王神位徐无鬼，北海广泽龙王神位师乙，青龙神广仁王郦怀，赤龙神嘉泽王哈奴曼，黄龙神孚应王李冰，白龙神义济王努扎尔，黑龙神灵泽王姬不群、姬不疑，同时放开了身下的九个龙王，挺身站立到九龙天一水法的城墙之上，围绕水法一圈。

九个龙王龙身在龙台下方的铁柱上缠绕，成为九个龙柱。

九个龙柱从九龙天一水法上突然抽离，十个术士分别举起九个龙柱，师乙一声令下："起！"

十个术士，包括师乙，同时把手中的龙柱举起，用力插向水中，龙柱全部顶到海底。

十个术士用尽毕生的能力，把九龙天一水法从水中撑起。

十个术士的能力参差不齐，与刑天蚩尤的七十多个兄弟同时角力。

猴王大圣的力道最强，九龙天一水法的南方首先升起；随即在金莲子努扎尔用力之下，水法的西方也徐徐升起。

但是北方和东方的术士能力较弱，一时无法升起。导致九龙天一水法西南高抬，东北倾斜。

海水不断地涌入水法。

努扎尔和大圣遥遥相望，同时对师乙大喊：

"西方有我！"

"南方有我！"

师乙毫不迟疑，号令南海广利龙王神位支益生，黄龙神孚应王李冰，前往水法东方支援东海广德龙王神位任嚣城。西海广润龙王神位徐无鬼，青龙神广仁王郦怀，黑龙神灵泽王姬不群、姬不疑，支援北海广泽龙王神位师乙自己。

九龙号令之后，努扎尔与大圣分别支撑西南，其余八名术士，同时举起龙柱，将东北方向的九龙天一水法支撑起来。

刑天蚩尤的七十余名兄弟，无法阻拦九龙天一水法的漂浮，只好散开，重新集中到刑天蚩尤的身边，摆开阵型，联纵舳舻，冲向九龙天一水法的北侧。

刑天蚩尤已经看得明白，九龙天一水法的弱点就在北方的广泽龙王神位师乙。师乙虽然是九龙天一水法的司掌，但是能力反而最弱。也与他一百年来苦苦以鹿矫续命，法术丧失有关。

舳舻在蚩尤众兄弟加持之下，威势不可抵挡，九龙天一水法一旦被舳舻撞击，必定会断作两半。

眼看舳舻距离九龙天一水法只有不到五百丈远，九龙天一水法的底部，终于从龙石矶上脱离，不再搁浅。

李冰连忙驱动水法，在水面上旋转了半圈。

当舳舻冲到九龙天一水法面前的时候，面对舳舻船头的，已经是南方的嘉泽龙王猴王大圣，和西方的金莲子努扎尔。

猴王大圣和金莲子努扎尔，从九龙天一水法上跳跃到舳舻船头前方。两人并肩而立。猴王大圣高举金箍棒，浑身金甲；努扎尔手持火尖枪，罗天索漂浮在空中，遮云蔽日。

舳舻以雷霆之势冲向九龙天一水法，大圣和努扎尔在空中飘浮，嘉泽龙王和义济龙王分别飞舞到大圣和努扎尔身下。努扎尔脚踏义济龙王，飞身到水面之上，大圣脚踏嘉泽龙王，飞升到舳舻船头之上。两个战神与已经冲到面前的四象木甲术舳舻连船对峙。

舢舻亦分为四象，首当其冲的是朱雀神位的黑雀舢舻。黑雀舢舻上有蚩尤两个兄弟迎战，分别是掘章和背烈。

掘章身体是一条巨大的蜈蚣，人面上两个巨大的毒牙。背烈身材高大，手持长弓，后背长满无数的尖刺。

背烈随手从后背拔下一根尖刺，用长弓射向努扎尔，努扎尔祭起金砖，挡在身前，尖刺射到金砖之上，折断落下。

掘章扑起，飞到大圣面前，用身体上几百个长足，将大圣脚下的嘉泽龙王死死抱住。

大圣举起金箍棒寻找掘章的头颅，掘章与嘉泽龙王紧紧抱在一起，相互纠缠飞舞，大圣无从下手。

掘章头颅上的毒牙，对着嘉泽龙王的龙头啃噬，嘉泽龙王口吐火焰，掘章躲避。

另一边背烈连续拔出后背的尖刺，不断用长弓射向努扎尔，后背的尖刺被拔下之后，立即又生长出来。

背烈动作越来越快，无数的尖刺箭矢射向努扎尔，努扎尔的金刚圈在空中飞舞，也不能把背烈的箭矢尽数打落。

罗天索缠绕在努扎尔身前，余下的箭矢都被罗天索阻拦，罗天索上瞬间密密麻麻的都是箭矢。

大圣手中舞动金箍棒，始终无法找到掘章的破绽，嘉泽龙王长啸一声，龙爪抵住掘章的腹部，将掘章的蜈蚣身体撕开。

掘章登时露出了破绽，大圣金箍棒击下，掘章拦腰遭受重重一击，几百个蜈蚣长足，就此与嘉泽龙王的身体分开，嘉泽龙王解脱了掘章的缠绕，立即远远飞开。掘章攀附到黑雀舢舻的桅杆顶上，意图躲避大圣。

大圣怒吼一声，金箍棒横扫桅杆，掘章与桅杆一起，被金箍棒拦腰打断。掘章的身体在空中跌落，分裂成无数段蜈蚣的身体，落到黑雀舢舻的甲板上，又拼凑起来，恢复成一条巨大蜈蚣的形态。

大圣对掘章身体断裂又拼凑起来的巫法并不介意，跳到掘章的面前，将金箍棒扔到空中，双手分别握住掘章的两个巨大毒牙，把两个毒牙拔下。然后将毒牙插入掘章的双眼。

掘章顿时双目尽瞎。大圣跳开，看着掘章的身体在舢舻甲板上扭曲弹动。大圣是猴王本神，野性仍在，因此手段毒辣，冷眼看着掘章在甲板上挣扎。大圣伸出脚来，把掘章的身体踩在脚下，掘章的几百个长足，想缠绕大圣，被大圣用金箍棒一一击断。

大圣打败了掘章，犹有闲暇，转头看了一眼舢舻下方的努扎尔。

努扎尔正在用罗天索遮蔽背烈不断射来的箭矢。

大圣看向背烈，抬脚把掘章的尸体，踢向背烈，背烈闪身躲避，弓箭射得慢了。那边努扎尔有了闲暇，也取下了背后的顾魂弓，对着大圣喊道：“不用你相助。”

努扎尔的声音稚嫩，却声势威严。

努扎尔扯动顾魂弓，朝着背烈射出一箭，背烈一缩头，顾魂箭从背烈的头顶射过。背烈随即又取下后背的尖刺，张弓要射向努扎尔，却看见努扎尔收了罗天索，抱着火尖枪，不再防备。

背烈将手中的箭矢射出，努扎尔用火尖枪轻松地把箭矢挑落。背烈正要再次从后背拔出尖刺，突然发现自己的胸口出现了一个巨大的孔洞。而刚才已经从头顶飞过的顾魂箭，竟然飞到了身前，在空中盘旋一周，飞回到努扎尔的手中。

背烈双手虚脱，手中的弓箭落下，低头看着自己胸口的孔洞，鲜血飞溅。背烈双膝软倒，跪在甲板上，捂着胸口，鲜血从手掌中汩汩流出，片刻就把甲板染红。

背烈后背上的尖刺，一根根地从背烈的后背弹出，每一根都飞出十丈之外。当背烈后背的尖刺全部弹开，背烈的最后一口呼吸断绝。

努扎尔手握火尖枪，将舢舻下方的船身捅开一个大洞。然后跳到舢舻之上，与大圣并肩站立。

大圣与努扎尔相互看了一眼，努扎尔拱手，对大圣说声：“多谢。”声音清脆。

大圣扭头，并不理会。用手中的金箍棒对着舢舻的甲板狠狠捅下，舢舻的船头也被捅出了一个大洞。

舢舻迅速吃水，船头扎入水中。

努扎尔又祭起了金砖，金砖在空中迎风而长，尺寸扩大，落下后，砸在黑雀舢舻的中部，舢舻的龙骨尽碎，船尾与船身分裂。

黑雀舢舻的神台上，黑雀和剩下的黑龙，同时惨叫不绝，却被锁链牵扯，无法逃脱。

大圣口念佛号，高高跃起，将黑雀和黑龙全部打成了齑粉。

当黑雀舢舻完全沉没之后，努扎尔和大圣回头，看到九龙天一水法已经摆脱了龙石矶的阻隔，朝着东海快速漂去。

嘉泽龙王和义济龙王重新飞到努扎尔和大圣的身前，带着两个战神，回到了九龙天一水法之上。

舢舻四象木甲术剩下的黑虎、黑龙、玄武舢舻上的蚩尤兄弟，只能眼睁睁地看着九龙天一水法，朝东海而去。

笔者注：孙悟空原型有两种来历，一种为外来说。来源自印度古老史诗《罗摩衍那》。书中说，相传，哈奴曼身躯高大，尾巴很长，叫声如雷，力大无比，可移山填海，可捕捉行云，其面容和身躯可任意变化。另一种本土说，来源于无支祁，形象就像猿猴，塌鼻子、凸额头、白头青身、火眼金睛。个人认为孙悟空成型于唐代佛法兴盛时期，因此民间通俗演义，将天竺吠陀教的猴王哈奴曼，和本土的神猴无支祁各自借鉴，形成孙悟空形象。并且吸取哈奴曼的特征，以及无支祁反抗大禹的事迹，演化为孙悟空大闹天宫，自封齐天大圣的民间故事。《三铜》讲述是唐代之前的故事，并无孙悟空说法，于是仅以哈奴曼与无支祁两个猿猴合二为一，纯属小说家言，毫无历史依据。

第三十二章

方壶星槎

九龙天一水法终于摆脱水面下龙石矶的阻拦，快速漂浮到东海之中。九龙入海，电闪雷鸣，风云变幻。东海的海面，顿时波涛翻腾。

刑天蚩尤和他剩余的兄弟，也在四象木甲术舢舻掩护下，追赶九龙天一水法到了东海。

刑天蚩尤手臂挥舞，身后走出一个兄弟，站立到四象木甲术黑龙舢舻的船首。

这人手持黑色的旗帜，在船首摇摆。四象木甲术中，黑雀舢舻已经折损，只有黑龙、黑虎舢舻以及蛇龟神台可用。

此人从黑龙舢舻的船头，飞身跳跃到蛇龟神台之上，蛇龟神台立即沉入水中，不断地吸附舢舻神台旁边所有跟随蚩尤刑天大军的战船。片刻之后，蛇龟神台再次浮出海面，那人伸出手臂，衍化出千万只手臂，不断延伸，把所有战船都紧紧地搂在蛇龟神台和黑虎、黑龙舢舻之下，形成了一个新的四象木甲舢舻，体积相较九龙天一水法更加庞大。

黑色四象木甲术舢舻，从海中升起，几十头巨大的鲸鱼在四象木甲术旁游弋，在海水中跳跃，不时露出巨大的尾巴，拍击海面。

空中无数的巨型飞鸟也被四象木甲术召唤，遮天蔽日一般从东海飞来，纷纷落到四象木甲术舳舻之上。

九龙天一水法上的徐无鬼、支益生、任嚣城相互对视一眼，心中暗自震栗。现在刑天蚩尤组成了东海四象木甲术舳舻，所用的方式，与四十年前洛阳四象木甲术，镇北神山少都符召唤无数巨大动物的方式，一模一样。

师乙在广泽龙王背上大喊："诸位都小心了，这是刑天蚩尤的水军统领舟舍，他的水战之术，在蚩尤与黄帝一战中，也是天下无敌。"

九龙天一水法上的各位术士，都死死看着已经构成的东海四象木甲术舳舻，不敢有一刻的松弛。

师乙又对李冰真人大喊："前辈，九龙天一水法的目的地还有多远？"

李冰大声回应："方壶山就要显现，再坚持一时三刻。"

众人听到方壶山，都心中一凛。方壶位列东海四大仙山，却是唯一不知方位的神山，无迹可寻。

现在李冰把九龙天一水法带到东海，看来是要把水法停靠在方壶山上，与刑天蚩尤做最后的决战。

九龙天一水法在滔天大浪中继续朝着东方前行。东海四象木甲术舳舻，在刑天蚩尤的率领下，仍旧紧追不舍。

在相互追逐的过程中，东海四象木甲术舳舻麾下的鲸鱼，不断地跳跃攻击九龙天一水法，与九条龙王厮杀。

鲸鱼的体型巨大，但是动作并不笨拙，九龙王虽然占据上风，却也无法把鲸鱼击败。九龙天一水法且战且走。徐无鬼眼看形势渐渐不妙，对着师乙大喊问道："方壶山到底在哪里？"

师乙骑着广泽龙王，在九龙天一水法上盘旋一周，手臂伸向东南方向，"诸位再坚持片刻，方壶山就在眼前。"

众人顺着师乙手指望去，东南方向一片白色的雾气笼罩海面，雾气飘渺，一个尖尖的山顶，在雾气上若隐若现。

九龙天一水法上众人都升起了希望，水法在九龙的拖拽之下，迅速朝着雾气的方向前行。

突然东南海面上，一阵海啸袭来，九龙天一水法漂浮到海啸之上，勉强稳住。当海啸退去之后，浓雾散尽，方壶山赫然矗立在海面之上。这是一个巨大的白色岛屿，岛上没有任何树木，也没有泥土和岩石。整个方壶山，白光闪耀，绝不是自然形成的岛屿。

整个方壶山就是一个纯白玄铁造成的巨大漂浮物，在海面上不断移动。这也是方壶山无迹可寻的缘由。

九龙天一水法不停地朝着方壶山而去。师乙看着方壶山，眼中流露出不尽的兴奋，作为四象神山的镇北幼麟，他百年的生命，即将到达最辉煌的时刻。

九龙天一水法距离方壶山七百丈的时候，师乙已经看到方壶山显出了真身，是一个巨大的三角形状的高山漂浮在海面上，白色三角的周身，白光闪烁，内部显露出无数的齿轮和绞索。

师乙大喊："李冰真人，方壶山已经近在眼前，到达方壶山，我们就能击败刑天蚩尤。"

李冰真人看向方壶山，三只眼睛却露出了忧色。

九龙天一水法前方的海面之上，突然升起一座黑色的海岛，海岛巨大，将方壶山遮挡。

"为什么海底会突然升起海岛？"师乙大喊。

李冰真人说道："这是刑天蚩尤的手下少山，并不是海岛。"

少山的身躯巨大，不是人形，状似一块巨型的礁石，礁石上遍布贝壳和海藻，还有无数的孔洞。

刑天蚩尤带领三十余名兄弟，全部登上了少山岛屿，遍布少山岛屿上的孔洞，各自伸出一只长长的胳膊，胳膊尽头，手掌展开，每一个蚩尤兄弟，都站立在手掌之上。

刑天蚩尤站立在少山岛屿顶端最高的位置。

余下还有三十余名蚩尤兄弟，仍旧镇守舢舻。

九龙天一水法转而向北方海面移动，少山岛屿继续与九龙天一水法周旋，阻隔在水法与方壶山之间。而两艘舢舻和一个神台，也死死咬住九龙天一水法的尾部不放。

九龙天一水法上，师乙对着任嚣城和支益生大喊："带上金莲子和猴王大圣，把少山拖住。"

任嚣城和支益生立即骑着广德龙王和广利龙王飞起，金莲子和大圣也脚踩白龙义济王、赤龙嘉泽王跟随。

四条龙王与刑天蚩尤迎面相对，而刑天蚩尤的目光只牢牢盯住九龙天一水法。少山岛屿上，三十余只胳膊升起，三十余蚩尤兄弟分别显出了真身，或是人头兽身，或是周身长满羽毛，或是形如蟒蛇，或是全身铜铁，或是身体四肢都是刀枪斧锏。

金莲子知道到了关键时刻，身体幻化出三头六臂，两手持火尖枪，两手拉开顾魂弓，一手捧金刚圈，一手捧金砖，身体上的罗天索红色招展。

猴王大圣已经超出术士真人的境界，身躯与刑天蚩尤不相上下，手中的金箍棒，是天竺玄铁和镇海神针相融而成，在海面上横空一扫，一阵海啸扑向少山。

少山上的手臂不断挥舞，与金莲子和大圣开始交手。金莲子和大圣各自神勇无俦，与蚩尤任一兄弟单打独斗都游刃有余，但是少山不断晃动臂膀，一旦有蚩尤兄弟落败，另外的蚩尤兄弟就填补上来。

最终形成三十余名蚩尤兄弟，同时围困金莲子和大圣的局面。

大圣急躁，金箍棒挥下，少山无法抵挡，刑天蚩尤的眼睛虽然看着九龙天一水法，但是战况尽在眼底，伸手把大圣的金箍棒握住。

大圣与刑天蚩尤角力，被刑天蚩尤抓着金箍棒，在空中旋转。金莲子看见大圣不敌，扯动顾魂弓射向刑天蚩尤的眼睛，顾魂箭射在刑天蚩尤的瞳孔上，如同撞到铜墙铁壁，掉落下来，在空中盘旋一圈，又回到金莲子的手中。

蚩尤的眼睛被弓箭射中，虽然无碍，也受了一点牵制，手掌稍稍松动，大圣趁势把金箍棒夺了回来。

大圣抽回金箍棒后，一刻不停，手中的金箍棒狠狠劈向少山，少山岛屿躲避不及，金箍棒击打在少山边缘，少山一片躯体，带着五个蚩尤兄弟的胳膊，被剥离开少山岛屿。

少山岛屿发出了一声惨嚎，嚎声连绵不断。

少山的血液渗出，海面上顿时鲜红一片。

努扎尔随即祭起罗天索，在少山岛屿上不断缠绕，把少山的三十条胳膊捆缚，少山在海面上倾斜，移动缓慢。

九龙天一水法上，师乙用尽全身力量，带动水法朝着东方奔袭。眼见师乙身体虚弱难支，徐无鬼急忙招呼姬不群和姬不疑二人，分别站立到师乙两胁之下，用肩膀把师乙顶起。

徐无鬼抽出姬不群背后的赤霄宝剑，递给师乙。师乙以帝王之躯，手持赤霄宝剑，宝剑炙热，通体红光，红光从剑身流转到师乙手掌，顺着师乙的手少阴心经，直入心脏。

师乙精神大振，手臂挥动赤霄宝剑，驱使九龙天一水法。

九龙天一水法迎风破浪，绕过了少山岛屿的北侧，与迎面而来的方壶山碰撞在一起。

师乙大声喊道："李冰真人，我师乙这一生的愿望已经达到，九龙天一水法已经抵达方壶山，刑天蚩尤也已经被带到方壶山跟前，我们就此别过。"

李冰真人恭敬地放下手中的三尖两刃刀，朝着师乙弯腰拱手，"镇北神山幼麟师乙，不愧于玄武之位。你的所为，已经凌驾于十二真人。"

师乙看着身下的姬不群和姬不疑，轻声说："你们想不想知道你们的亲生父亲是谁？"

姬不群和姬不疑同时抬头说道："我们兄弟二人尊你为父，不再迟疑。"

师乙用尽全身力量说道："远在天边，近在眼前，你们尽可以问他。"

姬不群和姬不疑一一看过九龙天一水法上的诸人，最后把目光看向了李冰。李冰大声说："真的要告知吗？"

师乙闭上了眼睛，但是一股火焰已经从他眼眶中冒出。随即鼻孔、双耳、口中也喷出了火焰。

李冰对着姬不疑和姬不群喊道："你们的父亲，把你们生在青城山上，你们生来就是脚踩阴阳冥界之门的门童，是我把你们和甑公主从你们父亲手中抢夺，让蜀王送到了洛阳。"

姬不群和姬不疑大惊失色，他们的身世之谜到现在才揭开。原来他们是青城山上被封印的篯铿骨血。

姬不群和姬不疑还在震吓之中，肩膀上的师乙，已经化作了一团烈火。骨骸瞬间被烧毁成灰烬。

镇北神山幼麟师乙再也无法抵挡鹿矫的反噬，化作了一团火焰。

九龙天一水法与方壶山已经碰撞到一起，随即弹开。弹出不远之后，方壶山透明的山体，在海面上剧烈震动，岛屿旁的水面激荡起巨大的漩涡。

九龙天一水法随即被方壶山上发出的无形力量牵引，绕着方壶山不断地旋转。

见此情景，刑天蚩尤和手下的兄弟，知道再也无法阻挡九龙天一水法与方壶山的联系。

刑天蚩尤不再分散自己的力量，抬起头高声长啸，手下剩余的兄弟，纷纷在海面上腾起，化作几十道黑烟，从刑天蚩尤的鼻孔、耳朵、嘴巴、眼睛七窍中钻入刑天蚩尤的身体。

蚩尤的身体暴涨，脚踏在深海之下，海水在胸口翻滚，身体遍布无数双眼睛，皮肤上也长出了无数的倒刺，头顶的牛角，变成了赤红。蚩尤伸手，高举在空中，头顶的乌云压下，蚩尤将双手探入乌云里，乌云瞬间发出无数道闪电霹雳。

当蚩尤的双臂落下，手里拿着一个由雷电组成的巨斧。巨斧通体发出白色的光芒，而且并非金石铜铁，不断地迸射出耀眼的火花。

九龙天一水法上，师乙已经完成了毕生的心愿，剩下的八海龙王围聚在李冰真人身前。李冰真人已经接过了师乙的幡旗，成为九龙天一水法的掌旗。

师乙已死，广泽龙王不能没有术士驱使。姬不疑和姬不群两人分开，姬不群从凌泽龙王背上跳下，走到了广泽龙王身前，九龙天一水法的九龙神位仍旧没有缺失。

李冰真人挥舞幡旗，九龙天一水法的九龙同时离开身上的术士，盘旋在海面之上，拱卫水法。

九名术士，分别是：李冰真人、卧龙任嚣城、凤雏支益生、冢虎徐无鬼、九龙宗郦怀、大圣哈奴曼、金莲子努扎尔、诡道姬不疑、诡道姬不群，并列站立在九龙天一水法的城头，与已经完全变身的刑天在大海上对视。

而九龙天一水法还在不停地围绕方壶山旋转，方壶山内部蓝色火花迸射，无数的齿轮和轮毂在飞速地转动。

刑天手擎闪电巨斧，在海水中大步前行，逼近九龙天一水法。

刑天将手中的巨斧砍向海水，海水立即分开，一道强烈的电光从分裂的海水中迅猛地冲向九龙天一水法。

水法上的九名术士，眼看巨斧发威，要将水法一分为二，拱卫水法的九条龙王同时盘旋在水法的前方。此时方壶山的山顶，冒出了一道白光，白光冲天而起，在空中分散为九道，分别射向九条龙王。

九条龙王同时朝着海面喷出寒气，水法前方的海水瞬间凝固成坚冰。刑天巨斧的威力，无法在冻结的海水中施展。

刑天看着九龙天一水法和方壶山，发出一声巨吼，挥动手中的巨斧，在坚冰上奋力劈斩。闪电巨斧每砍向坚冰一次，坚冰上就迸射出无数的火花，火花随即连绵不绝，将坚冰熔化。刑天每砍一下，就朝着九龙天一水法前行一步。

转眼之间，刑天已距离九龙天一水法不足十丈，此时海水凝结的坚冰已经尽数熔化，恢复了汹涌的海浪。

在无比高大的刑天面前，九龙天一水法相比之下，显得渺小脆弱。这时候，通体透明的方壶山中段，忽然伸出两片晶莹剔透、薄如蝉翼的巨大飞翼，向两侧展开。随后方壶山的顶部开始倾斜。

九龙天一水法上的李冰真人见状，奋声高呼："星槎开启，刑天今日将毙命于此！"

"星槎？"徐无鬼等人同时看向李冰真人，李冰真人微笑起来："是的，师乙忍隐百年，就是听从了阳立的嘱咐，要将刑天引到方壶山来。方壶山就是当年飞星堕落的星槎之一，而这个星槎，就是刑天的克星。"

方壶山星槎顶部倾斜，海水出现了不可思议的情形，汹涌海浪倒卷到空中，带着九龙天一水法漂到方壶山星槎近旁。

九龙天一水法的城墙开始不断垮塌，只有九个术士站立的城墙，依然稳固，当九龙天一水法随着海水漂到方壶山星槎上方的时候，整个水法，只有最核心的一段城墙保留。

而这段城墙是一整块陨石造就。李冰真人说道："真正的九龙天一水法，就是我们脚下的这块天外飞星陨石。也就是开启方壶山星槎的钥匙。"

李冰真人说完，九龙天一水法仅剩的这块陨石，从海面上悬浮而起，在空中缓慢盘旋，自转的同时，也被方壶山星槎散发出的无形力量引导，绕着星槎旋转，并且旋转的速度越来越快。

刑天手持闪电巨斧，看着星槎，暴怒大吼。在刑天面目狰狞地狂叫的时候，刑天身体上所有的眼睛，都发出赤红的光芒。而刑天的额头上开裂出一道缝隙，缝隙中迸出一只巨大的眼睛，也在刑天的额头上不停地旋转。

与此同时，星槎光芒四射，整个九龙天一水法陨石落到了星槎上方，星槎顶部随即陷落，把陨石接纳到星槎的内部。

九个术士，在李冰的带领之下，踏上星槎。星槎上十分光滑，九个术士没有落脚的方寸之地，纷纷从平滑的星槎表面往下滑落。九条龙王飞身赶来，将九个术士托到自己的头顶。九条龙王背负着九个术士，盘旋在星槎的上方。

此时李冰真人额头上的竖目也开始旋转，与刑天的额头上的眼睛一模一样。

徐无鬼等人知道，与刑天决一死战的时刻到了。

只是大家都不明白，为什么方壶山突然变成了星槎，而刑天的眼睛和李冰真人的一模一样。

刑天手擎巨斧，脚踏海底，分开海水，冲向星槎。星槎却向后移动，始终和刑天保持着三十丈的距离。

而刑天的动作已经相对迟钝，他额头上眼睛发出的光芒，不断在星槎上移动，光芒照在星槎光滑的表面，折射出七彩的斑斓。

徐无鬼和支益生、任嚣城驱动身下的龙王，靠近李冰真人。徐无鬼问道："真人，刑天的眼睛，为何成了如此模样？"

李冰真人额头上的眼睛仍旧在转个不停，轻声对徐无鬼说："刑天的肉身躯体都是吸取世间的妖魔之躯而成，他的真身，就是额头上的那只眼睛。"

"眼睛才是刑天的真身！"徐无鬼、任嚣城、支益生失声惊呼。然后不约而同看向李冰真人的眼睛，惊愕不已。

李冰真人额头中的眼睛旋转慢了下来，对徐无鬼等人说道："是的，我的血肉之躯也只是一个傀儡，我之所以能从战国时期坚守到如今，是因为我也是一只眼睛！"

李冰真人说到这里，前方的刑天又开始怒吼，把手中的闪电巨斧朝着星槎掷来，闪电巨斧在空中化作连绵的闪电，雷鸣之声贯彻天际。但是李冰真人示意其他八个术士不要妄动。

星槎周围散发出蓝色的光芒，形成一个巨大的无形体盾牌。闪电绕着星槎转动，始终无法击破星槎周围的蓝色光芒，可见这个无形的盾牌，已经将整个星槎都包裹其中。

"九龙神火罩！"徐无鬼顿时醒悟。

围绕在星槎周围的闪电无法击破九龙神火罩，只能收缩成一个圆球，回到刑天的手中。圆球闪电在刑天手里，立即又变化成了巨斧的形状。

刑天站在大海之中，嘴里不停地吼叫，说着听不懂的语言，不知道是在咒骂对手，还是在用某种方式激发自己的力量。

徐无鬼和任嚣城、支益生知道刑天暂时无法击破星槎，便又将目光看向李冰真人，也就是真人额头上的那只眼睛。

李冰真人的额头上方眼睛仍旧在旋转，依次看过徐无鬼等三人，口中缓缓地说："是的，你们没有猜错，我就是轩辕黄帝用陨石炼化出来的眼睛。但是我的力量与刑天无法匹敌，所以只能凭借星槎之力，和刑天一决高下。"

徐无鬼问："刑天是一只眼睛，那轩辕黄帝，不，阴破的真身是什么样子？"

支益生问："大孔雀王，也就是阳立的真身，又是什么模样？"

任嚣城也追问："阴破、阳立、刑天，他们都是随着天外飞星而来，他们都是眼睛的模样吗？"

李冰真人摇头，“只有刑天是眼睛，阴破和阳立，我不知道是什么样子。”

“真人你既然是轩辕黄帝炼化而成，为什么不知道他的真身？”徐无鬼焦急追问。

“家虎徐无鬼，”李冰真人轻声反问，“你是一个被借尸还魂的人，可曾见过让你重生之人的模样？”

徐无鬼身体震动，摇头说：“不知道。”

李冰真人说：“我只知道，只有刑天是眼睛的模样。阴破和阳立的形体，我实在是无可奉告。”

“为什么？”徐无鬼问：“为什么刑天是一只眼睛？”

“因为，天下所有人的眼睛，都是刑天的功劳！”

听李冰真人说了这句话，徐无鬼和支益生、任嚣城都茫然不解。

“人的眼睛，与天下的飞禽走兽一般，都是与生俱来，”支益生问，“真人何出此言？”

“人之为人，与飞禽鸟兽最大的区别在于……”李冰真人的第三只眼睛停止了转动，“人能分辨五色，而鸟兽鱼蛇的视线只能看到黑白两色，至于虫豸虾蟹，只能分辨光芒。”

李冰真人说完，三人顿时呆若木鸡。

“如此说来，”徐无鬼问，“我们的眼睛能分辨黑白青赤黄，都是这个刑天的功劳？”

“正是。”李冰真人点头说，“就是如此。”

“既然刑天有功于天下世人，为什么又要与天下世人为敌？”徐无鬼又问。

“他没有与天下所有世人为敌，”李冰真人说，“他只是与阴破的追随者，也就是轩辕黄帝一脉为敌而已。轩辕黄帝身边聚集的，就是你们汉人的种群，而匈奴、揭、抵、羌、南蛮这些种群，都是当年刑天的追随者。”

“因此如今大赵姌氏占据北方，成汉牛寺占据蜀地，都是阴破的势力所为？”徐无鬼摇晃了一下脑袋，“这样说来，一切都合乎情理了。无论是大景天下还是泰朝，都极力驱逐这些蛮戎族类，根源就在于此。”

原来自古以来的华夏与戎狄之争，竟然是来源于刑天和阴破之间的宿怨。

这个说法，让徐无鬼、支益生、任嚣城完全无法置信。三人同时看向了刑天，刑天高大的身躯都只是一个傀儡，真正的魂魄尽在头顶那只巨大的眼睛上。

三人又转头看向李冰真人，是的，李冰真人也一样，徒具一具身躯，真正的灵魂也聚集在他额头上的眼睛。

只是这只眼睛，是当年的轩辕黄帝，为了对付刑天，而炼制的一颗棋子而已。李冰真人并非凡人上升，位列真人，他本来就是轩辕黄帝的一个人傀。

徐无鬼突然意识到一件事情，轻声问李冰真人：“既然阴破模仿刑天炼制出了真人你，那么张道陵真人，是不是也是阴破模仿阳立炼制出来的人傀？”

李冰真人沉默了一会儿，“我没有想过这一节，但是你的推测不无道理。十二真人之后，只有我和张道陵以凡人之身进阶真人，并且张道陵也与我一样，都是轩辕黄帝的追随者，这点确定无疑。”

徐无鬼说；“那么，我至少明白一个道理，阴破、阳立、刑天，虽然同为天外飞星的神灵，但是他们三人之间，一直相互厮杀不休，都想以一己之力剿灭对方。无奈三人能力相当，无法将其中一人彻底击败，故而轩辕黄帝当年击败刑天，就一定有得到阳立的帮助。如此说来，阳立是站在阴破这一边的。”

李冰真人忧虑地说：“我倒不这么认为。阳立在天竺蛰伏千年，后来却来到了中原，先后化身什利方、赤松子、尸足蔑落，如今又以大孔雀王的身份示人。他的阴谋一定不在刑天之下。他将成为天下道家的跗骨之蛆，无休无止。”

李冰真人说完，星槎内部所有的齿轮开始转动，在九龙天一水法核心陨石进入到星槎之后，星槎内部一些看不见的齿轮都开始显出了形状。而被送到星槎中部的陨石，也不再是黑色模样，表面发出了蓝色的光芒。进而陨石从一个方正的形状慢慢熔化，成为一团巨大的蓝色圆形溶液。

星槎发出隆隆的响声，随后，一个巨大的二十八星宿星图突然笼罩在星槎上空，覆盖了这一片海域。

九个术士都抬起头，仰望空中显现的二十八星宿图，虽然时当白昼，但是星宿图中的每一颗星辰，都发出耀眼的光芒。

这个场景一出现，不仅九个术士都被吸引，站立在海水中的刑天也仰头观望。

李冰真人对其他八个术士大声说道：“今日就是刑天的末日。”

刑天仰头，对着星宿图发出巨大的吼叫，二十八星宿的每一颗星辰都在空中不停地旋转，直至化为一道白色的光带，而星辰背后的天空，也被巨大的力量扭曲，变成了黑色的漩涡。

一黑一白两道相互围绕的色带，形成了一幅波澜壮阔的星图。

徐无鬼等人被这个瑰丽壮阔的画面惊呆。这时，骑在广泽龙王头顶的姬不群发出了一声惊呼。

李冰和徐无鬼等人看向姬不群。

姬不群对着李冰真人大喊：“三峡古道，封印女魃的那个结界里，也有这个画面，我当时与蒯茧、干阙，看得清清楚楚！”

李冰真人身体抖动了一下，“那也是随着天外飞星而来的另一个星槎。原来一直都在古道之中。”

姬不群和李冰真人一对一答之间，空中虚幻的太极两仪图像，突然变成了实体，白色的星辰和黑色的虚空，同时在空中纠缠成一道黑白光柱，直冲云霄。

刑天举起巨斧，对着空中的黑白光柱不住地嚎叫。光柱从空中突然直冲而下，将刑天巨大的身躯全部笼罩。

被笼罩在光柱之中的蚩尤，肉身开始剥离身体，奇形怪状的蚩尤兄弟，化作各种兽形和人形，从刑天的身躯上，不断堕入到海水之中。

光柱的威力巨大无比，把刑天身体周围的所有海水全部蒸发，蚩尤的那些兄弟，在白色的光柱之中，尽数化为飞烟。随后刑天的身体也不断地消失，只有头顶的眼睛，仍旧在光柱之中悬浮，被光柱无形的压力挤压，变化成各种形状。

如此场面，让星槎之上的九个术士，目瞪口呆。

徐无鬼问姬不群，“在三峡古道中，你见到的，也是这番场面吗？”

姬不群回答：“不是，在那个地方，除了太极两仪之外，空无一物，只有一片白色。”

光柱中的眼睛，也就是刑天的真身，被光柱挤压成了极小的一个红色光点，随后光柱裹挟着光点，瞬间消失。

大海之上一片平静，只有漂浮在海面上的星槎，在随着海流缓缓移动。

九个术士看着脚下的星槎，对刚才发生的一切，都恍若隔世。

李冰真人招呼众人，“各位，刑天已被翦灭，也是大家回到大景的时候了。”

九条龙王将众人托起，准备返回大陆。可是李冰真人并未骑上龙首，而是停留在星槎之上。

星槎中的齿轮旋转得更加快速了，其中陨石已经变成了红色的火焰，炙热的光芒透过星槎的表面散发出来，导致星槎周围的海水沸腾翻滚。

徐无鬼对着李冰真人喊道："真人，随我们回到大景吧。"

在星槎的极强高温下，李冰真人的身躯与先前的刑天一样，已经熔化，只剩下一只眼睛在漂浮。那个诡异的眼睛中发出了最后的声音："各位道友，我在世上的责任已经完结，就此别过。今后辅佐大景，匡大道教，就仰仗诸位。"

星槎内部的火焰大炽，星槎的表面露出了数道裂纹，如同游蛇一样不断蔓延。

红色的光芒从裂缝中射出，众人的眼睛同时被光芒闪耀，知道星槎即将被内部的火焰崩裂。

九条龙王立即飞离星槎的方位。一炷香之后，九龙八人，已经距离星槎极远。

众人回首瞭望，只见远远的海面上，升起了巨大的火光，一个白色的光球在空中显现。随即传来一声巨响，将八人全部震倒晕厥。

尾声

八个术士醒来的时候，海面已经一片平静。龙王把术士送到东海的会稽山上，九龙在空中盘旋片刻，然后消失在海面之上。

九龙天一水法和李冰真人的使命已经完成，刑天被彻底翦灭，镬铿、女魃也在建康之战中悉数殒命。

李冰本就是轩辕黄帝炼造的人傀，修建了九龙天一水法，将陨石送到了方壶山。现在任嚣城等人完全明白，当年轩辕黄帝炼造两个真人，填补十二真人之位，一个张道陵真人建造了洛阳四象木甲术，一个李冰真人建造了建康九龙天一水法，其真实意图就是以守为攻，伺机而动，终于一击得逞，将大神刑天和归附于刑天的女魃、镬铿剿杀。

现在刑天已经形神俱灭，三神还有轩辕黄帝阴破和大孔雀王阳立。

徐无鬼、任嚣城、支益生、努扎尔、哈奴曼、姬不群、姬不疑、郦怀。这八个术士，亲身经历了三神之战中的建康之战。这是人类最后一次与神的战争。

中曲山徐无鬼、姑射山任嚣城和儿子努扎尔、法闲和尚支益生和大圣哈奴曼、九龙宗郦怀、诡道姬不群和姬不疑。八个术士，五个门派，经此一战，成为了天下至强者。当世天下，再也没有比他们更高深的术士。

八人站立在会稽山上，看见东海之滨的大陆方向，几艘残破的大景船舰行驶而来。为首旗舰上，一个将领对着八人高喊："诸位先生，末将来迎接你们回去。"

八人中，除了哈奴曼漠不关心，努扎尔天真烂漫，其余六人都惊魂未定。徐无鬼看见，向他们喊话的是收拢北府军的桓绾。

徐无鬼看了看左右，对着桓绾大喊："刑天蚩尤已经被翦灭，不知道将军在建康的战果如何？"

桓绾高声回答："我率领大景军队已经将赵军全部击破，逆赵只剩下了五万人马，已经退回了寿春，等我迎接各位先生回归之后，就挥师北上，击溃逆赵，收复我大景的江山。"

对答之间，桓绾的战船已经靠近了会稽山，八个术士先后登船。

在船上，八个术士和桓绾相互拱手，建康之战，在绝无胜算的情况下，竟然取得了胜利。

可能只有眼前的这个少年将军桓绾，从一开始就抱持必胜的信心。

桓绾的目光从八个术士身上一一掠过，没有看到师乙，于是轻声问徐无鬼："圣上他……"

徐无鬼缓慢地点点头。

桓绾立即跪拜下来，朝着东方磕了九个头。然后立即起身，带着八个术士回到了建康。

江南之地，东海的洪水已经褪去，无数百姓在沼泽中打捞各种物事。这一场大战，江南百姓受荼毒甚深。但是这一战也赢取了大景的安定，在废墟上重建大景的基业，已经开始。

建康已经在战争中全部损毁。大景的朝中议事，就在玄武湖畔的桓绾北府军中进行。

八术士中，努扎尔和哈奴曼是外族，并且分别是任嚣城和支益生的义子和随从，因此重建大景的朝政大事，就由徐无鬼、任嚣城、支益生、郦怀、姬不群、姬不疑六人与桓绾商议决定。

七人共同迎奉九江王姬流为大景圣上。姬流推辞不肯，认为建康一战，是少将军桓绾力挽狂澜，击退妫赵大军，因此提议将景朝帝位禅让给桓绾。

桓绾坚拒不受。九江王无奈，只能坐到龙椅上，昭告天下：桓绾与姬氏皇族，共治大景天下。

九江王登基，改元开朔。

八位术士按功行赏。徐无鬼被封为白虎柱国将军，支益生被封为朱雀柱国将军，任嚣城被封为青龙柱国将军，郦怀被封为天下水师统领。姬不群和姬不疑拒不接受官职，姬流也顾及二位前皇子的尴尬身份，放任二人归隐山野。

少年努扎尔被册封为通天大师。猴王哈奴曼被册封为齐天大圣。

随即桓绾挥师北上，收复寿春。但是大赵政权僵而不死，皇帝妫鉴竟然在建康之战中并未殒命，而是漂浮在东海中，被一艘大扶国船只搭救，带回了赵境。妫鉴坚守洛阳不降，而大景国力空虚，也无力支持桓绾大军长久围困洛阳。

而此时成汉的军队，竟然沿江而下，冒犯荆州。率领成汉军队的统帅，正是大赵旧将干阙。

桓绾无奈，只得回兵荆州，与干阙对峙。

干阙围困荆州数月，在大景军民齐心抵御下，始终无法攻克荆州，只能引兵返回蜀地。行到夔州，接到成汉王牛寺旨意，命干阙在夔州白帝城就地驻扎，不得返回益州。

就此天下四分之势已定：蜀地成汉、干阙；西北匈奴秃发腾单于；中原妫赵妫鉴；江南左景姬流。

此时凉州秃发腾单于的王帐内，也迎来了一个相互联络已久的神人——大孔雀王。秃发腾单于亲自给大孔雀王加赐身份，是为大轮明王。

江南左景。

天下朝纲整顿。

徐无鬼、任嚣城、支益生、郦怀、姬不群、姬不疑六人相聚一处，商议道家的未来。

如今三神只剩其二，阳立化身大轮明王，被匈奴奉为国师。此番天下纷争，都源起于大轮明王和秃发腾的暗中勾连。但是凉州偏远，大景与凉州之间，尚且隔着僵而不死的妫赵，和相对稳定的成汉，大景军力鞭长莫及，无法利用大景的士兵讨伐匈奴。

任嚣城和郦怀提出，要在昆仑山寻找飞星堕地，也就是轩辕黄帝阴破蛰伏的所在，一鼓作气，将阴破也趁机翦灭。

徐无鬼和支益生则认为，轩辕黄帝是中原汉民的先祖，不得冒犯。

双方争执不下。在大景开朔三年，任嚣城、郦怀、努扎尔、姬不群离开建康，游走四方招揽天下术士，立志去往昆仑山寻找轩辕黄帝，铲除阴破。

支持任嚣城等人的术士，暗中联合，以铲除为号，是为铲教。

而徐无鬼、支益生、哈奴曼、姬不疑四个术士，决意停止天下纷争，拦截任嚣城等人征召的术士前往昆仑山，以截阻为号，是为截教。

从此天下道教两分，铲截二教，开始了新一轮的争斗。

——我阖上《景策》，拿起了《亨策》，知道在《亨策》里，再也没有三神之间的斗争了。

而泰景亨策的历史，进入到了后半段，一场术士之间的斗争即将开启。

后记

每当我写一个全新题材的小说时，读者就会私信我，蛇哥，这次你写的又是什么？

我一般都不作回答。其实我有准确答案，我很清楚我要写什么。

我不是一意孤行的作家，其实在生活中，我的性格很容易妥协和迎合他人，我不喜欢制造人际关系和社会关系的对抗。

但是在创作上，我还是需要一点自己的坚持。并且我写小说，也很本能地去回避重复，无论是内容的重复，还是形式的重复。

比如当年写恐怖小说《宜昌鬼事》，火了之后，紧接着写的是科幻小说《异海》，这次把讲述道家的《大宗师》完结之后，我写了历史玄幻《三铜》。

创作《大宗师》的后期，我脑袋里已经全部被《三铜》的世界观占据，我必须要写出我心中这个世界观的初始和缘起，这是我必须要完成的神话体系。并且打造了诡道宇宙坚实的基础。喜欢《宜昌鬼事》和《大宗师》的读者，如果放弃了《三铜》，就少了很多很多的阅读乐趣，因为三铜里埋藏了太多的线索，都是大宗师和鬼事情节的彩蛋。不写《三铜》，我无法构建起整个诡道宇宙的世界观。所以我还是特别诚恳跟大家说，《三铜》故事的精彩程度，跟封面一样，绚丽且宏大。

这是我第一次完全尝试古代背景的小说。《三铜》连载的压力很大，点击率一千多万，勉强及格。写完之后，我如释重负，然后就放在那里，我自己都想把它忘记。感谢爱奇艺和华文天下对《三铜》的赏识，如果感谢具体到个人的话，我特别要感谢何小天、辛总、苗洪老师、钱多多，是他们四位的帮助，推动了《三铜》的动漫版权出让和实体书出版。

最后我必须特别说一句：三铜是我想象力极致表现的作品。

我想，作为一个幻想类的作家，这是对自己作品最高评价了吧。

云舍

2022年7月2日于北京